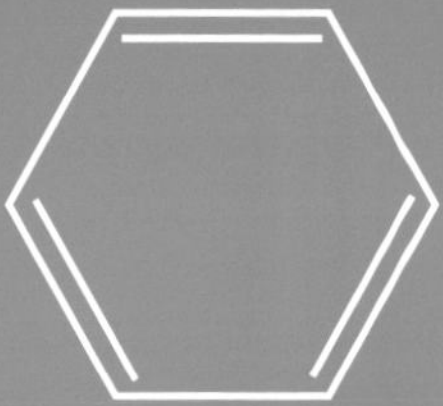

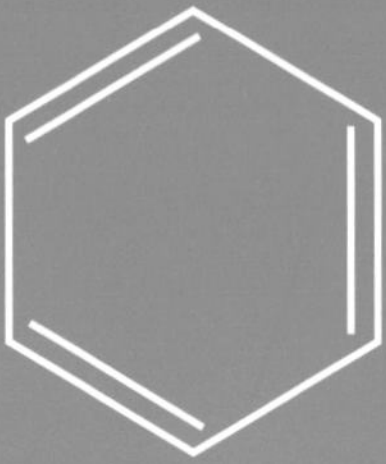

化学の授業をはじめます。

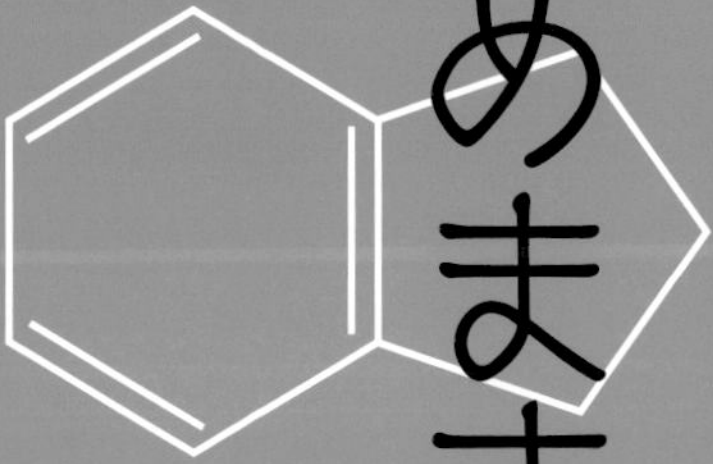

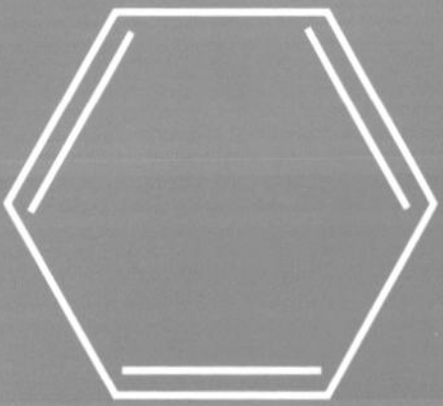

ボニー・ガルマス［著］
鈴木美朋［訳］

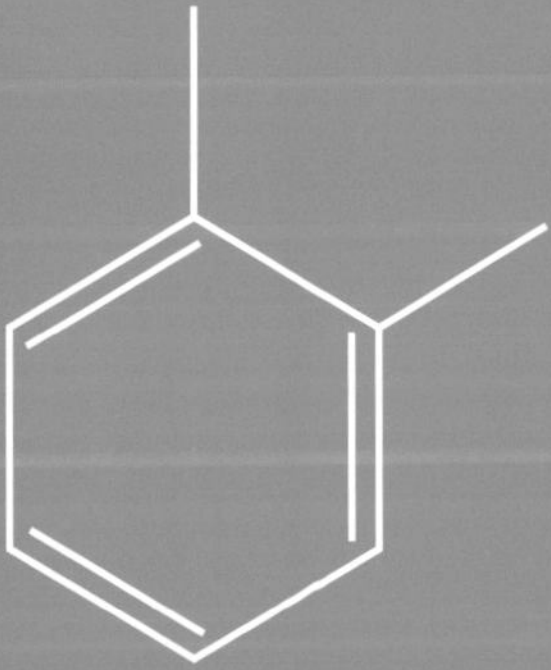

文藝春秋

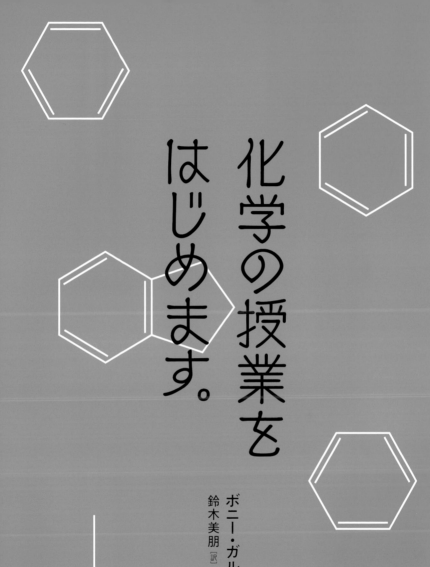

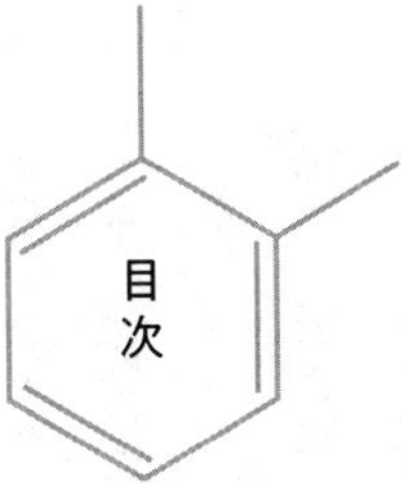

目次

わたしの母、メアリー・スワロウ・ガルマスに

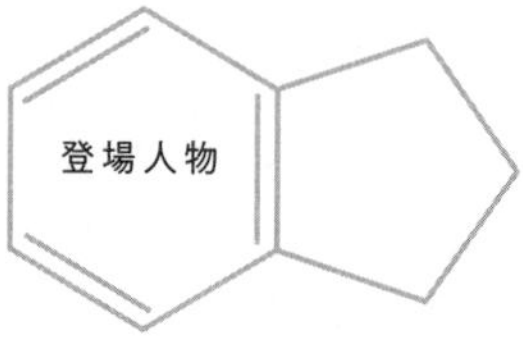

登場人物

エリザベス・ゾット……料理番組〈午後六時に夕食を〉に出演する女性化学者
キャルヴィン・エヴァンズ……ヘイスティングズ研究所のスター化学者
マッド（マデリン）・ゾット……エリザベスのひとり娘
シックス＝サーティ……エリザベスの飼い犬
ウォルター・パイン……〈午後六時に夕食を〉のプロデューサー
アマンダ・パイン……ウォルターの娘でマッドの同級生
ハリエット・スローン……エリザベスのむかいの家の主婦
ドナティ博士……ヘイスティングズ研究所の化学研究部部長
ミス・フラスク……ヘイスティングズ研究所の人事部秘書
メイヤーズ博士……ＵＣＬＡでのエリザベスの指導教授
フィル・リーベンスモール……ＫＣＴＶ局長、ウォルターの上司
ミセス・マドフォード……マッドとアマンダの担任の先生
ウェイクリー牧師……かつてキャルヴィンと文通していた聖職者
メイソン博士……キャルヴィンのボート仲間の産婦人科医
ミスター・ウィルソン……パーカー財団の男
エイヴリー・パーカー……パーカー財団の代表者

化学の授業をはじめます。

1章

一九六一年十一月

一九六一年といえば、女性がウエストを絞ったシャツワンピースを着てガーデニングクラブに参加し、子どもの群れをシートベルトのない車にためらいもなく乗せていた時代であり、六〇年代のカウンターカルチャー・ムーヴメントなどだれも予測しておらず、ましてやムーヴメントの当事者がその後の六十年をその時代の記録に費やすとはだれも想像すらしていなかった時代であり、大きな戦争が終わって秘密の戦争がはじまっていたものの、人々が気を取り直して無限の可能性を信じはじめていた時代である。そんな時代に、マデリン・ゾットの三十歳の母親には確信できることがたったひとつしかなく、毎朝日の出前に起床するたびにそれだけを噛みしめていた。わたしの人生は終わった、と。

そう確信してはいたものの、彼女は研究室へ行き、娘のお弁当を用意した。

〝学習用燃料〟と、エリザベス・ゾットは小さな紙片に書いて、娘のランチボックスに忍ばせた。それから、鉛筆を宙にさまよわせて考えた。〝休み時間にスポーツをすること、ただし無条件に男の子に勝たせないこと〟と、別の紙片に書いた。そしてまた考え、鉛筆でテーブルをコツコツたたいた。〝あなたの思い過ごしではない〟と三枚目に書く。〝たいていの人間は意地悪です〟。彼女は二枚目と三枚目もランチボックスに入れた。

幼い子どもの多くは文字を読めないし、読めても〝いぬ〟とか〝いく〟とか、その程度だ。ところが、マデリンは三歳で文字を読みはじめ、五歳のいまではディケンズをほとんど読破している。

マデリンはその種の子どもだった――バッハのコンツェルトをハミングできても自分の靴紐が結べなかったり、地球の自転の仕組みを説明できても三目並べが苦手だったり、というタイプの子どものひとりだ。そして、それが問題だった。音楽の天才はいつだってもてはやされるのに、早く文字を読めるようになった子どもはもてはやされない。なぜなら、早く文字を読めるようになった子どもの特技とは、いずれほかの子もできるようになることでしかないからだ。そう、人より早いことは特別ではない――人を苛立《いらだ》たせるだけだ。

マデリンもそれは承知していた。だから、毎朝――母親が出勤したあと、近所の家からやってくるベビーシッターのハリエットが忙しくしているあいだに――ランチボックスからメモを取り出して読み、クローゼットの奥に隠した靴の箱にほかのメモと一緒にしまうのを忘れないようにしている。学校ではみんなと変わらないふりをする。つまり文字が読めないふりをするわけだ。マデリンにとって、目立たないことは一番の優先事項なのだ。それには確固たる根拠がある。どこでも目立ってしまう母親は、あんなことになってしまったではないか。

マデリンの住む南カリフォルニアの町コモンズは、だいたいいつも暖かいが暖かすぎず、だいたいいつも空が青いが青すぎず、空気がきれいだが、この時代はどこの空気もきれいだ。そんな普通の町コモンズで、マデリンはベッドに目をつぶって横たわり、じっと待っている。まもなくひたいにそっとキスをされ、ていねいに布団をかけなおされ、耳元で「今日も元気でね」とささやく声がするのを彼女は知っている。さらに待つと、プリマスのエンジンの音がして、タイヤが砂利敷の私道をバックする音、シフトレバーをリバースから一速に入れる音が聞こえるはずだ。そして次の瞬間には、母親はいつものように憂鬱そうな顔でテレビ局のスタジオへ向かって走りだし、スタジオに到着したらエプロンをつけてセットに出ていく。

番組名は〈午後六時に夕食を〉。エリザベス・ゾットがその番組のスターであることに議論の余地はない。

2章

ウォルター・パイン

かつて化学の研究者だったエリザベス・ゾットは、シミひとつない肌に、いままでもこれからも普通にはなりえない人物に特有の態度の持ち主だった。

大スターの例に漏れず、彼女もたまたま発見されたくちだ。ただ、エリザベスの場合はソーダショップでスカウトされたのではなく、偶然ベンチに座っているところで注目されたのでもなく、幸運な紹介があったわけでもない。彼女が発見されるきっかけになったのは、泥棒――それも、食べもの泥棒だった。

話は単純だ。セラピストによっては問題だと考えそうな食べ方をするアマンダ・パインという子が、マデリンのランチを食べていた。マデリンのランチが普通ではなかったからだ。ほかの子どもたちがピーナツバターとジャムのサンドイッチをもぐもぐやっているのに、マデリンがランチボックスをあけると、そこには前日の残りもののラザニアがたっぷり、付け合わせにはバターでソテーしたズッキーニ、めずらしいキウイの四つ切、つややかに丸いチェリートマト五粒にモートンソルトの小瓶、さらにはまだ温かいチョコレートチップクッキーが入っていて、赤い格子柄の魔法瓶の中身は冷たいミルクだ。

だから、だれもがマデリンのランチを食べたがり、マデリンも自分のランチを食べたい。だが、アマンダにランチを差し出したのは、友情のためには犠牲もやむなしだからというだけでなく、全校でただひとりアマンダだけがマデリンのような変わった子をからかわなかったからでもあり、そしてマデリンには自分は変わっているという自覚があった。

やがてエリザベスは、マデリンの服が窓のサイズに合わないカーテンのように彼女の瘦せた体に合わなくなっていることに気づき、何かがおかしいと思いはじめた。エリザベスの計算では、マデリンの一日の食事量は望ましい発達にきっかり必要な量だったので、体重が減るなど科学的に考えられなかった。では、急な成長期なのだろうか？　違う。成長も計算に入れている。早発性の摂食障害か？　とんでもない。マデリンは馬のように夕食を食べる。白血病？　絶対に違う。エリザベスは心配性ではない――娘が不治の病に冒されているのではないかと想像して夜も眠れないタイプではない。科学者として、つねに理にかなった説明を求める。だからアマンダ・パインに会い、小さな唇がトマトソースで赤く染まっているのを見た瞬間、彼女はこれだと思った。

「ミスター・パイン」水曜日の午後、エリザベスはローカルテレビ局のスタジオへつかつかと入っていき、秘書を無視して呼びかけた。「この三日間、何度もお電話をさしあげましたけど、一度もかけ直していただけませんでしたね。わたしはエリザベス・ゾットと申します。マデリン・ゾットは娘です――おたくのお嬢さんと同じ、ウッディ小学校幼稚部に通っていまして――お嬢さんが娘とお友達のふりをしているとお伝えしたくてまいりました」ミスター・パインがあっけにとられているので、エリザベスはつけくわえた。「お嬢さんは娘のランチを食べているんです」

「ラ、ランチ？」ウォルター・パインはなんとか声を発し、目の前に燦然《さんぜん》と立っている女性をまじまじと見つめた。彼女の白衣は聖なる光のオーラを放っているが、一カ所だけ、〝Ｅ・Ｚ〟という赤いイニシャルがポケットの上にあしらわれていた。

「おたくのお嬢さんのアマンダが」エリザベスは突撃を再開した。「娘のランチを食べているんです。それも、どうやら数カ月前から」

　ウォルターは見つめることしかできなかった。女性は長身に骨張った顔、焦げたバタートースト色の髪を結いあげて鉛筆でとめ、両手を腰に当てている。大胆きわまりない真っ赤な唇、つややかな肌、まっすぐな鼻。ウォルターを見おろす目は、負傷兵を助ける価値があるかどうか見極めようとしている戦場の医師のようだ。

「お嬢さんがマデリンのランチを食べたいがためにお友達のふりをしているのは」彼女は続けた。「言語道断と申しあげてもよいでしょう」

「あ、あの、もう一度お名前を？」ウォルターはしどろもどろに尋ねた。

「エリザベス・ゾットです！」彼女は大声で答えた。「マデリン・ゾットの母！」

　ウォルターはうなずきながら、状況を把握しようとした。午後のテレビ番組のプロデューサーを長年務めている彼は、茶番には詳しい。だがこれは？　彼はさらに相手を見つめた。彼女には圧倒的な魅力がある。ウォルター自身が文字どおり圧倒されている。彼女はオーディションに来たのだろうか？

「失礼ですが」ウォルターはようやく声を出した。「看護師役はもう埋まってます」

「なんですって？」彼女は噛みつくように返した。

長い沈黙が降りた。

「アマンダ・パイン」彼女は繰り返した。

ウォルターはきょとんとした。「娘？　おお」急に不安になってきた。「うちの娘が何か？　おたくはお医者さんですか？　学校の？」彼ははじかれたように立ちあがった。

「ですから、違います」エリザベスは答えた。「わたしは化学者です。わざわざヘイスティングズからお昼休みをつぶしてここまで来たのは、あなたが電話をかけ直してくれなかったからです」それでもウォルターがとまどっていると、彼女は言い換えた。「ヘイスティングズ研究所、ご存じありません？　〝突破口をひらく研究所〟」ばかげたキャッチフレーズのあとにため息をつく。「要するに、わたしはマデリンのためにかなりの労力を費やして栄養豊富なランチを作っているんです――きっとあなたもお子さんのためにそうなさっているのでしょうけど」あいかわらずウォルターがぽかんとしていると、彼女はつけたした。「だってあなたもアマンダの認知面および身体面の発達に気を配っていらっしゃるでしょう。ビタミンとミネラルを適切なバランスで摂取することが発達に欠かせないのをご存じですよね」

「じつはその、ミセス・パインは――」

「ええ、存じております。行方不明《ミッシング・イン・アクション》。奥さまに連絡を取ろうとしましたけど、ニューヨークにお住まいとのことで」

「離婚しましてね」

「それはお気の毒ですが、離婚とランチは関係ないですね」

「そう思われるかもしれないが――」

「男性にもランチは作れます、ミスター・パイン。生物学的に不可能なわけではありません」

「ごもっとも」ウォルターはあたふたと椅子を差し出した。「どうぞ、ミセス・ゾット、おかけください」

「わたし、いまサイクロトロンを使ってるところなんですよね」エリザベスはいらいらと言い、腕時計に目をやった。「話はおわかりいただけたんですかどうなんですか？」

「サイクロ――」

「亜原子粒子加速器」

エリザベスは周囲の壁に目を走らせた。お涙頂戴のソープオペラやいかさまゲーム番組の宣伝ポスターが額縁に入ってずらりと並んでいる。

「わたしの仕事です」ウォルターは不意にポスターのどぎつさに居心地が悪くなった。「ごらんになったことは？」

エリザベスは彼に向き直った。「ミスター・パイン」それまでより少しだけ歩み寄りの姿勢を見せた。「あいにくですけど、わたしにはお嬢さんにランチを作ってあげる時間も金銭的な余裕もないんです。ご存じのとおり、食事は精神を解放し、家族の結びつきを強め、わたしたちの将来に影響を与える触媒ですよね。でも……」エリザベスの声は途切れ、目がすっと細くなった。その目は、看護師が患者に特別な看護をしているソープオペラのポスターを眺めている。「そういう意義のある食事作りを全国民に教える時間がある人はいないかしら？　わたしに時間があればいいのだけど、ないんですよね。あなたは？」

背を向けたエリザベスに、ウォルターは彼女を引きとめたいのと、自分が何を言い出そうとしているのかよくわかっていないのとで、とっさに声をかけた。「ちょっと待って、待ってください——お願いします。いま——いまなんて言いました？　全国民に教える——意義のある食事作りを？」

四週間後、〈午後六時に夕食を〉の放映がはじまった。エリザベスは少しも気乗りがしなかったが——彼女は化学の研究者なのだ——月並みな理由で仕事を受けた。ギャラがよく、彼女には養育している子どもがいるというのが、その理由だ。

はじめてエリザベスがエプロンを着けてセットに入った日から、それは明らかだった。彼女には紛うかたなく〝あれ〟がある。いわくいいがたい、だが見る者の目を奪って放さないたぐいの〝あれ〟が。しかし、彼女は実質主義の人でもあった——非常に率直で堅苦しいので、周囲の人々をまどわせるタイプだ。ほかの料理番組のシェフたちがほがらかで茶目っ気たっぷりにシェリーを軽く一杯やる一方で、エリザベス・ゾットはくそまじめだった。彼女は決して笑顔にならない。冗談を言わない。そして、こしらえる料理は本人同様にごまかしがなく実質的だった。

半年もしないうちにエリザベスの番組は大評判になった。一年たつころには名物番組に成長した。そして二年がたつころには、親子どころか国民全体を結びつける摩訶不思議な力があるとわかった。誇張でもなんでもなく、エリザベス・ゾットが調理を終えたと同時に、全国民が食卓についたのである。

リンドン・ジョンソン副大統領ですらエリザベスの番組を観ていた。「わたしがどう思うかだって？」彼はしつこい記者を追い払いながら言った。「きみたちは記事を書く時間を減らしてもっとテレビを観るべきだと思うね。手はじめに〈午後六時に夕食を〉を観るといい――あのゾットという女性はよくわかっている」

たしかに、彼女はよくわかっていた。エリザベス・ゾットは小さなきゅうりのサンドイッチだのふんわりスフレだのの作り方など説明しない。彼女の料理はボリューム満点。シチューにキャセロールなど、大きな鉄鍋で作るレシピばかりだ。彼女は四つの食品群を重視した。適切な量を守ることが大切であると説いた。そしてもうひとつ、作るに値する料理とは一時間以内に完成する料理であると力説した。毎回、番組の最後はおなじみの台詞で締めくくった。「子どもたち、テーブルの用意をしてください。お母さんにちょっとひと息つかせてあげましょう」

ところが、有名な記者が〝なぜわれわれは彼女がよそうものをなんでも食べるのか〟と題した記事のなかでエリザベスを〝ルシャス《美味な》・リジー〟と呼んだところ、彼女にぴったりで頭韻を踏んでいたものだから、その渾名は紙面に印刷されるのと同じく一瞬で定着した。その日以来、他人は彼女をルシャスと呼んだが、マデリンはママと呼んだ。マデリンはほんの子どもだったが、その渾名が母親の才能を軽んじているのをわかっていた。母親は化学者で、タレント料理人ではない。ひとり娘の前では自意識が強くなるエリザベスも、忸怩《じくじ》たる思いを抱えていた。

ときには夜ベッドに入ったあと、どうして自分の生活はこんなふうになったのだろうと考えることもあった。とはいえ、長々と考えこむことはなかった。答えはわかっていたからだ。

その人の名前はキャルヴィン・エヴァンズといった。

3章

ヘイスティングズ研究所

およそ十年前　一九五二年一月

キャルヴィン・エヴァンズはヘイスティングズ研究所に勤務していたが、ぎゅうぎゅう詰めの研究室で作業をしていたエリザベスとは違い、広々とした研究室を独占していた。

業績を鑑みれば、ふさわしい待遇と言えた。彼は十九歳にして、高名なイギリス人生化学者フレデリック・サンガーがノーベル賞を受賞した理由となる重要な研究に貢献した。二十二歳にして、単純タンパク質をより早く合成する方法を発見した。二十四歳のときには、ジベンゾセレノフェンの反応性に関して大発見をし、〈ケミストリー・トゥデイ〉誌の表紙を飾った。さらに、十六本の論文を執筆し、十種類の国際会議に招聘され、ハーヴァード大学に特別研究員として招かれた。それも二度。彼は辞退した。二度とも。理由のひとつは数年前に学部入学を断られたことで、もうひとつは――いや、じつのところ理由はそれだけだ。キャルヴィンは優秀な男だったが、ひとつ欠点があるとすれば、それは根に持つ力も人並みはずれているところだった。

執念深さにくわえて、気の短さも知れ渡っていた。優秀な人の例に漏れず、キャルヴィンにはどうしてほかの人がわからないのか理解できない。また、内向的というのはかならずしも欠点ではないが、よそよそしいと受け取られることもある。そして何よりも、彼は漕艇選手だった。

非漕艇選手ならだれでも知っているが、漕艇選手はおもしろくない。なぜなら、彼らはボートの話しかしないからだ。ひと部屋にふたり以上の漕艇選手が集まれば、それまで仕事や天気など普通の話をしていたのが、ボートだの手のまめだのオールだのグリップだのエルゴだのフェザーだのワークアウトだのキャッチだのリリースだのリカバリーだのスプリットだのシートだのストロークだのスライドだのスタートだのセトルだのスプリントだの、水面はほんとうに〝フラット〟なのかどうかだの、そんなたぐいの話が、とりとめなくえんえんと続くことになる。そこからたいていは、前回の漕ぎはどこがまずかったか、次回はどこがまずくなりそうか、そしてそれはだれのせいだったのか／だれのせいになりそうか、という話になる。そのうち漕手たちはそれぞれの両手を掲げ、オールだこをくらべはじめる。最悪の場合、このあとさらにひとりが完璧にうまくいった漕ぎの思い出を語りはじめ、残りはこうべを垂れて傾聴する数分間が続く。

化学を除けば、ボートはキャルヴィンにとって唯一の情熱の対象だった。もっと言えば、そもそもハーヴァード大学に願書を提出した理由はボートだった。一九四五年にはハーヴァード大学のボート部が一番だったのだ。いや、実際には二番だ。ワシントン大学が全米一位だったが、ワシントン大学はシアトルにあり、シアトルは雨が多いことで有名だ。キャルヴィンは雨が大嫌いである。ゆえに、彼は射程を広げた――もうひとつのケンブリッジ［ハーヴァード大学があるのはマサチューセッツ州ケンブリッジ］、つまりイギリスのケンブリッジへ行くことにし、はからずも科学者に関する最大の神話の体現者になってしまった。科学者はリサーチが下手である、という通説だ。

キャルヴィンがケンブリッジではじめてボートを漕いだ日は雨だった。二日目も雨だった。三日目も雨。「ここじゃ年がら年中雨なのか？」キャルヴィンはチームメイトと重たい木のボートを肩にかついで桟橋へどたどたと運びながらぼやいた。「そんなことないさ」チームメイトたちは請け合った。「普段のケンブリッジは爽やかなんだ」そして、以前から疑っていたことを確認しあうかのように目配せした。やっぱりアメリカ人ってずれてるな。


　あいにく、キャルヴィンのずれっぷりはデートにも及んだ――彼は恋愛をしたくてたまらなかったので、これは大問題だった。ケンブリッジの孤独な六年間で、彼は五人の女性となんとかデートにこぎつけたものの、二回目のデートに応じてくれたのは五人中ひとりだけで、それも彼女が電話の相手をほかのだれかと勘違いしていたからだ。キャルヴィンの主たる問題は、経験を積めないことだった。数年にわたる試行錯誤のうえにようやく一匹のリスをつかまえた犬が、それをどうすればいいのかまったくわからないようなものだ。

「やあどうも――ええと」あのとき彼は両手にいやな汗をかき、胸を高鳴らせていたが、デートの相手がドアをあけたとたん、頭のなかが真っ白になってしまった。「デビー、だっけ？」

「ディアドリ」デートの相手はため息をついて腕時計にちらりと目をやったが、このあと何度もそうすることになる。

　ディナーの会話は、芳香族酸の分子分解（キャルヴィン）からいま上映している映画（ディアドリ）へ、そこから非反応性タンパクの合成（キャルヴィン）を経てダンスは好きか嫌いかという質問（ディアドリ）へと変わり、あっもう八時半だね明日は朝からボートの練習だからいまから家に送るよ（キャルヴィン）で締めくくられた。

　言うまでもないが、そうしたデートのあとにセックスの機会はほとんどなかった。いや、一度もなかった。

「おまえがうまくいかないなんて信じられないな」ケンブリッジのチームメイトはキャルヴィンに言った。「女の子はボートの選手に目がないぞ」それは事実ではない。「それに、アメリカ人にしては見た目もそう悪くないし」それもまた事実ではなかった。

　問題の一部はキャルヴィンの身ごなしにあった。彼は身長百八十センチで上背があるが、全身が右に傾いていた――おそらくいつも左舷《ストロークサイド》で漕いでいる副次的効果だろう。だが、もっとも大きな問題は彼の容貌だった。寂しげで大きなグレーの瞳にくしゃくしゃのブロンドの髪は、自力で生きてこなければならなかった子どもを思わせ、唇は紫がかっていた。下唇がほとんどいつも腫れていたのは、唇を噛む癖があるからだ。彼の顔は、印象に残らない、中の下くらいと評されがちで、その下に隠れている情熱も知性も気配すらうかがえないが、一カ所だけ貴重な美点があった――歯だ。彼の歯は真っ白でまっすぐそろっていて、笑顔になると顔面全体の景観が改善された。幸い、とりわけエリザベス・ゾットと恋に落ちてからは、キャルヴィンはたいてい笑顔だった。

　ふたりが出会ったのは――というか、はじめて言葉を交わしたのは、ある木曜日の朝、場所はヘイスティングズ研究所だ。ケンブリッジ大学史上記録的な速さで博士号を取得したキャルヴィンが、四十三件の就職口のなかから陽光あふれる南カリフォルニアの民間研究所を選んだのは、有名だからというよりも降水量のためだった。コモンズは雨の日が少ない。他方、エリザベスがヘイスティングズ研究所に就職したのは、ほかに就職口がなかったからだ。

エリザベスはキャルヴィン・エヴァンズの研究室の外に立ち、四つの大きな注意書きに目をとめた。

入るな
実験中
入室禁止
立入禁止

そして、エリザベスはドアをあけた。

「こんにちは」奇妙にも部屋の中央に置かれたステレオ装置から流れるフランク・シナトラに負けじと声を張りあげた。「ここの責任者の方に話があります」

キャルヴィンは声に驚き、大きな遠心分離機の後ろから顔を突き出した。

「失礼だがお嬢さん」彼はいらいらと大声をあげた。大きなゴーグルは、右側でぶくぶく煮え立っている何かから目を守るためのものらしい。「ここは立入禁止だ。注意書きを見なかったのかい?」

「見ました」エリザベスは彼の口調を無視して大声で返し、部屋のまんなかへ歩いていって音楽を止めた。「さて。これでおたがいの声が聞こえる」

キャルヴィンは唇を嚙んでドアを指さした。「入ってきちゃだめだ。注意書き」

「ええ、それよりこの研究室でビーカーが余ってると聞きました。下のわたしたちの研究室は足りないのに。ほら、見てください」エリザベスは一枚の紙を彼に突きつけた。「在庫管理部の許可は取りました」

「ぼくは何も聞いてないぞ」キャルヴィンは紙の内容を確かめた。「悪いけど、断る。ここにあるビーカーは全部必要なんだ。下の階の研究者にぼくから話をつけてあげるよ。ぼくに電話しろってきみのボスに伝えてくれ」作業に戻りがてら、ステレオのスイッチを入れた。

エリザベスは動かなかった。「研究者と話したいんですか？　わたしではなくて？」フランクに負けじと声を張る。

「ああそうだ」キャルヴィンは答え、少し口調をやわらげた。「いいかな、きみのせいじゃないのはわかるけど、秘書に面倒な雑用をさせてここまで送りこむなんてよくないな。きみにはわからないかもしれないけど、こっちは大事な仕事の最中なんだ。頼むよ。ボスに電話しろと伝えてくれ」

エリザベスは目をすっと細くした。見た目で人を判断するという、エリザベスに言わせれば旧弊な価値観にとらわれた輩は好きではないし、たとえ自分がほんとうに秘書だとしても、秘書には〝正副三通タイプしてくれ〟より難しい言葉は理解できないと信じている輩も好きではない。

「偶然ですねえ」エリザベスはどなりながらまっすぐ棚へ歩いていき、ビーカーの入った大箱を勝手に取り出した。「わたしも忙しいんです」そして、堂々と出ていった。

ヘイスティングズ研究所には三千人以上が勤務していて――だからキャルヴィンが彼女を探し出

すのに一週間以上かかったわけだが――ようやく見つけたときには、彼女はキャルヴィンを覚えていないようだった。

「なんですか?」だれが研究室に入ってきたのかと振り向いた彼女は、大きな保護眼鏡をかけていたので目が拡大され、両腕は肘までぶかぶかのゴム手袋に覆われていた。

「どうも」キャルヴィンは言った。「ぼくだ」

「ぼく? もう少し詳しく言ってくれませんか?」エリザベスは作業に戻った。

「ぼくだよ。五階上の。きみはぼくのビーカーを持っていった」

「そのカーテンからこっちに入ってこないほうがいいですよ」エリザベスは左側に首をかしげた。

「先週ちょっとした事故がありましたので」

「きみを見つけるのは大変だったよ」

「悪いけどあとでいいですか? いまはわたしが大事な仕事の真っ最中なので」

キャルヴィンは、エリザベスが計測を終えて記録を取り、昨日の実験結果を再検討し、トイレへ行って帰ってくるまで辛抱強く待った。

「まだいたんですか?」帰ってきた彼女は言った。「仕事はないんですか?」

「山ほどある」

「ビーカーは持って帰らないでください」

「やっぱり覚えてたんじゃないか」

「ええ。思い出したくなかったけど」

「謝りにきたんだ」

「結構です」

「ランチでもどう？」

「結構です」

「ディナーは？」

「結構」

「コーヒーは？」

「いいかげんにしてください」エリザベスはぶかぶかの手袋をはめたまま両手を腰に当てた。「わたしがあなたにいらつきかけてるの、わかりませんか」

キャルヴィンは気まずい思いで目をそらした。「心から謝るよ。それじゃ」

「いまのはキャルヴィン・エヴァンズか？」実験助手は、キャルヴィン専用の研究室の四分の一のスペースで押し合いへし合い作業をしている十五人の科学者のあいだを縫って帰っていく彼を見送った。「何をしにこんなところまでおりてきたんだ？」

「ビーカーの所有権についてちょっとした問題があって」エリザベスは言った。

「ビーカー？」実験助手は面食らった。「もしかして」新しいビーカーを手に取った。「先週きみが見つけたと言っていた箱一杯のビーカー。あれはあいつのものだったのか？」

「見つけたとは言ってません。手に入れたと言いました」

「キャルヴィン・エヴァンズから？　きみはいったい何を考えてるんだ？」

「とくに何も」

「ビーカーを持っていっていいと言われたのか？」

「とくに何も。でも書類は持っていきましたし」

「書類？　ぼくを通してくれなきゃ困るじゃないか。備品の注文はぼくの仕事だぞ」

「わかってます。でも、三カ月以上待ってたので。あなたにも四度お願いしたし、申請書だって五通も書いたし、ドナティ博士にも相談しました。ほんとうに、ほかにやりようがなかったんです。備品がなければ研究が進まない。たかがビーカーでしょう」

　実験助手は目を閉じた。「いいか」きみはばかかと言わんばかりに、ゆっくりと目をあけた。「ぼくはきみよりずっと長くここにいるから、いろいろな事情に通じている。キャルヴィン・エヴァンズがなんで有名なのか知ってるか？　化学以外の理由を？」

「知ってます。備品を大量に持ってるから」

「そうじゃない。あいつは根に持つことで有名なんだ。ねちっこいんだ！」

「そうなんですか？」エリザベスは興味をそそられた。


　エリザベス・ゾットも根に持つタイプだった。ただし、彼女が恨めしく思っているのは、女性は劣っているという偏見に支えられた家父長制社会だ。女は無能。女は愚か。女に独創性はない。男は仕事へ行き、重要な役割を果たす――惑星を発見したり、製品を開発したり、法律を決めたりする――ものであり、女は家で子どもを育てるものだと信じている社会を恨んでいる。エリザベスは子どもをほしいと思わない――自分自身はほしがっていないのをよくわかっているが、子どももキャリアもほしいと考えている女性が大勢いるのも知っていた。それのどこが悪いのだ？　どこも悪くない。男はまさにどちらも手に入れているではないか。

最近、エリザベスは両親が共働きで、しかもともに育児をする国の記事を読んだ。あれはどこの国だったか？　スウェーデン？　思い出せない。とにかく、そのやり方でとてもうまくいっているらしい。出生率はあがり、家族のつながりが深まった。エリザベスは、そんな社会に暮らしている自分を想像した。秘書と自動的に決めつけられない国。エリザベスが会議で研究結果を発表すると、決まって話をさえぎって自分の話にすりかえる男たち、それどころか実績を横取りする男たちに負けるものかと気を張らなくてもいい国。エリザベスはかぶりを振った。男女平等に関して言えば、一九五二年当時は希望などまったく見えない状態だった。

「あいつに謝ったほうがいい」実験助手はまだ言う。「ビーカーを返して、伏して謝ってくるんだ。きみのせいでうちの研究室全体が困るし、きみのせいでぼくの面目は丸つぶれだ」

「大丈夫ですよ」エリザベスは言った。「たかがビーカーだし」

しかし翌朝、研究室からビーカーが消え、代わりにエリザベスのせいでキャルヴィン・エヴァンズの伝説的怨念の標的になったと信じている数人の同僚化学者のしかめっつらがくわわった。エリザベスは彼らに話をしようとしたが、それぞれにそっけない反応が返ってきた。あとで休憩室の前を通りかかったエリザベスは、彼らが自分についてぶつぶつ文句を言っているのを聞いた――彼女はまじめすぎるんだよとか、おれたちより頭がいいつもりだぜとか、デートの誘いを断りやがったこっちは独身なのにとか。なんで彼女がＵＣＬＡ［カリフォルニア大学ロサンゼルス校］で有機化学の修士号を取れたのか、考えられる理由はコレしかないな――〝コレ〟という言葉は下品なジェスチャーとひきつった笑い声が添えられた。まったく、あの女は自分を何様だと思ってるんだ？

「身の程を思い知らせてやらないとな」とひとりが言った。

「たいしてりこうでもないのにな」と別のひとりが言った。

「淫乱め」そう言い放ったのは、よく知っている声だ。ボスのドナティ。

最初のふたつは言われ慣れているエリザベスも、最後のひとことには凍りつき、壁にもたれて吐き気の波をこらえた。その言葉で呼ばれたのは二度目だった。一度目は——最悪の一度目は——ＵＣＬＡでのことだ。


あれは二年ほど前。修士号の授与まで十日を残すのみだったが、エリザベスは午後九時になってもまだ研究室にいた。実験の手順に問題があるのではないかと気づいたからだ。削ったばかりのＨＢの鉛筆で紙をこつこつ叩きながら、どうするか考えていたとき、ドアのひらく音がした。

「だれですか？」エリザベスは尋ねた。だれか来るとは思ってもいなかった。

「まだいたのか」案の定だと言わんばかりの口調だった。エリザベスの指導教授だ。

「あ。こんばんは、メイヤーズ先生」エリザベスは顔をあげた。「ええ。明日の実験の手順を見直していたんです。問題があるような気がして」

メイヤーズ博士はドアをさらにあけて、なかに入ってきた。「そんなことは頼んでいないぞ」その声は苛立ちで尖っていた。「万事ととのったと言っただろう」

「ええ。でも、最後にもう一度確かめたくて」エリザベスとて、最終確認などやりたくてやっているわけではなかった——男性ばかりのメイヤーズの研究室に居場所を確保するためにやらねばならないとわかっているからやっているのだ。ほんとうのところは、メイヤーズの研究などどうでもよかった。彼の研究は無難で、画期的なところなどひとつもない。どこを探しても独創性がないうえに、新しい発見もびっくりするほどないのに、メイヤーズはなぜか全国有数のＤＮＡ研究者と言われている。

エリザベスはメイヤーズを好きではなかった。好きな者などいない。ただし、おそらくＵＣＬＡは彼を気に入っている。この分野のだれよりも論文を発表しているからだ。じつは、メイヤーズには秘密があった。それらの論文を書いたのは彼ではない――研究室の院生たちだ。メイヤーズは一言一句、自分が書いたものとし、ときには題名を変え、本文をあちこちちょっと変えるだけで、まったく別の論文として発表したこともあった。そんなことができたのも、だれが科学論文など最初から最後まで読む？　だれも読まないからだ。こうして論文の数は増え、それにともなって彼の名声も高まった。メイヤーズはそういうやり方で一流ＤＮＡ研究者にのぼりつめた。つまり、質より量だ。

メイヤーズはつまらない論文を量産する才能のほかに、好色家としても知られていた。もともとＵＣＬＡの理系学部に女性は少なかったが、そのなかには――ほとんどは秘書だが――不本意ながらメイヤーズに目をつけられてしまう者がいた。彼女たちはたいてい半年後には自尊心をくじかれ、まぶたを腫らし、一身上の都合で退職していった。けれど、エリザベスは辞めなかった――修士号が必要だから、辞められなかったのだ。だから、毎日の屈辱に耐え――さわられることにも、下ネタにも、遠まわしの誘いにも耐え――興味はないときっぱり示してきた。だが、博士課程受け入れについて話があるという名目でオフィスに呼ばれたのに、スカートのなかに手を突っこまれたとき、ついに我慢の限界を超えた。エリザベスは激怒してその手を押しのけ、大学に通報すると息巻いた。

「大学のだれに？」メイヤーズはあざわらった。それから、エリザベスに〝無粋〟なことはするなと諭すように言って尻をパンと叩き、クローゼットから彼のコートを持ってくるように命じた。クローゼットの扉をあければ、ずらりと並んだトップレスの女性の写真をエリザベスが目にするのを承知のうえで、わざと命じたのだ。そこには、無表情で四つん這いになり、男物の靴に背中を踏まれている女性の写真もあった。

「ここです」エリザベスはメイヤーズ博士に言った。「二百三十二ページの九十一番。温度がおかしいです。高すぎると思います。これだと酵素が働かず、正しい結果が得られません」

メイヤーズはドアのそばからエリザベスを見ていた。「もうだれかに話したのか？」

「いいえ。いま気づいたばかりなので」

「では、フィリップには話していないんだな」フィリップはメイヤーズの助手の一番手だ。

「話していません。でも、たったいま帰ったばかりです。いまから追いかければ――」

「その必要はない」メイヤーズはさえぎった。「ほかにだれか残っているのか？」

「だれもいないと思います」

「手順に問題はない」メイヤーズはぴしゃりと言った。「きみはただの学生だ。わたしの専門性を疑うのはやめなさい。それから、この件はだれにも言わないように。いいね？」

「わたしは役に立ちたかっただけなんです、メイヤーズ先生」

彼は疑るようにエリザベスを見つめた。「では、役に立ってもらおうか」彼はそう言い、ドアのほうを向いて鍵をかけた。

一発目はいきなりの平手打ちで、エリザベスの首は芯をとらえて打たれたパンチングボールさながら左にスピンした。エリザベスは衝撃に息を呑み、なんとか体勢を立て直したものの、口のなかが切れ、驚きで目を丸くしていた。彼は失敗したと言わんばかりに顔をしかめ、もう一度エリザベスを殴り、今度はスツールから転落させた。メイヤーズは大男だ――体重は優に百キロを超えるが、その腕力は比重の産物で、鍛えたものではない。彼は床に倒れているエリザベスの上に屈みこみ、重く湿った木材を吊りあげるクレーンのように彼女の腰をつかんで持ちあげ、ぬいぐるみよろしくスツールの上にどすんとおろした。それからエリザベスにむこうを向かせてスツールを蹴り飛ばし、彼女の顔と胸をステンレスのカウンターに押しつけた。「じっとしてろよ、淫乱め」エリザベスはもがいたが、彼の太い指がスカートの下に這いこんできた。

口のなかが金臭い血の味で一杯になり、エリザベスはあえいだ。メイヤーズは片方の手でエリザベスのスカートをウエストの上までめくりあげ、もう片方の手で内腿をつかんでひねった。エリザベスは顔をカウンターに押しつけられて息もできず、ましてや悲鳴をあげることもできなかった。罠にとらわれた動物のように必死で脚を動かしたが、抵抗すればするほどメイヤーズを逆上させた。「じたばたするんじゃない」メイヤーズの腹からエリザベスの膝の裏側に汗が垂れた。だが、彼が動いた瞬間にエリザベスの片腕は自由になった。「じっとしてろ」彼はどなった。エリザベスはショックで息を詰まらせながらも身をよじったが、ぶくぶく太った腹にパンケーキのようにぺしゃんこにされていた。彼は最後に、どっちがボスか思い出させてやると言わんばかりに、エリザベスの髪をつかんで引っ張った。そして箍《たが》のはずれた酔漢のようにエリザベスのなかに押し入り、満足げにうめいたが、そのうめき声はすぐに悲鳴に変わった。

「くそっ！」メイヤーズは叫び、エリザベスの上から離れた。「ちくしょう！　なんだこれは？」体の右側に生じた鋭い痛みに驚いたようすでエリザベスを突き飛ばした。痛みのもとを探してぶよぶよしたウエストを見おろしたが、右の腸骨のあたりから突き出ている小さなピンク色の消しゴムが見えただけだった。周囲にじくじくと血がにじんでいる。

ＨＢの鉛筆。エリザベスは自由なほうの手でそれを見つけて握りしめ、横からメイヤーズに突き刺したのだった。途中まではなく——一本丸ごと全部。尖った黒鉛、親しみやすい黄色い木の軸、きらりと光る金色の帯——十五センチの鉛筆でメイヤーズの十五センチを負かしたわけだ。そして、エリザベスは彼の大腸と小腸だけでなく、みずからの学者としてのキャリアにも穴をあけてしまった。


「きみはほんとうにここの学生か？」救急車がメイヤーズ博士を連れていってしまったあと、キャンパスの警察官［アメリカの大学にはそれぞれの大学警察がある］が言った。「学生証か何か見せてくれ」

服は破れ、両手はぶるぶる震え、ひたいに大きな痣《あざ》ができかけていたが、エリザベスは耳を疑い、警官を見返した。

「当然の質問だろう。こんな夜遅い時間に女性が研究室にいるなんておかしいじゃないか」

「わたしは、い、院生なんです」エリザベスは吐き気をこらえ、つっかえながら答えた。「化学科の」

警官はこんなくだらない騒ぎにつきあっているひまはないというようにため息をつき、小さな手帳を取り出した。「じゃあ話を聞こうか。何が起きたと思ってるんだ？」

ショックは収まっていなかったが、エリザベスはぼそぼそと詳細を説明した。警官はメモを取っているように見えたが、彼が同僚のほうを向いて「こっちは落ち着いた」と言ったとき、エリザベスには真っ白なページが見えた。

「お願いが。わたし……病院に行かなくちゃ」

警官は手帳を閉じた。「反省の供述でもするかね？」そんなものをはいているのが明らかな誘惑だと言わんばかりに、エリザベスのスカートをちらりと見た。「きみはあの人を刺したんだぞ。反省の意を示したほうがきみのためだ」

エリザベスはうつろな目で警官を見やった。「あの……それは誤解です。先生がわたしを襲ったんです。わたしは……正当防衛です。病院へ行かせてください」

警官はまたため息をついた。「では、反省の供述はしないんだな？」そう言って、ペンをしまった。

エリザベスは小さく口をあけ、全身を震わせながら警官を見つめた。太腿を見おろすと、薄い紫色のメイヤーズの手形が残っていた。こみあげた吐き気を呑みくだした。

目をあげると、警官は腕時計を見ているところだった。そのささいなしぐさで、完全にふっきれた。エリザベスは手をのばして警官から学生証をひったくった。「いいえ、おまわりさん」刑務所の鉄条網のように張りつめた声で言った。「よく考えたら、やっぱり反省することがあります」

「それはよかった。これで一歩前進だ」警官はまたペンを取り出した。「ではどうぞ」

「鉛筆のことで反省しています」

「鉛筆、と」警官はメモを取った。

エリザベスはこめかみから血が伝い落ちるのもかまわず、顔をあげて警官と目を合わせた。「鉛筆をもっとたくさん用意しておけばよかったわ」


メイヤーズの暴行、あるいは大学の学生選抜委員会がエリザベスの博士課程進学許可を正式に取り消す際に〝不幸なできごと〟と呼んだ事件は、エリザベスの自業自得であるとされた。メイヤーズ博士の言い分では、彼はエリザベスの不正行為に気づいた。彼女は実験の手順を変えて結果をゆがめ――その証拠は手元にある――博士に問い詰められると身を投げ出して誘惑した。色仕掛けは通用せず、やがて揉み合いになり、博士はいつのまにか腹を鉛筆で刺されていた。死なずにすんだのはまったくの幸運である。

そんな話を信じた者はほとんどいなかった。メイヤーズ博士の評判は決していいものではなかったからだ。それでも、彼には影響力があり、UCLAは彼ほど名声のある学者を手放そうとはしなかった。エリザベスは放り出された。修士号は取得済みだ。痣はいずれ癒える。だれか推薦状を書いてやれ。ほらさっさと出ていけ。

以上のようないきさつで、エリザベスはヘイスティングズ研究所に職を得た。そしていま、研究所の休憩室の外で、背中を壁に押しつけて胸のむかつきを我慢している。

エリザベスが顔をあげると、実験助手がこちらをじっと見ていた。「大丈夫か、ゾット？　ようすが変だが」

　彼女は黙っていた。

「おれが悪かったよ」実験助手は認めた。「ビーカーのことであんなに騒ぎ立てるんじゃなかった。あいつらは」と、休憩室のほうへ顎をしゃくった——彼もなかの会話を聞いていたに違いない——「まあ、男ってあんなもんだ。無視すりゃいいさ」

　無視するわけにいかなかった。なにしろ、そんなことがあった日の翌日、ボスのドナティ博士に——エリザベスを淫乱呼ばわりした張本人に、新しいプロジェクトをあてがわれたのだから。「頭の回転が速いきみなら楽勝だろう」

「どうしてですか、ドナティ博士？」エリザベスは尋ねた。「わたしの仕事はどこか間違っていましたか？」エリザベスはそれまでずっと進行中のグループ研究を引っ張ってきて、あと一歩で論文に使える結果が得られそうだった。それなのに、ドナティは退場を命じた。翌日から、エリザベスはレベルの低いアミノ酸の研究を担当することになった。

　実験助手はエリザベスの不満に気づき、そもそもどうして科学者になりたいのかと尋ねた。

「なりたいんじゃありません」エリザベスは吐き捨てた。「もうなってます！」そして頭のなかで、ＵＣＬＡの太っちょにもボスにも狭量な同僚にも、わたしのやりたいことの邪魔はさせないとつけたした。ずっと逆境に立ち向かってきたのだ。これからも乗り切ってやる。

　だが、このようなときに〝乗り切る《ウェザー》〟という言葉が使われるのも理由がある。苦境は固い決意もじわじわと風化《ウェザー》させるのだ。その後もエリザベスの不屈の精神を試すようなできごとが繰り返された。ひとときの休息の場となるのは劇場だけだったが、そこですら失望させられることがあった。

ビーカーの一件から二週間ほどたった土曜日。エリザベスは愉快なオペレッタという触れこみの『ミカド』のチケットを買っていた。ずいぶん前から楽しみにしていたのだが、いざ物語がはじまると、少しも愉快だと思わないことに気づいた。歌詞は人種差別的で、役者は全員が白人、しかものちのち女性主人公がほかの登場人物たちの悪事の責めを負うことになるのが目に見えている。何もかもが職場を連想させた。エリザベスは、傷が浅いうちに撤退すべく、休憩時間に劇場を出ることにした。

折よくキャルヴィン・エヴァンズもその夜その劇場にいたのだが、気もそぞろでなければエリザベスと同じ感想を抱いたかもしれない。あいにくそのとき彼は生物学研究部の秘書とはじめてのデート中で、おまけに吐き気に襲われていた。デートは勘違いがきっかけだった。秘書がキャルヴィンをオペレッタに誘ったのは、有名人の彼は裕福だと思いこんでいたからだ。キャルヴィンのほうは彼女の香水に目をやられ、しきりにまばたきしていたら「ぜひご一緒したい」のしぐさと勘違いされたのである。

胸のむかつきは第一場からはじまったが、第二場の終わりには胃袋のなかが荒れ狂っていた。

「申し訳ないけど」キャルヴィンは小声で言った。「気分が悪いんだ。失礼するよ」

「どういうこと?」彼女は怪訝《けげん》な顔をした。「どこも悪そうには見えないけど」

「吐き気がするんだ」

「そう、悪いけどこのワンピースは今夜のために買ったのよ。しっかり四時間着てもとを取るまで帰るつもりはないから」

キャルヴィンはあきれている彼女の顔のほうへタクシー代を突き出すと、急いでロビーに出て、一触即発の胃袋を刺激しないように片手でみぞおちを押さえながらトイレへ直行した。

折よくエリザベスもロビーに出てきたところで、キャルヴィン同様にトイレへ向かっていた。ところが、トイレの前は長蛇の列だったので、がっかりしてくるりと向きを変えた瞬間、キャルヴィンと衝突した。彼はほとんど同時に胃の中身をエリザベスにぶちまけた。

「しまった」キャルヴィンは吐く合間に言った。「やっちまった」

最初はあっけにとられていたエリザベスも落ち着きを取り戻し、たったいまワンピースを汚されたのも気にせず、キャルヴィンの丸めた背中をそっとさすった。「この方、気分が悪いみたいです」エリザベスはその男がキャルヴィンと気づかず、トイレの列に向かって呼びかけた。「どなたかお医者さまを呼んでいただけませんか?」

だれも動かなかった。劇場のトイレに並んでいる人々はひとり残らず悪臭と激しい嘔吐の音にひるんでそそくさと距離を取っていた。

「しまった」キャルヴィンは腹部を押さえて何度も繰り返した。「やっちまった」

「ペーパータオルを持ってきますから」エリザベスは優しく言った。「タクシーも呼びますね」それから、よくよく相手の顔を見て言った。「あら、あなただったんですか?」

二十分後、エリザベスは彼を自宅へ送り届けた。「ジフェニルアミンクロルアルシン［催吐性の毒ガス］のエアロゾルの分散は可能性から除外してもいいと思います。ほかに症状が出ている人はいないから」

「化学兵器の可能性はないって？」キャルヴィンはあえぎ、腹を押さえた。「そうだといいけど」

「たぶん、食べたものが傷んでいたんです。食中毒でしょう」

「うう」キャルヴィンはうめいた。「恥ずかしくてたまらないよ。ほんとうに申し訳ない。きみのワンピース。クリーニング代は払うよ」

「心配は無用です。ちょっとかかっただけ」エリザベスはキャルヴィンをソファへ連れていった。彼は倒れこみ、大きな体を丸めた。

「いつ以来かな……吐いたなんて。それも公衆の面前で」

「よくあることです」

「デート中だったんだ。信じられるか？　デートの相手を置いてきてしまった」

「あらまあ」エリザベスは、前回だれかとデートをしたのがいつだったか思い出そうとした。

しばらく沈黙が降りたあと、彼は目を閉じた。エリザベスは帰ってくれの合図だと思った。

「ほんとうにすまなかった」エリザベスが立ち去ろうとした音が聞こえたのか、キャルヴィンが小さな声で言った。

「ほんとうに大丈夫です。謝っていただく必要はありません。ただの生体反応、化学的配合禁忌。わたしたち科学者でしょう。この手のことはよくわかっているはずです」

「違うそうじゃなくて」キャルヴィンは弱々しく訂正しようとした。「あの日、きみを秘書と勘違いして悪かったと言いたいんだ――ボスに電話させろなんて言って。ほんとうにごめん」

　エリザベスは黙っていた。

「ちゃんと自己紹介していなかったね。ぼくはキャルヴィン・エヴァンズだ」

「エリザベス・ゾットです」エリザベスはバッグを取りながら言った。

「どうも、エリザベス・ゾット」彼はようやく小さな笑みを浮かべた。「きみは恩人だ」

だが、エリザベスには聞こえていなかった。


「わたしのＤＮＡ研究は縮合剤としてのポリリン酸がテーマでした」翌週、エリザベスはカフェテリアでキャルヴィンとコーヒーを飲みながら話した。「これまでは順調に進んでました。でも先月、担当を替えられてしまって。アミノ酸の研究に」

「どうして？」

「ドナティに——あなたのボスもあの人ですよね？　ドナティに、わたしは必要ないって思われたみたいです」

「だけど、縮合剤の研究はＤＮＡをより理解するために必要不可欠で——」

「ええ、わかってます。博士課程の研究テーマにするつもりでした。ほんとうに興味があるのは生命起源論ですけど」

「生命起源論？　無機物から有機物が合成されて生命が誕生したって説？　おもしろいね。でも、きみは博士じゃないよね」

「ええ」

「生命起源論は博士課程の領域だろ」

「化学の修士を取りました。ＵＣＬＡで」

「アカデミアってやつは」キャルヴィンは訳知り顔でうなずいた。「いろいろ旧弊だよな。だから脱出したくなったんだね」

「そういうわけではありません」

気まずい沈黙がしばらく続いた。

「あの」エリザベスはふたたび口をひらき、深呼吸をした。「わたしのポリリン酸に関する仮説を説明します」

いつのまにかエリザベスは一時間以上話していた。そのあいだキャルヴィンはうなずきながらメモを取り、ときおり複雑な質問を挟んだが、エリザベスはそのすべてにやすやすと回答した。

「もっと進めるはずでした、でも」エリザベスは言った。「知ってのとおり、わたしは〝再配置〟されたので。その前に、本来の仕事を続けるのに必要な基本の用具を調達することすら不可能に近いとわかりました」だから、よその研究室から機器や用具をくすねるまで落ちぶれたというわけです、と締めくくった。

「でも、備品の調達がどうしてそんなに大変なんだ?」キャルヴィンは尋ねた。「ヘイスティングズは潤沢な資金を持ってるのに」

エリザベスは、あんなに田んぼだらけなのにどうして中国の子どもたちは飢えるのかと尋ねられたような気分だった。「性差別です」つねに耳に挟むか髪に挿しているＨＢの鉛筆を取り、これ見よがしにテーブルをコツコツと叩いた。「それだけじゃなくて、組織内の政治と特別扱いと不平等と世間一般の不公平の問題」

キャルヴィンは唇を噛んだ。

「でも、大部分は性差別です」

「性差別なんてあるのか?」彼は無邪気に尋ねた。「だって、どうして女性を科学から締め出すんだ?　おかしいじゃないか。できるだけ多くの科学者がいたほうがいいのに」

エリザベスは愕然としてキャルヴィンを見つめた。キャルヴィン・エヴァンズは聡明そうな印象があったけれど、どうやら彼もまた、狭い分野でのみ聡明な人間なのかもしれない。エリザベスは、どう説明すればわかってもらえるのだろうかと思い、さらにキャルヴィンをまじまじと見つめた。両手で髪を束ねて二度ひねり、頭のてっぺんでシニヨンにし、鉛筆でとめた。「あなたはケンブリッジで」両手をテーブルに置き、慎重に切り出した。「何人の女性科学者に会いました?」

「ひとりも会ったことはない。うちのカレッジは全員男だったから」

「なるほど。でも、どこかに大学で学ぶ機会を与えられた女性がいたはずですよね?　では、あなたの知っている女性科学者は何人?　キュリー夫人は除いて」

彼はまずいことになったと気づいたらしく、エリザベスを見つめ返した。

「キャルヴィン、問題は」エリザベスは声に力をこめた。「人口の半分が機会を与えられていないということです。わたしが仕事に必要な備品を手に入れられないだけじゃなく、そもそも女性はやりたいことのために必要な教育すら受けられません。大学へ行けたとしても、ケンブリッジなんて夢の夢。つまり、女性は男性と同じ機会を与えられていないし、同じように尊重されてもいない。女性は底辺からスタートして、いつまでも上に行けない。お給料は言わずもがなです。それもこれもすべて女性が学校を出ていないからで、でもそもそも学校が女性を受け入れない」

「ということは」キャルヴィンはのろのろと言った。「科学をやりたい女性は、じつはたくさんいるんだ」

エリザベスは目を見開いた。「いるに決まってるでしょう。科学に医学、ビジネス、音楽、数学。どんな分野だってそうです」そこでエリザベスは口を閉じた。正直なところ、エリザベスも科学やそのほかの分野を志していた女性をひと握りしか知らない。そのうえ、大学で知り合った女性たちのほぼ全員が、進学したのは夫候補を見つけるためだと言い切った。まるで一時的に正気を失う飲みものでも飲まされていたかのようで、理解に苦しむ話だ。

「ところが」エリザベスは続けた。「女性は家にいて、子どもを何人も産んで絨毯を洗っている。合法的な奴隷です。望んで主婦をしている女性ですら、自分の仕事が完全に誤解されていると考えています。男性は、五人の子を育てているこの国の平均的な母親にとってもっとも重要な決定事項は、マニキュアの色だと思っているんです」

キャルヴィンは五人の子どもを思い浮かべて身震いした。

「きみの仕事についてだけど」キャルヴィンはエリザベスの矛先を変えようとした。「ぼくがなんとかできると思うんだ」

「なんとかしてもらわなくても結構です。自分の状況は自分でなんとかします」

「いや、無理だよ」

「は?」

「きみには無理だ、なぜなら世界はそういうふうにできているからだ。人生は不公平だからね」

これにはエリザベスも憤慨した——よりによってこの人がわたしに不公平について教えようとするなんて。なんにも知らないくせに。エリザベスは口をひらきかけたが、さえぎられた。

「いいかい。人生は不公平なことだらけなんだ。それなのにきみはまるで——いくつか間違いを正せば何もかもうまくいくみたいな態度だ。うまくいくもんか。ぼくのアドバイスを言おうか?」エリザベスが断るより先に、彼はつけくわえた。「体制を変えようとするな。体制の裏をかくんだ」

エリザベスは黙って彼の言葉を噛みしめた。いまいましいことに、ひどく不公平だが一理ある。

「ところで、幸運な偶然ってあるもんだな。ぼくも去年からずっとポリリン酸を見直そうとしていたんだが、行き詰まっていてね。きみの研究が後押ししてくれそうだ。ぼくからドナティにきみの協力がほしいと言えば、きみは明日にでも研究に戻れる。たとえきみの研究が必要じゃなくても——ほんとに必要なんだけど——きみには借りがある。秘書の件とゲロの件と」

エリザベスは黙ったままじっと座っていた。よくないと知りながら、本心は彼の提案に傾いているのがわかった。だめだ、体制の裏をかくなんて考え方は気に入らない。そもそも表がちゃんとしていればすむ話では?　それに、便宜を図ってもらうのもいやだ。とくに、いんちきくさい便宜は。けれど、やりたいことはあるし、ああそれなのになぜ自分はじっと座っているのだろう。じっと座っていては何も解決しない。

「言っておきますが」エリザベスは強調し、顔から髪を払いのけた。「話の飛躍だと思わないでください、過去にもあったことだからはっきりさせておきたいんです。あなたとデートはしません。これは仕事で、それ以上ではない。個人的な関係にするつもりは一切ないので、そのつもりで」

「ぼくだって」キャルヴィンはむきになった。「これは仕事。それだけだ」

「それだけです」

ふたりはカップとソーサーを取り、それぞれ反対の方向へ進みながらも、相手が本気で言ったのではありませんようにと願っていた。

4章

化学入門

およそ三週間後、キャルヴィンとエリザベスは激しく言い合いながら駐車場へ向かって歩いていた。

「あなたのアイデアは完全に見当違いです。タンパク質合成の基本的性質を見落としてる」

「いやむしろ」自分のアイデアが見当違いだと言われたことがないキャルヴィンは、実際にそう言われるといい気持ちがしなかった。「きみこそ分子の構造を完全に無視して——」

「無視してません——」

「きみは二種の共有結合が——」

「三種でしょう——」

「あっそうだ、でも——」

「あの」エリザベスが鋭くさえぎったと同時に、ふたりは彼女の車の前で足を止めた。「大きな問題があります」

「何が問題なんだ?」

「あなた」きっぱりと言い、両手で彼を指差した。「あなたが問題なんです」

「意見が一致しないから?」

「違います」

「じゃあ何が?」

「ええと……」エリザベスはあやふやに手を振り、目をそらして遠くを見た。

キャルヴィンはため息をつき、彼女の古いブルーのプリマスの屋根に片手を置き、いつもの辛辣な言葉を待ち構えた。

この三週間ほどで、キャルヴィンとエリザベスは六回会った——二度はランチ、四度はコーヒーだ——そして六度とも、キャルヴィンは一日のうちで最高の気分と最低の気分を味わった。最高なのは、キャルヴィンの人生で彼女がだれよりも知的で切れ者でおもしろくて——そしてそう——不安になるほど魅力的な女性だからだ。最低なのは、彼女はいつもそそくさと帰ってしまうからだ。彼女が帰ってしまうと、キャルヴィンはその日一日、気が滅入っていらいらした。

「最近のカイコガの研究」エリザベスは話を続けていた。「〈サイエンス・ジャーナル〉の最新号に載っていました。問題とはそれです」

キャルヴィンはいかにも納得したようにうなずいたが、そのじつ、納得などしていなかった。納得できないのはカイコガだけではない。エリザベスと会うたびに、ぼくはきみの職業的な能力のほかはまったく興味がないという態度を取るのに全力を尽くさなければならなかった。彼女のコーヒー代は払わない、ランチトレーも運んでやらない、ドアをあけてやることすらしないようにしている——たとえ顔が見えないくらい大量の本を抱えていても。シンクの前にいた彼女にうっかりぶつかられ、髪の香りを嗅いでしまったときも失神しなかった。人間の髪があんなにおいとは知らなかった――花で一杯のたらいで洗ったかのようだった。これほどまでに、ただの仕事のつきあいだ的態度を死守しているのに、彼女は信じてくれないのか？　まったく腹立たしい。

「ボンビコールのことですが」彼女は言った。「カイコガの」

「うん」キャルヴィンは、はじめてエリザベスに会ったときの自分がいかに間抜けだったか思い返した。彼女を秘書と間違えて。研究室から追い出して。そのあとどうした？　彼女にゲロをぶちまけた。彼女はたいしたことじゃないと言ってくれたが、あれからあの黄色いワンピースを着たことがあるか？　ない。彼女は気にしていないと言うが、明らかに気にしている。根に持つことにかけては右に出る者がいないキャルヴィンにはわかる。

「化学的メッセンジャーです。メスのカイコガの」

「虫のくせに」キャルヴィンはいやみっぽく言った。「すごいよな」

エリザベスは彼の失礼な態度に驚いたようすで一歩あとずさった。「興味なさそうですね」耳が赤くなっている。

「ああ、まったく」

エリザベスは息を呑み、バッグに手を突っこんで一心不乱に車のキーを探した。

ああもうがっかりだ。エリザベスにとって、キャルヴィンはついに出会えたまともな話し相手なのに――とんでもなく知的で切れ者でおもしろいのに（そして、不安になるほど笑顔が魅力的なのに）――彼はエリザベスに興味がない。これっぽっちもない。この三週間ほどで六回会ったけれど、六回ともエリザベスはビジネスライクに徹したし、彼もそうだった――彼のほうは、ほとんど失礼なほどだった。こっちがドアも見えないほど本をどっさり抱えていた日は？　ドアをあけてもくれなかった。それに、会うたびにキスをしたいというあらがいがたい衝動を覚える。それは恐ろしく自分らしくない。しかも、会ったあとは――ほんとうにキスをしてしまうとまずいので、なるべく早く話を終わらせるようにしている――その日一日、気が滅入っていらいらするのだ。

「もう行かなくちゃ」

「いつもそうだな」キャルヴィンはそう返した。だが、ふたりとも動かず、ほかのだれかと待ち合わせをしているかのように、たがいちがいの方向を見たが、いまは金曜日の午後七時前で、南駐車場に車は二台しか駐まっていなかった。エリザベスとキャルヴィンの車だ。

「週末の予定は決まってる？」とうとうキャルヴィンが意を決したように尋ねた。

「ええ」嘘だった。

「楽しい週末を」キャルヴィンはぼそりと言った。それからくるりと向きを変えて歩きだした。

　エリザベスはしばらく彼の後ろ姿を見送り、車に乗りこんで目を閉じた。彼はばかではない。それに〈サイエンス・ジャーナル〉を読んでいる。エリザベスがボンビコールの話で何を言わんとしていたのか、彼にはわかっていたはずなのに。ボンビコールとはメスのカイコガがオスを誘《おび》き寄せるフェロモンだ。虫のくせになんてひどい。いやなやつ。だけど、こっちもばかだった――駐車場で露骨に恋の話なんかして、しかも相手にされなかった。

　興味なさそうですね、とエリザベスが言ったら。

　ああ、まったく、と彼は答えた。

　エリザベスは目をあけ、キーをイグニッションに差した。きっと彼には研究室の備品目当てだと思われている。そうでなければ女が金曜日の夜に無人の駐車場でボンビコールの話などするわけがないと、男なら考える。西からのそよ風を利用してばか高いシャンプーの香りを彼の鼻孔にぶちこんでやったのは、もっとたくさんのビーカーを手に入れるための策略だ、ほかに理由が考えられるか？　エリザベスには思いつかなかった。ただし、ほんとうの理由はわかっている。彼に恋をしているのだ。

　そのとき、左側でコンコンと音がした、振り仰ぐと、キャルヴィンが窓をあけろというジェスチャーをした。

「わたし、あなたの研究室の備品がほしいわけじゃないので！」ふたりを隔てるガラス板をおろしながら、エリザベスは吠えた。

「ぼくだって〝問題〟なんかじゃない」キャルヴィンはぴしゃりと言い、身を屈めてエリザベスと正面から向き合った。

　エリザベスはむかむかしながら彼を見返した。なんなのこの人？

　彼もエリザベスを見返した。なんなんだこの女は、と言わんばかりに。

　そのとき、またあの衝動がエリザベスを襲った。彼がそばにいるとかならず湧き起こる衝動だが、はじめてエリザベスはそれに従い、両手で彼の顔をぐいと引き寄せた。ふたりのファーストキスは化学ですら説明できないほど耐久性の高い接合剤だった。

5章

家族の価値

研究室の同僚たちは、エリザベスがキャルヴィン・エヴァンズと交際している理由はひとつしかないと考えていた。彼の名声だ。キャルヴィンが後ろにつけば、だれも彼女に手出しできない。だが、実際の理由はもっと単純だった。「彼を愛しているから」彼女は尋ねられればそう答えただろう。だれにも尋ねられなかったけれど。

キャルヴィンにしても同じだった。だれかに訊かれれば、エリザベス・ゾットは自分にとって世界一の宝物である、その理由は彼女がきれいだからではなく頭がよいからでもなく、ふたりはたがいに対する献身を裏打ちするような、ある種の強い信念と信頼をもって愛し合っているからだと答えるだろう。ふたりにとって、相手は友人や親友や同志や恋人の範疇には収まらない存在だった。カップルの関係がパズルだとすれば、ふたりは最初からぴったりはまった——箱からピースをばらばらと出したとたん、それぞれが勝手に正しい場所に着地してするりとはまり、絵が完成するのを目の当たりにしているかのようだった。ほかのカップルはふたりをうらやんだ。

夜は愛を交わしたあと、いつもふたりで仰向けになり、キャルヴィンがエリザベスの脚に片脚をかけて彼女のほうへ首を傾け、エリザベスが片腕をキャルヴィンの膝に置いて話をした。目下の難問にしろ、将来の展望にしろ、話題はつねに研究に関することだった。結合後で疲れていても深夜まで話しこみ、新たな発見や化学式の話になると、最終的には決まってどちらかが起きあがってメモを取った。職場恋愛は仕事によくない影響を与えることがあるが、キャルヴィンとエリザベスに限ってはその反対だった。ふたりの仕事は仕事をしていないときに前進し――おたがいに新しい視点を得て、持ち前の創造力や発想力が増幅されるので――研究者仲間はふたりの仕事ぶりに目をみはったが、裸で仕事をしていたと知ったら、もっと驚いていたに違いない。

「まだ起きてる?」ある晩、ベッドでキャルヴィンは遠慮がちに尋ねた。「相談があるんだ。感謝祭のことで」

「どうしたの?」

「ええと、もうすぐ感謝祭だけど、きみは実家に帰るのかなと考えていて、もし帰るのならぼくを連れていってくれるのかなと思って、そして」――いったん黙り、早口で一気に言った。「きみの家族に会わせてくれるのかなって」

「えっ?」エリザベスは小声で返した。「実家に? いいえ。帰らない。わたしはここで感謝祭をお祝いするつもりだった。あなたと一緒に。でも。ううん。あなたは帰省するの?」

「まさか、しないよ」

この二、三カ月ほどで、キャルヴィンとエリザベスはさまざまな話をした――本に仕事に信念に政治、アレルギーの話もした。ただ、ひとつだけ明らかに避けている話題があった。家族だ。意図して避けていたわけではないが――とにかく、最初のうちは意識していなかったが、いつまでたっても話題にあがらないので、やがて家族には触れないことが暗黙の了解になっていた。

相手の生い立ちに興味がないわけではなかった。だれだって、他人の子ども時代の深みに潜って、おなじみの面々――厳しい両親や負けず嫌いのきょうだいやいかれたおばさんに会いたいのではないだろうか？　ただ、このふたりは例外だった。

こうして、家族の話は歴史的建築物見学ツアーにおける立入禁止の部屋のようになっていた。ちょっと覗きこんで、キャルヴィンがどこで育ったとか（マサチューセッツ？）、エリザベスには兄弟がいるとか（いや、姉妹だったか？）、そのくらいはぼんやりわかったが――なかに踏みこんで薬品棚の中身を盗み見ることはできないという感じだった。キャルヴィンが感謝祭の話を持ち出すまでは。

「こんなことを訊くなんてわれながら信じられないんだけど」しばらくして、キャルヴィンは息詰まる沈黙を破った。「きみがどこの出身か知らないことに気づいたんだ」

「あ。そうね。オレゴンかな、一応。あなたは？」

「アイオワ」

「そうなの？　ボストンかと思ってた」

「いや」キャルヴィンはすかさず言った。「兄弟はいる？　姉妹は？」

「兄がひとり。あなたは？」

「いない」その声は抑揚がなかった。

エリザベスは彼の口調に気づき、じっと横たわっていた。「さびしかった？」

「うん」彼はぶっきらぼうに答えた。

「かわいそうに」エリザベスはシーツの下で彼の手を握った。「ご両親がひとりっ子でいいと思っていたのかしら？」

「どうかな」彼の声はか細かった。「子どもが親に訊くようなことでもないだろう？　でもたぶん。そうじゃないかな」

「それなら――」

「両親はぼくが五歳のときに死んだ。母は妊娠八カ月だった」

「まあ。ごめんなさい、キャルヴィン」エリザベスはさっと起きあがった。「どうして？」

「列車に」キャルヴィンはなんの感情もこめずに言った。「はねられた」

「キャルヴィン、ほんとうにごめんなさい。そんなこと、思いもしなかった」

「いいんだ。昔のことだよ。両親のことはあまり覚えていないし」

「でも――」

「きみの番だ」彼は出し抜けに言った。

「待って、ちょっと待って。キャルヴィン、あなたはだれに育てられたの？」

「おばだよ。おばも死んじゃったけどね」

「え？　どうして？」

「一緒に車に乗っていたときに、心臓発作を起こしたんだ。車は縁石を乗り越えて木に衝突した」

「まあ」

「一族の伝統だな。事故で死ぬのは」

「笑えないわ」

「笑わせようとしたわけじゃないけど」

「そのときあなたはいくつだったの？」

「六歳」

エリザベスはきつく目をつぶった。「そのあと、あなたは……」声が途切れた。

「カトリックの男子孤児院に引き取られた」

「それで……」エリザベスは先を促しながらも、根掘り葉掘り尋ねる自分がいやになった。「そこはどうだった？」

単純だが不快な質問に正直な答えを探すかのように、彼は少し黙りこんだ。「大変だった」ようやく発した声は低く、聞き取るのがやっとだった。

四百メートルほど離れた線路で列車が汽笛を鳴らし、エリザベスはぎくりとした。キャルヴィンは毎晩ここでひとり横たわり、あの汽笛を聞くたび亡くなった両親と弟か妹を思ったのだろうか、そしてそのことをずっと黙っていたのだろうか？　いや、家族のことは考えなかったのかもしれない――ほとんど覚えていないと言っているし。それならだれを覚えているのだろう？　そしてそれはどんな人たちだったのだろう？　〝大変だった〟とは、正確にはどういう意味なのだろう？　訊きたいことはたくさんあったが、彼の口調は――暗くて低くて、彼ではないようで――それ以上訊くなと釘を刺している。でも、彼のその後の生活は？　アイオワのまんなかでどうやってボートを漕げるようになったのか、ましてやケンブリッジへ進学してそこでもボートをやるようになったいきさつは？　大学は？　学費はだれが出したのか？　初等教育は？　アイオワの男子孤児院で良質の教育を受けられたとは考えにくい。たしかに飛び抜けて優秀な人はいるが、機会に恵まれないのに飛び抜けて優秀な人になるのは——ただごとではない。モーツァルトがザルツブルグの教養のある家庭ではなくボンベイの貧しい家に生まれていたら、交響曲第三十六番ハ長調を作曲できただろうか？　無理だろう。では、どうしてキャルヴィンは何もないところから世界的に有名な科学者になれたのか？

「きみはさっき」キャルヴィンはこわばった声で言い、エリザベスを自分の隣へ引き戻した。「オレゴン出身だって言ってたね」

「ええ」エリザベスは自身の話を絶対にしたくなかった。

「よく帰るの？」

「一度も帰ってない」

「なんで？」キャルヴィンは思わず大声をあげそうになった。完璧なすばらしい家族を捨てられるなんて驚きだ。というか、生きている家族を。

「宗教的な理由で」

キャルヴィンは、自分が何か見落としていたのではないかと思い、口をつぐんだ。

「わたしの父は……ある種の宗教家なの」

「なんだって？」

「言ってみれば、神のセールスマンね」

「ちょっと話についていけないんだけど——」

「暗い未来の話ばかりしてお金儲けをする人。よくいるでしょう」エリザベスの声は消え入りそうだった。「終末が近づいている、でも助かる方法があると触れまわる人たち――特別な洗礼とか高価なお守りなんかを売りつけるの――審判の日をちょっとだけ遅らせることができるなんて言って」

「そういう仕事があるんだ？」

エリザベスはキャルヴィンのほうへ顔を向けた。「ええ、あるの」

キャルヴィンは黙って寝転び、想像してみた。

「とにかく」エリザベスは言った。「わたしたちはそのせいで引っ越しを繰り返さなければならなかった。なかなか終末が来なかったら、終末が近いなんてひとところでいつまでも言ってられないでしょ」

「お母さんは？」

「お守りを作ってた」

「そうじゃなくて、お母さんも宗教家だったのか？」

エリザベスは口ごもった。「お金も宗教だとするならね。あの業界は競争が激しいのよ、キャルヴィン――大儲けできるから。父はとくに才能があったみたいで、その証拠に毎年キャデラックを買い替えてた。ひとことで言えば、父は自然発火させる才能があったから注目されたの」

「待って。どういういうこと？」

「だれかが〝神よ、われにしるしを与えたまえ〟って叫んだとたんに何かがいきなり燃えだしたら、そりゃ本物だって思うでしょ」

「待って。つまりそれって――」

「キャルヴィン」エリザベスは普段の科学者口調に戻った。「ピスタチオって自然発火しやすいって知ってた？　脂肪含有率が高いの。通常、ピスタチオは、湿度とか気温とか気圧とか、いろいろな条件をクリアした場所で保管する。でも、そういう条件をいじると、種子が酸素を摂取して二酸化炭素を排出する過程で、脂肪分解酵素が遊離脂肪酸を生成して化学変化を起こす。結果は？　発火。わたしは、ふたつの点で父を評価してる。ひとつは、神のしるしが必要なときにタイミングよく自然発火を起こしていたこと」かぶりを振る。「そりゃもう、大量のピスタチオを使ったわ」

「もうひとつは？」キャルヴィンはすっかり面食らっていた。

「わたしに化学というものを教えてくれたこと」彼女はため息をついた。「たぶん、そこは感謝すべきなんでしょうね」苦々しげな口調だった。「でも、感謝はしない」

　キャルヴィンは落胆を隠すため、顔を左に向けた。その瞬間、自分は彼女の家族に心底会いたかったのだと痛感した――いずれ自分の家族になる人々と感謝祭のテーブルを囲めると期待していたのだ。自分は彼女の家族だから。

「お兄さんは？」

「死んだわ」彼女の声は硬かった。「自殺」

「自殺？」キャルヴィンの胸から空気が抜けた。「どうして？」

「首を吊ったの」

「いや……理由は？」

「神は兄を憎んでるって父に言われて」

「そんな……そんな……」

「さっきも言ったけど、父が言うとほんとうらしく聞こえるの。神が何かを望んでいると言えば、たいてい神の思い通りになった。父が神だった」

キャルヴィンの腹はこわばった。

「きみは……お兄さんと仲がよかったの？」

エリザベスは深く息を吸った。「ええ」

「よくわからないんだけど。なぜお父さんはそんなことを言ったんだ？」キャルヴィンは暗い天井に目を向けた。自分は家族と早くに別れたものの、家族がいることは重要なのだろうと想像していた。心の安定に必要で、つらいときには頼りになるのだろう、と。まさか家族がつらさの原因になりうるとは、思いも寄らなかった。

「ジョンは——兄は——同性愛者だったの」エリザベスは言った。

「ああ」それですべてがわかったかのような口調になってしまった。「気の毒に」

エリザベスは肘枕をして、暗がりのなかでキャルヴィンの顔を覗きこんだ。「何が気の毒なの？」と訊き返した。

「いや、別に——でも、きみはどうしてそれを知っていたんだ？　お兄さんが打ち明けてくれたわけじゃないだろう」

「わたしは科学者よ、キャルヴィン、忘れたの？　わたしにはわかったの。同性愛者であることは異常でもなんでもない。完全に普通のことよ——ヒト生物学の基本的事実よね。みんななぜ知らないのかしら。マーガレット・ミードってもう読まれてないのかしらね？　とにかく、ジョンが同性愛者だということは知っていたし、ジョンもわたしが知っているのを知っていた。ふたりで話したこともある。ジョンは同性愛者になろうとしてなったんじゃない。たんにそうだったというだけ。

あのころはよかったな」なつかしそうに言う。「ジョンもわたしをわかってくれてた」

「きみが――」

「科学者だとわかってくれてたってこと！　それより、不運な子ども時代を送ったあなたにこんなことを言うのは酷かもしれないけど、血のつながりがあるからといって、家族が居場所になるとは限らないのよ」

「だけど――」

「いいえ。わかるでしょう、キャルヴィン。父のような人たちは愛を説きながら、心のなかは憎悪に満ちている。偏見に凝り固まった信念を脅《おびや》かす存在を許せないの。兄は男の子と手をつないでいるのを母に見られてしまった。おまえは異常だ、生きる資格はないと言われ続けて一年後、ロープを持って納屋に行ってしまった」

彼女の声は、泣くのを必死に我慢しているように高かった。キャルヴィンが手をのばすと、彼女は抱かれるがままになった。

「きみはいくつだった？」

「十歳。ジョンは十七歳だった」

「お兄さんのこと、もっと教えてくれないか。どんな人だった？」

「ええと、そうね」エリザベスは口ごもった。「優しかった。お兄さんらしかった。毎晩、本を読んでくれたのも、膝小僧をすりむいたときに絆創膏を貼ってくれたのも、読み書きを教えてくれたのもジョンだった。引っ越しばかりしていたから、わたしは友達を作るのがほんとうに下手で、でもジョンがいたから平気だった。いつもふたりで図書館に行った。図書館はわたしたちの聖域だったの——どの町でも安心できる唯一の場所だった。いま思えば、ちょっと笑えるけど」

「どうして？」

「両親は聖域を商売にしていたんだもの」

キャルヴィンはうなずいた。

「わたしはひとつ学んだの、キャルヴィン。人は複雑な問題に単純な解決法を求める。目に見えないもの、手でさわれないもの、説明のつかないもの、変えられないものを信じるほうが、その逆よりずっと楽なのよ」ため息をつく。「つまり、自分を信じるよりもね」腹部に力をこめる。

ふたりは黙って横たわったまま、それぞれにつらい過去を思い返した。

「ご両親はいまどこに？」

「父は刑務所。神のしるしが三人の命を奪ってしまって。母は離婚して再婚して、ブラジルへ行ってしまった。ブラジルは逃亡した犯罪者を引き渡す法律がないから。両親が税金を払ってなかった話はした？」

キャルヴィンは低く長い口笛を吹いた。悲しみを常食にして育つと、ほかにもっと大量の悲しみを食べている人間がいるかもしれないとは、なかなか気づけないものだ。

「じゃあお兄さんが……亡くなったあとは……きみはご両親と——」

「いいえ」エリザベスはさえぎった。「わたしはいつもひとりだった。両親はいつも数週間単位で留守にしていたし、ジョンがいなくなったから、必然的に自立しなければならなかった。で、自立した。料理とか、ちょっとした修理なんかは独学で覚えたの」

「学校は？」

「さっきも言ったとおり――図書館に通ってたから」

「それだけ?」

エリザベスは彼のほうを向いた。「それだけ」

ふたりは倒木のように並んでじっとしていた。数ブロック先で教会の鐘が鳴った。

「ぼくは子どものころ」キャルヴィンは静かに言った。「毎日が新しい、明日は今日と違うって毎日自分に言い聞かせていたんだ。なにかいいことがあるかもしれないって」

エリザベスはもう一度彼の手を握った。「効き目はあった?」

男子孤児院の院長から聞いた父親の話を思い出すと、キャルヴィンの口元はゆがんだ。「ぼくはたぶん、過去にとらわれないようにしようって言いたいんだろうな」

エリザベスはうなずきながら、家族を失ったばかりでなんとか明るい未来を信じようとしている子どもを思い浮かべた。つらい境遇に耐えている子どもが、宇宙の法則も現実も明るい未来を示してはくれないのに、明日はもっといい日になるかもしれないと信じるには、特大の勇気が必要なのではないだろうか。

「毎日が新しい」キャルヴィンは、子どものころと同じ気持ちで繰り返した。けれど、やはりいまでも父親のことを考えるのはつらいとあらためて思い知ったので、考えるのをやめた。「さて、くたびれたな。そろそろ寝ようか」

「少しは眠らないとね」エリザベスは少しも眠くなかった。

「話の続きはまたいつか」キャルヴィンはしょんぼりと言った。

「明日にでも」エリザベスにそのつもりはなかった。

6章

ヘイスティングズ研究所のカフェテリア

他人の幸せを目の当たりにすることほど人を苛立たせるものはないが、ヘイスティングズ研究所の職員のなかにも、キャルヴィンとエリザベスは幸せすぎて、不公平だと感じている者たちがいた。キャルヴィンは優秀で、エリザベスはきれいだ。そのふたりがカップルになれば、自動的に幸せが倍になり、ますます不公平である。

彼らに言わせれば、何より腹が立つのは、ふたりの幸せは努力して手に入れたものではないことだった――ふたりとも生まれつき恵まれていただけで、ふたりが幸せなのは一生懸命に努力したからではなく、遺伝的な幸運に過ぎないというわけだ。しかも、ふたりがそれぞれに労せずして得た才能をひとつに化合し、愛情に満ちた、おそらく性的にも満たされた関係が生成されたという事実を毎日昼休みに見せつけられ、彼らの不満はつのるばかりだった。

「来た来た」七階の地質学者が言った。「バットマンとロビンのお出ましだ」

「同棲してるらしいぞ――知ってたか？」同じ研究室の研究者が尋ねた。

「いいい、だれでも知ってるさ」

「おれは知らなかったぞ」三人目のエディという男がむっつりと言った。

エリザベスとキャルヴィンがカフェテリア中央の空いたテーブルに着くのを眺めている三人には、ふたりのトレイやカトラリーがカチャカチャカチャと鳴るのが銃声のように聞こえた。カフェテリアのまずいビーフストロガノフのにおいでだれもが窒息しそうになっているのに、キャルヴィンとエリザベスはタッパーウェアをテーブルに並べて蓋をあけた。チキン・パルメザン。じゃが芋のグラタン。何かのサラダ。

「ふーん」地質学者のひとりが言った。「カフェテリアの料理なんか食えるかってことか」

「うちの猫だってこれよりましなものを食ってる」もうひとりがトレイを押しやった。

「お疲れさま！」と、彼らに甲高い声をかけたのは、腰の肉付きがよく、やや元気がよすぎる人事部の秘書、ミス・フラスクだ。彼女はトレイを置き、咳払いをして、エディが椅子を引いてくれるのを待った。フラスクは三カ月ほど前からエディと交際しており、このうえなく順調だと思いたいところだが、そうではなかった。エディはがさつで幼稚な部分があった。口をあけたまま食べものを咀嚼し、つまらないジョークに大笑いし、〝うーったまんねえ〟みたいな言葉を使う。それでも、エディには重要な長所があった。独身なのだ。「ありがとう、エディ」フラスクは、身を乗り出して椅子を引いてくれたエディに言った。「優しいのね！」

「ご覧になるなら自己責任でどうぞ」別の地質学者が、キャルヴィンとエリザベスのほうへ顎をしゃくった。

「どうしたの？　何を見てるの？」フラスクは椅子の上で向きを変え、彼らの視線をたどった。

「あらま」幸せそうなカップルに目が吸い寄せられた。「またやってるの？」

四人が黙って見ている前で、エリザベスはノートを取り出してキャルヴィンに渡した。キャルヴィンはページをじっと見つめ、何か言った。エリザベスはかぶりを振り、ページ上の何かを指差した。キャルヴィンはうなずき、首をかしげておもむろに唇を噛みはじめた。

「あの人、ほんとに冴えないわねえ」フラスクは顔をしかめた。だが、彼女は人事部に所属している。人事部の者が職員の外見についてあれこれ言うのは不適切なので、つけくわえた。「青は似合わないって言いたいだけだけど」

地質学者のひとりがストロガノフを口に入れ、あきらめてフォークを置いた。「聞いたか？　エヴァンズはまたノーベル賞の候補に名前があがったんだ」

四人はそろってため息をついた。

「まあ、だからなんだって話だよ」別の地質学者が言った。「候補になるくらい、だれにでもできる」

「へえそうか？　おまえはいつ候補になったんだ？」

四人はしばらくふたりから目を離せずにいたが、やがてエリザベスが下へ手をのばし、蠟紙の包みを取り出した。

「なんだろう？」地質学者のひとりが言った。

「焼き菓子だ」エディが感に堪えないといった声をあげた。「彼女、焼き菓子も作れるんだな」

四人はエリザベスがキャルヴィンにブラウニーを差し出すのを見ていた。

「何よ」フラスクは口を尖らせた。「焼き菓子〝も〟って何？　だれだって焼き菓子くらい作れるでしょ」

「不思議だよな」地質学者のひとりが言った。「彼女、エヴァンズをものにしたじゃないか。なぜ仕事を辞めないんだ?」あらゆる可能性を吟味するかのように、しばらく黙った。「エヴァンズが結婚したがらないのかな」

「ただでミルクを飲めるのに、わざわざ雌牛を買わないよな」

「おれは農場育ちだ」エディが口を挟んだ。「雌牛の世話は大変なんだぜ」

フラスクはエディを横目でちらりと見た。植物が太陽のほうを向くようにエディがゾットのほうへ首をのばしているのが気に入らない。

「わたしはヒトの行動の専門家なんだから。心理学で博士号を目指していたころもあったのよ」フラスクはテーブルの面々を見やり、大学でどんな抱負を抱いていたのかと尋ねられるのを待ったが、三人ともわずかな興味すら示さなかった。「とにかく、だから確信を持って言うわ。彼女のほうが彼を利用してるのよ」

カフェテリアの中央では、エリザベスがノートをまとめて立ちあがった。「ゆっくりしてられなくてごめんなさいね、キャルヴィン、これから打ち合わせなの」

「打ち合わせ?」キャルヴィンは、これから死刑執行なのと言われたかのように訊き返した。「ぼくの研究室に所属していれば、打ち合わせなんか出なくてもいいのに」

「だって所属してないもの」

「所属すればいいじゃないか」

エリザベスはため息をつき、せっせとタッパーウェアを片付けた。もちろんキャルヴィンの研究室で働きたいのはやまやまだが、それは不可能だ。化学者としては、自分はまだひよっこだ。自分で道を切り開かなければならない。それはわかってほしいと、キャルヴィンには何度も伝えてある。

「でも、ぼくたちは一緒に暮らしている。論理的に次の段階はこれだろ」エリザベスにとって論理が何より優先することは、キャルヴィンももう知っている。

「一緒に暮らすのは実利的だからって話だったでしょう」表面上はそのとおりだった。一緒に暮らそうと言いだしたのはキャルヴィンだった。自由時間のほとんどを一緒に過ごしているのだから、同じ家に住んだほうが経済的だと説得した。とはいえ、これは一九五二年のことで、一九五二年には独身の女性はひとり暮らしの男性の家に引っ越したりしなかった。だから、エリザベスがふたつ返事で同意したことに、キャルヴィンはちょっと驚いた。「生活費は折半ね」と、彼女は言った。

　エリザベスは髪から鉛筆を抜き、テーブルをコツコツたたきながらキャルヴィンの返答を待った。本気で生活費を折半すると言ったわけではなかった。そんなことは不可能だ。ばかばかしいほどの安月給なのだから、半分払うなど論外だ。それに、家は彼の名義だ――税金の控除を受けるのは彼だけだ。だから、折半はそもそも不公平だ。エリザベスは彼に計算する時間を与えた。折半なんてとんでもない。

「折半か」キャルヴィンは、どうするか考えているふりをした。

　彼女に折半などできないことはすでに知っていた。四分の一だって払えないだろう。なぜなら、ヘイスティングズ研究所は彼女にまともな給料を払っていない――同じ立場の男性研究者の半分だ――キャルヴィンがそれを知っているのは、彼女の人事考課資料を見たからで、そうするのは違法行為だ。それはともかく、キャルヴィンは住宅ローンを背負ってはいない。小さな一軒家のローンは、去年、化学の賞金で一括返済し、すぐさま後悔した。〝全部の卵をひとつのかごに入れてはいけない〟という諺《ことわざ》をご存じだろうか？　彼は入れてしまったのである。

「あるいは」エリザベスは、ぱっと顔を輝かせた。「通商協定を結んだらどうかしら。ほら、国と国とのあいだみたいに」

「通商協定？」

「生活費の代わりにサービスを提供するわ」

　キャルヴィンは凍りついた。無料のミルクがどうのこうのという下品な言い草は耳にしたことがある。

「夕食作り」エリザベスは言った。「週に四日」キャルヴィンが返事をするより先に訂正した。「週に五日。五日ね。これがギリギリの線。わたしは料理が得意なのよ、キャルヴィン。料理は立派な科学《サイエンス》だもの。まさに化学《ケミストリー》よ」


　そんなわけで、ふたりは一緒に住むことになり、何もかもうまくいっていた。けれど、研究室まで一緒に？　エリザベスは考えるのもいやだった。

「あなたはノーベル賞の候補になったばかりよね、キャルヴィン」エリザベスは、じゃが芋のグラタンの残りが入っているタッパーウェアの蓋を閉めた。「五年間で三度目のノミネート。わたしは自分の仕事で評価されたいの――あなたがわたしの代わりにやったと思われそうな仕事ではなく」

「きみを知ってる人間ならそんなこと考えないよ」

　エリザベスはタッパーウェアの空気を抜き、キャルヴィンに向きなおった。「それが問題なの。

だれもわたしを知らない」

物心ついたころから、ずっとそう感じていた。エリザベスは自分がしたことではなく、自分以外の人間がしたことで評価されてきた。過去には放火犯の子、夫を取っ替え引っ替えする女の娘、自殺した同性愛者の妹、女好きで知られた教授の教え子。現在は有名な化学者のガールフレンド。けれど、単にエリザベス・ゾットとして扱われたことは一度もない。

めずらしく自分以外の人間がしたことで評価されないときには、つまらない女、あるいは金品目当ての男たらしと、即座に決めつけられた。決めつけの根拠は、エリザベス自身が自分のなかで一番嫌っている部分、つまり外見だ。エリザベスは父親にそっくりだった。

エリザベスがめったに笑わない理由は父親だった。父親は伝道師になる前は俳優を目指していた。彼にはカリスマ性と、美しい歯があった――歯は歯科医の手でかぶせものをしていたのだが。しかし、ひとつ、足りないものがあった。才能だ。俳優にはなれないとわかると、持てる技術を利用して伝道集会を開き、偽物の笑顔で世界の終末詐欺を働くようになった。だからエリザベスは十歳のときに笑うのをやめた。父親との類似点は消えた。

その笑顔が戻ったのは、キャルヴィン・エヴァンズと出会ったのがきっかけだ。彼からワンピースにゲロをぶちまけられた夜、エリザベスの頬は久しぶりにゆるんだ。最初は彼だとわからなかったが、もしやと気づいたとき、ゲロにもかまわず屈んで彼の顔をよくよく確かめた。キャルヴィン・エヴァンズだ！　たしかに、彼に失礼な態度を取られたあと、エリザベスも少しばかり失礼なことを――ビーカーの件で――してしまったかもしれないけれど、ふたりのあいだに、直感によるあらがいがたい引力が働いたのは事実だった。

「まだ食べる？」エリザベスはほとんど空のタッパーウェアを指差した。

「いや。きみが食べてくれ。きみはもっと燃料を入れたほうがいい」

キャルヴィンは、ほんとうは食べるつもりだったのだが、エリザベスがもう少し長くいてくれるなら、残りのカロリーをあきらめてもよかった。彼女と同じく、キャルヴィンも社交的ではない。それどころか、漕艇に出会うまでは他人と深くつきあうことができなかった。肉体的な苦しみは日常生活ではありえないような強さで人を結びつけると学んだのは、ずいぶん前のことだ。ケンブリッジの八人のチームメイトとは、いまでも連絡を取り合っている——先月、ニューヨークで会議に出席したときに、チームメイトのひとりに会ったばかりだ。四番は——いまでもたがいをシートの番号で呼ぶのだ——神経学者になった。

「なんだって？」四番は意外そうに声をあげた。「ガールフレンド？　いやあ、よかったな、六番！」彼はキャルヴィンの背中をばしんとたたいた。「ついにやったな！」

キャルヴィンはにこにことうなずき、エリザベスの仕事や癖や笑い方や、そのほか彼女の好きなところをすべて詳細にわたって解説した。だが、やや興奮が収まってから、仕事以外の時間はいつもエリザベスとともに過ごしている——一緒に暮らし、一緒に食事をし、職場まで一緒に往復することまで話しながら、なんだか物足りなく感じた。彼女がいなければ生活がまわらないわけではないが、彼女なしで生活をまわす意味がわからないのだと、キャルヴィンは四番に語った。「これはどういう状態なんだろうか?」じっくり考えたのち、四番に打ち明けた。「ぼくは彼女に依存しているのかな?　病的な依存だろうか?　脳腫瘍でもできたのかな?」

「ばかだなあ、六番。そりゃ幸せって状態だ」四番は教えてやった。「で、いつ結婚するんだ?」

ところが、それが問題なのだ。エリザベスは結婚に興味がないと断言している。「結婚を否定しているわけじゃないのよ、キャルヴィン」彼女は一度ならず言った。「結婚していないからってわたしたちを否定する人のことは否定するけどね。あなたもそうするでしょう?」

「するよ《アイ・ドゥ》」と答えつつ、キャルヴィンは自分たちのための祭壇の前でそう答えられたらどんなにいいだろうと思った。けれど、エリザベスに期待するような目で見つめられ、あわててつけくわえた。「ほんと、ぼくたちは幸運だなあ」エリザベスに満足そうにほほえまれたとたん、キャルヴィンの頭のどこかが故障した。彼女と別れたあと、キャルヴィンは地元の宝石店へ車を飛ばし、自分に買える小粒のダイヤモンドのうち一番大きなものを買った。買ったはいいものの、興奮で吐き気がしてきたので、それから三カ月のあいだ小さな箱をポケットに入れたまま、しかるべきときを待つはめになった。

「キャルヴィン?」エリザベスはカフェテリアのテーブルに最後まで残ったものを集めた。「聞いてる?　わたしは明日、結婚式に行ってくるから。信じられないけど、わたしも式の関係者なの」緊張の面持ちで肩をすくめた。「だからできれば今晩、例の酸の研究について話し合いたいんだけど」

「だれが結婚するんだ？」

「友達のマーガレット——物理の秘書の？　十五分後の打ち合わせの相手は彼女なの。ドレスのフィッティングの件」

「待って。きみに友達がいたのか？」キャルヴィンは、エリザベスと曲がりなりにもつきあいがあるのは、職場の同僚くらいだと思っていた——彼女の能力を知っていながら研究を邪魔する同輩の科学者たちくらいだと。

　エリザベスは恥ずかしそうにさっと顔を赤らめた。「ええ、まあね」もごもごと言う。「マーガレットとは廊下で会釈する程度なんだけど。コーヒーポットの前で何度か話したくらいで」

　キャルヴィンは、さもそれが普通の友達だと思っているような顔をしてみせた。

「ぎりぎりになって頼まれたの。マーガレットが言うには、花嫁介添人がひとり病気になってしまったんだけど、どうしても花嫁側と花婿側の介添人の数を同じにしなくちゃいけないらしくて」

　エリザベスは、そう言ったとたんに気がついた。マーガレットが求めていたのは、実はサイズ六のドレスがぴったり合って、週末に予定のない人間だったのだ。

　正直なところ、エリザベスは友人を作るのが苦手だった。引っ越しが多く、両親がひどい人たちで、兄を失ったせいだと自分に言い聞かせていた。けれど、つらい目にあっても友人作りに問題を抱えていない人が大勢いるのは知っている。それどころか、人並み以上に得意そうな人もいる——しょっちゅう変わる環境や深い悲しみの亡霊に、いつどこにいても友人を作ることの大切さをたたきこまれたみたいだ。いったい自分はどこがおかしいのだろう？

　それに、女性同士で友情を育むことそのものが理屈の通用しない技術でもあり、秘密を守る能力と、適切なタイミングで秘密を暴露する能力の両方が必要だ。子どものころ、新しい町に引っ越すたびに日曜学校の女の子たちに物陰へ連れていかれ、好きな男の子がだれかひそひそと耳打ちされたものだ。告白を聞かされたあとは、だれにも言わないと固く約束する。そのとおり、エリザベスは秘密を守った。ところが、それは大間違いで、本来なら秘密は暴露されるべきものだったらしい。腹心の友の役割は、少年Xに少女Yがあなたのことをキュートだと言っていたと伝え、両者のあいだに好意の連鎖反応を起こすことだったのだ。「自分で言ったらいいでしょ」と、エリザベスは友達のつもりの女の子たちに言った。「ほら、その子、あそこにいるし」すると、女の子たちは決まって白けた顔であとずさりした。

「エリザベス」キャルヴィンは呼びかけた。「エリザベス?」テーブルに身を乗り出して手を軽くたたく。彼女ははっとした。「ごめん。なんだか上の空みたいだったから。いま、ぼくも結婚式は大好きだと話してたんだけど。一緒に行くよ」

　ほんとうは、結婚式など大嫌いだった。長いあいだ、結婚式に出るたびに、あいかわらずだれからも愛されていないと思い知るばかりだった。けれど、いまではエリザベスがいるし、彼女は明日、祭壇にきわめて近い場所に立つし、その近接体験が彼女の結婚観を変えるかもしれないという仮説も成り立つ。この理論には科学的な名称すらある。連合干渉というやつだ。

「それはだめ」エリザベスはにべもなかった。「だれかを連れていっていいとは言われていないし、あのドレスを着ているところを見る人を増やしたくない」

「頼むよ」キャルヴィンはふたりを隔てる空間に長い腕をのばし、彼女を引き戻した。「マーガレットだってきみがひとりで来るとは思っていないよ。ドレスだって、そんなにひどいものじゃないだろ」

「いいえ、ひどいの」いつもの彼女らしい、理屈っぽく確信に満ちた口調に戻っていた。「花嫁介添人のドレスは女性を魅力的に見せないようにデザインされているの。花嫁をいつもよりきれいに見せるためにね。広く受け入れられている慣習であり、生物学的な根拠もある基本的な防御戦略よ。自然界にも似たような例が多々あるわ」

キャルヴィンはいままで出席した結婚式を思い出し、彼女の言うとおりかもしれないと思った。花嫁介添人にダンスを申しこみたくなったことは一度もない。ドレスにそんな力があるのか？テーブルのむこうで、両手で手早くドレスの形を空中に再現しているエリザベスを見やる。やたらとふくらませた腰、寸胴の上半身、尻を覆う大きなリボン結び。そのようなドレスをデザインした人間に、キャルヴィンは思いを馳せた。そのデザイナーは、爆弾製造業者やポルノスターのように、みずからの仕事について公言しないのではないか。

「そうなんだ、助けてあげようというきみはいい人だよ。でも、結婚式は嫌いじゃなかったのか？」

「嫌いなのは、結婚という制度よ。その話はしたでしょう、キャルヴィン。わたしの考え方はわかってるはず。でも、マーガレットのためにはよかったと思う。九割方はね」

「九割方？」

「だってマーガレットは、土曜の夜にはついにミセス・ピーター・ディックマンになれるって何度も繰り返してるの。名前が変わるのが、六歳から参加してきたレースのゴールみたいにね」

「ディックマンと結婚するのか？　細胞生物学の？」キャルヴィンはディックマンが好きではなかった。

「そう。どうして女性は結婚したら古い名前を中古車みたいに下取りに出さなきゃいけないのか、まったくもって理解できない。ラストネームを失って、それどころかときと場合によってはファーストネームさえ失って――ミセス・ジョン・アダムズ！　ミセス・エイブ・リンカーン！――結婚前の名前は、本物の人間になる前の二十数年間だけ使う仮名かしら。ミセス・ピーター・ディックマン。終身刑だわ」

それにくらべてエリザベス・エヴァンズは完璧だな、とキャルヴィンはひそかに思った。そして、よく考えもせずにポケットから小さな箱を取り出し、ためらいなく彼女の前に置いた。「これでドレスが少しはよく見えるんじゃないかな」

「指輪の箱だ」地質学者のひとりが言った。「きみたち心の準備はいいか。婚約の儀が進行中だ」

ところが、エリザベスの顔に浮かんでいたのは何やら不穏な表情だった。

　エリザベスは箱を見おろし、おぞましさに目を見開いてまたキャルヴィンを見た。

「わかってるよ、きみの結婚観は」キャルヴィンはあわてて言った。「ただ、ぼくは結婚についてあまり考えたことがないけど、きみとぼくならいままでにないタイプの結婚ができるんじゃないかと思うんだ。普通じゃない結婚が。むしろ楽しい結婚だ」

「キャルヴィン――」

「結婚には実際的な利点もある。たとえば、節税になるとか」

「キャルヴィン――」

「せめて指輪を見るだけ見てくれないか」キャルヴィンは懇願した。「もう何カ月も持ち歩いてたんだ。どうか見てくれ」

「いいえ」エリザベスは顔をそむけた。「見てしまったら、断るのが難しくなる」


エリザベスの母親は、女性の技量は結婚相手で評価されるとつねづね説いた。「わたしはね、有名伝道師のビリー・グレアムとだって結婚できたわ」彼女はよく力説した。「彼だってその気だったんですからね。ちなみにエリザベス、婚約するときはできるだけ大きな石をもらいなさい。もし結婚生活がうまくいかなくなったら、質に入れるといい」あとでわかったが、母親のこの主張は経験に基づくものだった。両親が離婚したとき、母親がそれまでに三度結婚していたことが明かされた。

「わたしは結婚しないから」エリザベスは母親に言った。「科学者になる。成功している女性科学者は結婚してない」

「あらそうなの？」母親は声をあげて笑った。「なるほど。あなたは修道女がイエス・キリストと結婚するように、仕事と結婚するわけね。まあ、なんとでも言ってなさい――修道女なら、夫がいびきをかかないことだけは確実だけど」エリザベスの腕をつねる。「結婚を断る女なんていないわ、エリザベス。あなたも例外じゃない」

キャルヴィンは目を丸くした。「まさか断るのか？」

「ええ」

「エリザベス！」

「キャルヴィン」エリザベスは慎重に声を発し、テーブルのむこうへ手をのばして彼の両手を握りながら、その上のしょんぼりした顔を見つめた。「このことは合意したと思ってた。あなたも科学者だから、わたしが結婚を考えられないのはわかってくれるでしょう」

　だが、彼の顔つきはそんなことはわからないと語っていた。

「わたしは自分の科学者としての功績があなたの名前に覆い隠されてしまうのがいやなの」

「わかる。そりゃそうだ。当然だよ。つまり、仕事上の障壁が理由なんだ」

「むしろ社会的な障壁ね」

「ああそいつは最悪だ！」キャルヴィンの怒鳴り声に、それまで関心のなかった人々もひとり残らず中央で喧嘩しているカップルに注目した。

「キャルヴィン。この話はしたでしょう」

「ああ、したよ。きみは名前が変わるのをいやがってる。だけど、ぼくはきみに名前を変えてほしいと言ったか？　いいや、いっそいまの名前のままでいいと思ってた」ほんとうは、そんなことは思っていなかった。エリザベスが名前を変えてくれると思っていた。それでも言いつのった。「どっちにしても、ぼくたちの将来の幸せは、ひと握りの他人がきみをうっかりミセス・エヴァンズと呼ぶかどうかで決まったりしない。間違えられたら、ふたりで正していけばいいじゃないか」

すでに小さな自宅の登記簿に彼女の名前を追加したことは、いまは黙っていたほうがよさそうだ

――エリザベス・エヴァンズ。郡の事務官にはその名前で登記してもらった。研究室に戻ったらすぐさま事務官に電話をかけること、と頭のなかにメモする。

エリザベスはかぶりを振った。「わたしたちの将来の幸せは結婚するかどうかで決まったりしないわ、キャルヴィン――少なくとも、わたしにとってはね。わたしはあなたとの関係を大切に思ってるし、結婚しなくてもそれは変わらない。それに、ひと握りの他人がどうこうって話じゃない。社会がそうなってるの――とくに科学の研究者の社会が。結婚したとたんに、わたしのやることなすことにあなたの名前がくっつくようになるわ、まるであなたの功績みたいに。それどころか、みんなあなたの功績だと当然のように考える。あなたが男だから、しかもキャルヴィン・エヴァンズだから。わたしはふたりめのミレヴァ・アインシュタイン［物理学者アインシュタインの子を身ごもり学位の取得をあきらめた］になりたくないし、ふたりめのエスター・レーダーバーグ［微生物学者。夫との共同研究に貢献したが評価されなかった］にもなりたくないの、キャルヴィン。絶対にお断り。正規の手続きを踏んでわたしの名前を変えずにすんだとしても、やっぱり変わるのよ。だれもがわたしをミセス・キャルヴィン・エヴァンズと呼ぶわ。わたしはミセス・キャルヴィン・エヴァンズになってしまう。クリスマスカードも銀行の取引明細書も、国税庁の通知も、すべてミスター・アンド・ミセス・キャルヴィン・エヴァンズ宛に届くようになる。わたしたちの知ってるエリザベス・ゾットは存在しなくなるの」

「ミセス・キャルヴィン・エヴァンズになるのはきみの人生で最悪のできごとというわけだ」キャルヴィンの顔は苦しそうにゆがんだ。

「わたしはエリザベス・ゾットでいたい。それは大事なことなの」

　ふたりはしばらく気まずい雰囲気で押し黙ったまま座っていた。ふたりのあいだには、憎たらしい青い小箱が、接戦の試合の下手くそな審判よろしく鎮座している。エリザベスは、意思とは裏腹にどんな指輪だろうと考えている自分に気づいた。

「ほんとうにごめんなさい」もう一度謝った。

「いいよ別に」キャルヴィンの声は硬かった。

　エリザベスは顔をそむけた。


「あのふたり別れるぞ！」エディが声をひそめてほかの三人に言った。

「破局へ一直線だ！」

　まずいわ、とフラスクは思った。ゾットが市場に戻ってくるなんて。


　ところが、キャルヴィンはあきらめきれなかった。三十秒後には、何十組もの目が自分たちに注がれていることにもまったく気づかず、意図したより大きな声で言った。「後生だ、エリザベス。ただの名前じゃないか。名前なんか問題じゃない。きみはきみだ――肝心なのはそれだけだろ」

「そうだといいんだけど」

「そうだよ」キャルヴィンは力をこめた。「名前がなんだ？　なんでもない！」

　エリザベスは不意に顔を輝かせ、目をあげた。「なんでもない？　だったら、あなたが名前を変えるのはどう？」

「変える?」

「わたしの名前に。ゾットに」

キャルヴィンは一瞬ぽかんとエリザベスを見やり、目を天に向けた。「じつにおもしろい」

「あら、どうしてだめなの?」エリザベスの声が刺々《とげとげ》しくなった。

「とぼけないでくれよ。男は名前を変えたりしない。どっちにしても、ぼくだって仕事や評価を大事にしている。ぼくは……」キャルヴィンは口ごもった。

「何?」

「ぼくは……ぼくは……」

「はっきり言いなさいよ」

「わかった。ぼくは名前が知られてる、エリザベス。名前を変えるわけにはいかない」

「あら。もし有名でなかったら、わたしの名前に変えることに問題はないんだ。そういうこと?」

「わかった」キャルヴィンは小さな青い箱をつかんだ。「もういいよ。この伝統を作ったのはぼくじゃない。世の中がそうなってるんだ。女性は結婚したら夫の名前に変わって、九十九・九パーセントの女性はそれでまったくかまわないと考えてる」

「その主張には根拠となる研究結果があるんでしょうね」

「は?」

「九十九・九パーセントの女性が名前を変えることに抵抗はないんでしょ」

「いや、根拠はない。でも、不満を聞いたことはないよ」

「そして、あなたが名前を変えられない理由は、名前を知られているからよね。九十九・九パーセントの有名ではない男性も名前を変えないけど」

「もう一度言う」キャルヴィンは小さな箱をポケットに突っこんだが、力が入りすぎてポケットの隅が破れた。「伝統を作ったのはぼくじゃない。さっきも言ったように、ぼくはきみが名前を変えずにすむように全力でサポートするつもり——だった」

「過去形なんだ」

「もうきみと結婚しようとは思ってないのでね」

エリザベスはどすんと椅子に腰をおろした。


「試合終了！」地質学者のひとりが楽しそうに声をあげた。「箱はポケットに戻された！」


キャルヴィンはむかむかしながら座っていた。ただでさえ朝から大変だったのに。その朝、またおかしな手紙が大量に届いたのだ。ほとんどは長いあいだ彼を探していた親戚と称する人々からのものだった。よくあることだった。少しばかり名が知られるようになったころから、嘘つき連中から山ほど手紙が届くようになった。〝大おじ〟から錬金術に投資してくれないかと頼まれたり、〝悲しみにくれる母〟から自分がほんとうの親だからお金をあげると言われたり、いとこと称する人物から現金をねだられたりした。彼の子を身ごもったからいますぐ送金しろと言ってきた女性もふたりいた。キャルヴィンがベッドをともにした女性はエリザベス・ゾットひとりだけなのだが。こういうことはいつかやむのだろうか？

「エリザベス」キャルヴィンは髪をかきあげた。「お願いだからわかってくれないか。ぼくはきみと家族になりたい――本物の家族に。ぼくにとって重要なことなんだ、ぼくは家族を失ったからかもしれないけど――いや、わからない。でもわかるんだ、きみと出会ってからこっち、ぼくたち三人で暮らしていきたいと思ってる。きみとぼくと……ええと……」

エリザベスはぞっとしたように目をみはった。「キャルヴィン」恐る恐る言う。「その話もしたはずだけど」

「そうかな。ちゃんと話したことはないよ」

「いいえ、話した。間違いなく話した」

「一度だけだろ。あれはちゃんとした話し合いじゃなかった。ぜんぜんちゃんとしてなかった」

「よくもそんなこと言えるわね」エリザベスはうろたえた。「合意したはずよ。子どもは作らないって。いまさらそんなことを言うなんて信じられない。どうかしたんじゃない？」

「そうだね、でもぼくはきみと――」

「わたしははっきりと――」

「わかってる」キャルヴィンはさえぎった。「でもぼくは考えてたんだ――」

「気が変わったなんて言わないでよ」

「お願いだ、エリザベス」キャルヴィンは腹が立ってきた。「最後まで言わせてくれれば――」

「どうぞ」エリザベスは噛みついた。「早く言って！」

キャルヴィンはいらいらとエリザベスを見つめた。

「考えてたんだよ、犬を飼ったらどうかなって」

エリザベスの顔に安堵が広がった。「犬を？　犬ね！」

「なんなのよ」フラスクは、キャルヴィンが身を乗り出してエリザベスにキスをするのを見て静かにつぶやいた。カフェテリアにいる全員がたちまち同じ気持ちになった。あちこちでカトラリーをトレイに放り出す音や、不機嫌に椅子を蹴って席を立つ音がして、紙ナプキンが汚い小さな球に丸められた。深い嫉妬のこもった有害な音、決してハッピーエンドにならないたぐいの音だった。

7章

シックス＝サーティ

犬がほしければ普通はブリーダーか野犬収容施設に探しにいくものだが、特別に人と犬とが出会うべき運命にある場合は、犬のほうが人のもとへやってくることがある。

カフェテリアの口論からひと月ほどたった土曜日の夕方、エリザベスは近所のデリへ夕食の材料を買いに出かけた。大きなサラミや食料品の詰まった袋を抱えて店を出るエリザベスを、路地の暗がりからくさくて汚い犬がこっそり見ていた。犬は五時間前からそこにいたが、エリザベスをひと目見たとたん、立ちあがってあとをつけはじめた。

キャルヴィンはたまたま窓辺にいて、のんびりと歩いてくるエリザベスの後ろから、うやうやしく五歩遅れて犬がついてくるのを目撃し、不意になぜか全身をぞくりと震わせた。「エリザベス・ゾット、きみは世界を変えるぞ」思わず独り言をつぶやいた。その瞬間に、この予感は間違いなく当たると確信した。エリザベスは将来、革新的で重要で、彼女の名前が不朽のものになるようなことを——彼女をこきおろす連中が際限なく湧いてこようが——成し遂げるだろう。それを証明するかのように、今日、ファン第一号が現れたのだ。

「きみの友達、なんていうの？」キャルヴィンは、奇妙な予感を振り払いながら彼女に声をかけた。

「六時半《シックス＝サーティ》よ」彼女は腕時計をちらりと見て答えた。

シックス＝サーティは急いで風呂に入れる必要があった。大型犬だが痩せ細り、からくも電気椅子から生還したかのように、灰色の毛が四方八方に突っ立っていた。彼はふたりにシャンプーしてもらいながら、微動だにせずエリザベスだけを見つめていた。

「この子の飼い主を探さなくちゃ」エリザベスはしぶしぶ言った。「きっと死ぬほど心配してる」

「飼い犬じゃないよ」キャルヴィンは彼女を安心させるために言ったが、事実そうだった。収容施設や新聞の迷い犬の記事に当たってみたが、飼い主は見つからなかった。見つかったとしても、シックス＝サーティの意思はすでに決まっていた。ここにいると《ステイ》。

じつのところ〝ステイ〟は彼が最初に覚えた言葉だが、その後二週間ほどでさらに少なくとも五つの言葉を覚えた。エリザベスが何より驚いたのはそこだった――シックス＝サーティの学習能力だ。

「この子、普通じゃないと思わない？」エリザベスは何度となくキャルヴィンに尋ねた。「すごくのみこみが早い《ピック・シングズ・アップ・アーリー》の」

「恩を感じてるんだよ」キャルヴィンは言った。「ぼくたちをよろこばせたいんだろう」

だが、エリザベスが正しかった。シックス＝サーティは、あるものを素早く見つける《ピック・シングズ・アップ・アーリー》よう訓練されていた。

あるものとは、爆弾である。

あの路地に流れ着く前、シックス＝サーティは近くの海兵隊基地、キャンプ・ペンドルトンの爆弾探知犬候補生だった。残念ながら、彼は落第した。時間内に爆弾を嗅ぎ出せず、つねに成功する気取ったジャーマンシェパードたちばかり褒められるのが気に食わなかったせいでもある。シックス＝サーティはとうとう怒ったハンドラーによって除隊させられ——名誉除隊ではなく——ハイウェイ沿いの荒野に捨てられた。二週間後、彼はあの路地にたどり着いた。二週間と五時間後には、エリザベスにシャンプーしてもらい、シックス＝サーティと名付けられていた。

「ほんとにこの子を研究所へ連れていっても大丈夫？」月曜日の朝、エリザベスはシックス＝サーティを車に乗せようとしているキャルヴィンに尋ねた。

「大丈夫だよ、どうして？」

「研究所で犬なんか一度も見たことないけど。それに、研究室は安全な場所とは言えないし」

「この子から目を離さないようにしよう。犬を一日中ひとりぼっちで留守番させるのはよくないよ。刺激が必要だ」

今回はキャルヴィンが正しかった。シックス＝サーティがキャンプ・ペンドルトンを気に入っていたのは、ひとりぼっちにならずにすんだからでもあるが、大きな理由はそれまで持っていなかったものを与えられたことだった。目的だ。しかし、そこにはひとつ問題があった。

爆弾探知犬には二種類の選択肢がある。解除が間に合う時間内に爆弾を探し出すか（推奨）、チーム全体を救うため、身を挺して究極の犠牲となるか（非推奨だが、死後表彰される）。訓練に使う爆弾は偽物だから、犬が身を挺したとしても、うるさい爆発音がして、赤い塗料が盛大にはじけるだけだ。

その爆発音が、シックス＝サーティを死ぬほど怖がらせた。毎日、ハンドラーに〝探せ〟と命じられるや、すでに鼻が爆弾は五十メートル西にあると告げていても、彼は一目散に東へすっ飛んでいき、岩の隙間に鼻面を突っこんで、ほかのもっと勇敢な犬があのいまいましい代物を発見してご褒美のビスケットをもらうまで待った。犬が間に合わなかったり、爆弾の扱いが荒っぽかったりして爆発が起きることもあった。その場合、犬は洗われるだけだった。

「犬の同伴は禁止です」ミス・フラスクがキャルヴィンに注意しにきた。「苦情が届いてます」

「ぼくは苦情を言われたことがないけど」キャルヴィンは肩をすくめたが、そんな度胸のある者はいないとわかっていた。

フラスクはすぐさま引きさがった。

シックス＝サーティは数週間のうちにヘイスティングズ研究所を隅々まで探査し、災害に備える消防士のように、すべてのドアと部屋と出入口の位置を覚えた。エリザベス・ゾットのために、彼はつねに厳戒態勢だった。エリザベスは過去にいやな目にあったらしい――彼はそう感じ取り、二度とそんな目にあわせてはならないと思っていた。

それはエリザベスも同じだった。シックス＝サーティには道路脇に捨てられただけではない、つらい過去があるような気がして、彼を守ってやらねばならないと感じていた。キャルヴィンはシックス゠サーティをキッチンで寝かせてやるべきだと言ったが、エリザベスは寝室に入れてやるべきだと言って譲らなかった。結局エリザベスが勝ち、シックス゠サーティは寝室で心地よく眠れることになったが、ときどきキャルヴィンとエリザベスは変な形で手足を絡め合い、ぎこちない動きに合わせてはあはあ息を弾ませた。動物もやることだが、動物のほうがはるかに効率的にやる。人間は何かにつけて複雑にしすぎるきらいがある、とシックス＝サーティは思っていた。

そのような絡み合いが早朝におこなわれた日は、エリザベスはそのあとすぐに起きて朝食を作った。もともとは生活費の代わりに週に五日、夕食を作る約束だったが、そのうち朝食と昼食も担当するようになった。エリザベスにとって料理は女性に課せられた義務ではなかった。キャルヴィンにも言ったように、料理は化学だ。なぜなら、料理は現に化学だからだ。

摂氏二百度で三十五分間の加熱＝ショ糖一モルあたり H_2O 一個減少、よって五十五分間で四個減少＝$C_{24}H_{36}O_{18}$ と、エリザベスはノートに書きつけた。「だからビスケット生地がはがれるのね」鉛筆でカウンターをコツコツたたく。「水分子がまだ多すぎる」

「調子はどう?」キャルヴィンが隣の部屋で声をあげた。

「異性化の過程で原子一個なくすところだった」エリザベスは大声で答えた。「何か別のものを作るわ。そっちはジャックを観てるの?」

ジャックとは、有名な健康番組の講師ジャック・ラレーンだ。独自の健康法を編み出し、体をきちんと管理しようと人々に呼びかけている。尋ねるまでもなかった――人間ヨーヨーよろしく、ジャックが〝あげて、さげて、あげて、さげて〟と叫んでいるのが聞こえた。

「そうだよ」キャルヴィンは息を切らしているが、ジャックはあと十回と要求した。「きみもやる？」

「いまタンパク質を変性させてるところ」

「では次に、その場で駆け足」ジャックが促す。

ジャックはそう指示したが、キャルヴィンはその場で駆け足はしない。バレエシューズそっくりな靴を履いたジャックがその場で駆け足をしているあいだ、キャルヴィンは代わりに腹筋運動をする。彼にはバレエシューズで室内を走る意味がわからない。いつもテニスシューズで外を走っている。つまり彼は、ジョギングが一般的になるよりずっと前、ジョギングという言葉すらなかったころからジョギングをしている初期ジョガーだった。あいにく、ほかの人々はこのジョギングという概念に親しんでいないため、やたらと薄着の男が紫色の唇から激しく息を吸ったり吐いたりしながら近所を走りまわっているという通報が続々と警察に寄せられた。キャルヴィンは四通りか五通りの決まったルートを走っていたので、警察もほどなく通報に慣れてしまった。「それは犯罪者ではありません。ただのキャルヴィンです。バレエシューズでその場駆け足をしたくないんですよ」

「エリザベス？」彼はまた声をあげた。「シックス＝サーティはどこだ？　ハッピーが出てきた」

ハッピーはジャック・ラレーンの犬だ。番組に出たり出なかったりするが、彼が出てくると、シックス＝サーティはかならず部屋を出ていく。エリザベスの見たところ、シックス＝サーティはジャーマンシェパードに含むところがあるらしい。

「ここにいる」エリザベスは答えた。

手のひらに卵をのせてシックス＝サーティのほうを向く。「いいことを教えてあげる、シックス＝

サーティ。卵はボウルの縁で割ってはだめ――殻が粉々に割れる可能性が高まるからね。それよりも、薄くて鋭いナイフで、鞭を振るみたいにたたくの。ほら」卵の中身をボウルにすべりこませた。

シックス＝サーティはまばたきもせずに見つめている。

「では、卵内部の結合を断ち切って、アミノ酸鎖を引きのばします」と言いながら、卵をかき混ぜる。「こうすることで、自由になった原子が類似の原子と結びつきやすくなるの。それから、混合物をゆるい生地に再構成して、鉄炭素合金の表面に流しこむ。それを適切な温度で加熱しながら絶えず攪拌して、凝固する手前で加熱を終える」

「ラレーンは獣だな」キャルヴィンは濡れたTシャツ姿でキッチンに入ってきた。

「そのとおり」エリザベスはフライパンを火からおろし、卵を二枚の皿に盛りつけた。「人間も獣だもの。実質的に。でも、わたしたちが獣だと思っている獣のほうが、獣のつもりじゃないわたしたちみたいな獣よりもはるかに進んでいると思うことがある」同意を求めてシックス＝サーティを見やったが、さすがの彼にもいまの一文は解析できなかったようだ。

「ねえ、ジャックのおかげであることを思いついたんだ」キャルヴィンは大きな体を椅子に沈めた。

「きっときみも乗り気になる。きみにボートの漕ぎ方を教えてあげるよ」

「塩化ナトリウムを取って」

「おもしろいぞ。きみとぼくとでペアをやるんだ。ダブルスカルでもいいな。水上で日の出を見よう」

「あまり興味ないな」

「明日からはじめよう」

キャルヴィンはあいかわらず週に三日はボートを漕いでいるが、いつもシングルスカルだ。一流漕手にはよくあることだ。たがいに細胞レベルまで理解していると言ってもよいチームの一員になる経験をしてしまうと、ほかの漕手とチームを組むのに苦労する場合がある。エリザベスは、キャルヴィンがケンブリッジの漕艇部を心から恋しがっているのを知っていた。とはいえ、自分が漕ぐつもりはまったくない。

「わたしはやりたくない。それに、あなたは朝四時半に漕ぎにいくじゃない」

「五時だよ」五時ならぜんぜん厳しくないと言わんばかりだ。「ただ四時半に家を出るってだけで」

「お断りします」

「なぜ？」

「いいいやだから」

「だからなぜ？」

「わたしはまだ眠ってる時間よ」

「それなら簡単に解決する。夜もっと早く寝ればいい」

「お断り」

「手はじめにトレーニング用のローイングマシンの使い方を教えてあげよう――ぼくたちはエルゴって呼んでる。艇庫にも何台かあるけど、自宅用に一台作るよ。それから、ボートに乗る――シェルっていうんだ。四月には海上をすべるように移動しながら日の出を眺められるぞ。ぼくたちのゆったりとしたストロークが完璧なユニゾンで同期してさ」

そう言いながらも、キャルヴィンは四月までに漕げるようになるという部分は実現不可能だと承知していた。まず、一カ月でボートを漕げるようにはならない。普通は専門家の指導を受けても上手に漕げるようになるには一年以上かかるし、ひょっとすると三年、いや、それ以上かかることもある。すべるように移動という部分については——すべるように、なんてありえない。すべるようにと言えなくもない程度に漕げるようになったときには、もはやその実力はオリンピック級で、レースのコースを猛スピードで進んでいく漕手は、穏やかで満ち足りた表情ではなく、断末魔の苦しみをこらえているような顔つきになっている。ときにはそこに固い決意が見て取れることもある——たいていは、このレースが終わったら新しいスポーツを探すぞという決意だ。それでも、思いついてしまったら最後、キャルヴィンはすっかりその気になってしまった。エリザベスとペアで漕ぐ。最高に愉快じゃないか！

「いやだってば」

「だからどうして？」

「だって。女はボートを漕がない」と口にしたとたんに、エリザベスはしまったと思った。

「エリザベス・ゾット」キャルヴィンは驚いた。「まさかいまきみは、女にボートを漕ぐのは無理だと言ったのか？」

それで決まりだった。

翌朝、ふたりは暗いうちに家を出た。キャルヴィンは古いTシャツにスウェットパンツ、エリザベスはとりあえず少しはスポーツ向きに見えるものを着ていた。車が艇庫の前に止まったとき、エリザベスとシックス＝サーティが窓の外を覗くと、つるつるしたすべりやすそうな桟橋で数人が柔軟体操をしているのが見えた。

「なかで体操すればいいんじゃないの？」エリザベスは尋ねた。「外はまだ暗いのに」

「こんな気持ちのいい朝に？」霧が出ている。

「あなた雨が嫌いじゃなかった？」

「こんなの雨じゃないよ」

これはやっぱりうまくいかないのではとエリザベスが思ったのは、これで四十回目だった。

「最初は軽めにやろう」キャルヴィンはエリザベスとシックス＝サーティの先に立ち、黴《かび》と汗のにおいがする洞窟のような艇庫のなかに入った。木製の長いシェル艇が爪楊枝のように天井まできちんと積みあがっているラックのあいだを通りながら、キャルヴィンは寝ぼけた顔の男に会釈した。男はまだ会話不能らしく、あくびをして会釈を返した。キャルヴィンは目的のものの前で足を止めた――トレーニング用のエルゴという機器は隅の壁際に置いてあった。彼はそれを引っ張り出し、ボートラックのあいだの空間に置いた。

「まずは大事なことから。漕ぐテクニックだ」彼がエルゴに座って漕ぎはじめると、たちまち苦しそうに荒い息をするようになり、傍目にも軽めには見えず、楽しそうでもなかった。「コツは手首を水平に保つことだ」彼はあえぎながら言った。「膝をのばして、腹筋に力をこめて――」だが、それ以上は荒い息に紛れてしまい、ものの二分もたたないうちに、彼はエリザベスがいることなどすっかり忘れてしまったようだった。

エリザベスはシックス＝サーティと一緒にこっそりその場を離れ、艇庫のなかを探検しはじめ、信じられないほど長いオールの林を支えているラックの前で立ち止まった。まるで巨人の遊び場だ。その隣には大きなトロフィーケースがあり、スピードか技術か不屈の精神か、もしくはその全部で他を圧したしるしである銀のカップや古いユニフォームが曙光のなかに浮かびあがりはじめていた。キャルヴィンによれば、彼らはだれよりも早くゴールラインを越えることだけを考える勇ましい人々らしい。

ユニフォームと一緒に、ばかでかいオールをもったたくましい若者たちの写真があったが、そのなかにほかと少し違う雰囲気の若者がいた。競馬の騎手のように小柄だが、唇をきりりと結び、厳しい表情をしている。以前キャルヴィンから聞いた、コックスという役目のメンバーだろう。コックスは漕手にいつ何をするか指示を出す。いつペースをあげるか、いつカーブさせるか、いつ相手チームに勝負を仕掛けるか、いつスパートをかけるか。小柄な選手が八名の暴れ馬の手綱を握っているのはおもしろいと、エリザベスは思った。彼の声が指示になり、彼の両手が舵《かじ》になり、彼の励ましが燃料になるのだ。

振り返ると、漕手たちがどやどやと入ってきて、あいかわらず盛大な音を立てて機器を漕いでいるキャルヴィンに次々と会釈した。運動能力に恵まれているしるしだとエリザベスにすらわかるほど、なめらかにストロークのピッチをあげていく彼を、数人の若者がうらやましそうに見ていた。「いつになったらおれたちと漕いでくれるんですか、エヴァンズ？」ひとりの若者がキャルヴィンの肩をたたいた。「そのエネルギーを有効活用してやりますよ！」だが、その声が聞こえているにせよ、たたかれたことに気づいているにせよ、キャルヴィンは反応しなかった。まっすぐ前を見つめたまま、一定のペースで体を動かし続けた。

つまりここでも有名人なんだ、とエリザベスは思った。若者たちが敬意を示すだけでなく、とんでもなく邪魔な場所で漕いでいる彼をうやうやしくよけていることからも明らかだ——彼はローイングマシンを艇庫のまんなかに据えていた。コックスが苛立ちをあらわにしてようすを見ている。

「両手準備！」コックスの指示で八名の漕手ははじかれたようにシェルの片側につき、重たそうなそれを運ぶ準備をした。「引き出せ。一、二で肩の高さ」

しかし、どう見ても彼らはシェルを出せない——キャルヴィンがまんなかにいるからだ。

「キャルヴィン」エリザベスはあわてて彼のそばへ駆け寄りながら小声で呼びかけた。「そこにいたら邪魔よ。移動しなくちゃ」だが、彼は漕ぐのをやめない。

「やれやれ」コックスはフーッと息を吐いた。「この人はまったく」エリザベスをちらりと見やり、親指をさっと振って彼女をどかすと、キャルヴィンの左耳のすぐ後ろに顔を近づけた。

「いいぞ、キャル」とどなる。「その調子だ、この野郎、あと五百、まだまだ終わりじゃない。右舷からオックスフォードが追ってきた、スピードをあげてきたぞ」

エリザベスはぽかんとコックスを見た。「あの、失礼ですけど——」

「おまえの力はこんなものじゃないだろ、エヴァンズ」コックスはエリザベスをさえぎってどなった。「出し惜しみするんじゃねえぞ、機械野郎。あと二本で全力二十本行くぞ、おれがふたーつ数えたらオックスフォードの畜生どもをぶちのめせ、連中がいっそ死にたいと思うまでぶちのめせエヴァンズ、さあ行こうエヴァンズ、レート三十二、おれの合図で四十までもっていくぞ、いーちっ、にーいっ、いまだ全力二十本、行けえええええええ！」

衝撃が大きいのはどちらなのか。小柄な男の言葉遣いなのか、それともキャルヴィンがその荒っぽい言葉の言いなりになっていることなのか、エリザベスにはわからなかった。〃機械野郎〃と〃畜生ども〃という言葉を聞いたとたん、キャルヴィンは低予算のゾンビ映画以外ではお目にかかれないような異様な顔つきになった。彼は猛スピードで漕ぎ、蒸気機関車並みに騒々しくあえいでいるのに、小柄な男はまだ物足りないらしい。キャルヴィンをもっともっとと焚きつけながら、怒ったストップウォッチさながらにカウントダウンしはじめた。二十！　十五！　十！　五！　カウントはそこで終わり、最後にエリザベスが心底よかったと思うふたつの単語が発された。

「漕ぎ方やめ」コックスは言った。その号令でキャルヴィンは背中から撃たれたかのようにぐったりと前に倒れた。

「キャルヴィン！」エリザベスは叫び、彼のそばへ駆け寄った。「しっかりして！」

「大丈夫だよ」コックスは言った。「だよな、キャル？　さあ、くそ邪魔っけなそいつをどかしてくれないか」

キャルヴィンは必死に酸素を吸いながらうなずいた。「いま……どかすよ……サム」はあはあとあえぐ合間にしゃべった。「ありがと……でも……その……前に……紹介……しよう……エリ……エリ……エリザベス・ゾット。ぼくの……新しい……ペアの……パートナー」

たちまち全員の視線がエリザベスに集まった。

「エヴァンズとペア」ひとりが目を丸くした。「目標は？　オリンピックで金メダル？」

「は？」

「女性チームに入ってたんだ？」コックスが感心したように尋ねた。

「あの、いいえ、わたしはボートは――」エリザベスは、一瞬黙った。「女性チームがあるの？」

「いまから練習するんだ」ようやく呼吸がととのいはじめたキャルヴィンが口を挟んだ。「でも、彼女は天性の才能がある」深く息を吸い、エルゴから降りてそれを元の場所へ引きずっていった。

「夏にはきみたちをこてんぱんに負かすつもりだ」

　それがどういう意味なのか、エリザベスには測りかねた。こてんぱんに負かすとは？　まさかレースしようってわけじゃないわよね？　日の出を見るって話はどうなったの？

「あのう」キャルヴィンがタオルで体を拭きはじめたのを見計らい、エリザベスはコックスに恐る恐る向き直った。「わたしはほんとうに自分にボートが漕げるか――」

「大丈夫だ」コックスはエリザベスが話し終える前に答えた。「エヴァンズは無理だと思う相手を誘ったりしないよ」片目をつぶり、エリザベスをじっと見つめた。「うん。わかるな」

「は？」エリザベスはぎょっとした。だが、コックスはすでにむこうを向き、ボートを桟橋に出せと大声で命令していた。「足掛けて」彼の号令が聞こえた。「座れ」ほどなくシェルは濃霧のなかへ消えていった。大きな冷たい雨粒がぽつぽつ降りはじめ、大雨を予告していたが、若者たちの顔は奇妙な熱を帯びていた。

8章

過剰反応

　水上での初日、エリザベスとキャルヴィンはペア艇を転覆させた。二日目も転覆させた。三日目も転覆させた。

「わたし、どこが間違ってるの？」エリザベスは歯をカチカチ鳴らしながら、キャルヴィンと一緒に細長いシェルを桟橋へ押しつつ尋ねた。彼に教えていないことがひとつある。エリザベスは泳げないのだ。

「何もかもだ」キャルヴィンはため息をついた。

「前にも言ったように」十分後、エリザベスの服はずぶ濡れなのに、キャルヴィンはローイングマシンに座るように指差した。「漕艇には完璧なテクニックが必要だ」

　エリザベスが足掛けを調整しているあいだも、キャルヴィンは漕手がローイングマシンを使うのは、たいてい荒天時やピッチを測定するとき、あるいはコーチの機嫌が最悪なときだと解説した。とくに漕力テストでは、正しく使えば嘔吐する。水上で最悪だった日がいい日だったと思えるようになるのが、ローイングマシンのトレーニング効果らしい。

まさにそれがふたりの現状だった。毎日最悪だ。翌日には、ふたりは水上に戻った。それもキャルヴィンが単純な事実を伝えていないせいだった。ペアはもっとも難しいのだ。初心者がいきなりB-52〔亜音速の出る大型戦略爆撃機〕で飛行機の操縦を学ぼうとするようなものだ。でも、ほかに選択肢があるか？　ほかのメンバーたちがエイトのような大きな艇でエリザベスと一緒に漕いでくれるとは思えなかった。女性だからというだけでなく、経験がないので邪魔になりかねない。ひどい場合には水にオールを取られてあばらの一本や二本折れてしまうかもしれない。この通称〝腹切り〟についてはまだ話していない。理由は言わずもがな。

ふたりはシェルをもとに戻して乗りこんだ。

「問題は、きみはスライド開始が早すぎることだ。もっとゆっくりやらないとだめだ、エリザベス」

「ゆっくり漕いでるわ」

「いいや、あせりすぎてる。漕手として最悪のミスだ。スライドをあせるとどうなるかわかるか？　神が子猫を殺すんだ」

「ばか言わないでよキャルヴィン」

「それにキャッチが遅すぎる。目標は速く進むことだぞ、覚えてるか？」

「なるほど、よーくわかったわ」エリザベスは艇尾側から噛みつくように言った。「速くするには遅くしろってことね」

ようやくわかってくれたかと言わんばかりに、キャルヴィンはエリザベスの肩をたたいた。「そのとおり」

エリザベスはがたがた震えながらオールを握りしめた。なんてばかげたスポーツだろう。それから三十分間、エリザベスはキャルヴィンの矛盾だらけの指示に従おうと奮闘した。両手をあげて、違うさげて！　前傾して、前傾しすぎ！　だめだ、屈みすぎてるぞ、もっと屈んで、早すぎる、遅すぎる、まだ早い！　ついにはシェル自体がうんざりしたのか、ふたりを水中に振り落とした。

「やっぱり無理だったかな」ふたりで重たいシェルをずぶ濡れの肩に食いこませながら艇庫へ向かう途中、キャルヴィンがつぶやいた。

「わたしの一番大きな問題は何？」エリザベスは最悪の事態に備えて身構えながら、キャルヴィンとラックにシェルをおろした。彼はいつも漕艇には最高レベルのチームワークが必要だと力説する——困ったことに、上司によればエリザベスはチームプレイヤーではない。「遠慮なく言って。隠さなくていいから」

「物理的な問題かな」

「物理的」エリザベスはほっとした。「ああよかった」

「わかった」その日、エリザベスは職場で物理学の教科書にざっと目を通した。「漕艇って、運動エネルギー対ボートの抵抗と重心っていう単純な問題なんだ」いくつかの数式を書きとめる。「そして重力」とつけくわえる。「そして浮力、比率、スピード、バランス、舵取り、オールの長さ、ブレードのタイプ——」さらに読み進め、メモを取るうちに、漕艇の機微が少しずつ複雑なアルゴリズムの形で見えてきた。「なーんだ」エリザベスは体を起こした。「漕艇ってそれほど難しくないわ」

二日後、キャルヴィンは水上をなめらかに進むシェルの上で叫んだ。「なんだこれは！　いったいきみは何者だ？」エリザベスは黙って数式を頭のなかで再現していた。休憩しているエイトの男性チームの前を通過したとき、メンバーが一斉にふたりのほうを振り向いた。

「いまのを見たか？」コックスがいらいらとメンバーに問いかけた。「彼女があんなに長いストロークを無理なくやってるのを、ちゃんと見てたか？」


ところが一カ月後、上司のドナティ博士はエリザベスに正反対の非難をした。「きみは無理をしてるぞ、ミス・ゾット」いったん黙り、エリザベスの肩をぎゅっとつかんだ。「生命起源論は、どちらかといえば退屈すぎて見向きもされない博士課程向きのテーマだ。悪く思わないでほしいんだが、きみの理解力では無理なんじゃないかな」

「ではどう思うべきなんでしょうか？」エリザベスは肩をすくめてドナティの手をはずした。

「おや、これはどうした？」彼はエリザベスの口調を無視し、絆創膏を貼った指をつかんだ。「機材の扱いがわからないのなら、研究室の仲間に助けてもらいなさい」

「ボートを練習してるんです」エリザベスは手をさっと引っこめた。このあいだコツを会得したものの、その後の数回の練習はうまくいっていなかった。

「ボートだって？」ドナティは目を天に向けた。エヴァンズか。


ドナティも以前はほかならぬハーヴァード大学の漕艇選手だったのだが、たった一度だけエヴァンズと彼の大事なケンブリッジのご学友を相手に、ヘンリー・くそ食らえ・レガッタ［ヘンリー・ロイヤル・レガッタはイギリス、テムズ川で開催される伝統的なボートレース］で信じられないほど不運な対戦をしたのはそのころのことだ。ハーヴァードがこてんぱんにやられる（七艇身差）のを目撃したのは、ばかみたいに大きな帽子の海の上を覗くことのできたひと握りの人間だけだったが、敗北の理由はあくまでも前の晩に食べたフィッシュ&チップスのせいであり、それを流しこむための大量のビールは関係ないということにされた。

換言すれば、ハーヴァード・チームはスタートの時点でまだ酔いが残っていたのだった。

レースのあと、ドナティたちはコーチに命じられ、気取ったケンブリッジのクルーに祝いの言葉をかけにいった。そのときはじめて、ドナティはケンブリッジのクルーのひとりがアメリカ人だと気づいた――ハーヴァードになんらかの恨みを抱いたアメリカ人だ。ドナティはエヴァンズと握手をしながら「いい漕ぎだった」と声を絞り出したが、エヴァンズは気の利いた返事どころかこう言った。「ふん、きみたち酔っ払ってるのか？」

ドナティはその時点でエヴァンズを嫌いになったが、エヴァンズが自分と同じ化学を専攻しているばかりか、あのエヴァンズ――化学の世界で早くも頭角を現しているキャルヴィン・エヴァンズだと知り、三倍嫌いになった。

その数年後、ドナティ自身が決めた甚だ侮辱的な待遇にもかまわずエヴァンズがヘイスティングズ研究所に就職したとき、ドナティがさほどよろこばなかったのは不思議ではあるまい。第一に、エヴァンズはドナティを覚えていなかった――無礼だ。第二に、エヴァンズは体型を維持しているようだった――むかつく。第三に、エヴァンズは〈ケミストリー・トゥデイ〉誌に、ヘイスティングズ研究所の招聘に応じたのは、研究所が高く評価されているからではなく、天候が気に入ったからだと語った。まったくもって――嫌味野郎である。とはいえ、ひとつだけ慰めになることがある。

彼は、つまりドナティは化学研究部の部長であり、それは父親が所長とゴルフ仲間だからではなく、所長がたまたま彼の名付け親だからでもないし、何より彼が所長の娘と結婚したからでは断じてない。肝心なのは、エヴァンズはドナティの部下だということだ。

　序列をきっちりたたきこむため、ドナティは嫌味野郎を打ち合わせに呼び出し、わざと二十分遅れた。ところが、会議室は空っぽだった。結局、エヴァンズも現れなかった。あとでエヴァンズは「悪いね、ディノ」と言ってきた。「ぼくは打ち合わせって好きじゃないんだ」

「ドナティだ」


　そして今度は？　エリザベス・ゾットだ。ドナティはゾットも嫌っていた。彼女は図々しく小賢しく生意気だ。なんと言っても男の趣味がひどい。もっとも、ほかの大多数と違い、ドナティは彼女に魅力を感じなかった。銀のフレームに入れた家族写真にちらりと目をやる。耳の大きな男の子三人を挟んで、鉤鼻《かぎばな》のイーディスとドナティが写っている。彼とイーディスは夫婦らしくひとつのチームであり、夫婦とは――よりによってボートのような共通の趣味を持つからではなく――それぞれ社会的にも肉体的にも適切とみなされる性的役割を果たすからチームなのだ。ドナティは食い扶持を稼ぎ、妻は子どもをぽんぽん産む。それが正常かつ生産的な、神の認める結婚というものだ。では、ドナティは浮気をしないのか？　ばかげた問いだ。浮気をしない男がいるか？

「――わたしの仮説の根拠は――」ゾットがしゃべっている。

　仮説の根拠など知ったことか。これもまた、ドナティがゾットを嫌う理由だった。彼女は疲れを知らない。しつこい。引き際というものを知らない。そういえば漕手に必要な資質に当てはまるな、とドナティは思った。彼はもう何年もボートを漕いでいない。まさか、この町に女性チームがあるのだろうか？　もちろんエヴァンズとチームを組むわけがない。エヴァンズのような一流漕手は、いくら愚ろな仲でも初心者とお漕ぎあそばしたりしない。訂正。愚ろな仲だからこそだ。エヴァンズはきっと彼女を初心者のクルーに入れて、彼女は——例によって例のごとく——だれにも負けないと証明したくてついていったのだろう。下手くそな初心者集団のブレードが暴れるスパチュラよろしく水面をばしゃばしゃたたいているのを想像すると、ぞっとする。

「——だから、どうしても最後までやりたいんです、ドナティ博士——」ゾットはきっぱりと言った。

ほらほら来たぞ。こういう女はやたらと〝どうしてもやりたい〟と言いたがる。ところで、ドナティもどうしてもやりたいことがあった。昨夜、ゾットの新たな扱い方を思いついたのだ。エヴァンズからゾットを奪い取る。大物ぶったあの男をへこますのにこれ以上の方法があるか？　エヴァンズとゾットのロマンスを生存者のいない衝突事故に変えたあとは、ゾットを捨てて、またしても妊娠中の妻とやかましい子どもたちのもとに戻る。問題ない。

手順は単純だ。まずゾットの自尊心をたたく。女は簡単につぶれてくれる。

「さっきも言ったが」ドナティは立ちあがって腹を引っこめながら、ゾットに出ていくよう合図した。「きみの頭では無理だよ」

エリザベスは、威嚇するようにヒールの音をカツカツと響かせながら廊下を歩いていった。深呼吸して落ち着こうとしたが、怒りはハリケーンの速度で戻ってきた。ぴたりと足を止めると、壁に拳をたたきつけ、つかのま考えた。

再度説得するか。

辞職するか。

研究所に火をつけるか。

認めたくないが、ドナティの言葉はつねに燃えている自己不信に新たな燃料を注ぐようなものだった。エリザベスは同僚たちのような教育も受けていないし、経験もない。博士号だけでなく、研究論文も経済的な支援も受賞歴もない。それでも、自分が何かを発見するのはわかっている――いいいい、確信している。世の中には何かをするために生まれてくる人がいる。自分もそのひとりなのに。エリザベスは、爆発しそうな頭を押さえつけるようにひたいに手を当てた。

「ミス・ゾット？　すみません。ミス・ゾット？」

どこからともなく声が聞こえてくるような気がした。

「ミス・ゾット！」

すぐそこの曲がり角から、髪の薄い男が紙の束を持って顔を覗かせていた。ボリウェイツ博士は研究室の同僚で、ほかの同僚と同じようにだれも見ていないときだけエリザベスに助けを求めてきた。

「ちょっとこれを見てもらえないかな」彼は低い声で言い、エリザベスを手招きした。不安そうに、ひたいに皺を寄せている。「最新の実験結果なんだ」一枚の紙をエリザベスに突き出した。「これって画期的な発見だと思わないか？」両手が震えている。「新発見じゃないかな？」

彼の顔つきはいつもと変わらず――たったいま幽霊を見たと言わんばかりにおどおどしている。

ボリウェイツ博士が化学で博士号を取れたことはもちろん、ヘイスティングズに職を得たことを、だれもが不思議に思っていた。彼自身もときどき不思議に思っているふしがある。

「きみのいい人も興味を持ってくれないかな?」ボリウェイツは尋ねた。「よかったら彼に見せてくれないか? いまから行くところだったんだろう? 彼の研究室に。ぼくも一緒に行ってもいいかな?」手をのばし、キャルヴィン・エヴァンズという大きな救助船が来るまでの救命ブイであるかのようにエリザベスの腕をつかんだ。

エリザベスは彼の手からそっと紙を取った。すぐ人に頼るところはあるが、エリザベスは彼を嫌いではなかった。礼儀正しく、まともな職業人だ。それに、エリザベスと彼には共通点があった。理由はまったく異なるが、ふたりとも間が悪く、来るべき場所を間違えた。

「これはですね、ボリウェイツ博士」エリザベスは目下の問題をしばし忘れることにして、ボリウェイツのノートに目を走らせた。「繰り返し単位がアミド結合した高分子ですよね」

「そうそう」

「つまり、ポリアミドです」

「ポリ――」彼は肩を落とした。ポリアミドがとうの昔に発明されたことは彼でも知っている。

「いや、きみが間違ってる可能性はないかな。もう一度見てくれ」

「いい発見ですよ」エリザベスは優しく言った。「ただ、もう証明されているってだけで」

ボリウェイツは悲しげにかぶりを振った。「じゃあ、ドナティには見せられないな」

「要するに、ナイロンを再発見したってことですから」

「そうだね」ボリウェイツはノートを見おろした。「なんだ」しょんぼりとこうべを垂れた。気まずい沈黙が続いた。やがてボリウェイツはなんらかの答えを探すかのように腕時計を見た。「それ、どうしたの？」ようやく声を発し、エリザベスの指の絆創膏を指差した。

「あ。わたし、ボートをやってるんです。というか、やろうとしてるんです」

「得意なの？」

「いえ」

「じゃあなぜそんなことを？」

「なぜでしょうね」

ボリウェイツはかぶりを振った。「ああ、わかるよその気持ち」


「きみのプロジェクトは順調？」数週間後、キャルヴィンはランチの席でエリザベスに尋ねた。ターキーサンドイッチにかぶりついてひたすら咀嚼したのは、答えを知っているのを隠すためだ。だれでも知っている。

「順調よ」

「何も問題はない？」

「ないわ」エリザベスは水をひと口飲んだ。

「ぼくの助けが必要なら――」

「――必要ない」

キャルヴィンはじれったくなり、ため息をついた。闘志さえあれば人生を切り開けるといつまでも信じているのは、ある種の世間知らずではないだろうか。たしかに闘志は大事だが、運も必要だし、運がなければ助けが必要だ。だれだって助けが必要だ。だが、おそらく彼女はいままで人に助けてもらったことがないから、助けを求めることをよしとしないのだろう。全力を尽くせば勝利するという彼女の主張をいままでに何度聞かされたか？　数え切れないほどだ。しかし、現実はその主張とはまったく相容れない。とくにヘイスティングズでは。

ランチを食べ終えたキャルヴィンは――エリザベスはほとんど口をつけていない――干渉するのはやめようと決意した。彼女の望みを尊重することは大事だ。自力で対処したいというのが彼女の望みだ。だから、お節介は禁物だ。

「いったい何が気に入らないんだ、ドナティ？」およそ十分後、キャルヴィンは上司のオフィスに突入してどなっていた。「生命の起源に関することだから？　宗教団体から圧力がかかってるとか？　生命起源論も神の存在を否定する説でカンザスじゃ受けが悪いかもしれないと思ってるとか？　だからゾットのプロジェクトを中止するのか？　それでよくも科学者を名乗れるな」

「キャル」ドナティはのんびりと両肘を頭の後ろで曲げてストレッチをした。「きみと話したいのはやまやまだが、いま忙しくてね」

「ほかに考えられる理由としては」キャルヴィンはぶかぶかのチノパンツのポケットに両手を突っこんだ。「あんたには彼女の仕事が理解できないとか」

ドナティは目を天に向け、フーッとくさい煙を吐いた。なぜ優秀な連中はこんなにも鈍いのだろう？　エヴァンズにまともな頭があれば、美人のガールフレンドに手を出すなと怒るはずだ。

「そんなことはないよ、キャル」ドナティは煙草を揉み消した。「わたしは彼女のキャリアを少しばかり後押ししたかったんだ。わたしの下で重要なプロジェクトに取り組むチャンスを与えたんだよ。彼女がほかの領域で成長するよう、助けてやってくれ」

どうだ、とドナティは思った。ほかの領域で成長――これ以上わかりやすいヒントはあるまい。

ところが、エヴァンズはゾットの最新の実験結果について話しはじめた。まったくわかっていない。

「ぼくは毎週、転職のオファーを受けている」エヴァンズは脅すように言った。「ヘイスティングズでなければ研究ができないわけじゃない！」

またただ。何度同じ言葉を聞かされたことか。たしかにエヴァンズは研究業界の人気者だし、彼が在籍しているというだけで資金が集まってくる。エヴァンズの名前につられて優秀な研究者が集まってくると、金を出す連中が勘違いしているからだが、現実は違う。それはともかく、ドナティはエヴァンズを手放したくなかった。ひとえに失敗させたいからだ――失恋でおかしくなり、評判も研究の機会も何もかもつぶして自滅してもらいたい。そうなったら、出ていってくれてかまわない。

「繰り返すが」ドナティは平然と返した。「ミス・ゾットには人として成長する機会を与えたかっただけなんだ――彼女がキャリアを積むのを助けようとしてるんだよ」

「彼女は自力でやれる」

ドナティは声をあげて笑った。「ほう。だったらいまきみがしていることはなんだ」

だが、ドナティがキャルヴィンに伝えていないことがあった。〝ゾットでエヴァンズ排除〟の香油につい最近ばかでかい蠅が飛びこんできたのだ。信じられないほど大きなポケットを持った資金提供者だ。

二日前、その男はいきなり白紙小切手を提示し、どうしても――こともあろうに――生命起源論の研究に資金援助をしたいと申し出た。ドナティはやんわりと反対した。脂質代謝の研究はどうかと提案してみた。あるいは、細胞分裂は？　しかし、男は譲らず、生命起源論でなければ資金は出さないと言う。ドナティに選択の余地はなく、火星探査並みにばかげた研究にゾットを戻すことにした。

どのみち、ドナティのゾット排除プロジェクトは難航していた。いくら「きみの頭では無理だ」を繰り返しても、ゾットは頑として屈しなかった。何度けなしても、彼女から想定された反応が返ってきたことは一度もない。自尊心の低下はどこだ？　涙はどこだ？　ゾットは性懲りもなく事務的な口調で生命起源論について御託を並べ、「今度わたしにさわったら死ぬまで後悔しますよ」と言い放つばかりだ。まったく、エヴァンズはゾットのどこがいいのだろう？　せいぜいよろしくやっていればいい。ただ、嫌味野郎をへこます方法は考え直さなければならない。

「キャルヴィン」エリザベスはその日の午後、彼の研究室に駆けこんだ。「すばらしい知らせよ。あなたに黙っていたことがあって、それは謝るけど、黙ってたのはあなたを巻きこみたくなかったからなの。実はしばらく前にドナティからプロジェクトの中止を言い渡されて、ずっと説得していたの。今日、その努力が報われた。ドナティが中止を撤回したのよ――わたしの仕事を見直して、やっぱり重要だから進めろって」

キャルヴィンは、意外そうな顔に見えますようにと思いながら、満面に笑みを浮かべた――ドナティのオフィスを出てから一時間もたっていない。「待って。ほんとに？」エリザベスの背中をたたいた。「あいつ、生命起源論を中止しろなんて言ってたのか？　そもそもそれが間違いだよ」

「黙っててごめんなさい。自力でなんとかしたかったし、なんとかなってよかった。これって、わたしの仕事を――わたしをちゃんと信じてくれたからだと思う」

「間違いない」

エリザベスはじっとキャルヴィンを見つめ、一歩あとずさった。「これ、わたしが自力でやったことよね。あなたは関係ない」

「だって初耳だよ」

「まさかあなたがドナティに話をつけたりしてないでしょうね」エリザベスは問い詰めた。「まさか口出ししてないわよね」

「誓ってしてない」

エリザベスが出ていったあと、キャルヴィンは歓声をこらえて両手を握り合わせ、ステレオの電源を入れて『明るい表通りで』のレコードに針を落とした。最愛の人を救ったのはこれで二度目だが、何よりうれしいのは当の本人に知られずにすんだことだ。

スツールに座ってノートを開き、日記を書きはじめた。日記は七歳のころから書いている。化学式の合間に、毎日のできごとや不安を書き綴っていた。いまでもキャルヴィンの研究室にはほとんど読めない殴り書きのノートが山ほどある。仕事が尋常ではなく速いと勘違いされる理由のひとつがこれだ。大量のノート。

「あなたの書く文字って読みにくいわ」一度ならずエリザベスに指摘された。「これは何を書いてあるの？」彼女が指差したのは、キャルヴィンがしばらく前から温めているRNAに関連した理論だった。

「酵素の適応性に関する仮説だ」

「これは？」ページの下のほうを指した。彼女について書いたメモだ。

「それも酵素の適応性の仮説だ」キャルヴィンはノートを脇に片付けた。

彼女についてひどいことを書いたわけではなかった――その反対だ。ただ、彼女が死ぬのではないかという不安に取り憑かれているのを知られたくなかった。


キャルヴィンはずいぶん前から、自分は疫病神だと考えていた。その証拠に、自分の愛する人たちはことごとく恐ろしい事故で死んだ。死のパターンを止めるには、だれかを愛するのをやめることだった。だからそうしてきた。ところがエリザベスに出会ってしまい、不本意にも愚かにも自分勝手にも、ふたたび人を愛することになってしまった。そしてエリザベスはいま、疫病神の呪いの炎の真正面に立っている。

化学者としてのキャルヴィンは、運の悪さにこだわるのはまったく科学的ではなく、迷信だとわかっている。迷信の何が悪い？　人生は検証を重ねても結果の出ない仮説とは違う――いずれかならず突然終わる。だから、キャルヴィンはエリザベスにとって脅威となるものに目を光らせていたが、今朝はその脅威がボートだった。

ふたりはまたしてもペアのシェルを転覆させたのだが――キャルヴィンのせいだ――はじめて同

じ側に落ちたため、キャルヴィンは恐ろしい事実を知った。エリザベスは泳げない。あわてふためいて犬かきをするようすから察するに、彼女は水泳のレッスンを受けたことがないようだ。

　そんなわけで、エリザベスが艇庫のバスルームに入っているあいだに、キャルヴィンとシックス＝サーティは男子チームのキャプテン、メイソン博士に近づいた。ちょうど悪天候の季節だった。明日からもボートに乗り続けるのなら――エリザベスはそれを望んでいるが――エイトに変更するのが最善だ。より安全だ。エイトなら万一、転覆しても――ありえないが――彼女を救助する人数がそれだけ増える。どのみち、メイソンは三年以上前からキャルヴィンをエイトに誘っていた。試してみる価値はある。

　キャルヴィンはメイソンに頼んでみた。「どうかな？　ぼくと彼女の両方を入れるのが条件だけど」

「男子エイトに女性を入れる？」メイソン博士はクルーカットの頭にかぶった帽子をかぶり直した。彼は海兵隊を毛嫌いしている元海兵隊員だ。それでも髪型は維持している。

「腕はあるよ」キャルヴィンは言った。「すごくタフだし」

　メイソンはうなずいた。彼はいま産婦人科医だ。タフな女性がいるのは知っている。でも、女性を？　うまくいくだろうか？

「ねえ、いい話だよ」ほどなくキャルヴィンはエリザベスに伝えた。「男子チームが今日はぼくたちとエイトを漕ぎたいって言ってるんだ」

「ほんとに？」エリザベスはエイトのメンバーになりたいとずっと思っていた。エイトはめったに転覆しないようだからだ。キャルヴィンに泳げないことは話していない。心配させてどうする？

「キャプテンからたったいま誘われたんだ。きみの漕ぎを見てたって。見る目のある人だよ」

下からシックス＝サーティがはあはあと息を吐いている。**嘘だ嘘だ、嘘ばっかり。**

「いつからはじめるの？」

「いまからだ」

「いまから？」エリザベスは突然、恐慌に襲われた。エイトに乗りたいとはいえ、エイトに乗るにはほかの漕手と完璧にシンクロさせる腕が必要で、自分がまだそのレベルに達していないのはわかっている。レースに勝つには、シェル上の全員がちょっとした違いも体格の差もかえりみず、完全に一体化しなければならない。一糸乱れず漕ぐこと――それが目標なのだ。エリザベスは以前、キャルヴィンがケンブリッジのコーチからまばたきすら合わせなければならないと何度も言われたと、ほかの漕手に話しているのを聞いた。驚いたことに、相手もうなずいてこう返した。「足の爪も同じ長さにそろえないとな。ぜんぜん違うから」

「きみは二番だ」

「素敵」エリザベスは両手がひどく震えていたが、気づかれないように言った。

「コックスが指示を出すから大丈夫だよ。とにかくブレードが前に来たら目を離さないようにしてくれ。それと、何があってもシェルの外を見ちゃだめだ」

「待って。シェルの外を見てはいけないのにブレードから目を離さないって無理じゃない？」

「とにかく見ちゃだめだ。シェル全体のバランスが崩れる」

「でも――」

「そしてリラックスすること」

「あの――」

「両手準備！」コックスが号令をかけた。

「心配はいらない」キャルヴィンは言った。「大丈夫だ」

エリザベスは、人々の心配ごとの九十八パーセントは杞憂に終わると何かで読んだことがある。では、終わらない二パーセントはどうなるのだろう？　そして、その数字を算出したのはいったいだれなのか？　二パーセントは低すぎて疑わしい。十パーセント――二十パーセントでもおかしくないと、エリザベスは思う。自身の経験に限れば、確率は五十パーセント近くまで跳ねあがる。ついにエイトに乗れるのに、ほんとうに心配したくないのだが、心配でたまらなかった。大失敗する可能性は五十パーセントだ。

八名で薄暗い桟橋へシェルを運んでいると、エリザベスの前の男が、いつもの二番が縮んだように感じたのか、ちらりと振り向いた。

「エリザベス・ゾットです」彼女は名乗った。

「しゃべらない！」コックスが大声で注意した。

「だれだって？」エリザベスの前の男が怪訝そうな顔をした。

「今日はわたしが二番を漕ぐの」

「そこ静かに！」コックスが叫んだ。

「二番？」男はぎょっとしてささやいた。「きみが二番を漕ぐの？」

「何か問題でも？」エリザベスは小声で返した。

「きみはすばらしかったよ！」二時間後、興奮したキャルヴィンが車のハンドルをばんばんたたきながら叫ぶので、シックス＝サーティは家に帰り着く前に衝突事故を起こすのではないかと不安になった。「みんなそう思ってたよ！」

「みんなってだれ？」エリザベスは尋ねた。「だれもひとこともかけてくれなかったけど」

「ああ、みんな怒ったときしか声をかけないからね。なにより、ぼくたちは水曜日のメンバーに入れてもらえたし」キャルヴィンは勝利の笑みを浮かべた。また彼女を救えた――一度目は職場で、そして今回だ。もしかしたら、これが不運を断ち切る方法なのかもしれない――こっそりと、だが抜かりなく策を講じることが。

エリザベスは窓の外を眺めた。漕艇とはほんとうにここまで平等主義に徹したスポーツなのだろうか？　それとも、これもまたおなじみの疑念によるおなじみの不安なのだろうか――漕手も研究者同様にキャルヴィンの伝説的執念深さを恐れているだけなのではないだろうか？

家へ向かって海岸沿いを走っているうちに、仕事前に何本か波に乗ろうとやってきた十数人のサーファーがロングボードを浜へ向けて、沖を振り向いて波を待っているのを朝日が照らし、エリザベスはふと気づいた。彼の執念深さが実際に発揮されるところは見たことがない、と。

「キャルヴィン」エリザベスは彼に向き直った。「なぜみんなあなたのことを執念深いって言うのかしら？」

「なんだそれ？」キャルヴィンはにやにや笑いをやめられなかった。こっそりと、だが抜かりなく。それが人生の問題を解決する秘訣！

「わかってるでしょ。研究所で噂になってる――あなたの邪魔をしたら徹底的に仕返しされるって」

「ああ、それか」キャルヴィンはにこやかに言った。「噂。ゴシップ。嫉妬。たしかに好きじゃない人はいるけど、わざわざ仕返しするか？　するわけがないよ」

「そうよね。でもまだ気になる。いままで絶対に許せないと思った人はいる？」

「とくに思い浮かばないな」陽気に答えた。「きみは？　死ぬまで憎んでやると思った人はいる？」彼女のほうを振り向くと、運動した名残で頬が紅潮し、髪は海水で湿っていたが、表情は真剣だった。彼女は数を数えるかのように指を一本ずつ伸ばした。

9章

恨み

キャルヴィンは許せない人も憎んでいる人もいないと答えたが、食事するのを忘れたという程度の気持ちだった。つまり、嘘をついていたのである。過去は水に流したふりをしても、やはり過去はすぐそばにいて彼の心をがりがりとかじった。彼に不当な仕打ちをした人間は何人もいるが、許せないのはひとりだけだ。死ぬまで憎んでやると誓った男は。

その男の姿をはじめて垣間見たのは十歳のときだった。長いリムジンが男子孤児院の門の前に止まり、男が降りてきた。長身で上品そうで、誂えもののスーツを着こなし、銀のカフスボタンをつけたその男は、どこもかしこもアイオワの風景にそぐわなかった。キャルヴィンは柵の内側でほかの少年たちと押し合いへし合いしながら見ていた。だれもが映画スターだろうと思った。もしかしたらプロ野球選手かも。

少年たちはこのような訪問に慣れていた。年に二度、有名人が記者を連れて孤児院へやってきて、数人の少年たちと写真を撮った。ときおり彼らが、いくつかのグローブやサイン入り顔写真を置いていくこともあった。だが、この男が持ってきたのはブリーフケース一個だけだった。少年たちは興味を失った。

　ところが、それから一カ月ほどたったころ、いろいろなものが届きはじめた。科学の教科書や算数のゲーム、化学実験のセットなどだ。しかも、グローブや顔写真とは違い、みんなに行き渡るほどたっぷりあった。

「主が与えてくださったのです」司祭は真新しい生物の本をみんなに配った。「ですから、おまえたち弱き者は静かにじっと座らねばなりません。後ろのおまえたち、じっとしないと怒りますよ！」司祭が手近な机をものさしでたたいたので、だれもがびくりとした。

「すみません、神父さま」キャルヴィンは自分の本をめくりながら声をあげた。「ぼくの本、おかしいです。途中のページが抜けてます」

「抜けているのではありませんよ、キャルヴィン」司祭は言った。「取り除かれたのです」

「どうしてですか？」

「間違っているからです。では諸君、百十九ページを開きなさい。まずは――」

「進化論のページがありません」キャルヴィンはページをめくって食いさがった。

「いいかげんにしなさい、キャルヴィン」

「でも――」

　彼の手の甲をものさしがしたたかに打った。

「キャルヴィン」院長はうんざりした口調だった。「どうしたんだね？　今週わたしのところへ来るのはこれで四度目だ。それ以外にも、きみが嘘をつくと司書が困っていたよ」

「司書?」キャルヴィンは驚いて訊き返した。まさか、孤児院のわずかな蔵書をしまった狭い物置部屋にこもっている飲んだくれ司祭のことだろうか。

「エイモス神父から聞いたが、図書室の本を全部読んでしまったと言い張るそうだね。嘘をつくのは罪だが、見栄で嘘をつくのは? 何より大きな罪だ」

「でも、ほんとうに読んでしまったから——」

「黙りなさい!」院長は叫び、キャルヴィンを見おろした。「人間のなかには生まれつきの悪人がいる。腐った両親から生まれた子だ。だがきみの場合はそうではない」

「どういう意味ですか?」

「意味か」院長は身を乗り出した。「きみはいい両親から生まれたが、悪い子になった。腐ってしまった。選択を間違えてばかりいたからだ。美は心のなかに宿るという考え方を知っているかね?」

「はい」

「そう、きみの心の醜さが外見にも現れているんだ」

キャルヴィンは腫れた手の甲に触れ、泣きたいのを我慢した。

「いまあるものに感謝したらどうだ?」院長は言った。「生物学の本のページが半分なくても、まったくないよりましだろう? やれやれ、こうなるのはわかっていたんだがね」院長は机から離れ、部屋のなかをのろのろと行ったり来たりしはじめた。「科学の本だの実験のセットだの。受け取らなければ、資金を援助してもらえなかった」いらだたしげにキャルヴィンをにらんだ。「こんなことになったのはきみのせいだ。きみの父上がいなければ、われわれはこんな——」

キャルヴィンはさっと顔をあげた。

「なんでもない」院長は机の前に戻り、書類をいじりはじめた。

「お父さんを悪く言うな」キャルヴィンの顔は熱くなった。「お父さんを知らないくせに！」

「わたしがだれをどう言おうとわたしの勝手だ、エヴァンズ」院長はすごんだ。「それに、列車事故で死んだ父親のことを言ったんじゃない。きみのほんとうの父親のことだ。われわれにあのいまいましい科学の本をどっさり送りつけてきた愚か者だよ。ひと月ほど前に、大きなリムジンでやってきた。養父母を列車事故で亡くした十歳の男の子はいないかと言うんだ。おばも車で木に衝突して死んだ、その子本人は〝かなり背が高いかもしれない〟とね。わたしはすぐさま戸棚からきみの資料を取り出した。紛失したスーツケースのようにきみを引き取りにきたのかと思ったんだが——よくあることだからな。ところが、きみの写真を見せたとたん、興味が失せたようだ」

　キャルヴィンは目を見開き、事態を呑みこもうとした。養子？　そんなはずはない。死んでしまっても、両親はいまでも両親だ。涙をこらえ、父親の大きな手に手を握ってもらい、母親の温かな胸に頭をあずけて眠ったかつての幸せな自分を思い返した。院長先生は間違ってる。嘘をついてるんだ。少年たちは、なぜどうしてオール・セインツ男子孤児院に入れられたのか、しょっちゅう聞かされている。母親が出産時に亡くなり、父親は赤ん坊を持て余したから、あるいは育てるのが大変な子だったから、あるいは口減らしのため。これもまた、そんな話のひとつに違いない。

「ちなみに教えておこう」院長は作り話のリストから選んだかのように言った。「きみのほんとうのお母さんはお産で死に、ほんとうのお父さんはきみを持て余した」

「そんなの信じるもんか！」

「だろうな」院長はそっけなく言い、キャルヴィンの資料から二枚の書類を取り出した。養子縁組の証明書と女性の死亡証明書だ。「科学者の卵なら証拠がほしかろう」

　キャルヴィンは涙に曇った目で書類を見おろした。単語ひとつ読み取れなかった。

「もういいかね」院長は両手をパンと打ち合わせた。「ショックを受けただろうが、キャルヴィン、明るい面に目を向けなさい。きみの父親は生きていて、きみを気にかけている――少なくともきみの教育は気にかけている。ほかの子たちよりずっと恵まれているじゃないか。わがままにならないようにしなさい。きみはいままで幸運だった。親切な養父母がいて、今度は裕福な父親が現れた。お父さんの贈り物は」――ここで院長は口ごもった――「記念品だと思いなさい。お母さんに捧げる記念の品だ」

「でも、ほんとうのお父さんなら」キャルヴィンはまだ納得していなかった。「ぼくをここから連れ出してくれるはずです。一緒に暮らしたいと思うはずだ」

　院長はあきれたように目を丸くしてキャルヴィンを見おろした。「まだそんなことを。いいや。いま教えたとおりだ。お母さんはお産で死に、お父さんはきみを持て余した。それに、お父さんとは話がついた――とくにお父さんは資料を読んで、きみはここにいたほうがいいと考えた。きみのような子は、規範のしっかりした環境できっちり躾《しつ》けられる必要があるとね。裕福な人々はみんな子どもを寄宿学校に入れる。オール・セインツも寄宿学校のようなものだ」院長は厨房から漂ってくるいやなにおいをくんくん嗅いだ。「もっとも、うちの教育環境をもっと充実させろと言ってきたがね。まったく余計なお世話だ」袖についた猫の毛をつまみ取る。「われわれに――れっきとした教育者に、教育法を指図するとはな」立ちあがってキャルヴィンに背中を向け、たわんでいる西側の屋根を窓から眺めた。「それでもいいことはあって、きみのお父さんは相当な金額を寄付してくれたよ——きみだけのためではなく、ほかの子たちのためにもな。じつに気前がいい。科学とスポーツに使うようにと条件がついていなければ、もっとよかったがね。まったく、金持ちってやつは。知ったかぶりばかりだ」

「あの人は……科学者なんですか？」

「科学者だとわたしがいつ言ったかね？」院長は言った。「聞きなさい。お父さんはここへやってきて、いくつか質問をして、帰っていった。小切手を残して。たいていの無責任な父親がよこすよりはるかに多額の小切手だ」

「でも、いつまたここに来てくれるんですか？」キャルヴィンは孤児院から逃げ出したくてたまらなかった。たとえまったく知らない男と暮らすことになっても。

「待つしかないな」院長はまた鉛ガラスの窓の外へ目をやった。「また来るとは言われていないから」


キャルヴィンはのろのろと教室へ戻りながら、あの男のことを考えた——どうすればまたここへ来させることができるのだろうか。戻ってこさせなければならない。だが、父親からは科学の本が送られてくるばかりで、本人は二度と現れなかった。

それでも、彼は子どもであり、子どもの例に漏れず、あきらめるべき時期が過ぎても長いあいだ希望にしがみついていた。いきなり登場した父親が送ってきた本はすべて読んだ——愛情の代わりに知識をむさぼり、壊れた心に理論とアルゴリズムを詰めこみ、自分と父親が共有している化学的事実を、死ぬまでふたりをつなげる糸を探し求めた。しかし、自己流の勉強で思い知ったのは、化学の複雑さは父と子のつながりに押しこめられるものではなく、ときに無情に感じるほどねじくれているということだった。こうしてキャルヴィンは、もうひとりの父親に捨てられた――それも、一度も会わないまま捨てられ、忘れ去ることも隠すこともできない恨みをほかならぬ化学に生みつけられた自分を意識しながら生きていかねばならなかった。

10章 引き綱

エリザベスはペットを飼ったことがなく、いまも自宅にいるのがペットかどうか確信を持てずにいた。シックス＝サーティは人間ではないが、エリザベスの知っている多くの人々をはるかにしのぐ人間性を備えているようだった。

だから、シックス＝サーティに引き綱を買わなかった――引き綱をつけるのは間違っているような気がした。それどころか、侮辱に思えた。彼はつねにエリザベスの脇に控え、確認せずに道路を渡ったり、猫を追いかけたりしなかった。実際、彼がたった一度だけ急に走り出したのは、独立記念日に目の前で爆竹がはぜたときだけだ。エリザベスとキャルヴィンは心配して何時間も捜しまわったあげく、路地裏のゴミ箱の陰で恥ずかしそうに震えているシックス＝サーティを見つけた。

ところが、犬をつながなければならないという条例が全国に先駆けて市で制定されたころから、いつのまにかエリザベスは引き綱を買ったほうがいいかもしれないと考えるようになったが、その理由はもっと込み入ったものだった。犬に対して心のつながりが増すにつれて、物理的にもつながっていたほうがいいのではないかと思いはじめたのだ。

そこで、エリザベスは引き綱を買ってきて廊下のコートラックに吊るし、キャルヴィンが気づくのを待った。だが、一週間たっても彼は気づかなかった。

「シックス＝サーティに引き綱を買ってきたの」ついにエリザベスは彼に知らせた。

「どうして？」

「条例ができたから」

「条例？」

エリザベスが新しく決まった条例を説明すると、キャルヴィンは笑い飛ばした。「ああ――あれか。ぼくたちには適用されないよ。飼い犬がシックス＝サーティみたいな子じゃない人たちのために決めたんだろ」

「いいえ、みんなに適用されるの。新しく決まったんだから。みんなの義務になるのは間違いない」

キャルヴィンはにっこり笑った。「大丈夫だよ。シックス＝サーティとぼくはほとんど毎日、警察署の前を通ってる。警察はぼくたちのことを知ってるよ」

「状況は変わるわ」エリザベスはきっぱりと言った。「たぶん、ペットの死亡事故が増えてるのよ。たくさんの犬や猫が車にはねられるようになってる」それが事実かどうかはわからないが。その可能性が高いように思われた。「どっちにしても、昨日わたしとシックス＝サーティは引き綱をつけて散歩に行ったの。気に入ったみたいよ」

「引き綱をつけてたら走れないな」キャルヴィンはちらりと目をあげた。「ぼくはつながれてる感じが嫌いなんだ。それに、あの子は絶対にぼくのそばから離れないよ」

「万一のことがあるわ」

「たとえば？」

「道路に走り出たり。車にはねられたり。爆竹のときもそうだったでしょう。わたしが心配してるのはあなたじゃない。あの子よ」

キャルヴィンはほくそえんだ。エリザベスにこんな一面があったとは。母性本能ってやつだ。

「ちなみに、雷の予報が出てる。メイソン博士から電話がかかってきた――今週一杯、練習は中止だって」

「あら、残念」エリザベスはほっとしたのを隠そうとした。いままでに四度、男性と一緒にエイトを漕いだが、そのたびに認めたくないほど疲れ果てた。「何かほかに言ってた？」褒め言葉を待っているとは思われたくなかったが、じつは待っていた。メイソン博士はまともな人に見えた。いつでも対等に接してくれる。キャルヴィンによれば、産婦人科医らしい。

「来週もチームに入れてもらえるよ」キャルヴィンは言った。「あと、春のレガッタに出場するかどうか考えておいてくれって」

「レースのこと？」

「きみも気に入るよ。すごく楽しいんだから」

正直なところ、キャルヴィンはエリザベスが気に入るとは思っていなかった。レースは非常に緊張する。負けるかもしれないという不安だけでも重圧なのに、漕ぐこと自体が怪我の原因になりかねないと承知のうえで挑まなければならない。〝用意〟とコールされた瞬間から、漕手は心臓発作や肋骨骨折の危険もかえりみず――そのほかどんな危険もかえりみず、雑貨屋で売っている安物のメダル獲得を目指す。二着ではだめなのか？　論外だ。二着が負け犬の一着と呼ばれるのも、ゆえなきことではない。

「おもしろそう」エリザベスは嘘をついた。

「ほんとにおもしろいよ」キャルヴィンも嘘を返した。


「練習は中止だよ、忘れてた?」エリザベスがまだ暗いのに着替えているので、キャルヴィンは驚いた。「午前四時だよ。ベッドに戻っておいでよ」

「眠れないの。早めに仕事に行こうと思って」

「そんな。まだ行かないでくれよ」キャルヴィンは上掛けをめくり、戻ってきてほしいと身振りで頼んだ。

「じゃが芋をオーブンで弱火にかけてるから」エリザベスは靴を履いた。「朝食にちょうどいいから食べて」

「待って、どうしても行くのならぼくも行く」キャルヴィンはあくびをした。「ちょっとだけ待ってくれないか」

「だめだめ。あなたは寝てて」

一時間後、キャルヴィンが目を覚ますと、エリザベスはいなかった。

「エリザベス?」

裸足でキッチンへ歩いていくと、カウンターにオーブンミトンが置いてあった。〝じゃが芋食べてね〟と、彼女の書き置きが添えてある。〝またあとでね。xoxoxo　E〟

「今朝は研究所まで走るぞ」キャルヴィンはシックス=サーティに声をかけた。ほんとうは走りたい気分ではなかったが、そうすれば帰りはみんなで一台の車に乗れる。ガソリンを節約するためではなく、エリザベスがひとりで車を運転するのを想像しただけで耐えられなかったからだ。そこらじゅうに木がある。それに列車も走っている。

これほど心配でやきもきしているのをエリザベスが知ったらいやがるだろう。けれど、この世の何よりも愛している者、ありえないほど愛している者を心配しないなんて、どだい無理ではないか？　それに、エリザベスだってキャルヴィンを心配する――食事をとったかと尋ねたり、ジャックと部屋のなかで走ったらどうかと提案したり、引き綱を買ってきたり、ほかにもいろいろ世話を焼く。

キャルヴィンは数枚の請求書を横目でちらりと見て、最近届いた嘘つきたちからの手紙をあとでまとめることと頭のなかにメモした。母親と称する女からまた手紙が届いていた――彼女はいつも〝あなたは死んだと聞かされていたの〟と書いてくる。それから、アイデアをことごとくキャルヴィンに盗まれたと主張する無学な男からの手紙、長いあいだ離れ離れになっていた兄弟と自称する男からは金をせびる手紙。奇妙なことに、父親のふりをする者はいまのところいない。本物がまだ生きているからだろうか。息子などいないふりをしているけれど。

男子孤児院を出てからこちら、父親を恨んでいるのを打ち明けた相手が、院長以外にひとりだけいた――よりによって、文通相手だ。彼とは直接会ったことはないが、強固な友情を結んでいた。おそらく告解と一緒で、相手の顔を知らないほうが話しやすいとおたがいに思っていたのだろう。けれど、それぞれの父親について書いたのを境に――忌憚のないやり取りを一年間続けたあとに――すべてが一変した。キャルヴィンが父親の死を願っていると書いたら、相手は明らかにショックを受け、思いがけない反応をした。手紙をよこさなくなったのだ。

キャルヴィンは、自分が一線を越えたせいだと思った——文通相手は信仰を持ち、自分はそうではなかった。父親の死を望むなんて、敬虔な人々のあいだでは言ってはいけないことなのかもしれない。何が理由にせよ、秘密の交換は終わった。その後キャルヴィンはしばらくふさぎこんだ。だから、エリザベスには生きている父親の話をしないようにした。自分を捨てた文通相手のように反応されたり、かつて院長に決定的な欠点だと言われた性質に突然気づかれたりするのが怖かったからだ。決定的な欠点とは、生まれつきの醜さだ。外側も内面も醜いキャルヴィン・エヴァンズ。現に、エリザベスにプロポーズを断られたし。

なんにせよ、いま話せば、なぜもっと早く話してくれなかったのかとエリザベスに問いただされるかもしれない。それはまずい。ほかにも隠しごとがあるのではないかと疑われては困る。

そう、やはり秘密にしておいたほうがいいこともあるのだ。それに、エリザベスも仕事の悩みを打ち明けてくれなかったではないか？　親しい間柄でも隠しごとをするのはごく当たり前だ。

キャルヴィンは古いトレーニングパンツをはいてから、エリザベスと共有している抽斗から靴下を探した。彼女の香水のかすかなにおいを嗅ぐと、気分が明るくなった。キャルヴィンは自己啓発に興味を抱いたためしがなかった——友人を増やして人に影響を与える方法について書かれたデール・カーネギーの本も読了できなかった。十ページほど読んだところで、他人の思考にまったく関心が持てないと気づいたからだ。でもそれはエリザベス以前のことだ——彼女が幸せなら自分も幸せだと知る前のこと。キャルヴィンはテニスシューズを履きながら、これこそが愛の定義ではないかと考えた。だれかのために変わりたいと思えることが。

屈んで靴紐を結んでいるとき、それまで知らなかった感情で胸が一杯になった。これは感謝だろうか？　幼くして身寄りをなくし、だれにも愛されない不器量なキャルヴィン・エヴァンズが、とにもかくにもあの女性に出会い、この犬に出会い、研究とボートに出会い、ランニングに出会ったんだ、ジャック。夢想だにしなかった幸せ、もったいないほどの幸せだ。

腕時計を見ると、午前五時十八分だった。いまごろエリザベスは研究所のスツールに座り、遠心分離機をフル回転させているだろう。キャルヴィンは玄関のドアの前で口笛を吹き、シックス＝サーティを呼んだ。研究所まではおよそ八キロ、一緒に走れば四十二分ほどで到着する。だが、キャルヴィンがドアをあけると、シックス＝サーティはためらった。外はこぬか雨が降り、薄暗い。

「さあ行くぞ」キャルヴィンは言った。「どうした？」

そのとき思い出した。振り向いて引き綱を取り、屈んでシックス＝サーティの首輪に取りつけた。はじめてシックス＝サーティとしっかりつながれ、キャルヴィンは振り返ってドアに鍵をかけた。

彼は三十七分後に死亡した。

11章 予算削減

「さあ行くぞ」キャルヴィンはシックス＝サーティに呼びかけた。「走っていこう」シックス＝サーティはキャルヴィンの五歩先を走り、ときどきちゃんとついてきているかと言わんばかりに振り向いた。右に曲がり、ニューススタンドの前を通り過ぎた。〝市の予算どん底に〟大きな見出しが叫んでいる。〝警察と消防、縮小の危機〟

キャルヴィンは引き綱を引いてシックス＝サーティに左へ曲がるよう指示し、広い芝生の庭つきの古い大邸宅が並ぶ地区に入った。「いつかぼくたちもここに住むぞ」キャルヴィンは走りながらシックス＝サーティに言った。「ぼくがノーベル賞を取ったらね」シックス＝サーティは、キャルヴィンが賞を取ると確信していた。エリザベスがそう言っていたからだ。

また角を曲がった瞬間、キャルヴィンは苔に足をすべらせたが、なんとか転ばずに走り続けた。「危ない危ない」息を弾ませながら警察署へ近づいていく。シックス＝サーティは、前方で検査を待つ兵士のように並んでいるパトカーを見つめた。

パトカーはしばらく前から検査されていなかった。警察の予算がまた削減されたためだ――四年間で三度目。そのどれも、市の広報の中間管理職が思いついた〝少ない予算でよりよい市政！〟というスローガンにもとづくものだった。今回の予算削減により、多くの警察官の首が危なくなった。給料はすでに減らされている。昇給はなくなった。次に来るのは解雇だ。

警察官たちは解雇を食い止めるためになんでもやった。そして、三度目の〝少ない予算でよりよい市政！〟キャンペーンをふさわしい場所で実施することにした。パトカーの駐車場だ。今回はパトカーに予算削減の矢面に立ってもらうことにしたのだ。整備はしない、オイル交換もブレーキ交換もしない、タイヤの踏面も張り替えない、電球の交換もしない、何もしない。

シックス＝サーティは警察署の駐車場、とくにそこをうろついている警察官たちのだらしない雰囲気が好きではなかった。キャルヴィンと一緒に警察署の前を走り過ぎる彼に、ときおり手を振ってくる気さくな警察官すら、キャルヴィンのてきぱきした物腰とは対照的にのろくさくて好きになれなかった。シックス＝サーティに言わせれば、彼らは安月給に縛られて決まりきった仕事に倦み、来る日も来る日もちょっとした緊急事態に対応するだけで、ポリス・アカデミーで学んだ人命救助の知識を活かす機会もない。

警察署の駐車場が近づいてきて、シックス＝サーティは空気のにおいを嗅いだ。あたりはまだ暗い。あと十分もすれば、朝日が――。

パンッ！

暗闇から恐ろしい破裂音がした。爆竹のように――鋭くてうるさくて凶悪な音。シックス＝サーティは怯えて跳びあがった――**い、い、いまのはなんだ？**　彼は飛び出そうとしたが、キャルヴィンとつながっている引き綱に強く引き戻された。キャルヴィンも反応し――いまのは、い、いまのは銃声では？――反対方向へ走り出していた。パンパンパン！　破裂音はマシンガンのように小刻みに続いた。キャルヴィンはとっさに片足をあげて大きく踏みこみ、こっちへ来いとシックス＝サーティを引っ張ったが、目をぎらつかせたシックス＝サーティも前脚をあげ、**いやだ、こっちがいい**と抵抗した。引き綱は綱渡りのロープのごとくピンと張りつめた。キャルヴィンはぬるぬるするエンジンオイルがたまった地面に足をおろしてしまい、下手なアイススケーターよろしくつるりとすべった。会うのが待ちきれない旧友のように、舗道がぐんぐん迫ってくる。

ガンッ。

キャルヴィンの頭のまわりに赤い血が暗い暈《ハロー》を作り、シックス＝サーティは助けを求めて振り向いたが、不意に何かがのしかかってきた――大きな船のようなものが勢いよくぶつかってきて、そのとたん、引き綱がまっぷたつに切れ、シックス＝サーティは脇に放り出された。

なんとか頭をあげると、パトカーのタイヤがキャルヴィンの体に乗りあげていた。

「なんだいまのは？」巡査がパートナーに言った。ふたりともパトカーがバックファイアを起こすことには慣れていたが、いまのはそれだけではなかった。あわててパトカーを降り、長身の男が地面に倒れているのを見てぎょっとした。男のグレーの目は見開かれ、頭の傷から血が舗道にどんどん広がっていた。男はそばに立っている警察官に向かって二度まばたきした。

「しまった、この人をはねてしまったのか？　まずいな。もしもし――聞こえますか？　もしもし？　ジミー、救急車を呼んでくれ」

横たわっているキャルヴィンの頭蓋骨にはひびが入り、パトカーに轢かれた腕は折れていた。手首には引き綱の残骸が巻きついている。

「シックス＝サーティ？」キャルヴィンはささやいた。

「なんですか？　この人はいまなんて言ったんだ、ジミー？　ああまずい」

「シックス＝サーティ？」

「いえ、違います」警察官はキャルヴィンに覆いかぶさるように顔を近づけた。「まだ六時前ですよ。五時五十分です。五・五・〇。いますぐあなたをそこから出してあげますから――治療してもらいますから安心してください、何も心配はいりませんよ」

背後の警察署から警察官がどやどやと出てきた。遠くで救急車がいま行くぞとサイレンを鳴らしている。

「ああ、なんてことだ」だれかが声をあげると同時に、キャルヴィンの胸から空気が出ていった。

「みんながいつも話していた人じゃないか――いつも走ってる人」

三メートルほど離れた場所で、肩を脱臼したシックス＝サーティが、鞭打ちを負った首から引き綱の半分をぶらさげて見ていた。彼はキャルヴィンのそばへ行きたくてたまらなかった。鼻孔に顔を近づけ、傷をなめ、とにかくこれ以上ひどくなるのをくい止めたかった。けれど、彼にはわかっていた。三メートル離れていてもわかった。キャルヴィンの目はゆっくりと閉じた。胸は上下するのをやめた。

シックス＝サーティは、キャルヴィンがシーツをかぶせられて担架で救急車に運ばれるのを見送った。担架の脇からだらりと垂れた右腕の手首に引き綱が巻きついている。シックス＝サーティは悲しみをこらえきれずに顔をそむけた。そして、うつむいたまま歩きだし、エリザベスに悪い知らせを伝えに向かった。

12章

キャルヴィンからの別れの贈り物

　エリザベスは八歳のとき、兄のジョンから崖を飛び降りてみろとけしかけられ、そのとおりにした。眼下の採石場跡は、真っ青な水をたっぷりとたたえていた。エリザベスはミサイルのように水を貫いた。つま先が水底に触れ、思い切り蹴って水面にあがると、驚いたことにジョンがそこにいた。エリザベスのすぐあとに飛びこんだのだ。何を考えてたんだ、エリザベス？　ジョンは怒ったように声を荒らげ、エリザベスを岸へ引っ張っていった。冗談だったのに！　死んでたかもしれないぞ！

　いま、エリザベスは研究室のスツールに座って身を固くし、警察官がだれか死んだ人の話をし、別の警察官がエリザベスにその人のハンカチを持ってきてくれと言い、また別の警察官が獣医に行けと言っているのをぼんやりと聞いていたが、そのあいだずっと思い出していたのは、あの遠い日、やわらかくなめらかな泥につま先が触れたとき、ずっとそこにいたいと感じたことだった。知らせを受けてから、頭のなかはひとつの言葉で一杯だった。やっぱりあそこにいればよかった。

　自分のせいだ。エリザベスは警察官にそう説明しようとした。あの引き綱。あれを買ったのは自分だ。けれど、何度そう言っても警察官はわかってくれず、そのせいでエリザベスはひょっとして全部夢なのではないかと思うようになった。キャルヴィンは死んでいない。ボートを漕いでいる。出張に出かけている。五階でノートを取っている。

だれかが家に帰ってもいいと言った。

そのあと数日、エリザベスとシックス＝サーティはぐちゃぐちゃのベッドに横たわっていた。ほとんど眠れず、食事などとれるわけもなく、見えるのは天井だけという状態で、彼が玄関をあけて入ってくるのを待った。ふたりを邪魔するのは電話のベルだけだった。電話をかけてくるのはいつも決まって同じ沈痛な声で――ほかならぬ葬儀屋だ――だれかを棺に入れるのに着せるスーツを「早く決めなければなりません！」とせっついた。「だれを棺に入れるんですか？」エリザベスは尋ねた。「あなたはだれ？」このような電話が何度もかかってくるうちに、シックス＝サーティは混乱したエリザベスを見ていられなくなったのか、彼女をクローゼットへ連れていき、前脚で扉を押した。その瞬間、エリザベスの目に飛びこんできたのは、長いあいだ放置された首吊り死体のように揺れているキャルヴィンのシャツだった。そのとき、エリザベスは理解した。キャルヴィンはもういないのだ。

ジョンが自殺したときやメイヤーズに襲われたときと同じく、エリザベスは泣けなかった。涙の大群が目の裏に集まっていたが、出てくるのを拒んだ。体のなかから空気がすべて抜けてしまったようだった。何度も深く息を吸っても、肺が一杯にならない。子どものころ、脚が片方しかない男の人が、図書館の司書に書棚のどこかから湯が沸騰する音が聞こえると訴えているのを聞いたことがある。彼は、危ないからなんとかしろと言っていた。司書はだれも湯を沸かしたりしていない――ひと部屋しかないからだれが何をしているかわかっている――と答えてなだめようとした。だが、彼は譲らず、しまいには司書をどなりつけてしまったため、二名の男性職員が彼を外に連れていかなければならなかった。職員が言うには、彼は戦争神経症がまだ治っていないとのことだった。一生治らないのかもしれない。

困ったことに、いまエリザベスにも湯の沸騰する音が聞こえていた。

電話をやめてもらうためにはスーツを見つけなければならない。キャルヴィンは一着も持っていなかったので、エリザベスは彼が着たがるのではないかと思った服を一式そろえた。ボートを漕ぐときに着ていた服だ。その小さな包みを葬儀屋に持っていって渡した。「これを」

愛する者を奪われた人々を長らく相手にしてきた葬儀屋は、礼儀正しく包みを受け取り、うなずいた。だが、エリザベスが帰ったあと、その包みを助手に渡して指示した。「四号室のご遺体はサイズ四十六の長身用だ」助手は包みを受け取り、悲しみに打ちひしがれた遺族が持ちこんだ不適切な衣類を長年のあいだにどっさりしまいこんでいる物置に放りこんだ。それから広い衣装部屋へ行き、サイズ四十六の長身用を選び取ると、ズボンをパタパタと振り、肩につもった埃《ほこり》を吹き飛ばしてから、四号室へ向かった。

エリザベスが十ブロックも行かないうちに、助手はキャルヴィンの動かぬ体をスーツに押しこめた。かつてエリザベスを抱いた腕は黒い袖に、かつてエリザベスに巻きついた脚はウールの筒に突っこまれた。それから、シャツのボタンをかけ、ベルトを締め、ネクタイをととのえ、靴紐を結んだが、そのあいだもスーツのあちこちにたまって死の一部になってしまった埃を何度も払った。数歩さがって自分の仕事ぶりをほれぼれと眺め、襟元を直した。櫛を取り出したが、髪を梳《す》くのはやめておいた。ドアを閉めて廊下を歩いていき、小さな事務室で大きな計算機の前に座っている女性に指示を出してから、ランチの入った紙袋を取りにいった。

エリザベスが十二ブロックも行かないうちに、小汚いスーツの料金が請求書に追加された。

葬儀には大勢の人が詰めかけた。漕手が数人、記者がひとり、ヘイスティングズ研究所の職員が五十人ほど。そのうち四、五人は地味な服装でうつむいているが、哀悼のためではなくいい気味だと思って見物するためにやってきた。彼らは心のなかで歓声をあげた。ガランガラン。王様は死んだぞ。

科学者たちのなかには、少し離れた場所で犬と一緒にいるエリザベス・ゾットに気づいた者がいた。まただ、犬を引き綱につながないなんて――市の新しい条例を守っていないだけでなく、そもそも墓地に犬を入れてはいけないと書いた看板がそこらじゅうにある。あいかわらずだ。エヴァンズが死んでからも、ふたりは自分たちにはルールなど関係ないかのように振る舞っている。

少し離れた場所から、エリザベスは手で目庇《まびさし》を作り、参列者たちを眺めた。別の墓所から身なりのよい男女が、玉突き事故を見物するかのようにキャルヴィンの葬儀を見ていた。エリザベスはシックス＝サーティの包帯に片手を置き、これからどうするか考えた。正直なところ、棺に近づくのが怖かった。棺のそばに行こうものなら、蓋をこじあけてなかに入り、キャルヴィンと一緒に埋めてもらおうとしてしまいそうだし、そんなことをすれば止めようとする人々に抵抗しなければならないし、止められたくもない。

シックス＝サーティはエリザベスが死にたがっているのを感じ取り、ずっと彼女を見張っていた。ひとつ困ったことに、彼も死にたかった。さらに困ったことに、シックス＝サーティはエリザベスも自分と同じ立場にいるのではないかと思っていた――彼女自身は死にたいのに、シックス＝サーティを生かす義務があると感じているのではないか。愛情とはなんとめちゃくちゃなものだろう。

そのとき、ふたりの背後にいるだれかが言った。「まあ、エヴァンズも天気には恵まれたな」まるで悪天候だったら楽しい葬儀が台無しだったと言わんばかりだ。シックス＝サーティが見あげると、そこには図々しそうな顔をしたやせっぽちの男が小さなメモ帳を持っていた。

「お邪魔してすみませんね」男はエリザベスに話しかけた。「あなたがずっとひとりでここに座っているから、ご協力願えないかと思いまして。わたしはエヴァンズの記事を書こうと思っていまして、いくつかお尋ねしてもよろしいですかね――もしおいやでなければでいいんですが――エヴァンズは有名な科学者だったということは知っていますが、それ以外は知らないんですよ。あなたは彼とどんなご関係でした？　何か逸話でもご存じですか？　長いおつきあいだったんですか？」

「いいえ」エリザベスは記者と目を合わさずに答えた。

「いいえ……とは……？」

「いいえ、長いつきあいではありません。ぜんぜん長くない」

「おお、そうでしたか」記者はうなずいた。「わかりますよ。だからここにいるんですね――それほど親しくはなかったけれど、弔意を示すために。了解です。ご近所の方ですか？　彼のご両親はここに来てますか？　きょうだいは？　親戚は？　彼の経歴を知りたいなあ。噂はいろいろ聞いていますけどね。いやな人だったと言ってる人もいますね。あなたはどう思います？　独身でしたよね、だれかと交際していたんでしょうか？」エリザベスがあいかわらず遠くを見つめているので、彼は声をひそめてつけたした。「ちなみに、あなたはあの看板が見えないんですか、犬は墓地に入れちゃいけないそうですが。ほんとにまずいですよ。ここの管理人はこういうことにうるさそうだ。いや、あなたは盲導犬が必要だってことなら話は別ですが、なにしろ……あのう……」

「そうです」

記者は一歩あとずさった。「なんと、そうだったんですか？」申し訳なさそうに言った。「あなたは――いえ、ほんとうにすみません。ただ、あなたは――」

「そうです」エリザベスは繰り返した。

「治らない？」

「はい」

「それはお気の毒に」記者は興味をかき立てられたようだった。「病気ですか？」

「引き綱です」

彼はまた一歩さがった。

「それはお気の毒に」彼は繰り返し、エリザベスの顔の前で軽く手を振って反応を確かめた。なるほど。無反応だ。

そのとき、むこうに牧師が現れた。

「パーティがはじまるようだ」記者はエリザベスに状況を説明した。「みんなが座って、牧師が聖書を開きました。そして」――振り返って駐車場から入ってくる人々を見た――「ご家族はまだ来ませんね。どこにいるのかな？　最前列にだれも座ってない。やっぱりいやなやつだったのかな」ちらりと振り返り、エリザベスが立ちあがっているのを見て驚いた。「お嬢さん？　あそこまで行かなくてもいいんですよ。みんなあなたのことはわかってますから」エリザベスは彼を無視し、バッグを手探りで拾おうとした。「あちらへ行きたいのなら、お手伝いしますよ」彼がエリザベスの肘を取ろうとしたので、シックス＝サーティはうなった。「おいおい。ぼくは手伝おうとしただけだよ」

「あの人はいやなやつじゃなかった」エリザベスは嚙みつくように言った。

「おお」記者は気まずそうな顔をした。「そうですよね。もちろんです。すみません。ぼくはただ、そう聞いたって言いたかっただけで。あなたもご存じでしょう――噂は。申し訳ない。でも、そんなに深い知り合いではなかったんでしょう」

「そんなことは言ってません」

「いや、あなたは――」

「長いつきあいじゃなかったと言ったんです」彼女の声は震えていた。

「ぼくもそのつもりでしたが」記者はなだめるように言い、また彼女の肘を取ろうとした。「そんなに長いつきあいじゃなかったんですよね」

「さわらないで」エリザベスは彼の手を振りほどくと、シックス＝サーティを従え、視力のよい者でなければ不可能な足取りで、天使の石像だのしおれた花だのをよけてでこぼこの芝地を歩いていき、最前列にだれもいないのをありがたく思いながら、黒く長い棺の真正面の椅子に座った。

そのあとは、よくあることの繰り返しだった。悲しげな顔、汚れたシャベル、退屈な聖書の朗読、ばかげた祈り。けれど、ひとすくい目の土が棺の上に落ちたとき、エリザベスは牧師の最後の祈りをさえぎった。「歩きたいので失礼します」それから参列者たちに背を向け、シックス＝サーティを連れてその場を離れた。

家までは長い道のりだった。黒い服とハイヒールで十キロ近くをふたりきりで歩くのだ。そして、奇妙な道のりでもあった。落ち着いた地区と同じくらい荒廃した地区を通る道筋も、にぎやかな春の色合いと無彩色の女と負傷した犬の対比も、どちらも不思議な感じがした。どんなにさびれた通りでも、歩道の割れ目や花壇から花々が顔を覗かせ、得意げにこっちを見てと叫び、それぞれに香りを放ち、交わらせ、複雑な芳香を作り出そうとしている。その真っ只中でエリザベスとシックス＝サーティだけが、生ける屍だった。

葬儀社の車が一キロくらいはついてきて、運転手が頼むから乗ってくれ、そのハイヒールでは十五分ともたないだろう、送迎料金はもらっているのだからと言い張り、でも申し訳ないが犬は乗せられない、だれかが乗せてくれるだろうとも言った。けれどエリザベスには、図々しい記者が見えていなかったように、運転手の懇願の声も聞こえず、シックス＝サーティと一緒にたったひとつ理解できることをした。つまりひたすら歩き続けた。

翌日は家にいられず、かといってほかに行く場所もなく、エリザベスとシックス＝サーティは研究所に復帰した。

同僚たちは困った。言うべきことはすでに言いつくしてしまったからだ。残念だったね。わたしにできることがあればなんでも言って。なんて悲しい事故。苦しまなかったと思うよ。いつでも力になるよ。彼はいま神のみもとにいるよ。結局彼らはエリザベスを避けることにした。

「必要なだけゆっくり休むといい」ドナティは葬儀でエリザベスの肩に手を置きながら、彼女は意外と黒が似合わないんだなと思った。「わたしはいつでもここにいるから」けれど、研究室のスツールにぼんやり腰掛けているエリザベスを見かけても、ドナティは声をかけなかった。そしていま、エリザベスは自分が〝ここにいる〟かぎりだれも〝ここに来ない〟のだと気づき、ドナティの助言に従って研究室を出た。

残された行き先はキャルヴィンの研究室しかなかった。

「入ると死ぬかも」エリザベスは研究室のドアの前に立ち、シックス＝サーティにささやいた。シックス＝サーティは頭でエリザベスの膝を押し、入らないでくれと頼んだが、彼女がそれでもドアを押したので、一緒になかに入った。洗浄液のにおいが蒸気機関車のように襲いかかってきた。

人間って変だと、シックス＝サーティは思った。生きているときはつねに土埃と格闘しているのに、死んだら進んで土のなかに埋まる。葬儀では、キャルヴィンの棺を覆う土の量に目をみはり、土の量のわりにシャベルが小さすぎるので、後ろ脚で手伝おうかと申し出るべきなのだろうかと思った。そしていま、またもや土埃が問題だったが、今度は逆に土埃すらないのが問題だった。キャルヴィンの痕跡がきれいさっぱり掃除されていたのだ。シックス＝サーティは、部屋のまんなかに茫然と突っ立っているエリザベスを見ていた。

キャルヴィンのノートはすべてなくなっていた。箱に詰められてしまいこまれ、研究所の総務部は近親と称する者が所有権を主張するのではないかと心配していた。言うまでもなく、エリザベスは彼の研究をだれよりも理解し、〝近親者〟という言葉など超越するほど彼と親しかったのに、なんの権利もなかった。

たったひとつ残っていたのは、私物を放りこんだ箱だった。エリザベスのスナップ写真とフランク・シナトラのレコード数枚、咳止めドロップ、テニスボール、犬のおやつ。そして箱の底にランチボックスが入っていた――おそらく九日前に彼のために作ったサンドイッチがまだ入っているはずだと気づき、エリザベスの心は沈んだ。

ところがそれをあけた瞬間、エリザベスの心臓は止まりそうになった。なかには小さな青い箱が入っていた。さらにそのなかに入っていたのは、エリザベスが見たこともないほど大きな粒のダイヤモンドだった。

そのとき、ミス・フラスクが入口から顔を覗かせた。「ここにいたのね、ミス・ゾット」ラインストーンつきの猫目型の眼鏡が、ゆるい首吊り縄のように首にかけたチェーンからぶらさがっている。「わたし、ミス・フラスクだけどわかる？　人事の？」彼女は言葉を切った。「邪魔するつもりはないけど」ドアをさらに少し押しあけた。「でも――」そのとき、彼女はエリザベスが箱のなかを検《あらた》めていることに気づいた。「ちょっとミス・ゾット、それはやめて。そのなかに入ってるものは彼の私物よ。あなたとミスター・エヴァンズが――その――ちょっと変わった関係を楽しんでいたのは知ってるけど、もう少し待たないといけないの――法律で決まってて――彼のきょうだいとか甥っ子さんとか、親族が引き取りたいと言ってくるかもしれないから。わかってくれるわね。あなたがどうこうとか、あなたの個人的な——その、傾向がどうこうとかって話じゃないの。モラル云々じゃないのよ。だけど、彼が自分のものをあなたに遺すつもりだったと証明する書類がなければ、残念ながら法に従うしかないの。彼の研究についてはすでに手続きをしてる。厳重にしまってあるわ」はたと口を閉じ、エリザベスを見つめた。「大丈夫なの、ミス・ゾット？　いまにも倒れそうに見えるけど」その瞬間、エリザベスの体がぐらりと前に傾いたので、ミス・フラスクはドアを全部あけてなかに入った。

あの日のカフェテリア以来——エディがそれまで見たことのないような視線をゾットに向けた日以来——フラスクはゾットを憎く思っていた。

「今日、エレベーターに乗ってたら」エディはあのときうっとりと言った。「ミス・ゾットが乗ってきてさ。四階分、一緒に乗ってたんだ」

「楽しくおしゃべりしたの？」フラスクは奥歯を食いしばった。「何色が好きか訊いた？」

「いや。でも今度こそ訊くぞ。うーっ、彼女なんだか変わったよな」

フラスクは少なくともそれから一週間のあいだに二度、彼女がどう変わったか聞かされた。エディの話はいつもゾットがどうのこうのだ。彼女のことばかりぶっ続けで話す——もっとも、みんながそうだ。ゾット、ゾット、ゾット、ゾット。フラスクはゾットに心底うんざりしていた。

「こんなことわたしが言うまでもないだろうけど」フラスクはむっちりした手をゾットの背中に当

てた。「仕事に戻るのはまだ早いんじゃないかしら――とくにここはね」かつてキャルヴィンの研究室だった部屋のほうへ首をかたむけた。「あなたのためにならないわ。まだショックが収まっていないし、休まなくちゃ」手を上下させ、エリザベスの背中をぎこちなくさすった。「みんながどんな噂をしてるのか、わたしはよく知ってる」研究所のゴシップの発信源が自分であることをさりげなくにおわせた。「あなたがみんなの噂を知ってることも知ってる」エリザベスが知らないのを承知のうえで続けた。「でもわたしに言わせれば、ミスター・エヴァンズがタダでミルクをもらっていようがいまいが、彼の早すぎる死であなたが疵物になるわけじゃないわ。わたしが思うに、あなたのミルクだし、あなたが決めたのなら、そうするのはあなたの権利だしね」

よし、とフラスクは満足した。ここまで言えば、ゾットもみんながどう噂しているかわかっただろう。

エリザベスは絶句してフラスクを見あげた。ある種の手腕がなければ、最悪のタイミングをねらって最悪の言葉を口にすることはできないだろう。それが人事に配属される条件かもしれない――愛する人を奪われた者を侮辱できるような、あっけらかんとした愚かしさが。

「いろいろ話があってあなたを探してたの」フラスクはまだしゃべっている。「ひとつ目は、ミスター・エヴァンズの犬の件。その子」シックス＝サーティは彼女に指さされ、むっつりとにらみ返した。「悪いけど、これ以上はここに入れられないの。わかるでしょう、ヘイスティングズ研究所はミスター・エヴァンズを大事にしていたから、あの人の気まぐれも大目に見ていたの。だけどもういなくなったから、犬にもいなくなってもらわなくちゃ。わたしの知るかぎり、彼の犬だったんでしょう」確認するようにエリザベスを見た。

「いいえ、わたしたちの犬です」エリザベスはなんとか答えた。「わたしの犬」

「そう。だけど、これからは家で留守番させて」

部屋のすみでシックス＝サーティは顔をあげた。

「あの子がいないとここにはいられない」エリザベスは言った。「どうしても無理」

フラスクは部屋がまぶしすぎるかのようにまばたきし、どこからともなくクリップボードを取り出して何か書きつけた。「わかるわ」目もあげずに言った。「わたしも犬が好きだから」ほんとうは好きではなさそうだ。「でも、繰り返すけど、ミスター・エヴァンズだから大目に見てもらえたの。研究所にとって大事な人だったから。だけど、いつかはね」フラスクはエリザベスの肩に手を置き、またさすりはじめた。「あなたもいいかげんにしなくちゃ。他人の威光を利用するのはもうおしまい」

エリザベスは顔色を変えた。「他人の威光？」

フラスクはクリップボードから目をあげ、事務的な口調に聞こえるように言った。「わかるでしょう」

「わたしは彼の威光を利用したりしてない」

「そうは言ってないわ」フラスクは心外そうなふりをした。そして、打ち明け話をするかのように声をひそめた。「ひとつ教えてあげましょうか」短く息を吸う。「男性はほかにもいるのよ、ミス・ゾット。ミスター・エヴァンズほど有名でもなければ影響力もないかもしれないけど、男なんてどれも同じよ。わたしは心理学を勉強したの――だからよくわかってる。あなたがエヴァンズを選んだのは、有名で独身で、たぶんあなたのキャリアに役立つから。それのどこが悪いの？　だけどうまくいかなかった。いまは彼が亡くなったばかりであなたは悲しんでる――そりゃ悲しいに決まってる。でも、明るい面に目を向けて。あなたはまたフリーになったのよ。いい男はいくらでもいる、見た目のいい男がね。そのなかのだれかがあなたの薬指に指輪をはめてくれるわ」

フラスクは言葉を切った。醜いエヴァンズを思い出したとたんに、きれいなゾットにバスタブの泡のごとく群がる男たちが目に浮かんだ。「すぐ見つかるわ。今度は弁護士なんていいんじゃない。そうすれば、あなたもこんな科学なんてつまらないことをやめて、家にいてたくさん子どもを産めるし」

「それはわたしがやりたいことじゃない」

フラスクは背すじをのばした。「そう、わたしたち意見が合わないわね」ゾットなんか嫌いだ。大嫌いだ。

「あとひとつお知らせがあるの」フラスクはペンでクリップボードをコツコツとたたいた。「忌引について。研究所はあなたにあと三日、休暇をあげることにしたの。全部で五日間。家族持ちじゃない職員に忌引なんて前例がないけど――とっても寛大なことなのよ、ミス・ゾット――これもまた、ミスター・エヴァンズが特別だったってしるしよね。だから、いますぐ帰ってしばらく家にいるといいし、そうすべきだと伝えにきたの。その犬と一緒にね。帰ってもいいわよ」

フラスクの言葉が残酷だったせいか、それとも彼女が入ってくる直前に握りしめた指輪が冷たい小さな異物のように感じられていたせいかわからないが、エリザベスはシンクの前へ行って嘔吐した。

「よくあることよ」フラスクは部屋の奥へ足早に歩いていき、ペーパータオルを取った。「まだショックが収まってないのね」だが、二枚目のタオルをエリザベスのひたいに当てたとき、フラスクは猫目型の眼鏡をかけ直してエリザベスをよく見た。「ああ」フラスクは眉をひそめてため息をつき、体を起こした。「なるほど。そういうことね」

「何？」エリザベスは力なく尋ねた。

「いまさら隠さないで」フラスクは顔をしかめた。「いったいなんでこんなへまをしたの？」自分はわかっているのだとゾットに知らせるべく、わざと舌打ちしてみせた。けれど、どうやらゾットはほんとうにわけがわからないらしい。まさかほんとうに気づいていないのだろうかと、フラスクは思った。科学者にはときどきこのタイプがいる。科学を信頼して失敗するタイプが。

「あ、忘れるところだった」フラスクは小脇に挟んでいた新聞を抜き取った。「これを見せたかったのよ。よく撮れてるじゃない？」葬儀に参列した記者による記事だった。〝埋もれた才能〟という見出しに続き、エヴァンズはその偏屈な性格のせいで科学の才能を充分に発揮できなかったのではないかとほのめかされていた。そして、その証拠にと言わんばかりに、記事の右側には棺の前に立つエリザベスとシックス＝サーティの写真があり、〝恋は盲目、ではない〟というキャプションとともに、ガールフレンドすら彼についてほとんど知らないと述べたと短く書き添えてあった。

「なんてひどいことを」エリザベスはつぶやき、腹をつかんだ。

「また吐きそうになったんじゃないでしょうね」フラスクはペーパータオルを差し出した。「ミス・ゾット、たしかにあなたの専門は化学だけど、こうなることはわかってたはずよ。生物学は学んだでしょう」

フラスクを見あげたゾットの顔は灰色で、目はうつろで、フラスクはほんの一瞬、ゾットと醜い犬に同情しそうになった。ゾットは嘔吐にも来《きた》るべき困難にも耐えなければならない。どんなに頭がよくても美人でも、そしてあきれるほど尻軽でも、ほかの女たちより楽に生きていけるわけではないのだ。

「こうなるって？　なんの話をしてるの？」

「生物学よ！」ソラスクはペンでエリザベスの腹をたたいた。「ゾット、とぼけないで！　わたしたち女性でしょう！　エヴァンズがあなたに何かを遺したのはわかってるはずよ！」

エリザベスは不意にすべてを理解して目を見開き、また嘔吐した。

13章

愚か者たち

ヘイスティングズ研究所の経営陣は大きな問題を抱えていた。スター科学者が死亡したうえに、彼の人格がひどかったせいでたいした実績を残せなかったと吹聴するような新聞記事が出たため、研究所の後援者は――陸海軍や製薬会社や個人投資家、いくつかの財団は、早くも〝ヘイスティングズの既存のプロジェクトを再検討〟や〝今後の支援金額の見直し〟について騒ぎはじめた。研究の世界とはこんなものだ――資金を出す者につねに翻弄される。

そこで、経営陣はこのばかげた風評を止めなければならないと考えた。実際、エヴァンズはこれから成果を出そうとしていたではないか？　彼の研究室には大量のノートが残されていて、そのなかには判読不能な文字で奇妙な数式が並び、あと少しで重要な結果にたどり着きそうな科学者がよくやるように、ところどころエクスクラメーションマークや下線で強調してある。さらに、ひと月後にはジュネーヴで研究の進捗状況を発表する予定だった。パトカーに轢かれていなければ、あるいは雨でも外を走ることにこだわらず、ほかのみんなと同じように室内でバレエシューズを履いてその場駆け足をしていれば、予定どおり発表できたはずなのだ。

科学者ときたら。変人にならずにはいられないのか。

それも問題のひとつだった。ヘイスティングズ研究所の科学者のほとんどは変人ではない——むしろもっと変人でもよいくらいだ。彼らは常識的で平均的で、せいぜい平均よりやや優れているくらいだ。ばかではないが天才でもない。どの企業でも大多数を占めるタイプだ——普通に働き、ぱっとしない業績を積んで幹部に昇進することもある、普通の人々。世界を変えることはなく、うっかり世界を吹っ飛ばすこともない人々。

そう、経営陣にとっては革新的な科学者が頼りなのに、エヴァンズひとりがいなくなっただけで、才能の資源が大幅に目減りしてしまったのである。そして残った優秀な者がみなエヴァンズほど傲慢なわけではない。むしろ、本物の革新者とみなされているのを自覚していないようすの者さえいるくらいだ。しかし、重要なアイデアや画期的な発見はそのひと握りがもたらすと、経営陣にはわかっていた。

ときおり潔癖すぎること以外に、そんな科学者たちのほんとうの問題は、つねに失敗を前向きにとらえることだ。「わたしは失敗したのではありません」と、彼らは決まってエジソンの言葉を引く。「一万通りのうまくいかない方法を発見したんです」科学の世界でそううそぶくのはかまわないが、いますぐ癌の高額な長期的治療法を求めている投資家で一杯の会議場では絶対に言ってはならない。特効薬は不要だ。困りごとがなくなった者からは金を取りにくくなる。そんなわけで、ヘイスティングズ研究所はそのような研究者に報道機関が接近しないように全力をつくしてきた。ただし、科学誌の記者はかまわない。だれも科学誌など読まないからだ。だが、いまは？　エヴァンズの死がLAタイムズの十一面で報じられただけでなく、棺の隣にいるのは？　ゾットと、禍《わざわい》の根源であるあの犬だ。

それが経営陣にとって三つ目の問題だった。ゾットである。

ゾットも革新的研究者のひとりだ。もちろん無名だが、本人は自信たっぷりだ。毎週のように彼女に関する苦情の申し立てがある――意見の言い方がよくない、論文に自分の名前を明記しろと言い張る、コーヒーを淹れてくれないなど、苦情のリストはえんえんと続く。それでも、彼女が成果をあげていることは――エヴァンズの成果かもしれないが――否定できない。

彼女の生命起源論のプロジェクトが承認されたのは、天から降臨した太っ腹な後援者から、よりによって生命起源論の研究に限って資金を提供したいという申し出があったからだ。研究が成功する見込みなどまずないのに。だが、これこそが酔狂な億万長者のやりがちなことだ。彼らは無益な夢物語に金を出したがる。件《くだん》の太っ腹な後援者が言うには、以前、E・ゾットという研究者が執筆した論文――しばらく前にＵＣＬＡで書かれたもの――を読み、発展の可能性に魅せられた。そして、それ以来ゾットという研究者を探しているとのことだった。

「ゾット？　ミスター・ゾットならうちの研究員です！」研究所の経営陣はついうっかり、そう言ってしまった。

太っ腹な後援者は心底驚いたようすだった。「この町には今日一日しかいられないのだが、ぜひ彼に会わせていただきたい」

経営陣は口ごもった。ゾットに会いたいのか、と彼らは考えた。会って、彼が彼女だと知ったら？　小切手は消え失せるに違いない。

「あいにくですが、ご希望には沿いかねます」経営陣は答えた。「ミスター・ゾットは現在ヨーロッパにおりまして。会議に出席しているんです」

「それは残念だ」後援者は答えた。「では次の機会に」さらに彼は、プロジェクトの進捗は数年に一度報告してくれれば結構だとつけたした。科学とは一朝一夕に進歩するものではないと承知している。研究の道のりは長く、時間と忍耐が必要だとわかっていると言うのだ。

時間。長い道のり。忍耐。この人物はほんとうに人間なのか？「なんと思慮深いお言葉」経営陣は連続後方宙返りで部屋中まわりたいのを我慢した。「信頼に感謝いたします」そして、後援者がリムジンに乗りこんだときには、すでに莫大な寄付金の大部分はより有望な研究領域に振り分けられていた。エヴァンズにも一部が渡った。

ところが――またエヴァンズだ。何をやっているのかさっぱりわからない研究にも気前よく資金をまわしてやったのに、彼はオフィスにつかつかと入ってくると、かわいいガールフレンドに資金を提供しなければ、退職して成果もアイデアもノーベル賞候補の名声も一緒に引き揚げると脅した。経営陣は必死に彼を説得した。まさか本気で生命起源論に資金を提供しろと？　とんでもない。しかし、エヴァンズは頑として譲らず、彼女のアイデアのほうが自分のものより優れているとまで言い切った。そのときは、性生活で大当たりを引いた男のたわごとだとみなされた。でも、こうなったからには？

ゾットの理論は、エジソンの〝わたしは失敗したわけではない〟を引用する連中の理論とは違い――あくまでもエヴァンズによれば――非常に的確らしい。百年前、ダーウィンが地球上の生命の起源は単細胞のバクテリアにあり、そこから人類や植物や動物など多様な生物に枝分かれしたという説を発表した。ゾットは？　その最初の細胞がどこから来たのか、ブラッドハウンドさながらに追究している。言い換えれば、彼女は史上最大の化学的な謎を解こうとしているのであり、研究が着実に進めば、謎は解けるに違いない。あくまでもエヴァンズによれば、だが。唯一の問題は、解明までにおそらく九十年かかることだ。九十年も待つ余裕はまったくない。そのころには、太っ腹な後援者は間違いなく死んでいる。何よりも、研究所の経営陣もひとり残らず死んでいる。

さらに、ちょっとした問題もあった。ゾットが妊娠していることがわかったのだ。未婚で妊娠したのだ。

これより厄介なことがあるだろうか？

もちろん、ゾットには退職してもらわなければならない。そこに議論の余地はない。ヘイスティングズ研究所は規範を重視する。

だが、彼女が退職したら、革新的な研究の最前線に立つヘイスティングズに残されるのは？　のんびり屋のポニーのような研究者が数人、それだけだ。のんびり屋のポニーには、高額な寄付金を引き寄せるような着想を得られない。

幸い、ゾットには三人の同僚がいた。経営陣はすぐさまその三人を呼び出した。ゾットの〝重要な〟研究を彼女なしでもなんとか進められるという言質を取りたかったのだ――資金があたかも目的どおりに使われているかのように見せかけるために。ところが三人の博士号持ちが集まってすぐ、経営陣はそう簡単にことが運ばないのを悟った。三人のうちふたりは、しぶしぶながら研究の推進役はゾットであり、彼女がいなければにっちもさっちも行かないと認めた。三人目は――ボリウェイツという男は、別の道を取った。すべては自分のアイデアだと訴えたのだ。しかし、彼にはろくな解説ができなかったので、経営陣は目の前にいるのが門外漢だと気づいた。研究所に山ほどいるタイプだ。驚くにはあたらない。どんな企業にも無能な者がいる。なぜか面接だけはうまく切り抜ける者が。

いまそこに座っている化学者は？　きっと生命起源論という言葉のつづりすら知らないだろう。

そしてさらに、人事部のミス・フラスクの件がある――いち早くゾットの妊娠について警報を鳴らした人物だ。彼女は限られた才能を駆使し、ゾットが妊娠したという噂を正午までに研究所の全職員に広めた。経営陣は震えあがった。噂が野火のごとく広まったということは、大口の後援者に伝わるのは時間の問題であり、後援者は――周知のとおり――醜聞を嫌う。そのうえ、ゾットには裕福なファンがついている。生命起源論の発展のために事実上の白紙小切手を切った大金持ちだ――彼はミスター・ゾットの古い論文を読んだと信じている。ゾットが女性であるばかりか未婚の妊婦だと知ったら、彼はどう思うだろうか。まずい。大きなリムジンが研究所の前に止まり、エンジンを止めさせもせずに彼が降りてきて、小切手を返せと要求するのが目に浮かぶ。「わたしは男をたらしこむのが専門の女に金を出そうとしていたのか？」きっとそうどなるだろう。困った。いますぐゾットをなんとかしなければならない。


「残念ながら、きみはわれわれを非常に困った立場に追いこんでくれたな、ミス・ゾット」一週間後、ドナティ博士がテーブルのむこうから契約解除通知書をエリザベスのほうへすべらせた。

「わたしをクビにするんですか？」エリザベスはわけがわからず問い返した。

「こちらはできるかぎり穏便にすませたいんだが」

「なぜわたしが解雇されなければならないんですか？　根拠は？」

「きみも承知しているはずだ」

「教えてください」エリザベスは身を乗り出し、両手をきつく組み合わせた。左耳の後ろでＨＢの鉛筆が照明の光を受けて鈍く光った。どうして冷静でいられるのか自分でも不思議だったが、取り乱してはいけないのはわかっていた。

ドナティ博士は、せっせとメモを取っているミス・フラスクにちらりと目をやった。

「きみは妊娠しているな。否定しても無駄だ」

「ええ、妊娠しています。そのとおりですが」

「そのとおり？」ドナティはむせそうになった。「そのとおり？」

「繰り返します。そのとおりです。わたしは妊娠しています。それが仕事となんの関係があるんですか？」

「あるに決まってるだろう！」

「別に伝染性はありません」エリザベスは両手をほどいた。「コレラとは違います。わたしの子がだれかに伝染するわけじゃありません」

「図々しいにもほどがあるな。女性は妊娠したら退職するものだろう。しかもきみは——ただ妊娠しているだけでなく、未婚だ。はしたないことではないかね」

「妊娠は正常な状態です。はしたないことではありません。ヒトのはじまりは受胎です」

「よくもそんなことを」ドナティは声を荒らげた。「女がこのわたしに妊娠について説教するのか。自分を何だと思っているんだ？」

エリザベスはその問いかけにぎょっとした。「女ですが」

「ミス・ゾット」ミス・フラスクが口を挟んだ。「研究所の行動規範ではこういうことは認められないとわかってるはずよね。その書類に署名をして、席を片付けて。そういう決まりだから」

だが、エリザベスは怯《ひる》まなかった。「わけがわかりません。未婚で妊娠したからクビにする。男性だったらどうなんですか？」

「男性？　エヴァンズのことか？」ドナティが訊き返した。

「男性ならだれでも。女性が未婚で妊娠した場合、妊娠させた男性もクビになるんですよね？」

「なんだって？　いったいなんの話だ？」

「たとえば、キャルヴィンをクビにしますか？」

「するもんか！」

「だったら、厳密に言ってわたしを解雇する根拠はないわけですね」

ドナティは混乱した。なんでそうなるんだ？「根拠はある」まごつきながら返した。「もちろん根拠はある！　きみが当の女性だからだ！　妊娠したのはきみだ！」

「一般的には女性のほうが妊娠しますので。でも、妊娠するには男性の精子が必要だとご存じですか」

「ミス・ゾット。これは警告だ。口のきき方に気をつけろ」

「つまり、未婚の男性が未婚の女性を妊娠させても、男性はおとがめなしとおっしゃるんですね。男性はそのまま何ごともなく日常を続けられる。普段どおり仕事をする、と」

「こちらは何も間違ったことを言ってないわ」ミス・フラスクがさえぎった。「あなたはエヴァンズと結婚したくて罠にかけたんでしょう。わかりきってる」

「わたしの理解では」エリザベスはほつれた髪をひたいの上にかきあげた。「キャルヴィンとわたしは子どもを望んでいなかった。子どもができないよう、細心の注意を払っていた。妊娠したのは避妊が失敗したからであって、道徳は関係ありません。そして、あなたがたにも関係のないことです」

「関係があるんだ！」ドナティは突然どなった。「知らないなら教えてやるが、妊娠しない確実な方法がある、〝き〟からはじまるやつだ！　うちにはルールがあるんだぞ、ミス・ゾット！　ルールだ！」

「この件に関しては、ルールはありません」エリザベスは穏やかに言った。「就業規則は最初から最後まで目を通しました」

「暗黙のルールだ！」

「では、法的な拘束力はありませんね」

ドナティはエリザベスをにらみつけた。「エヴァンズが生きていたら、きみにとんでもない恥をかかされたと思っただろうな」

「いいえ」ひとことそう答えたエリザベスの声は、うつろだが落ち着いていた。「彼はそんなふうに思いません」

室内が静まりかえった。その原因は、否定するエリザベスの態度だ――臆さず、騒ぎ立てない――まるで最後に判断をくだすのは自分であり、最後に勝つのは自分だとわかっているかのような。同僚が不満を抱いているのは、まさに彼女のそんな態度だった。自分とキャルヴィンの関係はより高位のレベルにあると言わんばかりの――ふたりの関係は決して溶けない物質で作られていて、死すら壊すことができないと言わんばかりの態度。それが鼻につくのだ。

エリザベスは、ふたりがわれに返るのを待ち、開いた両手をテーブルに置いた。愛する者を失うと、往々にしてあまりにも単純な事実があらわになる。時間はほんとうに大切だが、だれもがそう言うわりに大切にしないという事実が。エリザベスには仕事がある。残されたのは仕事だけだ。それなのに、自称道徳の番人と、判断力のない判事気取りと一緒に座っていなければならない。片方は受胎のプロセスすらよくわかっていないようだし、もう片方はほかの多くの女性と同じく、同性をこきおろすことで男性上司の覚えがめでたくなると信じて迎合している。何よりひどいのは、論理のめちゃくちゃなこの話し合いが科学のための施設でおこなわれているということだ。

「もういいですか?」エリザベスは立ちあがった。

ドナティの顔が青ざめた。もう限界だ。ゾットにはただちに出ていってもらわねばならない。父無し子も、最新の研究とやらも、死をものともしない関係とやらも一緒に。裕福な後援者はあとでどうにでもできる。

「署名しろ」ドナティが命じると、フラスクがエリザベスにペンを投げた。「正午までにここから出ていくこと。給与は金曜日まで。解雇の理由についてだれにも話してはいけない」

「健康保険も金曜日までね」フラスクは楽しげに言い、いつでもどこでも携帯しているクリップボードを爪で小刻みにたたいた。「チクタクチクタク、早くして」

「これを教訓に、非常識なおこないはあらためてほしいものだな」ドナティはつけくわえ、署名済みの書類に手をのばした。「それから、人のせいにするのはやめることだ。エヴァンズもそうだったが」彼は続けた。「きみに資金を提供しろとごねたんだ。研究所の幹部の前で、きみに資金を提供しなければ退職すると言い張って」

エリザベスは平手打ちを食らったような気がした。「キャルヴィンが何をしたんですか?」

「知っているくせにとぼけるな」ドナティはドアをあけた。

「正午までよ」フラスクは繰り返し、クリップボードを小脇に抱えた。

「推薦状を書くのは難しいな」ドナティは最後に言い、廊下へ出た。

「威光がなくなっちゃったものね」フラスクがささやいた。

14章

嘆き

シックス＝サーティが墓地へ行くのをいやがる一番の理由は、キャルヴィンが死んだ場所を通らなければならないからだ。以前、犯した失敗を忘れないようにすることが大事だとだれかが言っていたが、その理由はわからなかった。だいたい、失敗なんてその性質上、簡単には忘れられないものだ。

墓地が近づいてきたので、シックス＝サーティは天敵の管理人の姿がないか用心した。だれもいないのを確かめ、背を低くして裏門の下をくぐると、墓石の列のあいだを駆け抜け、途中の墓石の前から供えたばかりらしいラッパズイセンの花束をひったくり、キャルヴィンの墓石に置いた。

キャルヴィン・エヴァンズ

一九二七－一九五五

優秀な化学者であり、漕手であり、友人であり、恋人だった。

汝の時間は限られている《ユア・デイズ・アー・ナンバード》。

墓碑銘はマルクス・アウレリウスの格言である〝汝の時間は限られている。その時間は太陽に向かって汝の魂の窓を開け放つのに使え〞を引用するはずだったが、墓石が小さいうえに、彫刻師が前半の文字を大きく彫りすぎたせいでスペースが足りなくなったのだった。

シックス＝サーティはその文字を見つめた。彼にそれが言葉だとわかるのは、エリザベスが言葉を教えようとしているからだ。躾ではない。言葉をだ。

「犬が覚えられる言葉はいくつぐらいあるのか、科学的にわかってるのかしら？」エリザベスはキャルヴィンに尋ねたことがあった。

「五十くらいだろ」キャルヴィンは本から目もあげずに答えた。

「五十？」エリザベスは唇を引き結んだ。「いいえ、もっとよ」

「じゃあ百」あいかわらずキャルヴィンは本に没頭していた。

「百？」やはりエリザベスは納得できなかった。「そんなはずはないわ。あの子はすでに百以上覚えてる」

キャルヴィンは顔をあげた。「なんだって？」

「考えてたの。犬に人間の言葉を教えるのは可能なのか？　百や二百じゃなくて、全部。たとえば英語」

「無理だよ」

「なぜ？」

「そうだな」キャルヴィンは、これもまたエリザベスがとことん議論したがるたぐいの話だと気づき、おもむろに口火を切った――そういう話はいくらでもある。「なぜなら、異種間の意思伝達は脳の大きさの差によって制限されるからだ」彼は本を閉じた。「きみはどうして、あの子が百語を理解しているとわかるの？」

「百三語よ」エリザベスはノートを参照しながら答えた。「記録してるの」

「その百三語はきみが教えたんだ」

「受容学習法を使ってるの――物体認識ね。子どものように、興味がある具体物のほうが自然と呑みこみが早い」

「彼が興味を持つものとは――」

「食べものよ」エリザベスはテーブルの前から立ちあがり、本を集めはじめた。「でも、食べもの以外にもたくさんのものに興味を抱いてるみたい」

キャルヴィンは疑わしげにエリザベスを見つめた。

そんないきさつがあり、彼らは言葉の探究に取りかかった。キャルヴィンとエリザベスは床に座り、大きな絵本をめくった。

「太陽」エリザベスは絵を指差して教えた。「子ども」彼女は次にお菓子の家の鎧戸を食べているグレーテルという女の子を指差した。子どもが鎧戸を食べていても、シックス＝サーティは驚かなかった。公園にいる子どもたちはなんでも口にする。鼻からほじくり出したものでも。

左側の遠くのほうから墓地の管理人がライフルをかついで現れた――死んだ人しかいない場所に

変なものを持ってきたな、とシックス＝サーティは思った。伏せて彼がいなくなるのを待ち、地下に埋められた棺に沿うように体をのばした。**来たよ、キャルヴィン。**

シックス＝サーティはこんなふうにあちら側の人間に話しかける。うまくいくかもしれないし、いかないかもしれない。彼は同じ方法でエリザベスのなかで育っているイキモノにも語りかける。**やあ、イキモノ。**エリザベスのおなかに耳を当てて伝える。**ぼくだよ、シックス＝サーティだ。犬のぼくだよ。**

話しかけるときはいつも名乗るところからはじめた。自身のレッスンの経験から、繰り返しの大切さを知っているからだ。ただし、繰り返しすぎてはいけない——生徒を飽きさせてしまい、覚えさせることが目的だったのに、逆に忘れさせてしまう。退屈、という現象だ。エリザベスによれば、退屈は現代の教育の欠点らしい。

先週、シックス＝サーティはイキモノに話しかけた。**やあイキモノ、シックス＝サーティだよ。**彼は返事を待つ。イキモノはときどき小さな拳をのばしてくることがあり、そんなときシックス＝サーティはうれしくなる。歌声が聞こえることもある。だが、昨日はあの話をしたら——**きみのお父さんについて話しておきたいことがあるんだ**——イキモノは泣きだした。

彼は芝生に鼻面を埋めた。**キャルヴィン。エリザベスのことで話があるんだ。**

キャルヴィンの死から二カ月ほどたった日の午前二時、シックス＝サーティは煌々《こうこう》と明かりをともしたキッチンで、寝巻きにゴム長という格好のエリザベスを見つけた。彼女はスレッジハンマーを持っていた。

驚いたことに、エリザベスはスレッジハンマーを大きく振りかぶり、戸棚の仕切板に勢いよく振りおろした。それから殺戮の首尾を確かめるかのように一瞬動きを止め、さっきよりも強く、さながらホームランを飛ばそうとしているかのようにスレッジハンマーを振った。その後、彼女は二時間ハンマーを振り続けた。シックス＝サーティはテーブルの下から彼女が森の木を伐採するようにキッチンを破壊するのを眺めていた。猛攻撃を中断するのは蝶番《ちょうつがい》や釘などを局所的に襲うときだけで、古い床の上には金物や板切れの山ができ、しっくいの屑が季節外れの雪のごとく降り積もった。エリザベスは残骸をすべて集め、まだ暗い裏庭へ運び出した。

「ここに棚を作るの」エリザベスはシックス＝サーティに言い、穴だらけの壁を指差した。「それからあそこに遠心分離機」巻き尺を取り出し、シックス＝サーティにテーブルの下から出るように身振りで指示し、巻き尺の片端をくわえさせると、キッチンの反対側の端を指した。「これをあっちまで引っ張っていって、シックス＝サーティ。もう少しむこう。もう少し。よし。そこできっちり押さえててね」

エリザベスはノートに数字を書きとめた。

午前八時には、大まかなプランが完成していた。十時には買い物リストができあがった。十一時には、エリザベスとシックス＝サーティは車で材木屋へ向かっていた。

妊婦の能力はときにあなどられるものだが、悲しみにくれる妊婦の能力はつねにあなどられる。材木屋の店主は、エリザベスをしげしげと見つめた。

「ご主人がリフォームをするのかい？」彼はかすかにふくらんだエリザベスの腹部に目をやった。

「赤ん坊を迎える準備とか？」

「わたしが研究室を造るの」

「子ども部屋のことかな」

「違うわ」

店主はエリザベスの設計図からちらりと目をあげた。

「何か問題でも?」エリザベスは尋ねた。

材料はその日のうちに届き、エリザベスは図書館で借りた〈ポピュラー・メカニクス〉誌を頼りに、仕事に取りかかった。

「テンペニー・ネイルを取って」シックス＝サーティにはテンペニー・ネイルがなんなのかわからなかったが、エリザベスがそばに並べたいくつもの小さな箱のほうへ顎をしゃくったので、そこから適当に選び取り、彼女の手のひらに置いた。「長さ三インチのネジ」しばらくしてまたエリザベスが言ったので、シックス＝サーティは別の箱に鼻面を突っこんだ。「それは木ネジ。やりなおして」

それから毎日、この作業が一日中、ときには夜まで続き、中断するのは言葉のレッスンの時間と玄関の呼び鈴が鳴ったときだけだった。

ボリウェイツ博士が訪ねてきたのは、エリザベスが解雇されて二週間がたったころだ。挨拶に立ち寄っただけだと言うが、ほんとうはある実験結果の解釈に困っていたからやってきたのだ。「すぐ終わらせるから」と彼は約束したが、実際には二時間かかった。翌日も同じことがあったが、相談に来たのは研究室の別の化学者だった。三回目も、また別の化学者だった。

その時点でエリザベスは思いついた。料金をもらおう。現金払いのみ。〝いまでも仲間でいてもらいたい〟だけなんだから無料でいいだろうなどと厚かましいことを言う者には二倍の料金を課す。不用意にキャルヴィンの名前を持ち出したら三倍。妊娠について――妊婦の輝きだの奇跡だの――ひとことでも口にしたら四倍だ。それで生計を立てていく。自分の名前を出さずに他人の仕事を代わりにやる。ヘイスティングズ研究所でしていたこととまったく変わらないけれど、税金は取られない。


「ちょっとそこまで来たら、トンカチの音が聞こえたような気がして」元同僚が言った。「研究室を造ってるの」

「冗談だろ」

「わたしは冗談なんか言わない」

「だけど、もうすぐ母親になるのに」彼は舌を鳴らした。

「母親兼科学者になるの」エリザベスは袖からおが屑を払った。「あなたは父親じゃないの？　父親であり科学者でもある」

「そうだけど、ぼくは博士号を持ってるし」彼は自分が優位にあることを強調した。それから、数週間前から行き詰まっている実験の計画表を差し出した。

エリザベスは困惑して彼を見た。「ふたつ問題があるわ」計画表をコツコツとたたく。「ここの温度が高すぎる。十五度低く設定して」

「わかった。もうひとつは？」

エリザベスは小首をかしげ、彼のぽかんとした顔をじっと見つめた。「解決不能ね」

四カ月後、キッチンを研究室に改造する作業が終わり、エリザベスとシックス＝サーティは研究室の端に立ち、出来栄えを誇らしい気持ちで眺めた。

キッチンの壁沿いに端から端まで渡した棚板には、さまざまな実験用具が並んだ。薬品類、フラスコ、ビーカー、ピペット、サイフォン、マヨネーズの空き瓶、爪やすり数本、リトマス紙の束、薬用スポイトの箱、長さや太さの異なる何本ものガラス棒、裏庭から持ってきたホース、地元の瀉血クリニックの裏の路地のゴミ箱から拾ってきた未使用の試験管。以前は台所用品が入っていた抽斗には、酸に強く破れにくい手袋やゴーグルが入っている。また、すべてのガスバーナーに金属の受け皿を設置してアルコール変性にも使えるようにし、中古の遠心分離機を購入し、網戸用の網を十センチ角に切り、気に入っていた香水の中身を捨ててアルコールランプ代わりにし――口紅の中身を捨ててケースを抜き型にし、キャルヴィンの古い魔法瓶のコルクを抜いてランプの栓にした――ワイヤーハンガーで試験管立てを作り、スパイスラックをさまざまな管の吊り下げラックに改造した。

親しみのあるフォーマイカのカウンタートップも、古い陶製のシンクもなくなった。エリザベスは材木屋で買った合板でカウンタートップの雛型を造って金属加工会社に持っていき、ステンレスを曲げたり切断したりしてまったく同じものを造ってもらってはめこんだ。

いま、鈍く光るステンレスのカウンタートップには、顕微鏡と中古のブンゼンバーナーが二台並んでいる。一台はケンブリッジ大学からの贈り物で――大学からキャルヴィンに思い出の品として贈られたものだ――もう一台は、生徒が理科に興味を持たなくなったので実験器具を放出するというハイスクールの化学室からもらってきたものだ。新しいダブルシンクの上には、ていねいに手書きした二種類の注意書きを貼った。ひとつは〝廃棄専用〟、もうひとつは〝H_2O〟と書いてある。最後になったが、もっとも大事なものは有害なガスを排出するための局所排気装置《ドラフトチャンバー》だ。

「これはあなたの担当よ」エリザベスはシックス＝サーティに言った。「わたしの両手がふさがっているときは、あなたがチェーンを引いてね。この大きなボタンの押し方も覚えてもらわなくちゃ」

ねえキャル。シックス＝サーティは墓地の地下にいる彼の亡骸に続きを話した。**エリザベスは寝てないんだ。研究室で仕事をするか、ほかの人の仕事をするか、ぼくに本を読むか、そうじゃなければエルゴをやってる。エルゴをやってなければ、スツールに座って宙をぼんやり見つめてる。それって、イキモノにとってよくないよね。**

シックス＝サーティは、キャルヴィンもよく宙を見つめていたのを覚えていた。「集中するとこうなるんだよ」キャルヴィンはシックス＝サーティにそう説明した。けれど、ほかの人たちは彼がしょっちゅう宙を見つめるのをよく思っていないようだった。いついかなるときでもキャルヴィン・エヴァンズは広々とした豪華な研究室で最高の備品に囲まれ、大音量で音楽をかけて座っているだけで、何もしていないと不満をこぼした。しかも、何もしていないのに給料をもらっている。しかも、そんな体たらくで数々の賞までもらっている。

だけど、彼女のぼんやり見つめるってそういうのじゃないんだ。シックス＝サーティはなんとか交信しようとした。**なんだか怖い目なんだよ。無気力っていうかさ。どうしたらいいのかわからな**

いよ。地下の骨に向かって訴えた。**何より怖いのが、まだぼくに言葉を教えようとするんだよね。**なぜ怖いかと言えば、シックス＝サーティには、将来それらの言葉が使えるようになるという希望を彼女に持たせることはできないからだ。もし英語をなんでも理解できるようになったとしても、何を言えばいいのかわからない。何もかも失った人に何を言えばいいんだ？

彼女には希望が必要なんだ、キャルヴィン。シックス＝サーティは、もしかしたら伝わり加減に差があるかもしれないと思い、鼻面をもっと強く芝生に押しつけた。

そのとき、返事ではなく銃の安全装置が解除される音が聞こえた。顔をあげると、墓地の管理人がライフルの銃口をこちらに向けていた。

「この犬っころめ」管理人はシックス＝サーティに照準を合わせた。「ここまで入ってきて芝生を荒らして、わがもの顔でいやがる」

シックス＝サーティは凍りついた。胸をどきどきさせ、このあとどうなるか考えた。エリザベスはショックを受け、イキモノは混乱するだろう。血、涙、さらなる悲しみ。今度も自分のせいで。

彼が管理人に飛びかかって押し倒すと同時に、銃弾が耳をかすめてキャルヴィンの墓石に命中した。大声をあげて銃を拾おうとした管理人に、牙をむいて一歩詰め寄った。

人間ときたら。人間の一部は、動物の王国において自分たちが実際にどの地位にいるかわかっていないようだ。シックス＝サーティは老いた男の喉を見つめた。そこをひと噛みするだけで片がつく。管理人は怯えたようすでシックス＝サーティを見あげた。倒れたときに、地面にしたたかぶつかったようだ。耳の左側に少量の血がたまっている。シックス＝サーティは、キャルヴィンの血が最初はじくじく染み出していたのが小さな池になり、あっというまに大きな湖になったのを思い出した。しかたなく管理人の頭の脇に体を押しつけて止血を試みた。それから、助けを求めて吠えた。

最初に現れたのはあの記者だった——キャルヴィンの葬儀を取材していた男だ——いまだに墓地へ来るのは、デスクに葬儀の取材以外の仕事を割り振ってもらえないからだ。

「おまえは！」記者はすぐさま、その犬が葬儀の日に十字架の海を抜けてまさにこの区画まで、あのきれいな、盲目ではない未亡人を——訂正、ガールフレンドを——先導した偽盲導犬だと気づいた。さらに人々が駆けつけてあわてて救急車の手配をはじめる一方で、記者は犬にあちこちでポーズをとらせて写真を撮り、頭のなかで記事の文章を考えた。そのあと、血で汚れた犬を抱きかかえて車に乗せ、首輪の名札に書いてある住所へ連れていった。

「落ち着いて落ち着いて、この子が怪我をしたわけじゃないから」記者は、ドアをあけたとたんに血のこびりついたシックス＝サーティがなんとなく見覚えのある男に抱かれているのを見て悲鳴をあげたエリザベスをなだめた。「この子の血じゃない。でも、あなたの犬はヒーローですよ。ぼくはそう書くつもりです」

翌日、まだ動揺しているエリザベスは新聞の十一面を開き、シックス＝サーティが七カ月前とまったく同じ場所に座っている写真を見つけた。キャルヴィンの墓だ。

「主人の死を悲しむ犬、男性の命を救う」エリザベスは声に出して読みあげた。「墓地への犬立入禁止が解除」

記事によれば、銃を携帯している管理人は以前から不評で、葬儀の最中にリスや小鳥を撃つという苦情もあった。管理人はすみやかに後任と交替し、墓石も交換されるとのことだった。

エリザベスはシックス＝サーティと壊れた墓石の写真を見つめた。銃弾の衝撃により、墓碑銘の三分の一が砕けてなくなっていた。

「まあ」エリザベスは残った墓碑銘を読んだ。

キャルヴィン・エ
一九二七 - 一九
優秀な化学
汝の時間は限《nu》

エリザベスの表情がかすかに変わった。

「汝の時間はニュー」エリザベスは読みあげた。「ニュー」キャルヴィンが子どものころに唱えていた言葉を打ち明けてくれた悲しい夜を思い出し、頬が熱くなった。毎日が。新《ニュー》しい。

エリザベスは茫然と写真を見つめていた。

15章

不要な助言

「人生が変わるわよ」

「は？」

「あなたの人生。これから変わるわ」銀行の窓口に並んでいるエリザベスの前にいた女性が振り返り、ふくらんだ腹部を指差した。重々しい表情だ。

「変わる？」エリザベスはとぼけた顔で訊き返し、たったいまはじめて気づいたと言わんばかりに腹部を見おろした。「変わるとはどういうことでしょう？」

　エリザベスにこれから人生が変わると言わずにいられない人は今週だけで七人目となり、エリザベスはうんざりした。こちらはすでに仕事も研究も失い、膀胱は制御できず、自分のつま先もまともに見えず、夜は熟睡できず、肌はがさがさ、腰はみしみし、言うまでもなく妊婦ではない人が当たり前のように享受しているさまざまな自由——たとえば運転席に腹をつっかえさせることなく座れる自由——がすべて奪われたのだが。得たものは？　体重だけだ。

「わたしも診てもらわなくちゃと思ってたんです」エリザベスは腹部に手を当てた。「なんだと思います？　腫瘍じゃなければいいんですけど」

相手の目が驚いたように一瞬見開かれたが、たちまち険しくなった。「生意気なこと言ってると嫌われるわよ、お嬢さん」女性はすごんだ。

「あなた、体がきついと思ってるでしょう」一時間後、今度は食料品店でレジに並んでいるとき、あくびをしたエリザベスにごわごわした髪の女性が言った。そうやって個人的な弱みを見せてはだめだと言うようにかぶりを振る。「まあ見てなさい」彼女は恐るべき二歳児《テリブル・トゥー》、厄介な三歳児《タイアサム・スリー》、不潔な四歳児《フィルシー・フォー》、そしてすさまじき五歳児《フィアサム・ファイヴ》についてほとんどひと息にまくしたて、息継ぎをするや悩める青春期《アングスティ・アドレスント》、にきびだらけの思春期《ピンプリー・ピューベスント》、それからとくにとくに大変なのが、ああ、荒れ狂う十代《トラブルド・ティーンズ》なのよねと続き、やれ男の子のほうが大変だ、やれ女の子のほうが大変だ云々と話が終わる気配はなかったが、品物がすべて袋に詰められ、木目調のパネルを張ったステーションワゴンに積みこまれると、彼女も車に乗らざるを得ず、自身が育てている恩知らずたちのもとへ帰っていった。

「大きなおなかだな」ガソリンスタンドでは男性に声をかけられた。「絶対に男の子だ」

「大きなおなかね」図書館では司書に言われた。「絶対に女の子よ」

二、三日後、一風変わった墓石の前にひとりでたたずんでいるエリザベスに気づいた牧師が言った。「神様からの贈り物ですよ。神を讃えよ！」

「神様からじゃありません」エリザベスは新しい墓石を指差した。「キャルヴィンからです」

エリザベスは牧師がいなくなるのを待ち、身を屈めて複雑な墓碑銘を指でなぞった。

キャルヴィン・エヴァンズ

1927 — 1955

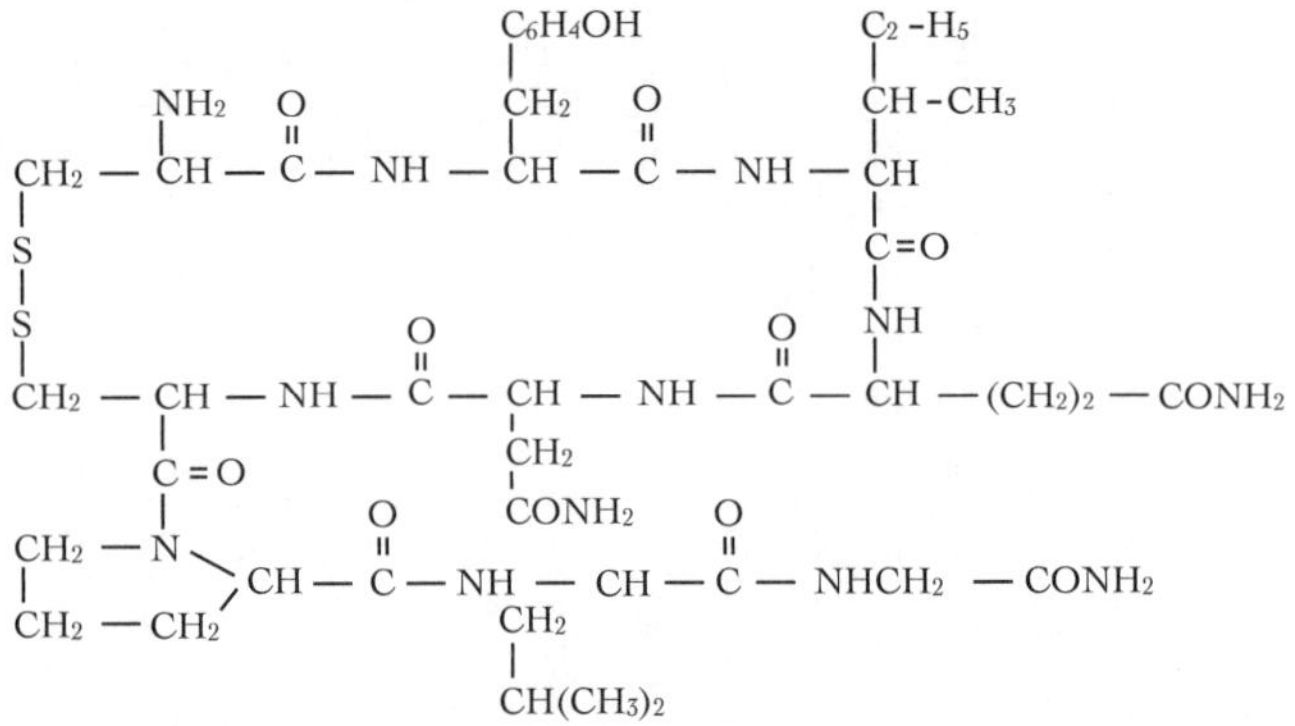

「お詫びをさせていただきたい」しばらく前に墓地の経営者が申し出た。「新しい墓石に交換させていただくだけでなく、今度こそ墓碑銘を最後まで入れさせますので」だがエリザベスは、またマルクス・アウレリウスを引用するのはやめて、幸せをもたらす化学物質を彫ってもらうことにした。何を意味するのかわかる人はいないが、つらい体験をしたエリザベスに尋ねる人もいないだろう。

「とうとうこの件である人に会いにいってくるわ、キャルヴィン」エリザベスは腹部を指差した。「メイソン先生。漕手の。わたしを男子エイトに乗せてくれた人。覚えてる?」墓碑銘を眺めているエリザベスは、返事を待っているように見えた。

二十五分後、エリザベスは狭苦しいエレベーターのなかでボタンを押した。同乗者は麦藁帽子をかぶった太った男性だけだったが、エリザベスはまた不要な助言に備えて身構えた。案の定、彼は手をのばし、エリザベスの腹が自然史博物館の触れてもよい展示品であるかのように手を当てた。「ふたり分食べるのは楽しいだろうが」ぽんぽんとエリザベスの腹部をたたき、説教した。「忘れちゃいかん。そのうちひとりはまだ赤ん坊だぞ！」

「手をどけなさい」エリザベスは言った。「一生後悔しますよ」

「ぽんぽこぽん、ぽんぽこぽん！」彼は歌いながらエリザベスの腹をボンゴのようにたたいた。

「ぽんぽこ、ドーン」エリザベスはにこりともせずに応じ、ハンドバッグで彼の股間をひっぱたいた。バッグにはここへ来る前に実験用品店で買った重たい乳鉢が入っていたので、威力はなかなかのものだった。男は息を止め、痛みで体をふたつに折った。エレベーターの扉がするとあいた。

「ご機嫌よう」エリザベスはつかつかと通路を歩いていき、やがて遠近両用眼鏡をかけて野球帽をかぶった高さ二メートルのコウノトリ像に迎えられた。嘴《くちばし》にふたつの包みをぶらさげている。ひとつはピンクでひとつはブルー。

「エリザベス・ゾットです」コウノトリの前を通り過ぎて受付係に言った。「メイソン先生を予約しています」

「遅刻ですね」受付係の口調は冷たかった。

「五分前ですけど」エリザベスは腕時計を見て正した。

「こちらに記入してください」受付係はエリザベスにクリップボードを差し出した。夫の勤務先。夫の電話番号。夫の保険番号。夫の年齢。夫の銀行口座番号。

「出産するのはいったいだれかしら？」エリザベスは尋ねた。

「五号室へ。廊下をまっすぐ行って、左側のふたつ目のドアです。服を脱いで。ガウンを着て。書類は全部記入してください」

「五号室ですね」エリザベスはクリップボードを持って繰り返した。「あとひとつだけ。あのコウノトリはなんですか？」

「は？」

「あのコウノトリ。ここは産婦人科のクリニックですよね。競争相手を宣伝してるようなものではありませんか？」

「親しみやすい雰囲気作りです」受付係は答えた。「五号室へ」

「ここに来る患者はひとり残らず、コウノトリは陣痛から助けてくれないと百パーセントわかってるのに、作り話に固執するのは無意味じゃありませんか？」

「メイソン先生」受付係は、近づいてきた白衣の男性に話しかけた。「四時の予約のかたです。遅刻されました。五号室に行くようにお願いしたんですが」

「遅刻はしていません」エリザベスは訂正した。「間に合いました」医師に向き直る。「メイソン先生、わたしのことは覚えていらっしゃらないでしょうが――」

「キャルヴィン・エヴァンズの奥方でしたか」メイソンは驚いて上体を引いた。「いや、申し訳ない」声をひそめた。「エヴァンズの未亡人だ」言葉を切り、次に何を言えばいいのか考えこむようなようすを見せた。「心からお悔やみを申し上げます、ミセス・エヴァンズ」エリザベスの両手を取り、カクテルシェーカーを振るように何度か上下させた。「ご主人はいい人でした。よき人であり、よき漕手だった」

「エリザベス・ゾットです。キャルヴィンとは結婚していなかったので」エリザベスはいったん黙り、受付係に舌を鳴らされてメイソンに追い返されるのを覚悟したが、メイソンはペンをかちりと鳴らして胸ポケットに突っこみ、エリザベスの肘を取って通路を歩きだした。「あなたとエヴァンズはわたしのエイトに何度か乗ってくれましたね――覚えていますか？　あれから七カ月ほどたちますね。いい漕ぎでしたよ。でも、突然来なくなった。どうしたんですか？」

エリザベスはぽかんと彼を見返した。

「おお、申し訳ない」メイソンはあわてた。「すみません。わかりきったことです。エヴァンズだ。エヴァンズが亡くなったからですよね。ほんとうに申し訳ない」気まずそうにかぶりを振り、五号室のドアをあけた。「どうぞ。お入りください」椅子を指差す。「いまも漕いでいますか？　いや、わたしは何を言っているんだ、その状態で漕げるわけがない」メイソンはエリザベスの両手を取って手のひらを上に向けた。「おや、おかしいな。まだまめが残っている」

「エルゴを漕いでるので」

「なんですと」

「やめたほうがいいでしょうか？　キャルヴィンが造ったエルゴがあって」

「なんでまたそんなものを？」

「とくに理由はなかったみたいです。エルゴ、続けてもかまいませんか？」

「ああ、どうぞ。もちろん。ただ、義務でもないのにエルゴを漕ぐ人がいるとは初耳です。しかも妊婦さんがね。でも、よく考えれば、エルゴはお産の準備に最適だ。苦しみに備えるという意味でね。いや、痛みと苦しみの両方だな」と言ったとたんに、エヴァンズが亡くなってからというもの、彼女はずっと痛みと苦しみの両方に耐えてきたに違いないと思い当たり、目をそらして気まずさをごまかした。「では、診察しましょうか」彼は優しく言い、診察台を指し示した。それからドアを閉め、エリザベスがガウンに着替えるのを衝立の陰で待った。

診察はてきぱきしているがていねいで、合間に胸焼けや膨満感はないかなどの質問が差し挟まれた。よく眠れますか？　赤ちゃんは決まった時間帯に動きますか？　どのくらいの時間を動いていますか？　最後に大事な質問があった。どうしてもっと早く診察に来なかったんですか？　とうに妊娠後期に入っていますよ。

「仕事が忙しくて」エリザベスはそう答えたが、嘘だった。ほんとうは、妊娠がひとりでに中断するのをひそかに待っていたからだ。ときどきそういうことがある。一九五〇年代には、中絶は事実上不可能だった。同時に、未婚の母になることももってのほかとされていた。

「あなたは科学者ですよね？」メイソンはエリザベスの足元から尋ねた。

「そうです」

「ヘイスティングズ研究所はあなたを解雇しなかったんですね。わたしが思っていたよりも進歩的だな」

「いえ、解雇されました。いまはフリーランスでやってます」

「フリーランスの科学者。はじめて聞きました。順調ですか？」

エリザベスはため息をついた。「あんまり」

彼女の口調に気づき、メイソンはメロンの熟れ具合を確かめるようにエリザベスの腹をあちこちたたいてから診察を終えた。

「まったく問題はなさそうです」メイソンは手袋をはずした。エリザベスが真顔のまま何も言わないので、低い声でつけたした。「赤ちゃんは大丈夫です。でも、あなたはほんとうに大変だったでしょう」

エリザベスにとって、だれかが自分の状況をわかってくれたのははじめてだったので、驚きで喉が詰まった。目の裏にある涙の貯蔵庫がいまにもあふれそうになっているのがわかった。

「気の毒に」メイソンは静かに言い、嵐の発達を観測する気象学者の目でエリザベスの顔を見つめた。「話したいことがあれば遠慮なく話してください。漕手同士ですからね。秘密は守ります」

エリザベスは顔をそむけた。メイソンをよく知っているわけではない。だが何よりも、彼がいくら大丈夫だと言ってくれても、こんな気持ちを抱いてはいけないような気がしていた。子どもを産まずに生きていくと決めた女性はこの地球上で自分ひとりだけだとしか思えないのだ。「本心を言えば」ようやく発した声は後ろめたさで沈んでいた。「耐えられそうにありません。母親になるつもりなんかなかったんです」

「すべての女性が母親になりたがるわけではありませんからね」メイソンの言葉に、エリザベスは驚いた。「もっと言えば、すべての女性が母親になるべきでもない」だれか特定の人物を思い出したのか、彼は顔をしかめた。「それでも、妊娠にまつわる困難がわかっていても母親になることを選択した女性が、驚くほどたくさんいる――つわりや妊娠線、死ぬことすらある。いや、あなたは大丈夫ですよ」彼はエリザベスがぎょっとしたのを見て急いでつけくわえた。「それなのに、われわれは妊娠をなんでもないことのようにとらえがちだ――せいぜいつま先をぶつけたとか、よくあることのように――でもじつは、トラックにはねられるくらい大変なんですよ。トラック事故のほうが、ダメージが小さいくらいです」彼は咳払いをしてエリザベスのカルテにメモを書いた。「とにかく、運動は役に立つとお伝えしたかったんです。ただ、妊娠後期でエルゴを漕ぐのが適切かどうかはなんとも言えません。胸骨に向かって手を引くのは大変でしょう。『ジャック・ラレーン・ショー』はどうです？　観たことはありますか？」

ジャック・ラレーンの名前を聞いたとたんにエリザベスはしょんぼりした。

「お好きじゃないんだ。大丈夫ですよ。ではエルゴを続けてください」

「エルゴをやってるのは」エリザベスは小さな声で言った。「とりあえずくたくたになって少し眠れるからです。それだけじゃなくて、その――」

「わかりますよ」メイソンはエリザベスに最後まで言わせず、だれにも聞かれていないのを確かめるように左右に目をやった。「そうですね、わたしはみんなとは違う考えを持っておりまして、女性も――」不意に口をつぐんだ。「独身女性も……夫を亡くした女性も……その……まあいい」カルテを取る。「でもこれはほんとうです、エルゴをやると体力がつく。赤ちゃんも強くなりますよ。血流がよくなって、脳により多くの血液が送られます。エルゴをやると赤ちゃんが落ち着くと思いませんか？　たぶん前後の動きの繰り返しがいいんでしょう」

エリザベスは肩をすくめた。

「いつもどのくらい漕いでますか？」

「一万メートルです」

「毎日？」

「ときにはもっと」

「いやはや」メイソンは口笛を吹いた。「妊娠すると苦しみに耐える力が増すと以前から考えてはいましたが、一万メートルとはすごい。ときにはもっと？　それは――それは――いやもう、なんと言ったらいいのか」心配そうにエリザベスを見る。「だれか頼れる人はいますか？　お友達でもご親戚でも――お母さまでもいい――頼れそうな人は？　育児は大変な仕事ですよ」

エリザベスは口ごもった。頼れる人がひとりもいないとは、恥ずかしくて言いにくかった。メイソン医師に会いにきたのは、ひとえにキャルヴィンが漕手同士は特別なつながりがあるといつも話していたからだ。

「だれかいますか？」

「犬がいます」

「いいですね。犬は非常に役に立つ。仲間を守り、共感能力が高く、知性もある。どんな犬ですか――彼ですか彼女ですか？」

「彼は――」

「そうだ、思い出したぞ。スリー・オクロックとか、そんな名前でしたね？　ひどい見た目の？」

「彼は――」

「犬とエルゴ」メイソンはカルテにメモを書いた。「よろしい。申し分ない」

またペンをかちりと鳴らし、カルテを脇に片付けた。「それでは、体調が戻ったら――そうですね、一年くらいかかりますかね――またぜひ艇庫にいらしてください。わたしのボートはつねに二番にふさわしい漕手を求めていますし、あなたこそその漕手だと思うんです。でも、だれかに子守をお願いしないといけませんね。ボートに赤ん坊は乗せられないので。ただでさえ手のかかる連中が乗っていますからね」

　エリザベスはジャケットを取った。「ご親切にありがとうございます、メイソン先生」社交辞令だろうと、エリザベスは思っていた。「でも、さっきのお話だと、わたしはトラックにはねられるようなものなんでしょう」

「事故とはいっても、いずれかならず回復します。いいですか、わたしはボートのこととなるとすばらしい記憶力を発揮するんです。わたしたちが一緒に漕いだときのこともよく覚えています。すばらしかった。ほんとうにすばらしかった」

「キャルヴィンがいたから」

　メイソンは意外そうな顔をした。「いいえ、ミス・ゾット。エヴァンズだけではありませんよ。八名全員がすばらしかったんです。八名全員が。それはともかく、話を戻しましょう。ようやく少し安心しました。エヴァンズが亡くなって、次にはこれで、あなたも大変なショックを受けたと思います」と、エリザベスの腹を指し示す。「でも、大丈夫ですよ。大丈夫どころじゃない。犬にエルゴに二番。明日は明るい」

　それから、メイソンはエリザベスの両手を取って力強く握りしめた。エリザベスは彼の言葉をすんなりと呑みこめたわけではなかったが、その時点で聞かされたほかの助言にくらべれば、はじめて少し納得できた。

16章

産みの苦しみ

「図書館に行かない？」五週間後、エリザベスはシックス＝サーティに尋ねた。「今日はあとでメイソン先生の診察があるのだけど、その前にこの本を返したいの。あなたは『白鯨』を気に入るんじゃないかしら。人間がいかにほかの種をみくびってばかりいるかということを描いた作品よ。無謀な人間をね」

受容学習法にくわえ、エリザベスはシックス＝サーティに読み聞かせを続けているが、読む本はずいぶん前に絵本からもっと厚い本に替わっていた。「音読は脳の発達を促すそうよ」エリザベスはある研究論文から引用した。「語彙も加速度的に増えるんですって」それは事実らしい。エリザベスが記録を取っているノートによれば、シックス＝サーティは現在、三百九十一語を覚えていた。「あなたはほんとうに賢い犬ね」昨日、エリザベスにそう言われ、シックス＝サーティはそのとおりだと思いたかったが、じつは〝賢い〟の意味がわからなかった。その言葉は生きものの種類と同じくらいさまざまな意味があるようだが、人間は――エリザベスを除いて――彼らの基準に当てはまるときだけ〝賢い〟と認識するらしい。〝イルカは賢い。でも雌牛は賢くない〟と人間は言う。その根拠は雌牛が芸をしないからだ。シックス＝サーティに言わせれば、だからこそ雌牛は賢いのであって、間抜けではない。とはいえ、自分は何を知っている？

　エリザベスによれば三百九十一語を知っている。ほんとうは三百九十語だ。それどころか、人間の言葉は英語だけではないと最近知った。エリザベスが言うには、何百種類、ひょっとしたら何千種類という言葉があり、それをすべて話せる人間はひとりもいない。現に、たいていの人間はひとつ――せいぜいふたつの言葉を話す。ただし、スイス人とかいう人間には、八種類の言葉を操れる者がいるらしい。人間が動物を理解できないのも当たり前だ。人間同士でも理解が難しいようだから。

　でもエリザベスは、シックス＝サーティが絵を描けないことだけはわかってくれた。絵は幼い子どもたちが好む意思表示の手段らしく、シックス＝サーティはたとえ結果が拙いものであっても、彼らの努力はたいしたものだと思う。毎日のように、小さな指がチョークの塊で熱心に歩道をひっかくのを見かける。彼らの描く非現実的な家や素朴な棒人間は、彼らにしか理解できない物語でセメントの地面を埋めつくす。


「すてきな絵ねえ！」数日前シックス＝サーティは、子どものめちゃくちゃな絵を見おろした母親がそう言うのをたまたま聞いた。人間の親がしょっちゅう子どもに嘘をつくことは知っている。

「子犬だよ」女の子の両手はチョークの粉にまみれていた。

「かわいい子犬ねえ！」

「違う」子どもは言った。「かわいくないよ。死んでるんだもん。殺されたの！」あとでシックス＝サーティがその絵を近くから見ると、ぞっとするほど正確に描いてあった。

「死んだ子犬じゃありませんよ」母親はぴしゃりと言った。「とっても幸せな子犬よ、アイスクリームを食べてるの」その時点で子どもは怒ってチョークを放り投げ、のしのしと芝生を踏んでブランコへ行ってしまった。

シックス＝サーティはチョークを拾った。イキモノにプレゼントしよう。

シャツワンピースのウエストははちきれそうだったが、エリザベスは戦地に赴くような足取りでシックス＝サーティと五ブロック歩いていった。本を詰めた真っ赤な鞄を背負っている。その鞄に入り切らなかった本は、シックス＝サーティが背負っているメッセンジャーバッグに入っていた。

「おなかが空いて死にそう」十一月の湿っぽい空気のなかを歩きながら、エリザベスは声に出して言った。「馬一頭だって食べられそう。このところずっと尿検査もして、髪のタンパク質も分析してるけど……」

それは事実だった。二カ月前から、エリザベスは自宅の研究室で尿糖が出ていないか調べ、髪のケラチンのアミノ酸鎖を分析し、体温の記録を取っていた。シックス＝サーティにはなんのためにそんなことをするのかわからなかったが、彼女がイキモノに興味を持ってくれるようになってほっとした――科学的な興味ではあったが。エリザベスが実際に出産の準備として買ったものは、四角く分厚い白い布がたくさんと、何本かの恐ろしい見た目のピンだけだった。それから、布袋みたいな小さな服が三着。

「かなりわかりやすい感じなのよね」エリザベスはシックス＝サーティに話しながら通りを歩いた。「前駆陣痛があって、それから陣痛らしいわ。それまであと二週間よ、シックス＝サーティ。でもいまから考えておくのがいいと思う。忘れてはいけないのは、いざそのときが来ても落ち着いているってこと」

だが、シックス＝サーティは落ち着いてはいられなかった。彼女は数時間前に破水している。本人が気づいていないのは、それがほんの少量だったからだが、シックス＝サーティは犬だからすぐ気づいた。あのにおいは間違いない。空腹でおなかが痛いと言うが、空腹のせいではなく、前駆陣痛だ。図書館の玄関のそばまで来たとき、イキモノはもう少しはっきりわからせてやろうと思ったらしい。

「あ」エリザベスはうめき、体をふたつに折った。「来たあああああ」

十三時間後、メイソン医師は疲れ果てたエリザベスに赤子を掲げて見せた。

「大きいなあ」彼は魚を釣りあげたかのように赤子を眺めた。「いい漕手になりますよ。ここだけの話、この子はストロークサイドを漕ぐようになるな」エリザベスを見おろす。「がんばりましたね、ミス・ゾット。麻酔なしでよくがんばった。エルゴが役に立つと言ったでしょう。この子はいい肺を持っている」赤子の小さな両手を覗きこむさまは、未来のまめを探しているかのようだった。「あなたも赤ちゃんもあと二、三日、ここにいてください。明日また来ますから。それまでゆっくり休んで」

けれど、エリザベスはシックス＝サーティが心配で、翌朝退院したいと申し出た。

「だめです」看護師長は言った。「治療計画がありますので。メイソン先生に叱られます」

「エルゴを漕がなくちゃいけないのでと伝えてください。わかってくださるはずです」

「エルゴ?」看護師長は叫んだが、エリザベスはタクシー会社に電話をかけた。「エルゴって何?」

三十分後、赤子を胸に抱いて自宅に到着したエリザベスは、メッセンジャーバッグを背負ったまま歩哨のように玄関前に座っているシックス＝サーティを見つけてほっとしたとたん、心臓が激しく鼓動しはじめた。

ああよかった。シックス＝サーティはハッハッとあえいだ。**よかったよかった生きてたんだ生きてたんだほんとによかった心配したんだよう。**

エリザベスは屈んで布にくるんだ塊を彼に見せた。

イキモノは——くんくん——**女の子だ!**

「女の子よ」エリザベスはにっこりした。

やあイキモノ!　ぼくだよ!　シックス＝サーティだよ!　死ぬほど心配したんだぞ!

「ほんとうにごめんなさいね」エリザベスはドアの鍵をあけた。「おなかがすいたでしょう。いま」——腕時計を見る——「九時二十二分。二十四時間以上、何も食べてないものね」

シックス＝サーティは興奮でしっぽをぶんぶん振った。家族によっては、子どもたちに同じ文字ではじまる名前をつけたり（アガサとアルフレッドとか）、韻を踏んだ名前をつけたりするけれど（モリーとポリーとか）、彼の家族の場合は時刻にちなんだ名前だ。彼はエリザベスとキャルヴィンと家族になった瞬間を記念してシックス＝サーティと名付けられた。だから、この子の名前はもうわかっている。

やあナイン＝トゥェンティトゥー!　彼は呼びかけた。**外の世界へようこそ!　ここまでの旅は**

どうだった？　どうぞ入って入って！　チョークを持ってきてあげるよ！

ふたりと一匹がドアからせかせかとなかに入った瞬間、あたりは奇妙なよろこびで満たされた。キャルヴィンが亡くなって以来はじめて、角を曲がったような感じがした。

ところが、十分後には赤子が泣きだして、修羅場と化した。

17章 ハリエット・スローン

「何がいやなの？」エリザベスが泣きたくなるのはこれで百万回目だった。「はっきり言って！」けれど赤子は数週間ずっと泣いてばかりで、何が気に入らないのか教えてくれなかった。

シックス＝サーティですら困惑していた。**お父さんのことは話したじゃないか。**彼は説得してみた。**ちゃんと話しただろ。**それでも赤子は泣き続けた。

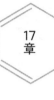

エリザベスは午前二時に小さな一軒家のなかをうろうろしながら赤子を上下に揺さぶっているうちに、腕は錆びたロボットのように凝り固まり、あげくのはてに積みあげた本につまずいて転びそうになった。「危ないっ」エリザベスは叫び、赤子を抱きしめて守った。母親初心者特有の症状でつねに意識が飛びかけているので、床全体が便利なゴミ捨て場になっていた。小さな靴下、針がむき出しになった安全ピン、古いバナナの皮、読んでいない新聞。「こんなに小さい人がひとり増えただけでどうしてこうなっちゃうの？」エリザベスは泣いた。それに答えて、赤子は小さな口をエリザベスの耳元に寄せ、深呼吸をひとつして金切り声をあげた。

「お願い」エリザベスはつぶやき、椅子に座りこんだ。「お願いお願いお願い、もうやめて」娘を片方の腕で抱き、人形の口のような唇に哺乳瓶の乳首を当てた。赤子はそれまでに五度も哺乳瓶を拒んだのに、無知な母親もやっとわかったかと言わんばかりに勢いよく吸いついた。エリザベスはほんの少し息を吸っただけでも赤子がまた泣きわめきそうな気がして、息を止めた。赤子は時限爆弾だった。ひとつ間違えば爆発する。

育児は大変な仕事だとメイソン医師が言ったが、これは単なる仕事ではない。年季奉公だ。小さな暴君は暴君ネロに負けず劣らずわがままで、ルートヴィヒ狂王に負けず劣らず理不尽だった。そして泣き声ときたら。聞いていると、母親失格のような気がしてくる。もっとひどいことに、もしかして娘に嫌われているのではと思ってしまう。こんなに早いうちから。

目を閉じて自分の母親を思い浮かべた。母親のくわえた煙草から、エリザベスがオーブンから取り出したばかりのキャセロールに灰が落ちる。うん。生まれたときから母親を嫌いになるということは充分にありうる。

そのうえ、育児は繰り返しばかりだった――授乳をして沐浴をさせて着替えさせてなだめて拭いてげっぷをさせてあやして抱いて歩きまわって、それがえんえんと続く。繰り返すものはほかにもいろいろある――エルゴもそうだし、メトロノームも花火もそうだ――けれど、そういうものは一時間もあれば終わる。育児は何年も続くのだ。

子どもが眠っているときでも、いや、そんなときは決してないけれど、仮に子どもが眠っているときでも、やることは山ほどある。洗濯、哺乳瓶の洗浄、消毒、食事――それから『スポック博士の育児書』を繰り返し読む。やることが多すぎて、やることリストを作ろうにも、作ることでさらにひとつやることを増やしてなどいられない。おまけに、ほかにも仕事がある。

ヘイスティングズ研究所の仕事だ。エリザベスは部屋のむこうで山を作っている手つかずのノートや論文と、もっと大きな山を作っている元同僚からの頼まれ仕事をちらりと見やった。エリザベスは、陣痛が来てもメイソン医師に頼んで麻酔を使わなかった。「なぜなら、わたしは科学者なので」と嘘をついた。「最初から最後まで意識をはっきりとさせておきたいんです」ほんとうは、経済的にそんな余裕がないというのが理由だった。

満足そうな小さなため息が下から聞こえ、エリザベスは視線を落とし、娘が眠っていることに気づいた。すやすやと眠っている娘の邪魔をしたくなくて、そのままじっとしていた。紅潮した頰や尖らせた唇、細い金色の眉をしげしげと見つめる。

一時間が経過し、腕はすっかりしびれていた。赤子が何か伝えたそうに唇を動かすのを、エリザベスは目を丸くして見つめた。

二時間が過ぎた。

立ちなさい、とエリザベスは自分に命じた。動かなくちゃ。娘を抱いたまま身を乗り出し、そっと立ちあがると、一度もつまずくことなく寝室へ歩いた。ベッドに横たわり、あいかわらず眠っている娘を隣にそっと置いた。目を閉じる。息を吐く。そして、夢も見ず泥のように眠り、目を覚ました赤子に起こされた。

時計によれば、およそ五分しかたっていなかった。

「いま大丈夫かな？」午前七時、玄関のドアをあけたエリザベスにボリウェイッツ博士が尋ねた。彼は首をかしげると、エリザベスの横をすり抜け、戦場を突っ切ってソファへ向かった。

「困ります」

「いや、仕事ってわけじゃないんだ。ちょっと訊きたいことがあって。それより、元気かなと思って来てみたんだよ。出産したって聞いたものだから」彼はエリザベスの洗っていない髪や、かけ違えたブラウスのボタンや、まだ元に戻っていない腹部に目をやった。それからブリーフケースをあけ、プレゼントの包みを取り出した。「おめでとう」

「あの……わざわざ……プレゼントを？」

「ほんの気持ちだけ」

「お子さんがいるんですか、ボリウェイツ博士？」

彼は目をそらした。返事はなかった。

プレゼントの包みをあけると、おしゃぶりと小さなうさぎのぬいぐるみが入っていた。「ありがとうございます」エリザベスはにわかにボリウェイツが来たのをありがたく思った。大人と話すのは数週間ぶりだった。「ご親切に」

「いやとんでもない」彼はあたふたと言った。「彼が――彼女が気に入ってくれるといいな」

「彼女《シー》です」

バンシー［死を予見して泣き叫ぶ妖精］**のシーだよ**、とシックス＝サーティは説明した。

ボリウェイツはブリーフケースのなかから一枚の紙を取り出した。

「ごめんなさい、わたし眠っていないんです、ボリウェイツ博士」エリザベスは謝った。「いまは無理です」

「ミス・ゾット」ボリウェイツはうつむいて懇願した。「二時間後にドナティと面談なんだ」財布から数枚の紙幣を抜く。「どうか頼むよ」

エリザベスは現金を見てためらった。この一カ月、まったくの無収入だった。
「では十分だけ」エリザベスは紙幣を受け取った。「赤ちゃんが眠っているあいだに」だが、丸一時間かかった。ボリウェイツ博士が帰り、思いがけず赤子もまだ眠っていたので、エリザベスは仕事をするつもりで研究室へ行ったが、知らず知らずマットレスの代わりに床に寝そべり、本を枕にしていた。そして、あっけなく眠りこんでいた。

キャルヴィンが夢に出てきた。核磁気共鳴の本を読んでいた。エリザベスは『ボヴァリー夫人』をシックス＝サーティに読み聞かせていた。読み終えて、フィクションには問題があるとシックス＝サーティに話した。人々は文章に隠された意図をわかっていると言うが、書き手はそんな意図をこめて書いたわけではないことがある。あるいは、文章の意図を考えることにまったく意味がない場合もある。「『ボヴァリー夫人』はそのいい例なのよ。ほら、エマが指をなめる場面があるでしょう？　あれが性的な欲望を暗示しているという人もいれば、ほんとうにチキンがおいしかっただけだという人もいる。では、書いたフロベールは何を意図していたか？　そんなことだれも気にしない」

そのとき、キャルヴィンが本から目をあげた。「『ボヴァリー夫人』にチキンなんて出てきたかなあ」エリザベスが返事をする前に、コンコンコンコンというしつこい音が聞こえた。まるで機械仕掛けのキツツキだ。さらに「ミス・ゾット？」という声、そしてまたコンコンコンコン、また「ミス・ゾット？」それからしゃっくりのような奇妙な泣き声がして、キャルヴィンははじかれたように立ちあがって部屋の外へ走り出ていった。

「ミス・ゾット?」また声がした。いままでより大きい。

エリザベスは目を覚まし、レーヨンのワンピースに分厚い茶色の靴下を履いた、白髪交じりの髪をふくらませた女性が研究室にいることに気づいた。

「あたしよ、ミス・ゾット。ミセス・スローンよ。ちょっと覗いてみたら、あなたが床に倒れてるのが見えたの。何度もノックをしたのに返事がないから、勝手にドアをあけさせてもらったわ。大丈夫かどうか確かめたかったの。大丈夫なの?　お医者さまを呼びましょうか?」

「ス、スローン」

ミセス・スローンは身をかがめてエリザベスの顔をまじまじと見た。「いいえ、大丈夫ではないわね。赤ちゃんも泣いてる。連れてきましょうか?　連れてくるわ」彼女は立ち去り、すぐに戻ってきた。「ほらほらごらん」彼女は布にくるまれた小さな塊をゆらゆらと揺らした。「このおちびさんの名前は?」

「マッド。マ、マデリン」エリザベスは手をついて起きあがった。

「マデリン。女の子ね。よかった。一度こちらにうかがおうと思っていたのよ。あなたがおちびさんを連れて帰ってきたときから、自分に言い聞かせてたの、ちょっとようすを見てきなさいよって。だけど、ここは入れ代わり立ち代わりお客さんが来るみたいじゃない?　さっきもひとり出ていったのを見たわ。お邪魔したくなくて」

ミセス・スローンはマデリンの尻を自分の鼻に近づけてくんくんとにおいを嗅ぎ、テーブルに寝かせると、そばの物干しから洗濯ずみのおむつをさっと取り、ロデオショーで子牛にロープをかけるカウボーイのごとく、もぞもぞしている赤子のおむつをあっというまに替えた。「大変よね、ミス・ゾット。ミスター・エヴァンズがいないとね。そうだ、心からお悔やみを言うわ。ちょっと遅すぎたけど、言わないより言ったほうがいいでしょう。ミスター・エヴァンズはいい人だったもの」

「キャルヴィンを……ご存じでしたか？」エリザベスの頭はまだぼんやりしていた。「ど、どうして？」

「ミス・ゾット」ミセス・スローンは声を尖らせた。「あたしは近所に住んでるのよ。ここのおむかいなんだけど？　小さな青い家、わかる？」

「あ、ああ、わかります、もちろん」エリザベスはそれまでミセス・スローンに話しかけたことがなかったと気づき、顔を赤らめた。私道からちょっと手を振ったくらいだ。「すみません、ミセス・スローン。もちろんわかります。ごめんなさい——疲れているんです。いつのまにか床で眠りこんでしまったみたい。信じられません、こんなのはじめてです」

「そう、これが最後にはならないわよ」ミセス・スローンは、キッチンが普通のキッチンではないことに突然気がついたようだった。立ちあがり、マデリンをフットボールのように片腕で抱き、室内を一周した。「あなたはお母さんになりたてで、ひとりぼっちで疲れていて頭がまわらなくて——いったい全体これは何？」と、銀色の大きな物体を指差した。

「遠心分離機です。それと、わたしは大丈夫です、ほんとうに」エリザベスはしゃんと座ろうとした。

「新生児を育てていて大丈夫なんて人はいないわ、ミス・ゾット。ちっちゃな悪魔はあなたから元気を吸い取っちゃうんだから。ごらんなさい——あなた、死刑囚みたいな顔をしてる。コーヒーを淹れてあげる」ミセス・スローンはコンロのほうへ歩いていきかけたが、ドラフトチャンバーの前で立ち止まった。「何これ。このキッチン、いったいどうしちゃったの？」

「わたしが淹れます」エリザベスはミセス・スローンに見つめられながら、ステンレスのカウンターへふらふらと歩いていき、水差しからフラスコに蒸留水を注ぎ、長いチューブのついた栓でフラスコの口をふさいだ。それから、二台のブンゼンバーナーのあいだに立っている二台の金属スタンドの片方にフラスコをクリップでとめ、奇妙な金属の道具をカチリと鳴らすと、火打石のように火花が散った。炎が現れた。蒸留水が温まりはじめた。エリザベスは棚に手をのばし、〝$C_8H_{10}N_4O_2$〟というラベルのついた袋を取り出すと、中身を乳鉢に振り出して乳棒ですりつぶした。それから、できあがった土のような粉を珍妙な秤《はかり》にのせ、次に粉を十五センチ角のガーゼの上にあけて包んだ。包みを大きなビーカーに入れてもう一台の金属スタンドのそばに置き、フラスコからのびたチューブをクリップでスタンドにとめ、先端をビーカーの底に入れた。フラスコ内の蒸留水がぽこぽこと泡立ちはじめ、あんぐりと口をあけたミセス・スローンの目の前で、水はチューブを通ってビーカーのなかにたまった。フラスコがほとんど空になったとき、エリザベスはブンゼンバーナーの火を消した。ビーカーの中身をガラス棒でかき混ぜる。すると、茶色の液体は不思議な動きをした。ポルターガイスト現象よろしく勝手にチューブを逆流し、フラスコのなかに戻ってしまったのだ。

「クリームとお砂糖は？」エリザベスは尋ね、フラスコの栓を抜いて中身を注ぎ分けはじめた。

「たまげたわね」エリザベスが置いたコーヒーカップを前に、ミセス・スローンは声をあげた。

「あなた、インスタントコーヒー《フォルジャーズ》って聞いたことないの？」だが、ひと口コーヒーを飲んだとたん、彼女は黙った。こんなコーヒーは飲んだことがない。天国の味だ。毎日でも飲みたい。

「ところで、いまのところどんな感じ?」ミセス・スローンは尋ねた。「母親業は」

エリザベスはごくりと唾を呑みこんだ。

「バイブルは手に入れたのね」ミセス・スローンはテーブルに置いてあるスポック博士の本をちらりと見やった。

「題名に興味を持ったんです」エリザベスは言った。「『スポック博士の育児書』。育児のやり方って、おかしな説もたくさんあるみたいなので――ややこしすぎるんです」

ミセス・スローンはエリザベスの顔をじっと見つめた。一杯のコーヒーを淹れるために二十ほどもよけいな手間をかける女性が言う台詞ではない。「おかしな話じゃない? 男が自分の体験から知識を得たわけじゃないことについて本を書くなんて――出産とその後の育児についてね――でも、ドーン。ベストセラーになる。あたしはね、奥さんが書いたと思うの。そして、夫の名前で出した。男性の名前のほうが、箔がつくわ、そう思わない?」

「いえ」

「あたしもよ」

ふたりはまたコーヒーを飲んだ。

「あらこんにちは、シックス゠サーティ」ミセス・スローンは空いているほうの手を差し出した。

シックス゠サーティが歩いてきた。

「シックス゠サーティをご存じなんですか?」

「ミス・ゾット。あたしはすぐそこに住んでるのよ――おむかいに! しょっちゅうこの子を見かけるわ。ちなみに、引き綱をつけなくちゃいけないって条例が――」

〝引き綱〟という言葉を聞いたとたん、マデリンは小さな口をあけ、血も凍るような泣き声をあげた。

「あらあらあら！」ミセス・スローンはマデリンを抱いたまますっと立ちあがった。「ものすごい声ねえ、ちびちゃん！」小さな赤い顔を覗きこみ、赤子をひょいひょいと揺すりながら研究室のなかを歩きまわり、泣き声に負けじと大声で話した。「何年も前だけど、あたしが母親になりたてのころに夫が出張で留守にしてたとき、怖い男がいきなり家に入ってきて、有り金を全部出せ、出さないと子どもをさらっていくって言ったの。あたしは四日間、ろくに眠ってなくてシャワーも浴びてなくて、少なくとも一週間は髪も梳《と》かしてなくて、最後にいつ座ったのかも覚えてないくらいだった。だから言ってやったの。〝赤ちゃんがほしいの？　どうぞ〟って」マデリンを反対の腕に抱き直した。「大の男があんなに大あわてで逃げていくのを見たのは、あとにも先にもあれ一度きりよ」心配そうに研究室のなかを見まわす。「ミルクも七面倒なやり方で作るの？　それともあたしが普通に作ってもいい？」

「もうできてます」エリザベスは温かい湯を満たした小鍋から哺乳瓶を取った。

「新生児って厄介よねえ」ミセス・スローンは模造パールのネックレスを押さえながら、エリザベスにマデリンを抱き取らせた。「だれかがあなたのお手伝いをしてるものと思ってたわ。こんなことだと知ってたら、もっと早く来たのに。ここには何人も、そう、何人もの男性が変な時間に来るでしょう」咳払いをする。

「仕事なんです」エリザベスはマデリンに哺乳瓶をくわえさせた。

「ものは言いようだけど」

「わたしは科学者なんです」

「ミスター・エヴァンズが科学者だと思ってたわ」

「わたしもです」

「そう、わかった」ミセス・スローンは両手をパンと打ち鳴らした。「じゃあ、そろそろおいとまするわ。でも、もうわかったでしょう――人手が足りないときには、わたしが通りのむこうにいるからね」先の丸くなった鉛筆で、電話の上の壁に電話番号を書きとめた。「夫は去年引退して、いまじゃ日がな一日家にいるの。だから邪魔じゃないかなんて思わないでね、ぜんぜん邪魔じゃないから。むしろ、呼んでくれたらありがたいわ。わかった？」屈んで買い物袋から何か取り出した。「これ、置いていくわ」アルミホイルをかぶせたキャセロールだった。「おいしいかどうかわからないけど、食べなくちゃだめよ」

「ミセス・スローン」エリザベスは、自分がひとりになりたくないと思っていることに気づいた。「赤ちゃんのことに詳しいみたいですね」

「人並みにはね。赤ちゃんってわがままで、ちっちゃなならず者よ。それなのにみんな何人も産むって不思議よね」

「あなたはお子さんが何人いるんですか？」

「四人。どうしたの、ミス・ゾット？　何か気になることでもある？」

「あの」エリザベスは声が震えそうになるのをこらえた。「ただ……ただちょっと……」

「おっしゃい。ほら。はっきりと」

「わたしひどい母親なんです」エリザベスは一気に吐き出した。「仕事中にいねむりしてたってだけじゃなくて、ほかにもいろいろ――というか、何もかもひどくて」

「もっと具体的に」

「ええと、たとえばですね、スポック博士によれば、赤ちゃんにスケジュールを守らせるものらしいから、わたしもスケジュールを決めたんです。でもこの子はスケジュールどおりにしてくれない」

ハリエット・スローンは鼻を鳴らした。

「それから、わたしは母親なら当然感じるべきものを――感じなくて――その――」

「何を言いたいのか――」

「幸せを感じなくて――」

「女性誌はゴミよ」ミセス・スローンはさえぎった。「ああいうものは遠ざけるに限るわ。まったくの作り話なんだから」

「でも、わたしが感じるこの気持ちは――ふ、普通じゃないと思うんです。わたしは子どもがほしいと思ったことがないんです。子どもが生まれても、恥ずかしいことに少なくとも二度はこの子を捨ててしまいたいと思いました」

ミセス・スローンは裏口の前で立ち止まった。

「お願いです」エリザベスはすがるように言った。「わたしのことをひどい人間だと思わないで――」

「待って」ミセス・スローンは聞き間違いを確かめるように尋ねた。「その子を捨ててしまいたくなったのは……二度?」かぶりを振って笑う彼女のようすに、エリザベスは身をすくめた。

「笑わないでください」

「たった二度だけ？　ほんとに？　二十回でもまだまだアマチュアよ」

エリザベスは目をそらした。

「あらまあ」ミセス・スローンの声には同情がこもっていた。「あなたは世界一大変な仕事の真っ最中なのよ。あなたのお母さんはそう言わなかった？」

そう言ったとたん、ミセス・スローンは目の前の年若い女性が肩をこわばらせたことに気づいた。

「そう」口調をやわらげた。「いまのは忘れて。とにかく、心配しすぎないことよ。あなたはしっかりやってるわ、ミス・ゾット。これからだんだん楽になるし」

「もしならなかったら？」エリザベスは絶望しかけていた。「もしも……もっとひどくなったら？」

ミセス・スローンはやたらと他人に触れるたちではなかったが、気がついたら安全な裏口の前を離れ、年若い母親の肩にそっと両手をかけていた。「大丈夫、楽になる。あなた、名前はなんていうの、ミス・ゾット？」

「エリザベスです」

ミセス・スローンは両手を離した。「そう、エリザベス。あたしはハリエットよ」

気まずい沈黙がおりた。名前を教え合ったら、自分について教えるつもりではなかったことまで教えてしまったような気がしていた。

「帰る前にひとつ助言してもいいかしら、エリザベス？」ハリエットは口を開いた。「いいえ、やっぱりやめておく。あたしは助言されるのが嫌いなのよ、とくに求めてもいないのに助言されるのが」顔を赤らめた。「助言したがる人は嫌い？　あたしは嫌い。助言されると、自分がだめな人間に思えてくるもの。それにたいてい、助言って自慢みたいなものだし」

「どうぞ、助言してください」エリザベスは促した。

ハリエットはためらい、唇をまっすぐに引き結んだ。「わかった。どっちにしても、助言っていうほどの助言じゃないけどね。豆知識っていうか」

エリザベスは期待をこめて彼女を見た。

「短い時間でもいいから、ひと息つくこと」ハリエットは言った。「毎日ね」

「ひと息つく、ですか」

「自分を優先する時間を持つの。自分だけを。赤ちゃんも仕事も、亡くなったミスター・エヴァンズのことも、散らかった家のことも、何もかも忘れて。あなたのことだけを考えるの。エリザベス・ゾットのことを。あなたが必要としていること、やりたいこと、ほしいもの、なんでもいいからその時間に考えて」模造パールのネックレスをぐいと引っ張る。「そして、それをまたはじめるの」

ハリエットは、自身はその助言のとおりにできたためしがないことは言わなかった——ほんとうは、ばかげた女性誌にそう書いてあったのを読んだだけなのだ——けれど、いつか自分もほしかったものへ向かってまた進んでいけると信じたかった。愛へ向かって。本物の愛へ。ハリエットは裏口のドアをあけ、エリザベスに小さくうなずいて見せてからドアを閉めた。それが合図になったかのように、マデリンが泣きだした。

18章

法律上、頭に来ている《マッド》

ハリエット・スローンは若いころからきれいではなかったが、きれいな人たちはトラブルを引き寄せるらしいとつねづね思っていた。見た目がいいから愛されるが、まったく同じ理由で憎まれもする。ハリエットは、キャルヴィン・エヴァンズがエリザベス・ゾットと交際をはじめたころ、彼女の容貌がその理由だろうと思っていた。だが、リビングルームのいつもの居場所からはじめてふたりのようすをこっそりうかがい、ごていねいにもカーテンをあけてくれているおかげで丸見えのリビングルームにいるふたりを見ているうちに、どうやら容貌は関係ないらしいと考え直すに至った。

キャルヴィンとエリザベスは一風変わった関係——異常と言ってもいいような関係を楽しんでいるように見えた。それはまるで、生後すぐに生き別れた双子が塹壕でたまたま再会し、あたり一面死体だらけにもかかわらず、たがいがそっくりであるばかりかどちらも二枚貝に重篤なアレルギーを持ち、しかもディーン・マーティンが嫌いだと知って驚嘆している、という感じだった。ハリエットの頭には、ふたりが同時に「ほんとに？　ぼくもだよ！」「わたしもよ！」と声をあげている場面が浮かんだ。

ハリエットと、最近引退したミスター・スローンの関係は、まったく違った。出会った当初こそ浮かれたものの、その高揚は安物のマニキュアのようにはがれていった。そもそも彼を大胆な人だと思ったのはタトゥーを入れていたからだったし、彼はハリエットの足首の太さや髪の薄さなど気にしていないようだった。いま思い返せば、その時点で気づくべきだったのだ——彼はハリエットの存在自体を気にかけていないと気づくべきだった——そうすれば、彼が自分を気にかけてくれることなど一生ないとわかったはずだ。

結婚後早々に自分は夫を愛していないし、夫も愛してくれていないと気づいた原因は、はっきりとは覚えていないが、彼がズロースを〝ジュロース〟と発音することと、濃い体毛がたんぽぽの綿毛よろしくふわりふわりと落ちて室内にたまっていくこと、そのあたりに関係があるのではないだろうか。

そう、ミスター・スローンとの暮らしは不快だが、ハリエットは彼の肉体的な短所を忌み嫌っているわけではなかった——彼女自身、体毛を剃っている。むしろ、いやでたまらないのは、彼の程度の低い愚かさだ——退屈で頑固で、ばかで何が悪いと開き直った態度だ。無知で偏屈で下品で鈍感で、何よりも自分を恐ろしく過大評価しているところだ。愚かな人間の例に漏れず、ミスター・スローンは自分の愚かさをわかっていなかった。

エリザベス・ゾットがキャルヴィン・エヴァンズの家に引っ越してきたとき、ミスター・スローンはすぐに気づいた。彼女の話ばかりしていたが、その内容は疥癬《かいせん》にかかったハイエナなみに穢《けが》らわしかった。「見ろよ」彼は車に乗りこむ若いエリザベスを窓から眺め、裸の腹をぐるぐるとなでて細かく縮れた黒い毛を部屋じゅうに散らかした。「たまらねえな」

そんなときいつも、ハリエットはリビングルームを出た。夫がほかの女にいやらしい気持ちを抱くことに、とっくに慣れていてもおかしくないとは思う。夫がはじめて彼女が寝ているベッドでポルノ雑誌を見ながら自慰をしたのは新婚旅行の最中だった。ハリエットは見て見ぬふりをした。だって、ほかにどうすればいいのだ？　それに、それが普通だと聞かされていた。健康な証拠だとすら言われた。だが、雑誌の中身がどんどん露骨になるにつれて彼の習慣も強化され、ハリエットは五十五歳になったいまでは石のような心でべとつく雑誌をきちんと積み重ねている。

それもまた、夫のいやなところだった。だれにも相手にされない男たちの例に漏れず、ミスター・スローンは自分が女性から魅力的だと思われていると信じて疑わない。その彼ら特有の自信がどこから来るのか、ハリエットには見当もつかなかった。愚かな人たちが自分の愚かさに気づかないのは愚かだからかもしれないが、美しくない者は鏡を見れば自分が美しくないことくらいわかるのではないか。

とはいえ、美しくないことは問題でもなんでもない。ハリエットも不美人であり、それはよくわかっている。キャルヴィン・エヴァンズも魅力的ではなく、エリザベスがある日連れてきたあの毛むくじゃらの犬も魅力的ではないし、エリザベスが産む子も魅力的ではないかもしれない。けれど、彼らはみんな醜くはない――決して醜くならない。醜いのはミスター・スローンだけで、醜いのは内面に魅力がないからだ。現実には、このブロック全体を見まわしても、見た目がきれいなのはエリザベスだけで、ハリエットはだからこそ彼女を避けていた。かねてから言っているように、きれいな人たちはトラブルのもとだ。

しかし、ミスター・エヴァンズが亡くなってから、ブリーフケースを後生大事に抱えた間抜け面の男たちが引きも切らずにやってくるにおよんで、ハリエットはミスター・スローンの偏った考え方が自分にも感染《うつ》ったかもしれないと気づいた。だからあの日、エリザベスのようすを見にいったのだ。ハリエットは死ぬまでミセス・スローンでいなければならない――カトリックだからしかたない――が、ミスター・スローンのようにはなりたくない。それに、新生児がどんな生きものか、彼女はよく知っていた。

電話して。ハリエットはカーテンの隙間からむかいの家を見つめて念じた。電話して。電話して。電話してってば。

通りの反対側では、エリザベスはこの四日間で少なくとも十回は受話器を取り、ハリエット・スローンに電話をかけようとしていたが、そのたびに結局は受話器を置いた。それまでずっと自分は有能な人間だと自負していたが、ハリエットとほんのわずかな時間をともに過ごしただけで、そうではなかったと思い知った。

エリザベスは窓辺に立ち、むかいの家を眺めた。絶望にも似たものから逃げられなかった。赤子がいて、その子が大人になるまで育てなければならない。ああ――大人になるまで。部屋のむこう側で、マデリンがミルクの時間だと告げた。

「さっき飲んだばかりでしょ」エリザベスは言った。

「**知らない覚えてなああああい**」マデリンがわめき返し、世界で一番おもしろくないゲームがはじまった。〃わたしはいま何がほしいでしょう〃ゲームが。

悩みはまだあった。娘の瞳を覗きこむたびに、キャルヴィンが見つめ返してくるのだ。すると、気持ちが落ち着かなくなる。正直なところ、キャルヴィンにはまだ腹を立てていた——研究資金の件で嘘をついていたこと、彼の精子が妊娠しない確率などものともしなかったこと、だれもが室内でバレエシューズを履いてその場駆け足をしているのに外で走っていたこと。彼に腹を立てるのは理不尽だとわかっているが、悲しみとはそういうもの、つまり気まぐれだ。とにかく、エリザベスが怒っていることはだれも知らなかった。秘密にしていたからだ。いや、出産のあいだは、何か後悔したくなるようなことを叫んだかもしれないし、ひょっとすると陣痛がひどくなったときに、だれかの前腕に爪を食いこませたかもしれない。隣にいただれかが悲鳴をあげて悪態をついたのを覚えている。あれはおかしいし、職業人としてよろしくないのではないか。

そしてすべてが終わったあと、看護師が書類の束を持ってきて何かを尋ねたとき——どんな気分か、というようなことを尋ねたとき、エリザベスは正直に言うことにした。

「頭に来てます」

「頭に来てる？」

「はい、頭に来《マッド》てます」エリザベスは答えた。頭に来ていたからそう答えたまでだ。

「ほんとに？」看護師は訊き返した。

「ほんとにほんとうです！」

機嫌の悪い女性の世話にうんざりしていた看護師は——とりわけこの患者には、分娩のあいだ腕に名前を刻みこまれたも同然だった——〃マッド〃と出生証明書に書きこみ、さっさと出ていった。

そんなわけで、子どもの正式な名前はマッドになった。マッド・ゾット。

エリザベスがそのことを知ったのは、退院して数日後、キッチンのテーブルに放置したままになっていた病院の書類に、たまたま目を通したときだ。「何これ？」素敵な装飾文字で書きこまれた証明書を見て仰天した。「マッド・ゾット？　ひどい！　わたし、そんなにひどくひっかいた？」即座に改名の手続きをしようとしたが、ひとつ問題があった。もともと、赤子の顔を見ればふさわしい名前を自然に思いつくだろうと考えていたのだが、思いつかなかったのだ。

研究室に立ちつくしたエリザベスは、毛布を敷いた大きなかごのなかで眠っている小さな塊を見おろし、顔立ちをしげしげと観察した。「スーザン？」恐る恐る口にした。「スーザン・ゾット？」何か違う気がした。「リサ？　リサ・ゾット？　ゼルダ・ゾット？」ピンとこない。「ヘレン・ゾット？」違う。「フィオナ・ゾット。メアリー・ゾットは？」やっぱり違う。腰に両手をあてて身構えた。「マッド・ゾット」ついに思い切って言ってみた。

赤子の目がぱちりとあいた。

シックス＝サーティはテーブルの下の持ち場でため息をついた。児童公園でそれなりの時間を過ごしているので、子どもにどんな名前をつけてもいいわけではない、とくにただの勘ちがいで命名してはいけない、いや、エリザベスの場合は腹いせで名前が決まったのだが、そういうのはよくないと理解していた。彼の考えでは、名前は性別や伝統や音の響きで決めるものではない。名前は人を——彼の場合なら犬を——定義する。一生、自分の旗じるしとなるものだから、ふさわしいものでなければならない。彼は名付けてもらうまで一年以上待たなければならなかったが。シックス＝サーティ。これ以上ふさわしい名前があるか？

「マッド・ゾット」エリザベスがつぶやくのが聞こえた。「嘘でしょ」

シックス＝サーティは立ちあがり、とことこと寝室へ歩いていった。数カ月前、キャルヴィンが亡くなってから、エリザベスに気づかれないようにベッドの下にビスケットをためていた。エリザベスがドッグフードをくれるのを忘れるかもしれないと心配していたからではなく、彼自身が重要な化学的事実を発見したからだ。すなわち、深刻な問題に直面した際、食べることは役に立つ。

マッドか。彼はビスケットを咀嚼しながら考えた。**マッジ。メアリー。モニカ。**もう一枚ビスケットを引っ張り出し、カリカリと音を立てて食べた。このビスケットは最高においしい――これもまた、エリザベス・ゾットのキッチンで生まれた傑作である。ビスケットを食べているうちに、彼は思いついた。**ポットとか。ポット・ゾット。いや、キッチンにあるものにちなんで赤ちゃんを名付けたらどうかな？　ビーカー。ビーカー・ゾット。いや、化学《ケミストリー》そのものずばりの名前はどうだろう――たとえば、そうだな、ケム？　キムみたいだな。キム・ノヴァクは大好きな女優だ。『黄金の腕』に出てくる人。キム・ゾット。だめだ。キムは短すぎるな。**

そのとき閃《ひらめ》いた。**マデリンはどうかな？**　以前、エリザベスが『失われた時を求めて』を読んでくれた――あまりおすすめはできないが――ある場面は理解できた。マドレーヌを食べる場面だ。あのお菓子。**マデリン・ゾット。いいんじゃない？**

そのあと、エリザベスはなぜかナイトテーブルに開いて置いてあるプルーストを見つけて彼に尋ねた。「ねえ、〝マデリン〟って名前はどう思う？」

シックス＝サーティは何食わぬ顔で彼女を見つめ返した。

唯一の問題は、マッドの名前をマデリンに変更するには市庁舎へ赴かなければならず、市庁舎へ行けば行ったで結婚証明書の提示を求められ、エリザベスとしてはできれば明かしたくない事柄を明かさなければならないことだった。「ねえ、どうかな?」エリザベスは、市庁舎の外の階段でシックス＝サーティに言った。「わたしたちだけの秘密ってことにしたらどうかしら。この子は法律上はマッドだけど、わたしたちはマデリンって呼べばいいし、だれも気づかないわ」

法律上はマッドか、とシックス＝サーティは思った。まったくかまわないんじゃない?

マッドに関してはもうひとつ事実があった。彼女はヘイスティングズ研究所からだれか来るたびに烈火のごとく腹《マッド》を立てたのだ。スポック博士なら〝疝痛《せんつう》〟と診断するだろう。だが、エリザベスは、この子には人を見る目があるのかもしれないと考えた。心配だ。人を見る目があるとすれば、母親をどう思っているのだろう? 自身の家族には連絡すらしない女、心から愛していた男と結婚するのを拒んだ女、来る日も来る日も犬に言葉を教えている女を。自分勝手だと思われるか、どうかしていると思われるか、それともその両方だろうか?

確信は持てないが、むかいに住んでいるあの女性なら教えてくれそうな気がした。エリザベスは教会へ通っていないが、ハリエット・スローンはどことなく徳の高い感じがした。聖職者のような、彼女には秘密を打ち明けてもよさそうな――不安や望みや過ちを相談してもよさそうな感じがするし、彼女ならばかのひとつ覚えみたいに祈りなさいと返してきたり、心理カウンセラーお決まりの〝で、あなたはそのときどんな気持ちがした?〟なんて言葉でごまかしたりせず、実用的な知恵を授けてくれそうな気がする。いま現在、困っていることにどう対処すればいいのか。どうやって生き延びればいいのか。

エリザベスは受話器を取った。すでに正面の窓越しに、ハリエットの双眼鏡が電話のダイヤルに焦点を合わせていることには気づいていなかった。

「もしもし」ハリエットはすました顔で応答しながら、双眼鏡をソファのクッションの隙間に押しこんだ。「スローンです」

「ハリエット。エリザベス・ゾットです」

「いま行くわ」

19章

一九五六年十二月

科学者の子どもであることの最大の利点とは何か？　安全に関する基準が低いことだ。

マデリンがよちよち歩きをするようになったとたん、エリザベスは彼女が目にするものすべてに触れ、味わい、放り投げ、飛び跳ね、燃やし、破り、こぼし、揺さぶり、混ぜ合わせ、飛び散らせ、においを嗅ぎ、なめてみるよう促した。

「マッド！」ハリエットは毎朝、玄関から入ってくると同時に叫んだ。「それを置きなさい！」

「しゃい！」マデリンは同意し、半分中身が残ったコーヒーカップを部屋のむこうへ放り投げた。

「だめ！」ハリエットは叫んだ。

「め！」マデリンは同意した。

ハリエットがモップを取りにいってしまうと、マデリンはよちよちとリビングルームへ歩いていき、あれを取ったりそれを捨てたり、汚れた小さな手はひとりでに鋭くとがったものや熱いものや有毒なものなど、たいていの親が子どもの手の届かない場所に置いておくものへのびていった――つまり、最高におもしろいものへ。それでもいまのところマデリンは生きている。

それはひとえにシックス＝サーティのおかげだった。彼はつねにそばにいて危険を嗅ぎ取り、電球のソケットをふさぎ、マデリンが本棚をよじ登りはじめれば——ほぼ毎日だ——その下で待機し、落下した彼女のクッションになった。彼には愛する者を守ることに失敗した経験がある。二度と失敗するつもりはなかった。

「エリザベス」ハリエットは叱った。「あの子にやりたい放題させていてはだめよ」

「ええ、そうですね、ハリエット」エリザベスは三本の試験管から目を離さずに答えた。「ナイフはしまっておきましたから」

「エ、エ、エリザベス」ハリエットは懇願した。「あの子をちゃんと見ていて。昨日は洗濯機に這いこもうとしてたのよ」

「ご心配なく」エリザベスはあいかわらず試験管をにらんでいる。「まずなかを確認してから洗濯をはじめるようにしていますので」


絶えず緊張を強いられているとはいえ、ハリエットはマデリンが自分の子どもたちとはまったく違うやり方で成長しているようだと認めざるを得なかった。もっと変わっているのが、母と娘が対等の関係にあることで、ハリエットはそれが気になっていた。娘が母親から学ぶだけでなく、母親も娘から学んでいるのだ。それはたがいを尊重しあう社会を思わせた——マデリンが読み聞かせをしてもらっているあいだにエリザベスを見るまなざしや、エリザベスに耳元でささやかれたときにあげる笑い声、重曹を酢に混ぜるマデリンを見ているエリザベスの満面の笑み、ふたりがしょっちゅう同じことを考えたりしたりするようす——一緒に化学で遊んだり、喃語《なんご》でおしゃべりをしたり、何かに夢中になったりするようすに、ふたりの関係が見て取れた。ときどきふたりにしかわからない言葉でやりとりしているので、ハリエットは少しだけのけものにされているような気がした。母親は子どもの友達にはなれない――なるべきでもないと、ハリエットはエリザベスに忠告した。雑誌にそう書いてあったのだ。

ハリエットの目の前で、エリザベスはマデリンを膝にのせて、中身が泡立っている試験管を見せた。驚きがマデリンの目に満ちた。エリザベスはその教育法をなんと呼んでいたか？　経験的学習法だったか？

「子どもはスポンジです」先週、エリザベスがマデリンに『種の起源』を読み聞かせていたので、ハリエットがとがめると、彼女はそう言った。「マッドがからからに干からびないようにしたいんです」

「からから」マデリンは叫んだ。「からからからから！」

「そうは言っても、マッドにはダーウィンが書いたものの意味がわからないでしょう」ハリエットは反論した。「せめて要約したものを読んであげたら？」ハリエットは要約版しか読んだことがない。お気に入りは〈リーダーズ・ダイジェスト〉だ――退屈な大著をアスピリンの錠剤のように咀嚼できるサイズにしてくれるからだ。以前、公園で女性が〈リーダーズ・ダイジェスト〉が聖書を要約してくれればいいのにと話しているのを小耳に挟んだ。そのときハリエットはつい思ってしまった。大賛成だ――ついでに結婚生活も短縮してちょうだい。

「要約版は信用していないんです」エリザベスは言った。「なんにしても、マッドもシックス＝サーティも楽しんでるみたいですよ」

それもまた変だ――エリザベスはシックス＝サーティにも読み聞かせる。ハリエットはシックス＝サーティが好きだ。それどころか、かの犬とはエリザベスのケ・セラ・セラ的育児について同じ懸念を共有している。

「おまえがエリザベスと話ができたらねえ」ハリエットは一度ならずシックス＝サーティにそう語りかけた。「おまえの言うことなら耳を傾けそうだもの」

シックス＝サーティはため息をついてハリエットを見つめ返した。エリザベスはたしか̀に̀、彼の言うことに耳を傾ける――意思の伝達手段は言葉に限定されないようだ。それでも、シックス＝サーティは、たいていの人間は飼い犬の言いたいことを聞こうとはしないだろうと思っていた。それは〝無視〟だ。いや待てよ、違う。〝無知〟だ。シックス＝サーティはその言葉を覚えたばかりだった。ちなみに自慢ではないが、いま覚えている言葉は四百九十七語にのぼる。


エリザベスのほかに、犬の理解力と働く母親の問題を過小評価しないように見える人間がひとりだけいた。メイソン博士だ。博士は予告どおり、出産後一年たったころにエリザベスを訪ねてきた。表向きはようすを見にきたと言うが、ほんとうはエリザベスにボートを思い出させたがっているのが見え見えだった。


「どうも、ミス・ゾット」午前七時、エリザベスは玄関のドアをあけ、漕艇用の格好をしたメイソン博士を見てびっくりした。博士の短髪は朝霧のなか全力でボートを漕いできたせいで濡れていた。

「元気ですか？　わたしのことはどうでもいいんですが、今朝の漕ぎは最悪でしてね」博士は玄関に入ってエリザベスの横を通り、散らかった育児用品をかわしながら奥の研究室へ進み、そこでハイチェアから脱走しようとしているマデリンを見つけた。

「やあ、いたいた！」メイソン博士はにっこりした。「しっかり大きくなって、ちゃんと生きてる。すばらしい」洗濯したおむつの山に目をとめ、一枚取ってたたみはじめた。「あまり長居できないが、近所まで来たから寄ってみました」身を屈め、マデリンをよく見た。「おお、いい体格だね。エヴァンズのおかげだろうな。育児はどうです？」エリザベスが返事をするより先に、メイソンはスポック博士の育児書を取った。「スポックの本にはまともなことが書いてあります。彼もボートをやってるんですよ。一九二四年のオリンピックで金メダルを獲りました」

「メイソン博士」エリザベスは彼の服から漂う海のにおいを吸いこみ、意外なほど自分が再会をよろこんでいることに気づいた。「立ち寄ってくださってありがとうございます、でも——」

「大丈夫、長居はしません。待機中なんですよ。今日の午前中は子どもたちの面倒を見ると妻に約束しましてね。ちょっとようすを見にきただけです。疲れているようですね、ミス・ゾット。手伝ってもらっていますか？　手伝ってくれる人はいますか？」

「近所の人が来てくれます」

「すばらしい。近くにいるというのが肝心なんです。で、あなたは——ご自分の面倒は見られていますか？」

「どういう意味ですか？」

「いまも運動は続けている？」

「ええと——」

「エルゴは？」

「ちょっとだけ――」

「よろしい。どこにあります？　エルゴは？」メイソンは隣の部屋へ行った。「おやおや」彼の声が聞こえた。「エヴァンズは血も涙もないな」

「メイソン博士？」エリザベスは彼を研究室へ呼び戻した。「お会いできてうれしいんですけど、三十分後に人が来ることになっていて、やることがたくさん――」

「すみません」メイソンはすぐに戻ってきた。「いつもはこんなこと――産後の患者さんのご自宅にお邪魔したりしないんです。正直に言えば、お子さんを増やすことにした患者さん以外は二度と会いません」

「それは光栄です。でも――」

「お忙しいんですよね」メイソンは代わりに言った。シンクへ行き、皿を洗いはじめた。「なぜなら、赤ちゃんがいてエルゴをやらなくちゃいけなくて、フリーランスのお仕事もご自分の研究もしなければならない」彼はエリザベスの義務を数えあげ、泡だらけの両手をあげて室内に目を走らせた。「ところで、素敵な研究室ですね」

「ありがとうございます」

「エヴァンズが――」

「いいえ」

「では――」

「わたしが改造しました。妊娠中に」

メイソンは感心したようにかぶりを振った。

「お手伝いもいます」エリザベスは、マデリンの椅子のそばに歩哨のように立って落ちてくる食べものを待ち構えているシックス＝サーティを指した。

「おお、そうだそうだ。犬は非常に役に立ちます。妻とわたしは、自分たちが育児に向いているかどうか、うちの犬で試したんですよ」メイソンは鍋を凝視した。「たわしは？」

「左側に」

「試したといえば」メイソンはさらに石鹸を泡立てた。「そろそろですね」

「そろそろとは？」

「そろそろ試しに漕いでもいいでしょう。もう一年たちましたし」

エリザベスは声をあげて笑った。「ご冗談でしょう」

メイソンは泡立った水に両手を浸けたまま振り返った。「冗談じゃありませんよ？」

今度はエリザベスがとまどう番だった。

「ちょうどあいてるんです。二番が。できるだけ早く復帰していただければ助かります。遅くとも来週には」

「は？　無理です。だって――」

「疲れてる？　忙しい？　時間がないとおっしゃるつもりですね」

「だって時間がないんです」

「時間のある人なんかいますか？　大人ってものは過大評価されている、そう思いませんか？　ひとつ問題を解決したら、十個新しい問題が持ちあがる」

「る！」マデリンが叫んだ。

「海兵隊で学んだ唯一まともな知識は、毎朝ベッドメイキングをすることの重要性です。でも、夜明け前に右舷の冷たい水を顔にかぶるのもいいでしょう？　スカッとしますよ」

メイソンがしゃべっているあいだ、エリザベスはコーヒーをちびちび飲んだ。スカッとする必要性は感じていた。悲しみは新しい段階に移行している。愛していた男を失った悲しみから、ここにいるはずだった父親がいない悲しみへ。キャルヴィンが生きていたら、マデリンを苦もなく高い高いしてくれただろうとか、軽々と肩車してくれただろうなどと想像するのはやめようと、自分に厳しく言い聞かせている。キャルヴィンも自分も子どもをほしがってはいなかったし、いまでも産みたくない女性が出産を強いられるのは間違っていると信じている。それでも、シングルマザーとなり、人間を育てるという、おそらく史上もっとも科学的ではない実験研究の先端を行く科学者になってしまった。毎日、育児とはまだ学んでいないことをテストされるようなものだと感じる。厄介な問題が次々と持ちあがり、解決の選択肢は少ない。エリザベスはときおりいやな夢を見て汗だくで目覚めることがある。夢のなかで、役人のような人物が玄関のドアをノックし、空の赤ん坊用のかごを見せて言う。「あなたの直近の育児実績について報告がありました。単刀直入にお伝えするしかないのでお伝えします。あなたはクビです」

「わたしは何年も前から妻をボートに誘っているんですがね」メイソン博士は話を続けた。「楽しんでくれると思うんですよ。でも振られてばかりなんで、ひょっとしたら艇庫にひとりも女性がいないのがネックなのかもしれないと思いまして。いや、わたしはいかれてなんかいませんよ、ミス・ゾット。女性もボートをやります。あなたもやるじゃないですか。実際、女性のチームもあるんですよ」

「どこに?」

「オスロ」

「ノルウェイの?」

「この子は」とマデリンを指差す。「絶対にストロークサイド向きですよ。ほら、ごく自然に体重を右へ移動させている」

ふたりはマデリンに目をやった。彼女はたったいま五本の指の長さが同じではないことを発見したかのごとく目を丸くして指を見つめている。ゆうべ『宝島』を読んでやったとき、エリザベスはマデリンが尊敬の目で自分を見ていることに気づいた。エリザベスも違った意味での畏敬の念を覚え、娘を見つめ返した。だれかがそんなふうに信頼を寄せてくれたのはほんとうに久しぶりだった。なにも知らない娘に愛情がこみあげてくるのを感じた。

「この段階の乳児からは驚くほどいろいろなことがわかります」メイソンは話している。「将来どんな人物になるか、しょっちゅうささやかなヒントで教えてくれるんですよ。たとえばこの子は場の空気を読むことに長けている」

エリザベスはうなずいた。先週、昼寝をしているはずのマデリンのようすをこっそり見にいくと、彼女はベビーベッドの上に座り、シックス＝サーティに何かを熱心に説明していた。エリザベスが少し離れたところから見ていると、マデリンは倒れそうなボウリングのピンのように大きくゆらゆらと体を揺らし、両手を振りまわしながら、物干しロープにかけた洗濯物のように子音と母音をでたらめにつなげた音をえんえんと発していたが、彼女がその分野に詳しいことはその熱の入り具合から伝わってきた。シックス＝サーティはベビーベッドの柵の隙間に鼻面を突っこみ、一音たりとも聞き漏らすまいと耳をピンと立てて聞き入っていた。マデリンは考えが脱線したのか、一瞬動きを止め、また犬のほうへ身を乗り出してしゃべりだした。「がががぞぞなのうーうー」と、要点を強調するかのように言う。「ばっぱどどばぶどー」

赤子と暮らすのは遠くの惑星からの訪問者と暮らすのと似ていると、エリザベスは思う。ある程度までは、訪問者は地球について学び、地球人は彼らについて学ぶが、だんだん学んだことは忘れてしまい、自分のやり方だけが残る。それは残念なことだ。エリザベスのもとにやってきたこの訪問者は、大人と違ってささいな発見にも飽きることがない。ありふれた事象に驚異を見出す。先月、マデリンがリビングルームで金切り声をあげたので、エリザベスは一時間分の仕事を台無しにして娘のもとへ駆けつけた。「どうしたの、マッド?」戦地のヘリコプターよろしく急いで娘のかたわらにしゃがんだ。「何があったの?」

マデリンは目を丸くして振り向き、スプーンを掲げた。**見て！　ここにあったの！　床の上に！**

「ただの運動じゃありませんからね」メイソン博士はまだ話していた。「漕艇は生き方です。そうだろう?」とマデリンに声をかける。

「おう！」マデリンは叫び、トレイをたたいた。

「ちなみに、新しいコーチが決まりましてね」メイソンはエリザベスに向き直った。「非常に才能がある男です。あなたのことも話しておきました」

「ほんとですか？　わたしが女だということも？」

「めっ！」マデリンが叫んだ。

「いいですか、ミス・ゾット」メイソンは問いをはぐらかし、タオルを絞ってハイチェアの隣へ行ってマデリンの汚れた手を拭いた。「じつはずっと二番に手を焼いていまして。ここだけの話、ひどいんですよ。大学が同窓ってだけでチームに入ったんです。でも先週末にスキーで脚を骨折してしまったので、ボートには乗れない」よろこびを隠そうとしている。「三カ所折ったそうです！」

　メイソンは両腕を突き出したマデリンを抱きあげた。

「それはお気の毒です」エリザベスは言った。「打ち明けてくださってありがとうございます。だけど、やっぱりわたしは経験不足です。キャルヴィンのおかげで、何度か乗せてもらっただけですし」

「あう・ゔぃん」マデリンが言った。

「何をおっしゃる」メイソンは驚いた。「経験不足なわけがないでしょう？　キャルヴィン・エヴァンズからじきじきに手ほどきしてもらっておきながら。しかもペアで。わたしとしては絶対に、大学のコネがあるだけの大男よりエヴァンズ直伝の技術を取りたいですね」

「それに、わたしはやることがたくさんあるので」エリザベスはもう一度言った。

「朝四時半に？　出かけたと気づかれる前に帰ってこられます。二番ですよ」彼はこれが最後のチャンスだと言わんばかりに強調した。「覚えていますか？　この話はしましたよね」

　エリザベスはかぶりを振った。キャルヴィンもこうだった——ボートが何より優先されて当然だと思っていた。エリザベスは、ある朝別のボートの漕手たちが、五番が来ないと不思議がっていたのを思い出した。コックスが五番の自宅に電話をかけると、彼は高熱を出していた。「そうか、でもいますぐ来るんだ、いいな?」と、コックスは命じたのだった。

「ミス・ゾット」メイソンは言った。「いますぐにとは言いませんが、ほんとうにあなたが必要なんです。一緒に漕いだのは数回ですが、あのとき感じたものは本物でした。それに、またボートを漕げば、あなたが楽しい気持ちになれる。われわれみんなが」今朝のことを思い出す。「楽しい気持ちになれます。ご近所さんに訊いてみてください。子守をしてくれるかどうか」

「朝四時半から?」

「ボートについてその点が知られていないのは残念ですね」メイソンは立ち去る前に言った。「ボートって、みんながひまな時間帯に漕ぐんですよ」


「いいわよ」ハリエットは言った。

「まさか、冗談ですよね」エリザベスは言った。

「だって楽しそうよ」だれだって夜中に起床するのは楽しいと言わんばかりの口調だった。だが、ほんとうはミスター・スローンのせいだ。このごろ酒量が増えてますます口汚くなり、距離を置く以外に対処のしようがなかった。「それに、週に三回だけでしょう」

「一応、テストを受けるんです。合格しないかもしれないけど」

「大丈夫よ。余裕で合格するわ」

だが二日後、エリザベスが艇庫に入っていくと、寝ぼけ眼《まなこ》の漕手たちが驚いたようにこちらを見たので、ハリエットの確信に満ちた言葉もメイソンのあなたが必要だという言葉も大げさだったのではないかという気がしてきた。

「おはようございます」エリザベスは目の合った漕手たちに挨拶した。「お久しぶりです」

「何しに来たんだろう？」だれかがささやくのが聞こえた。

「本気かよ」別のだれかが言った。

「ミス・ゾット」メイソン博士が艇庫の奥で声をあげた。「こちらへどうぞ」

エリザベスは、だらだらと群れて最悪の知らせを聞いたような顔をしている男たちのあいだを縫って進んだ。

「エリザベス・ゾットです」はっきりと名乗って手を差し出したが、だれもその手を取ってくれなかった。

「今日、ゾットが二番を漕ぐ」メイソンが言った。「ビルは脚を骨折したんだ」

沈黙。

「コーチ」メイソンは人殺しのような顔の男に向きなおった。「この人が例の漕手です」

沈黙。

「だれか覚えてるやつはいないか。以前、一緒に漕いだだろう」

沈黙。

「何か質問は？」

沈黙。

「じゃあはじめよう」メイソンはコックスに向かってうなずいた。

「うまくいったと思いますが、どうですか？」練習後、メイソン博士は駐車場へ歩きながら言った。エリザベスはさっと振り向いた。出産で強烈な陣痛に襲われたとき、赤子が外に出たらたくさんの服が必要だからスーツケースを持っていかなくちゃとばかりに内臓を引きちぎろうとしているのだと思い、ベッドのフレームが震えるほどすさまじい悲鳴をあげた。陣痛がおさまってから目をあけると、メイソン博士が上からこちらを見おろしていた。そして、こう言った。どうですか？　そんなに大変じゃなかったでしょう？

エリザベスは車のキーをいじった。「コックスとコーチはそう思わなかったみたいですけど」

「ああ、あんなのは」メイソンは手で払いのけるそぶりをした。「いつものことですよ。あなたも承知していると思っていました。悪いことは全部、新人のせいにされるんです。あなたはたいていエヴァンズと漕いでいましたからね――ボート文化の機微があまりわかっていないんでしょう。なに、何回か漕げばわかりますよ」

それが気休めの嘘ではないと思いたかった。正直なところ、エリザベスはまた水上に出られたのがうれしかった。くたびれたが、それが心地よかった。

「ボートのおもしろいところは」メイソンが話を続けていた。「後ろ向きに進むことだと思います。この種目自体が、自分自身を出し抜こうとしてはならないと戒めてくれているような気がするんですよ」メイソンは車のドアをあけた。「実際、考えてみればボートは育児によく似ています。どちらも忍耐と持久力と献身が必要だ。そして、どちらも行く手が見えない――自分が通ってきたところしか見えない。そう思うと、勇気づけられませんか？　癇癪はいやですが――当たり前です。わたしは、痼癪にはますます我慢できなくなっていますよ」

「転覆のことですか」

「痼癪です」彼はきっぱりと言い、車に乗った。「昨日、うちの子がきょうだいをシャベルで殴ったんですよ」

20章 一生の物語

　マデリンはまだ四歳だったが、たいていの五歳より体が大きく、大多数の六年生より読解力があった。だが、体格も知力も飛び抜けていても、非社交的な母親と執念深い父親と同じく、友達がほとんどいなかった。

「遺伝子の突然変異でしょうか」エリザベスはハリエットにこっそり相談した。「キャルヴィンとわたしの双方がキャリアだったりして」

「人間嫌いの遺伝子？」ハリエットは言った。「そんなものあるの？」

「内気の遺伝子です」エリザベスは正した。「内向的な性格。だから、どうしたと思います？　わたし、あの子を幼稚園に入れたんです。新学期は月曜日からはじまりますが、不意にわかったんです。マッドは同じ年頃の子どもたちと過ごすことが必要だって――あなたもそう言ってましたが」

　それはそのとおりだ。ハリエットは、この二年かそこら、少なくとも百回はそう伝えてきた。マデリンは発達が早く、とりわけ言語能力と理解力がずば抜けているが、ハリエットの見たところ、人並みのことができるようになっていなかった――靴紐の結び方や、人形遊びのやり方が身についていない。ある日、砂場でパイを作ろうと提案したら、マデリンは眉をひそめ、棒で砂場に3・1

415と書いた。「できたよ」

とはいえ、マデリンが幼稚園へ通うようになったら、ハリエット自身は一日何をすればいいのか？　だれかに必要とされることに、すっかり慣れてしまったのに。

「まだ小さいわ」ハリエットは反対した。「五歳までは待つべきよ。いいえ、六歳まで待つほうがいい」

「たしかに幼稚園にもそう言われたんですけど、でももう入れちゃったし」

エリザベスがあえて言わなかったのは、マデリンが幼稚園に入れたのは賢いからではなく、エリザベスがボールペンのインクの成分をなんとか突き止め、出生証明書の生年月日を改竄したからだという事実だった。厳密に言えば、マデリンは幼稚園に入る年齢に達していないが、エリザベスは教育に厳密な年齢など関係ないと考えていた。

「ウッディ小学校の幼稚部です」エリザベスはハリエットに一枚の紙を渡した。「マドフォード先生。六番教室。たしかにマデリンはほかの子どもたちより少し進んでるかもしれないけれど、ゼイン・グレイを読めるのはあの子だけじゃないと思うんです、どうかしら？」

シックス＝サーティは心配になって頭をもたげた。この知らせを聞いて、彼もまた動揺していた。マデリンが幼稚園へ？　ぼくの仕事はどうなる？　教室にいる彼女をどうやって守れるのだ？

エリザベスはコーヒーカップをシンクへ運んだ。マデリンを幼稚園に入れたのは、急な思いつきのようでいてそうではない。数週間前に銀行へ行き、持ち家を担保に融資を受けようとした。ところが、すでに破産寸前だった。キャルヴィンの死後、エリザベスは彼が自宅の権利書に自分の名前を入れてくれていたのを知ったが、それがなければ福祉の世話になっていただろう。

銀行の支店長は深刻な顔つきでエリザベスの経済状況を説明した。「このままではもっとひどくなりますよ。お子さんが幼稚園に入れる年齢なら、すぐに入れたほうがいい。それから、ちゃんと給料のもらえる仕事についてください。もしくは、お金持ちと結婚するか」

エリザベスは車に乗り、選択肢をくらべた。

銀行強盗をする。

宝石店を襲う。

あるいは、最悪の選択肢がひとつ――自分から何もかも奪った場所へ戻る。

二十五分後、エリザベスはヘイスティングズ研究所のロビーに入っていったが、両手は震えて冷や汗をかき、体内の警報器がうるさく鳴り響いていた。深く息を吸い、気力を奮い立たせて受付係に言った。「ドナティ博士をお願いします」

「わたし、幼稚園好きになるかな?」マデリンがいつのまにかそばにいた。

「なるわ」エリザベスはあいまいにうなずいた。「それは何?」マデリンが右手に握っている大きな黒い画用紙を指差した。

「絵を描いたの」マデリンはテーブルに絵を置いて母親に体をあずけた。これもまたチョークで描いてある――マデリンはクレヨンよりチョークが好きだった――が、チョークはすぐにかすれるので、マデリンの描いたものは紙から出ていこうとするかのようにぼやけていることが多かった。絵を見おろすと、何人かの棒人間と犬、芝刈り機、太陽、月、おそらく車、鼻、それから長い箱が描かれていた。画用紙の下のほうは炎が燃え盛っていて、上のほうは激しい雨が降っている。そしてまんなかに、白い渦巻きがあった。

「ふむ」エリザベスは言った。「すごい絵ね。がんばって描いたのがわかるわ」

マデリンは、母親には半分もわかっていないと言わんばかりに頬をふくらませた。

エリザベスはもう一度絵を眺めた。しばらく前から、昔のエジプト人が石棺に——棺の上にも下にも内側にも外側にもびっしりと、緻密な象形文字で死者の一生を刻みこんでいたという本をマデリンに読み聞かせていた。読んでいるうちに、いつのまにか考えていた——これを彫りこんだ職人は途中で気が散ったりしなかったのだろうか？　ヤギを描くべきところにコブラを描いたりしなかったのか？　そんなこともあっただろう。一方、人の一生とはまさにそういうものではないだろうか？　何度も繰り返される間違いがいつのまにか定着するのでは？　そう、エリザベスはそのことを知っているはずだった。

ドナティ博士はエリザベスが研究所に入って十分後に、ロビーに現れた。意外にもエリザベスの姿を認めてほっとしたようすを見せた。「ミス・ゾット！」彼に抱擁され、エリザベスはぞっとして息を止めた。「きみのことを考えていたんだよ！」

実際、彼はエリザベスのことばかり考えていた。

「この人たちはだれ？」エリザベスは棒人間を指差してマデリンに尋ねた。

「ママとわたしとハリエット。それとシックス＝サーティ。これはママの漕ぐやつ」四角いものを指差す。「これはうちの芝刈り機。こっちは燃えてるの。ここにもっと人がいる。これはうちの車。お日さまが出てて、それからこれは月。お花。わかった?」

「たぶん。季節のお話なのね」

「違うよ。わたしの一生のお話」

エリザベスはわかったふりをしてうなずいた。芝刈り機とは?

「この部分は何?」エリザベスは中央を占めている渦巻きを指差した。

「それは死の穴」

エリザベスはぎょっとした。「これは?」ななめに走っている何本もの直線を指差した。「雨?」

「涙」

エリザベスはひざまずき、マデリンと目の高さを合わせた。「悲しいことがあるの、ちびちゃん?」

マデリンはチョークだらけの小さな手を母親の頬に当てた。「ううん。悲しんでるのはママだよ」


マデリンが外へ遊びにいってしまうと、ハリエットは「子どもの口から出た言葉」について何か話していたが、エリザベスは聞こえないふりをした。娘に自分の頭のなかをまるで本のように読まれていることは、前から気づいていた。以前にもそういうことがあった——マデリンは人が隠しておきたがることをずばりと感じ取ることができる。先週、マデリンは夕食を食べながら出し抜けに言った。「ハリエットはだれかを好きになったことはないんだよ」それから朝食のときにため息をついてつぶやいた。「シックス=サーティはいまでも自分のせいだと思ってる」夜寝る前にはこう言った。「メイソン博士は臆に飽き飽きしてるよ」

「わたしは悲しくないわ、ハリエット」エリザベスは嘘をついた。「それより、いい知らせがあるんです。ヘイスティングズ研究所が仕事をくれました」

「仕事？」ハリエットは言った。「仕事ならもうやってるでしょう――頼まれ仕事をやって、マデリンの世話をして、シックス＝サーティを散歩させて、自分の研究もやって、ボートも漕いで。そこまでできる女が何人いる？」

いない。エリザベスは自分も含めて無理だと思った。休みのないスケジュールに忙殺され、収入がないせいで家族の生活が危うくなり、自尊心は最低値を更新した。

「あたしは反対よ」ハリエットは、マデリンが幼稚園へ通うようになり、ここへ来る目的を奪われるのがいやだった。「あなたとミスター・エヴァンズがどんな扱いを受けた？　ここにやってくるばかたれたちに、あなたがいいように使われてるのだって業腹なのに」

「科学もほかの分野と同じです。その分野がほかの人より得意な人がいるんです」

「そこよ。いろんな学問があるけど、科学こそ優秀な頭だけが残るもんじゃないの？　ダーウィンが言ってたのってそういうことでしょう？　弱いものが滅びていくんじゃなかった？」けれど、ハリエットにはエリザベスが聞いていていないのがわかった。

「お子さんは元気か？」ドナティはエリザベス・ゾットの腕を取り、自分のオフィスへ連れていった。ふと下を見ると、彼女の指には研究所を退職したときと変わらず絆創膏が巻かれていたので驚いた。

ゾットが返事をしているが、ドナティは次の動きを計算するのに忙しくて聞いていなかった。この輝かしい数年間は、ゾットもエヴァンズもいなくて快適だった。実際のところ、大成功した研究などはないが、それなりにうまくいっていた。あの間抜けなボリウェイツさえ、少しは使えるようになった。エヴァンズが死に、ゾットが退職したおかげで、ほかの研究者たちの才能が開花したのではないかと思われた。

ところが、ドナティは心配の種を抱えていた。例の気前のいい後援者。彼が戻ってきたのだ。提供した資金でミスター・ゾットの研究がどこまで進んだか知りたいと言ってきた。論文は執筆中か？　どんな発見をしたのか？　成果は？

ゾットは意外な陽イオン反応についてよどみなく説明していたが、ドナティは窓の外を眺めた。まったく、科学にはうんざりだ。咳払いをし、退屈しているのをごまかした。そろそろカクテルの時間だ。早く帰りたい。昔々の大学時代を思い出す――エクストラドライ・マティーニを人にほめられたことがあった。そこで不意に思いついた――バーテンダーになろうか？　酒は好きだし、カクテルをこしらえるのも得意だ。自分が作ったカクテルが人を幸せにする、つまり酔わせる。それに、カクテルを作る術《すべ》も科学と関係がある。では、バーテンダーになるデメリットは？　給料か？

給料と言えば、ゾットを雇う予算はない――ゼロだ。だが、雇わなければならない。例の後援者が彼女を必要としている以上、ドナティも彼女が必要だ――いや、彼、ミスター・ゾットと、いまいましい生命起源論が必要だ。正直なところ、いささか心もとない状況になっていた。件の後援者の電話から逃げ続けて数カ月、追い詰められたドナティは、生命起源論に少しでもかする研究をしている者はいないかと、部下の研究者たちに尋ねた。だれが手をあげたか？　ボリウェイツだ。

ところが、ボリウェイツはみずからの研究内容も説明できなかった。ドナティはその時点で怪しみ、問い詰められたボリウェイツは、たまたまゾットに会って生命起源論について議論したと打ち明けた――そして、こんなことがありうるのか？　ふたりとも似た結論にたどりついた。

「ヘイスティングズ研究所の仕事を受けたのは大きな間違いだと、はっきり言わせてもらうわ」ハリエットはコーヒーカップを拭きながら言った。

「二度目の正直です」エリザベスはきっぱりと言い切った。

それを言うなら三度目の正直だろ、とシックス＝サーティは思った。

21章　E・Z

化学研究部は復帰したエリザベスに新しい白衣を贈った。

「われわれみんなからだ」ドナティ博士は言った。「きみに帰ってきてほしかったという気持ちのしるしだよ」エリザベスは驚きながらもありがたく受け取り、その場で白衣をはおると、ぱらぱらと拍手が起こり、数人が大きな笑い声をあげた。ポケットの上の刺繍をちらりと見おろすと、以前は〝E・ゾット〟だったのが〝E・Z〟に短縮されていた。

「気に入ったかね？」ドナティはウィンクした。「ところで」――と指を曲げ、エリザベスに自分のオフィスへついてくるよう合図した――「風の噂で、きみがいまも生命起源論をやってると聞いたんだが」

エリザベスはたじろいだ。生命起源論の研究についてはだれにも話していない。知っている者がいるとすれば、それはボリウェイツだ。前回、彼が訪ねてきたとき、マデリンがちょうど昼寝から目を覚ました。エリザベスが戻ってくると、ボリウェイツが机の前に座って資料をめくっていた。エリザベスは驚いて問いただした。「何してるんですか？」

「何もしてないよ、ミス・ゾット」彼は明らかに気を悪くしたようだった。

「じつは、内密に話をしたかったんだ」ドナティは机の前に座った。「もうすぐ〈サイエンス・ジャーナル〉に論文が掲載される」

「テーマはなんですか？」

「たいして重要なものじゃない」肩をすくめる。「ＲＮＡ関係だ。知ってのとおり、専門家の看板を掲げておくには、ときどき何かしら外に向けて発信しなくちゃならない。だが、わたしはきみの研究に興味がある。論文はいつ読ませてもらえるのかね？」

「集中して取り組まなければならない問題がいくつか残っています。六週間、集中できる時間がいただけるなら、成果をお見せできます」

「自分の研究だけに集中したい？」ドナティはあきれた。「なんともキャルヴィン・エヴァンズ的だな」

　エヴァンズの名前が出たとたん、ゾットの表情は固まった。

「きみも覚えているだろうが、うちの部門はそういうやり方は取らない」ドナティは続けた。「われわれはたがいに助け合う。われわれはチームだ。ボートのクルーのようなものだ」ドナティがそう言ったのは、ゾットがいまもボートを漕いでいるとほかの化学者に話しているのをたまたま聞いていたからだ。まあ、実際には漕いでいないとしても、ゾットにはゾットの仕事をしてもらわねばならない。もっとも、ゾットが持ちこんだ資料にざっと目を通したとき、ドナティは彼女がボリウェイツには理解の及ばない領域まで研究を進めていたのを知って驚愕した。ボリウェイツは無能だ。

「ほら」ドナティは分厚い書類の束をゾットに渡した。「まずはこれをタイプしてくれ。それとコーヒーがもうない。それから、みんなに訊いておいてくれ――何を手伝ってほしいか」

「手伝い？　わたしは化学者で、実験助手ではありませんが」

「いや、きみは実験助手だ」ドナティはぴしゃりと返した。「現場に復帰するのは久しぶりだろう。まさか、以前の仕事にあっさり戻れるとは思わないでくれ――何年も自宅でぶらぶらしていたんだからな。だが約束しよう――しっかり働いてくれれば、悪いようにはしない」

「それでは話が違います」

「落ち着いてくれ、美人さん《ルシャス》」ドナティは気取った口調で言った。

「いまわたしをなんて呼びました？」

ドナティが答えるより先に、秘書が会議の開始を告げにきた。

「いいか」ドナティはゾットを振り向いた。「きみはエヴァンズがいたころはやりたい放題だった。いまだにそのころのことを許していない者はたくさんいるぞ。だが、今度こそ、きみが実力で仕事をもらったことをみんなに思い知らせてやれ。きみはりこうだ、リジー。うまくいくよ」

「でも、わたしは化学者の給料をいただけると思ったから戻ってきたんです、ドナティ博士。実験助手の給料では生活していけません。子どもがいますし」

「そのことだが」ドナティは手を振った。「いい知らせがある。研究所にきみの学費を申請しておいた」

「ほんとうですか？」ゾットは目をみはった。「博士課程の学費を出していただけるんですか？」

ドナティは立ちあがり、運動を終えたあとのように両腕を上にのばした。「いや。そうじゃなくて、速記タイピストの学校がきみの役に立つだろうと思ってね——口述筆記の技術が身につく。通信課程があった」パンフレットを彼女に差し出す。「便利だぞ、自宅で時間のあるときに勉強できる」

エリザベスは胸のなかで心臓が暴れているのを感じながら席に戻り、資料を机にたたきつけ、その足でまっすぐ女性トイレへ向かった。一番奥の個室に入って鍵をかける。ハリエットの言うとおりだった。いいいいいいいいいいい、なんてことをしてしまったのだろう？　だが、その問いについて深く考えるより先に、隣の個室からドンドンと壁をたたく音がした。

「どうしました？」エリザベスは呼びかけた。

音がやんだ。

「もしもし？」エリザベスは再度呼びかけてみた。「大丈夫ですか？」

「ほっといて」険しい声が返ってきた。

エリザベスはためらったが、もう一度話しかけた。「もし困ってるなら——」

「聞いてた？　ほっとけって言ったでしょ！」

エリザベスは口をつぐんだ。この声は聞き覚えがある。「ミス・フラスク？」数年前、キャルヴィンの他界と同時に自分を苦しめた人事部の秘書を思い浮かべながら尋ねた。「ミス・フラスクですね？」

「あんただれ？」喧嘩腰の声が訊き返した。

「エリザベス・ゾットです。化学研究部の」

「嘘でしょ。ゾット。よりによって」長い沈黙が降りた。

三十三歳になったミス・フラスクは過去四年間、昇進するための道すじを従順にたどってきた――ヘイスティングズ研究所に所属することの特典を触れまわり、各部門の内部事情をこっそり探り、〝どこよりも早くお伝えします〟と題するコラムを書いて所内にまわしてきた――が、依然として昇進していなかった。それどころか、後輩の部下になってしまった――大学を卒業したてで、クリップをつなげて鎖を作るくらいしか能のない二十一歳の男性の部下に。エディは――フラスクが妻に最適な人材として自分を売りこむために何度か寝たあの地質学者は、二年前に彼女を捨て、若い女と一緒になった。本日最新の不意打ち侮辱案件はこれ、新人若造上司に七つの改善点を要求されたことだ。その一、体重を十キロ落とせ。

「そう、ほんとうに戻ってきたのね」フラスクは個室のなかから言った。「いやなやつに限ってってことわざどおりだ」

「いまなんて言いました？」

「犬も連れてきたの？」

「いいえ」

「規則を守るようになったってこと、ゾット？」

「犬は午後忙しいので」

「犬が午後忙しいんだ」フラスクは目で天を仰いだ。

「子どもの幼稚園へ迎えにいってくれるんです」

フラスクは便座の上で座り直した。そうだ――ゾットはいまや子持ちだ。

「男の子？　女の子？」

「女の子です」

フラスクはトイレットペーパーをまわした。「それは残念ね」

エリザベスは隣の個室で床のタイルをじっと見おろしていた。フラスクの言いたいことはよくわかった。マデリンがはじめて幼稚園へ行った日、パーマ液のにおいをぷんぷんさせた腫れぼったい目の女性教師がマデリンのブラウスにピンクの花をとめようとしているのを見て、エリザベスはぞっとした。花には〝ABCは楽しいよ！〟と書いてあった。

「青いお花にしてください」マデリンは言った。

「それはできないわ」と教師は答えた。「青は男の子の色で、ピンクが女の子の色よ」

「そんなの決まってないでしょう」

教師のミセス・マドフォードは、態度の悪い子どもの母親はあなたかと言わんばかりに、やけにきれいな母親に目を転じた。薬指をちらりと見やると、そこに指輪はなかった。案の定だ。

「で、どうしてうちに戻ってきたの？」フラスクは尋ねた。「新しい天才を買うため？」

「生命起源論のためです」

「ああやっぱり」フラスクはあざわらった。「あいかわらずね。あの後援者が最近戻ってきたって聞いたわ。そうしたら、じゃじゃーん！　あんたの登場。ひとつ教えてあげる。あんたってわかりやすい。今度はもっとお金を持ってる男を狙ってるのね。でもここだけの話、彼って年寄りすぎない？」

「なんの話かわからないんですが」

「かまととぶらないでよ」

エリザベスは唇を引き結んだ。「何から訊けばいいのかわかりません」

フラスクは考えた。たしかに。ゾットはかまととぶるタイプではない。鈍感で空気を読まない。キャルヴィンが別れの贈り物を遺していったと気づいた日もそうだった――あの置き土産がもう幼稚園に通っていて（そんなことがありうる？）、犬が迎えにいくですって？　ほんとうに？

「例の人よ」フラスクは言った。「うちに莫大な資金を提供してくれた人。あんたの生命起源論にお金を出した人。というか、ミスター・E・ゾットにね」

「いったいなんの話ですか？」

「知らないはずないでしょう、ゾット。とにかく、その金持ちが戻ってきて、おまけにあんたまで戻ってきた。ヘイスティングズの職員のうち――言っておくけど、三千人よ――そのうち女性で秘書じゃないのはあんただけよ。それだけでも信じられないほど恵まれてる。なのに、あんたは男のふりをしようとした。どこまで卑怯なの？　ちなみに、研究所が女性に投資しない理由をなんて言ってるか知ってる？　女はすぐ辞めるし、子どもを産むからよ。あんたみたいにね」

「わたしはクビになったんです」エリザベスは怒りをこめて言った。「理由の一部は、あなたのような女性です。男性に迎合して――」

「わたしは迎合なんて――」

「男性の言いなりで――」

「言いなりになんて――」

「自分の価値は男性によって決まると信じて――」

「よくもそんなひどい――」

「いいえ！」エリザベスはふたりを分ける薄いスチール板をたたいた。「あなたこそひどすぎます、ミス・フラスク！　ひどい！」立ちあがり、個室のドアをあけてシンクへ行って水栓をひねったが、力が入りすぎて水栓がはずれた。水が飛び散り、白衣を濡らした。「ああもう！」エリザベスはどなった。「こんちくしょう！」

「何やってんの」フラスクが隣に現れた。「どいて」彼女はエリザベスを左側へ押しのけ、シンクの下に屈んで元栓を締めた。

「わたしは男のふりなんかしたことはありません！」エリザベスはどなりながら、濡れた白衣をペーパータオルで拭いた。

「わたしだって男に迎合なんかしてない！」

「わたしは化学者です。女性化学者じゃありません。ただの化学者。それもずば抜けて有能な！」

「こっちは人事の専門家ですよーだ！　ほぼ心理学者だし！」

「ほぼ心理学者？」

「うるさいわね」

「いいえ、うるさくないです。ほぼってなんですか？」

「事情があって学位が取れなかっただけよ。そっちこそどうなのよ？　あんたはどうして博士号を取らなかったの？」フラスクはぴしゃりと返した。

エリザベスは顔をこわばらせ、警察官のほかにはだれにも話していない事実をなぜか明かしてしまった。「指導教授から性的暴行を受けて、博士課程から追い出されたから」と、一気に叫ぶ。「あなたは？」

フラスクは愕然としてエリザベスを見返し、弱々しく返した。「同じよ」

22章

プレゼント

「復帰初日はどうだった？」帰宅したエリザベスに、ハリエットはさっそく尋ねた。

「まあまあです」エリザベスは嘘をついた。「マッド」屈んで娘を抱きしめた。「幼稚園はどうだった？　楽しかった？　何か新しいことは覚えた？」

「ううん」

「そんなことないでしょう。教えて」

マデリンは本を置いた。「えっと。おもらしした子が何人かいた」

「おやまあ」とハリエット。

「緊張してたのかもね」エリザベスはマデリンの髪をなでた。「新しいことをはじめるのって難しいことがあるから」

「それと」マデリンは言った。「マドフォード先生がママに会いたいって」と手紙を差し出す。

「そう。積極的な先生のようね」

「せっきょくてきって何？」

「厄介だってことよ」ハリエットがつぶやいた。

数週間後、エリザベスは人事部に赴いた。「例の後援者について教えてもらえますか」ミス・フラスクに頼んだ。「どんなことでもいいので」

「もちろん」フラスクは〝機密〟とスタンプの押された経理のファイルから薄いフォルダーを抜いた。「先週、一キロ太ったわ」

「これだけですか？」エリザベスはフォルダーの中身を見た。「何も入ってません」

「お金持ちってそうなのよ、ゾット。秘密主義。だけど、来週ランチを一緒にどう？　それまでにもっと調べておくから」

しかし、その来週が来たとき、フラスクが持ってきたのはサンドイッチだけだった。

「何も見つからなかった。変よね、前回あの人が来たときは大騒ぎだったんだから。もしかしたら、資金を引き揚げてよそにまわしたのかも。よくあることよ。ところで、実験助手の仕事はどう？　やっぱり気が滅入る？」

「どうして知ってるんですか？」エリザベスのこめかみはずきずきしはじめた。

「わたしは人事にいるのよ、忘れた？　なんでも知ってる、なんでも見てる。というか、わたしはなんでも知ってた、なんでも見てた」

「どういう意味ですか？」

「今回クビになったのはわたし」フラスクは平然と言った。「金曜日が最後なの」

「えっ？　ど、う、し、て？」

「七つの改善点って話をしたでしょう。十キロ落とせって話。わたし、三キロ太ったの」

「体重が増えたからクビになるなんて。それは違法です」

フラスクは身を乗り出してエリザベスの腕をつかんだ。「ねえ、言ってもいい？　あんたの世間知らずなところ、いくら見ても飽きないわ」

「冗談じゃありません。抵抗すべきです、ミス・フラスク。そんなこと許してはだめです」

「そうね」フラスクは真顔になった。「人事の専門家として、わたしはいつも上司に率直に進言してる。職員の功績をあげて、将来の影響力に注目してる」

「その調子です」

「冗談よ。そんなのうまくいったためしがない。とにかく、心配しないで——短期のタイピングの仕事はいくらでもあるから。だけど辞める前に、あなたにささやかなプレゼントがあるの。ミスター・エヴァンズが亡くなったとき、あなたを悲しませてしまったお詫びをしたくて。金曜日に南エレベーターの前に来て。午後四時。がっかりさせないって約束する」


金曜日の午後、フラスクはエリザベスに言った。「廊下をまっすぐ行くの。足元に気をつけてね。生物学の研究室から鼠が集団脱走したから」ふたりはエレベーターで地下におり、長い廊下を歩いていくと、やがて〝立入禁止〟と書かれたドアの前にたどりついた。「ここよ」フラスクは楽しげに言った。

「ここは何？」エリザベスは、一から九十九までの番号ラベルのついたスチールの小さな抽斗の列をまじまじと見つめた。

「保管庫」フラスクは鍵束を取り出した。「車はある？　トランクは大きくて空っぽ？」鍵束のなかから四十一番の鍵を選んで鍵穴に差し、エリザベスになかを見るよう合図した。

キャルヴィンの仕事だ。箱にしまわれ、封印されている。

「台車で運びましょう」フラスクは台車を押してきた。「全部で八箱。急がなくちゃ――五時までにこの鍵束を戻しておかないとまずいの」

「これって違法じゃないんですか？」

ミス・フラスクは最初のひと箱を抱えた。「だから何？」

23章 KCTVスタジオ

一カ月後

ウォルター・パインは、テレビ放送の草創期から放送局にいた。テレビ放送の意義がいいと思っていた――人々に日常から逃避できるひとときを約束するというのがいい。だから、放送局に入ることにしたのだ――逃避したくない人間などいるか？ ウォルターは逃避したかった。だが、年月がたつうちに、ウォルターは死ぬまで逃避用のトンネルを掘らねばならない囚人のような気がしてきた。ほかの囚人たちは彼を踏み台にして自由な世界へ逃げてしまったのに、彼はひとり残ってスプーンで壁を掘り続けている。

それでも、ウォルターもほかの多くの人々と同じ理由で仕事を続けていた。彼も親なのだ――ウッディ小学校の幼稚部に通う六歳の娘アマンダを育てるシングルファーザーであり、アマンダは人生の光だった。ウォルターは娘のためならなんでもするつもりだ。娘のためなら、毎日のように上司にいびられてもかまわないが、最近その上司から午後の空き時間帯を埋める番組を企画できなければクビだと脅されていた。

ウォルターはハンカチを取り出して洟をかみ、かんだあとのハンカチをちらりと見て自分の中身が何でできているか確かめた。

ねばねばした粘液。そりゃそうだ。

数日前に、ひとりの女性がウォルターを訪ねてきた――エリザベス・ゾット、だれかの母親だったが……子どもの名前を思い出せない。ゾットが言うには、アマンダがトラブルを起こしているらしい。驚きはしなかった。担任のミセス・マドフォードから、アマンダがしょっちゅうトラブルを起こすと聞いていたからだ。信じるものか。たしかにアマンダは父親に似てやや神経質だし、父親に似てやや太り気味だし、父親に似てやや人の言いなりになりすぎるが、アマンダがどんな子か知らないだろう？　すごくいい子だ。すごくいい子ってのは、すごくいい大人と同じくらいめずらしいんだ。

そのほかにめずらしいものと言えば？　エリザベス・ゾットのような女性だ。ウォルターは、彼女のことを考えるのがやめられなかった。

「やっと帰ってきたわね」ハリエットは濡れた手をワンピースで拭い、裏口から入ってきたエリザベスに言った。「心配してたところよ」

「すみません」エリザベスは声が刺々しくならないようにこらえた。「職場でいろいろあって」バッグを放り投げて、ぐったりと椅子に座りこんだ。

ヘイスティングズ研究所に復帰して二カ月がたったが、エリザベスは能力に見合わない仕事のストレスにほとほと参っていた。ストレスの大きい仕事についている人々の多くがもっと気楽な毎日を切望しているのは知っている――気力や知力をすり減らさずにすみ、弱った心を午前三時に突然襲われずにすむ毎日を。けれど、能力に見合わない仕事はさらにひどいと、エリザベスは思い知った。給料の金額が職位の低さを反映しているばかりか、使うことがなくなったせいで頭も鈍ってしまった。それなのに、同僚たちには知的な議論ができるのを知られているので、エリザベスは彼らが濫発するつまらない成果をほめそやす役割を求められた。

だが、今日の成果はつまらなくなかった。超重要だった。〈サイエンス・ジャーナル〉の最新号が出て、ドナティの論文が掲載されたのだ。

〝たいして重要なものじゃない〟。二カ月前、ドナティは掲載される論文についてそう言った。だが、その論文は重要だった。なぜ気づかなかったのだろう。その論文はエリザベスのものだった。念のため、論文を二度読んだ。一度目はゆっくりと。さらにもう一度、今度は一気に目を通しているうちに、血圧が急上昇し、血管は暴れる消火ホースのようになってしまった。論文はエリザベスのファイルからの盗用だった。共犯者はだれか。

顔をあげると、ボリウェイッツがじっとこちらを見ていた。彼は真っ青な顔でうなだれた。

「わかってくれ!」エリザベスが彼の机に雑誌をたたきつけると、ボリウェイッツは泣き声をあげた。「この仕事を失うわけにはいかないんだ!」

「わたしたちみんなそうです」エリザベスは怒りをたぎらせた。「ただし、あなたはあなたの仕事をしていません」

ボリウェイッツはキツネザルに似た目でおどおどとエリザベスを見あげて許しを請うたが、そこに見えたのは、まだだれも検証したことのない底知れぬ破壊力を秘め、うねり立とうとしている凶暴な荒波だった。「申し訳ない」ボリウェイツは泣きついた。「ほんとうに申し訳ない。ドナティがまさかここまでやるとは思わなかったんだ。あいつはきみが復帰した初日に資料を全部複写した。でもぼくは、ぼくたちの仕事を理解するためにそうしたんだと思ってた」

「ぼくたちの仕事？」エリザベスは、さっと両腕をのばして彼の首をぽきりとふたつに折ってしまいたい衝動をなんとか抑えた。「首を洗って待ってなさい」そう言い残すと、エリザベスは彼に背を向け、廊下をつかつかと歩いていき、のんびり歩いている邪魔な微生物学者を押しのけ、ドナティのオフィスへ向かった。

「あなたは嘘つきの裏切り者です、ドナティ」エリザベスは上司のオフィスにいきなり入っていった。「はっきりと言っておきます。こんなことをして、ただではすみませんよ」

ドナティは机から目をあげた。「ゾット！　よく来てくれた！」

彼女の怒りを楽しみながら、ドナティは椅子にゆったりともたれた。エヴァンズが生きていたら間違いなく辞職していただろう。彼が生きていて、この場面を目撃していたらおもしろかったのに――すでに死んでいるのは残念だ。

ドナティは、ゾットが盗用を激しく非難するのを聞いているふりをした。先ほど例の後援者から電話がかかってきて、ドナティの論文を賞賛した――そして、さらに資金を送ると請け合うようなことを言った。それから、ゾットについて尋ねた――論文の研究に彼は参加したのか？　ドナティは、じつは参加していないと答えた――あいにく、ミスター・ゾットはそこまでの能力がないとわかりましてね。降格したんですよ。後援者は残念そうにため息をつき、生命起源論の研究はこれからどうなるのかと尋ねた。ドナティは、ゾットの研究のほかの部分から拾い集めた難解な文言を並べてごまかした。詳しい内容については、あとでゾットに尋ねればいい。ゾットが落ち着きを取り戻し、自分の立場を思い出したあとで。まったく、管理職なんてなるもんじゃない。とりあえず、後援者を満足させることはできたようだ。

ところが、ゾットは何もかもぶち壊しにしなければ気がすまないらしく、ドナティどころかゾット本人も追い詰めるようなことをした。「どうぞ」彼女はドナティのコーヒーに研究室の鍵をポチャンと落とした。「せいぜいがんばってください」職員証をゴミ箱に放りこみ、白衣を彼の机のまんなかに捨てると、難解な文言について尋ねる暇も与えず、すたすたと出ていった。

「電話が四回かかってきたわ」ハリエットは言った。「ひとつ目はニールセン視聴率調査家庭に入らないかって勧誘。あとの三つはウォルター・パインって人から。折り返し電話をくれって。急ぎの用件らしいわ。あなたと料理について楽しい話をしたとかなんとか――違う、お弁当の話だ」ハリエットはもう一度メモを確かめて訂正した。「なんだかあせってるみたいだった」と、目をあげる。「落ち着いてるけどあせってるって感じ。礼儀正しいんだけど、いらついてるの」

「ウォルター・パイン」エリザベスは歯を食いしばった。「アマンダ・パインのお父さんです。三日前にその人の職場へ行って、ランチの件で話をしたんです」

「揉めたの?」

「話し合いというより対決という感じでした」

「バシッと言ってやったんならいいけど」

「ママ?」部屋の入口から声がした。

「ただいま、うさちゃん」エリザベスは努めて穏やかな声で言い、ひょろひょろした娘に片腕をまわした。「幼稚園はどうだった?」

「巻き結びをやって見せたの」マデリンはロープを掲げた。「発表会だったから」

「みんなおもしろがってくれた?」

「ううん」

「気にしないで」エリザベスは娘を抱き寄せた。「わたしたちが好きなものをみんなが好きとは限らないもの」

「いままでわたしが発表会でやったこと、一度もおもしろいって言ってもらえなかった」

「悪たれどもめ」ハリエットがつぶやいた。

「矢尻を持っていったときはかっこいいって言われたでしょう」

「ううん」

「そう、じゃあ来週は周期表を持っていったら?　あれはいつだって大人気よ」

「それとも、あたしの猟刀を貸してあげようか」ハリエットが言った。「ほかの子に身の程を知れと言っておやり」

「夕食はいつ?」マデリンは言った。「おなかすいたよ」

「オーブンにキャセロールを入れておいたわ」ハリエットはエリザベスに言い、重い腰をあげてドアへ向かった。「うちの野獣に餌をあげなくちゃ。パインさんに電話をかけてね」

「アマンダ・パインに電話をかけたの?」マデリンがぎょっとした。

「アマンダのお父さんよ」エリザベスは言った。「話したでしょう。三日前に会いにいって、ランチの話をしたの。わたしたちが困ってることはわかってもらえたようだから、きっとアマンダは二度とあなたのランチを盗まないわ。盗みは悪いことです」ドナティと盗用の件を思い出して吠えた。「悪いことなの！」マデリンとハリエットはびくりとした。

「アマンダも……アマンダもランチを持ってきてるよ、ママ」マデリンは恐る恐る言った。「だけど、普通のランチじゃないの」

「それはうちの問題ではないわ」

マデリンは、そうじゃないと言うように母親を見た。

「あなたはあなたのランチを食べることが大事よ、うさちゃん」エリザベスはもっと穏やかな口調で言った。「大きくならなくちゃ」

「もう大きいよ」マデリンは口を尖らせた。「大きすぎるくらいだよ」

「人間、どんなに大きくなっても大きすぎるってことはないわ」ハリエットが口を挟んだ。

「ロバート・ワドローは背が高すぎるせいで死んだよ」マデリンはギネスブックの表紙をとんとんとたたいた。

「あの人は下垂体に異常があったのよ、マッド」エリザベスは言った。

「身長二百七十センチだよ！」

「気の毒だねえ」とハリエット。「そういう人はどこで服を買うのかしら？」

「大きすぎたら死ぬんだってば」

「そうね、まあどのみち人間いろんな理由で死ぬからね」ハリエットは言った。「だから、みんな最後には死ぬのよ、お嬢ちゃん」だが、エリザベスがあんぐりと口をあけ、マデリンが肩を落とすのを見たとたん、ハリエットはよけいなことを言ったと後悔した。裏口のドアをあける。「明日の朝、ボートに行く時間に間に合うように来るわ」エリザベスに言った。「また明日ね、マッド」と少女に声をかける。「朝起きたら会おうね」

エリザベスは仕事に復帰して以来、ハリエットとそのようにスケジュールを組んでいた。ハリエットがマデリンを幼稚園へ送り、シックス＝サーティが迎えにいき、エリザベスが帰宅するまでハリエットがマデリンを見守るのだ。「ああ、忘れるところだった」ハリエットはポケットからもう一枚メモを取り出した。「これもあなたに」意味深長な顔つきでエリザベスを見る。「だれからかわかるでしょ」

ミセス・マドフォードからだ。

エリザベスは、マドフォードがマデリンをよく思っていないのを知っていた。マデリンが文字をすらすら読み、ボールを上手に蹴り、船舶用の複雑なロープワークをこなすのが、気に入らないようだった――いざというときのために、マデリンは暗闇でも雨のなかでも自力でロープを結べるように、繰り返し練習していた。

「いざというときって、どんなときのことを言ってるの、マッド？」エリザベスは以前、マデリンが土砂降りの夜に外で防水布をかぶり、ロープを手にうずくまっているのを見つけて尋ねた。

マデリンはあきれて母親を見あげた。〝いざというとき〟にあんなときもこんなときもないのがわからないのだろうか？　人生にはつねに備えが必要だ。死んだパパに訊いてみればいい。

だが、正直なところマデリンは、死んだ父親に質問することができるのなら、母親とはじめて会ったときにどんな気持ちだったか尋ねたかった。ひと目惚れだった？

キャルヴィンの元同僚たちも、彼に訊きたいことがあった——たとえば、まったく何もしていないように見えるのにどうやって賞を獲りまくったのか。あるいは、エリザベス・ゾットとの房事はどんなものか？　彼女は一見、不感症に見えるが——実際そうなのか？　マデリンの担任ミセス・マドフォードさえ、ずいぶん前に死んだキャルヴィン・エヴァンズに尋ねたいことがあった。だが、マデリンの父親に質問することなどできないのは、彼が死者だからではなく、一九五九年当時には父親は子どもの教育に一切かかわっていなかったからだ。

アマンダ・パインの父親は例外だが、それはミセス・パインがいなくなったからに過ぎない。ミセス・パインは、夫のもとを去り（マドフォードはそれが正解だと考えている）、自分よりかなり年上のウォルター・パインは父親としても夫としても不適格だと声高に訴えて離婚に至った。何やら口にするのもはばかられる性的な理由があったことがほのめかされたが、ミセス・マドフォードとしては深く考えたくはなかった。だがそんなわけで、ミセス・ウォルター・パインはウォルター・パインの全財産をもらい、一緒にアマンダも引き取ったのだが、しばらくしてほんとうは娘などいらなかったのだと気づいた。でも、そう思うのもしかたないのでは？　アマンダは決して扱いやすい子どもではない。こうしてアマンダがウォルターのもとへ戻ってきて、ウォルターがアマンダを幼稚園にあずけ、ミセス・マドフォードはアマンダのランチボックスの異常な中身に関してウォルターから下手な言い訳を聞かされるはめになった。

ウォルター・パインとの話し合いはたしかに不愉快だったが、それでもエリザベス・ゾットにくらべればたいしたことではなかった。もっとも苦手な親ふたりともっとも頻繁に会わなければならないのは、運がないからだろうか？　たしかに、こういうことは世の習いだ。子どもの問題行動の原因は家庭にある。でもやはりミセス・マドフォードとしては、ランチ泥棒のアマンダ・パインと、不適切な質問ばかりするマデリン・ゾットのどちらかを選ばなければならないとすれば、絶対にアマンダを取る。

「マデリンが不適切な質問をするんですか？」先日、マデリンの担任との面談で、エリザベスは身構えながら尋ねた。

「ええ、そうです」ミセス・マドフォードはきつい口調で言い、獲物に襲いかかる蜘蛛のように袖から糸屑をつまみあげた。「たとえば昨日はラルフが飼っている亀の話をしていたら、いきなりマデリンがどうすればナッシュヴィルの自由の闘士になれるのかって訊いたんです」

エリザベスはどこが根本的な問題なのかすぐには呑みこめず、きょとんとした。「お話をさえぎってはいけませんね」しばらくしてようやく言った。「あの子に言い聞かせます」

ミセス・マドフォードは舌を鳴らした。「誤解なさっているようですね、ミセス・ゾット。子どもは話の腰を折るものです。それはわたしも対処できます。対処しかねるのは、公民権運動に話題を変えようとする子どもです。ここは幼稚園ですよ、ニュース番組の〈ハントリー・ブリンクリー・レポート〉じゃないんです。それに」さらに話は続いた。「お嬢さんは最近、図書室の司書にノーマン・メイラーが本棚にないと文句を言いました。『裸者と死者』を入れてほしいと言いだしたんですよ」ミセス・マドフォードは、エリザベスの胸ポケットの上にいかにもふしだらそうな筆記体で機械刺繡されたＥ・Ｚの文字を凝視した。

「あの子は早くから文字を覚えたので」エリザベスは言った。「先生にお伝えするのを忘れていたかもしれませんが」

ミセス・マドフォードは両手を組み合わせ、威嚇するように身を乗り出した。「ハ、ハ、ハーマン。メイ、イ、イ、ラー」

自宅研究室で、エリザベスはハリエットがくれたメモを開いた。マドフォードの文字がふたつの単語を叫んでいた。

ハ、ハ、ハ、い、い、ウラジミール。ナ、ナ、ナ、ボコフ。

エリザベスはマデリンの皿に、オーブンで焦げ目をつけたスパゲティ・ボロネーゼを取り分けた。

「発表会のほかは楽しかった?」マデリンに幼稚園で新しいことを学んだか尋ねるのはとうにやめていた。尋ねる意味がなかった。

「わたし幼稚園嫌い」

「どうして?」

マデリンは怪訝そうに皿から目をあげた。「好きな子なんていないでしょ」

テーブルの下でシックス＝サーティは息を吐いた。ふうん、わかった。あの小さい人が幼稚園を

嫌うなら、ぼくと小さい人はいつも同じ意見だから、ぼくも幼稚園は嫌いだ。

「ママは学校好きだった?」マデリンが尋ねた。

「どうかな。わたしの家族はよく引っ越しをしたから、ときにはわたしに合わない学校もあった。そんなときは、毎日図書館に通ったの。でも、本物の学校はすごく楽しいんじゃないかと思ってた」

「UCLAに行ってたときみたいに?」

不意に、エリザベスの頭のなかにメイヤーズ博士の顔が浮かんだ。「いいえ」

マデリンは小首をかしげた。「大丈夫、ママ?」

いつのまにかエリザベスは両手で顔を覆っていた。「ごめんね、ちょっと疲れたみたい」指のあいだから言葉がすり抜けた。

マデリンはフォークを置き、体をこわばらせた母親を見つめた。「何かあったの、ママ?　お仕事で?」

エリザベスは指の陰で幼い娘の問いについて考えた。

「わたしたち、お金がないの?」マデリンのその問いは、自然な流れで出てきたように聞こえた。

エリザベスは顔から両手を離した。「どうしてそう思うの、ちびちゃん?」

「トミー・ディクソンが、うちは貧乏だって言ってたから」

「トミー・ディクソンってだれ?」エリザベスはすかさず訊き返した。

「幼稚園の子」

「そのトミー・ディクソンはほかになんて——」

「パパは貧乏だったの?」

エリザベスはたじろいだ。

マデリンの質問の答えは、フラスクがヘイスティングズ研究所から盗んだあの箱のなかに入っていた。三番という番号が振ってある箱の底に、〝漕艇〟とラベルを貼った蛇腹式フォルダーがあった。エリザベスは当初、当然、ケンブリッジの輝かしい戦績を記録した新聞の切り抜きが入っているものと思っていた。だが、そうではなかった。フォルダーに入っていたのは、ケンブリッジ卒業後に就職してほしいという数々の仕事のオファーだった。

エリザベスは羨望とともに目を通した――有名大学からの招聘、製薬会社の部長級の職、株式非公開企業からの資金援助の申し出。書類をめくっているうちに、ヘイスティングズ研究所の雇用条件提示書が見つかった。目玉はこれだ。彼専用の研究室――もちろん、ほかの企業や研究所も専用研究室を保証している。ヘイスティングズが提示した条件のなかで、ほかよりよかったのはこれだけ？　給料はばかにしていると言ってもよいほど低い。エリザベスは署名を確かめた。ドナティだ。

フォルダーに書類を押しこみながら、エリザベスは彼がこれに〝漕艇〟とラベルをつけた理由を考えた――ボートとは関係がなさそうなのに。そのとき、それぞれの書類の上部にメモが鉛筆で走り書きされていることに気づいた。直近の漕艇クラブまでの距離と、一帯の気候。ヘイスティングズの書類をもう一度見てみると――やはりメモが書いてあった。そしてもうひとつ、ほかの書類と異なる部分があった。差出人住所が大きな丸で囲んである。

カリフォルニア州コモンズ。

「パパは有名だったのなら、お金持ちだったんでしょう？」マデリンはフォークにスパゲティを巻きつけた。

「お金持ちじゃなかったな。有名だからお金持ちとは限らないのよ」

「どうして？　失敗したの？」

　エリザベスは、あのたくさんのオファーを思い返した。キャルヴィンはどこよりも薄給のヘイスティングズ研究所を選んだ。そんなことをするのは彼くらいだ。

「トミー・ディクソンは、お金持ちになるのは簡単だって言ってたよ。石を黄色に塗れば金になるって」

「トミー・ディクソンが言ってるのは、ペテン師と呼ばれる人が言うことよ。法律を破るやり方でほしいものを手に入れる人のこと」ドナティみたいにね、と思いながらエリザベスは歯を食いしばった。

　キャルヴィンの箱には、ちょうどトミー・ディクソンのような人々――支離滅裂な人、手っ取り早く金儲けをしたい人からの手紙も入っていて、親族と称するさまざまな人物が至急助けてほしいと懇願していた。腹違いの妹、長く疎遠だったおじ、悲しみにくれるじつの母親、はとこ。

　偽の親族の手紙にざっと目を通し、どれも似通っていることに驚いた。どの人物も血縁があると主張し、キャルヴィンが覚えていないほど幼いころの話をでっちあげ、金を無心している。例外は、悲しみにくれる母だ。彼女も血縁だと言っているが、ほかと異なり、金を無心するのではなく提供したがっている。〝あなたの研究に役立ててほしいの〟と書いてある。少なくとも五通の手紙を送ってきて、返事を求めていた。この悲しみにくれる母のしつこさはひどいと、エリザベスは思った。長く疎遠だったおじですら、二度でやめている。〝あなたは死んだと聞かされたの〟と悲しみにくれる母は繰り返し書いていた。ほんとうだろうか？　だったらなぜ、キャルヴィンが有名になったあとにはじめて手紙を送ってきたのだろう？　エリザベスは、彼をだまして研究を盗むのが目的ではないかと考えた。どうしてそんなふうに考えてしまうのか？　自分が同じ目にあったからだ。

「そんなのおかしいよ」マデリンは皿の端にマッシュルームをよけた。「賢くて、たくさん働いたら、お金が儲かるんじゃないの？」

「そうでもないのよ。でも、パパが生きていれば、たくさん稼げたと思う」エリザベスは言った。「ただ、パパはお金ではないものを選んだの。お金がすべてじゃないから」

マデリンは納得のいかない顔でエリザベスを見返した。

エリザベスはマデリンに黙っていたが、キャルヴィンがドナティの提示したばかげた条件を受け入れた理由はわかっていた。けれど、その理由があまりにも短絡的で――あまりにもトンチキだったので、マデリンには言えなかった。娘には父親が賢明な決断のできる理性的な人間だったと思ってほしかった。実際にはその反対だったのだけれど。

その証拠は、〝ウェイクリー〟というラベルを貼ったフォルダーから見つかった。フォルダーには、キャルヴィンとある神学生がやり取りしていた手紙が入っていた。ふたりは文通していて、対面したことはなさそうだった。だが、タイプした大量の手紙はおもしろく、幸運にもキャルヴィンの手紙のカーボンコピーも残っていた。キャルヴィンらしい。彼はなんでもコピーを取っておく人だった。

キャルヴィンがケンブリッジに在学していたころ、ハーヴァード大学の神学部にいたウェイクリーは自身の信仰に悩むようになった。原因は大まかに言えば科学、具体的にはキャルヴィンの研究だった。手紙によれば、ウェイクリーはキャルヴィンが短い発表をした学会に出席し、彼に手紙を書くことにしたらしい。

〝親愛なるミスター・エヴァンズ、先週ボストンの学会であなたの発表を聞き、一筆差しあげる次第です。あなたの最近の論文「複雑な有機分子の自然発生」についてお伺いします〟ウェイクリーは一通目の手紙をそう切り出していた。〝とりわけ次の問いへのご意見をいただきたいのです。神と科学の両方を信じることは可能だと思いますか？〟

〝もちろん可能です〟キャルヴィンはそう返信していた。〝知的不誠実さがあれば可能です〟

キャルヴィンのぶしつけさには多くの人が苛立ったが、若きウェイクリーは平気だったようだ。すぐに返信をよこした。

〝しかし、化学の分野が確立されたのは、ひとりの化学者が――崇高なる化学者が化学の世界を創造したからですよね〟と、ウェイクリーは反論した。〝一幅の絵が存在するのは、画家がその絵を描いたからです〟

キャルヴィンはすみやかに返事を書いていた。〝ぼくは、推測ではなく証拠にもとづいた真実を扱っています。だから、きみの崇高なる化学者説には与《くみ》しません。ところで、きみはハーヴァードだな。ボートはやっているのか？　ぼくはケンブリッジの漕艇部だ。漕艇で全額支給の奨学金をもらっている〟

〝ボートはやってない〟と、ウェイクリーは返信していた。〝でも、水辺は大好きだ。ぼくはサーファーなんだ。カリフォルニア州コモンズで育った。カリフォルニアに来たことはあるか？　まだだったら、ぜひ行くことをおすすめする。コモンズは美しい場所だ。気候も世界一だ。ボートクラブもある〟

エリザベスは正座していた。キャルヴィンがヘイスティングズ研究所からの手紙の差出人住所を丸で囲っていたのを思い出した。カリフォルニア州コモンズ。だから、キャルヴィンはドナティの屈辱的なオファーに応じたのだ。キャリアを築くためではなく、ボートのため？　サーファー神学生からの気候に関するたったひとことを根拠に？　気候も世界一だ。信じられない。エリザベスは次の手紙を読んだ。

〝以前から聖職者になりたかったのか？〟キャルヴィンは尋ねた。

〝ぼくは先祖代々、聖職者の家系に生まれた〟とウェイクリー。〝ぼくには聖職者の血が流れている〟

〝血液とはそういうものじゃない〟キャルヴィンは正した。〝それより訊きたかったことがある。二千年近く前に書かれたテクストを信じる人がこんなに多いのはなぜだろう？　そして、そのテクストが超自然的で証明不可能で信憑性に乏しくて、古いものであればあるほど、信じる人が増えるように思われるが、それはなぜだと思う？〟

〝人間は確約を求める〟と、ウェイクリーは答えた。〝困難な時代を生き延びた人々がいるのを知っておきたいんだろう。それから、人間以外の種は失敗から学ぶのが上手だが、人間はつねに脅威にさらされなければ善であろうとするのを忘れる。人間は学習しない、とよく言われるだろう？　人間は学習しないんだ。でも、宗教的なテクストが人間を正しい道に導こうとしている〟

〝だけど、科学のほうがもっと頼りにならないか？〟キャルヴィンは返した。〝証明可能で、進歩させるために努力できる科学のほうが、たしかなものじゃないか？　大昔に酔っ払った人間が書いたものを少しでも信じようと思えるのが、ぼくには理解できない。善悪の話をしているわけじゃない。当時は水が悪かったせいで、酒を飲まなければならなかったわけだから。それでも、ぼくは自問する。彼らの突飛な物語が——燃える柴とか、天からパンが落ちてきたとか、そんな話が論理的だとされるのはなぜか、とくに根拠にもとづく科学にくらべて論理的だとされるのはなぜなのか。現在、スローン・ケタリング癌センターの先端医療よりラスプーチンの瀉血法を選ぶ者はいないだろう。それなのに、やはりあの一連の物語を信じるべきだと主張するばかりか、厚かましくも、信じていない者にまで信じろと要求する人間が多い〟

〝きみの言い分には一理あるよ、エヴァンズ〟とウェイクリー。〝だが、人間はおのれより大きなものを信じずにはいられない〟

〝どうして？〟キャルヴィンはしつこく問う。〝自分を信じるのではだめなのか？　なんにせよ、物語が必要なのであれば、寓話やおとぎ話でもいいんじゃないのか？　そういうものでも、倫理を教える手段としては有効なのでは？　むしろ、ましかもしれない。なぜなら、寓話やおとぎ話が真実だと信じるふりをする者はいないだろう？〟

ウェイクリーは認めてはいないが、納得せずにいられなかったようだ。白雪姫に祈ったり、ルンペルシュティルッヒェンの怒りを恐れたりしなくても、こめられているメッセージはわかる。短くて記憶しやすく、愛情や誇りや愚行や許しなど、基本がすべて盛りこまれている。寓話やおとぎ話のルールはひと口サイズだ。いやな人間になるな。ほかの人や動物を傷つけてはいけない。自分の持ちものを恵まれない人に分け与えよう。言い換えれば、よい人間になろうということだ。ウェイクリーは、話題を変えた。

〝わかったよ、エヴァンズ〟彼はその前の手紙の返信としてそう書いた。〝論理的にはぼくに聖職者の血が流れているはずがないという、きみの文字通りの指摘には納得したけれど、ウェイクリー家の者が代々聖職者だったのは、靴の修理屋の息子が靴職人になるようなものだ。正直に言おう。ぼくは以前から生物学に興味を持っていたが、ぼくの家族には受け入れられないことだった。もしかしたら、ぼくはただ父をよろこばせようとしているだけかもしれない。結局はみんなそうじゃないか？　きみも父上をよろこばせようと思っているだろう？　そうだったら、きみは成功したな〟

〝**ぼくは父を憎んでいる**〟キャルヴィンが大文字でタイプしたその返信を最後に、文通は終わったようだった。〝**いまごろ死んでいればいいと思っている**〟

ぼくは父を憎んでいる。いまごろ死んでいればいいと思っている。エリザベスはもう一度読み、茫然とした。キャルヴィンの父親は死んでいるはずではなかったのか——二十年以上前に、列車事故で。そして、キャルヴィンとウェイクリーが文通をやめたのはなぜだろう？　最後の手紙の日付は、十年近く前のものだった。

「ママ」マデリンが言った。「ママ！　聞いてるの？　わたしたち貧乏なの？」

「ちびちゃん」エリザベスは、取り乱しそうになるのをこらえた――なぜ仕事を辞めたりしていい、い、い、い、い、い、い、い、いまったんだろう？「今日はほんとうに疲れたの。お願い。スパゲティを食べてしまって」

「でも、ママ――」

そのとき、電話が鳴ってふたりの言い合いはさえぎられた。マデリンはすかさず立ちあがった。

「出ないで、マッド」

「大事な用事かもしれないよ」

「いま食事中でしょう」

「もしもし」マデリンは電話に出た。「マッド・ゾットです」

「ちびちゃん」エリザベスはマデリンから受話器を取りあげた。「電話で個人情報を伝えてはいけなかったよね、覚えてる？　もしもし」電話の相手に呼びかけた。「どなたですか？」

「ミセス・ゾット？　ミセス・エリザベス・ゾットですか？　ウォルター・パインです、ミセス・ゾット。何日か前にお目にかかった」

エリザベスはため息をついた。「ああ。なんでしょうか、ミスター・パイン」

「今日、何度も電話をさしあげたんですが。おたくの家政婦はわたしの伝言を伝えていなかったようですね」

「家政婦ではありませんし、伝言も聞いています」

「おお」彼は恥ずかしそうにつぶやいた。「そうでしたか。すみません。いまお邪魔でなければばいいんですが。いま少し時間をいただけますか？　ご都合は？」

「悪いです」

「では手短に」彼はなんとかエリザベスをつなぎとめようとしていた。「ミセス・ゾット、もう一度ご報告しますと、ランチの件は解決しました。もう大丈夫です。アマンダは二度とお嬢さんのランチに手を付けません、ほんとうに申し訳ない。ですが、電話をさしあげたのは別件で――お仕事の件です」

ウォルター・パインは、あらためて地元テレビ局で午後の番組を担当しているプロデューサーだと自己紹介した。「ＫＣＴＶです」誇らしげに言ったが、べつに誇らしく思っているわけではない。「番組のラインナップを少し変えようと考えていまして――料理番組を入れたいんです。少々スパイスをくわえたいと言いますか」普段のウォルターは冗談を言ったりしないが、このときはエリザベス・ゾットを相手に緊張していたせいで、いつもと違うことをしてしまった。だが、期待とは裏腹に愛想笑いすら返ってこなかったので、ますます緊張してきた。「脂の乗り切ったプロデューサーとしてですね、わたしは料理番組がちょうど食べごろかと感じておりまして」

またしても沈黙。

「で、いろいろリサーチしていたんですが」べらべらとまくしたてた。「非常に興味深い傾向が見られまして、午後の番組を成功させるわたし独自のノウハウと組み合わせて確信しました。間違いなく料理は午後の番組の目玉になります」

エリザベスはあいかわらず黙っているが、何か反応があったとしても、それはそれでウォルターは困っていただろう。なぜなら、いましゃべっていることはすべて口からでまかせだからだ。

ほんとうは、ウォルター・パインはリサーチなどしていなかったし、世間の傾向も意識していなかった。正直に言えば、午後の番組を成功させるノウハウなど持っていない。その証拠に、彼の担当する番組の視聴率は底辺をさまよっていた。実状はこうだ。空いている番組枠があり、ウォルターは広告主から一刻も早く枠を埋めろと急かされている。以前、その枠には子ども番組が入っていたが、そもそも視聴率が悪かったのと、番組ホストのピエロが酒場の喧嘩で殺され、番組自体がほんとうの意味で終わってしまった。

この三週間、ウォルターは代替の企画を必死に探していた。一日に八時間、おびただしい数のスター志望者からの宣伝フィルムを観た――マジシャン、人生相談回答者、コメディアン、音楽教師、科学の専門家、マナー講師、操り人形師。やっとのことですべてを見終えたものの、よくもたわごとをほざいたものだとしか思えないものばかりで、わざわざ撮影して送りつけてくる図太さが信じられなかった。彼らは恥を知らないのか？　それでも、とにかく急いで使えるものを見つけなければならない。クビがかかっている。局の幹部にそう言い渡された。

仕事面の苦境にくわえて、今月だけで四回もアマンダの担任のミセス・マドフォードと面談しなければならなかった。直近の面談では、疲労と鬱で頭がぼんやりしていたせいでアマンダのミルクの水筒と自分の携帯用酒瓶を間違えて持たせてしまったのを、しかるべき機関に通報すると脅された。サンドイッチではなくホチキスを、ナプキンではなく台本を、パンを切らしていたのでシャンパン入りチョコレートを持たせてしまったこともあった。

「ミスター・パイン？」エリザベスの声に、ウォルターはわれに返った。「今日は疲れているんです。用件はなんですか？」

「午後に放映する料理番組を作りたいんです」ウォルターはあわてて答えた。「その番組の主役をあなたに引き受けていただきたい。あなたの料理の腕前はわかっています、ミセス・ゾット、それだけでなく、あなたにはある種の魅力がある」その魅力とは見た目のよさだとは言わなかった。見た目のよさだけで世渡りしている人々はいくらでもいるが、エリザベス・ゾットはそうではないと、ウォルターは感じていた。「楽しい番組になりますよ――女性から女性へ。あなたは歌いかけるんです、あなたのような人々に」すぐに返事が返ってこなかったので、つけくわえた。「つまり主婦のみなさんに」

電話線の反対側で、エリザベスが目をすっと細くした。「いまなんておっ、しゃ、い、ま、し、た？」

その口調。ウォルターはその時点で電話を切るべきだった。だが、そうしなかったのは、彼は切羽詰まっていたからであり、切羽詰まった人間はどんなにわかりやすい信号も見逃してしまうからだ。エリザベス・ゾットはカメラの前に立つべき人間だ――それは確信できる――それに、彼女はまさにウォルターの上司が入れあげそうな女性だった。

「視聴者が目の前にいると緊張しますか。緊張しなくても大丈夫です。キュー・カードという、演者に指示を出すカードを使いますので。あなたはそれを読んで、自然にやっていればいいんです」ウォルターは反応を待ったが、何も返ってこないので、話を続けた。「あなたには存在感がありますす、ミセス・ゾット。あなたがテレビに出れば、だれもが観たがるでしょう。あなたは……」彼女に似た人を探したが、ひとりも思い浮かばなかった。

「わたしは科学者です」エリザベスは切り口上で答えた。

「そのとおり！」

「つまり、世間の人々は科学者の話をもっと聞きたがっているとおっしゃるんですね」

「そうですそうです。みんな聞きたがっていますよ」ウォルター自身は科学者の話など望んでいないし、ほかに望んでいる人間がいるとも思えないけれど。「でも、料理番組ですので、そこはご承知おきを」

「料理は科学です、ミスター・パイン。ふたつはたがいに矛盾するものではありません」

「これは驚いた。ぼくもそう言おうと思っていたんです」

食卓の前で、エリザベスは未払いのガス電気水道代を思い浮かべた。「そういうお仕事は、報酬はいくらいただけるんですか？」

ウォルターが口にした数字は、エリザベスの側から小さく息を呑む音を引き出した。気を悪くしたのか、それとも驚いたのか？

「申し上げておきたいのですが」ウォルターは弁解がましく言った。「リスクもあります。あなたはいままでテレビに出演したことはありませんよね？」それから、最初の一シリーズの基本的な契約内容と、期間は半年間であることを説明した。それでだめなら、この話はそこまでだ。以上。

「いつはじめるんですか？」

「すぐにでも。できるだけ早く料理番組を放映したいんです――今月中には」

「科学的な料理番組という理解でいいですね」

「あなたがそうおっしゃったんですよ――たがいに矛盾しないと」だが、エリザベスが番組の主役としてほんとうにやっていけるのか、小さな疑念が生じていた。ほんとうに大丈夫なのか？「番組名は〈午後六時に夕食《サパー》を〉になる予定です」彼は〝サパー〟という言葉を強調した。

電話線の反対側では、エリザベスが宙をにらんでいた。少しも気乗りがしない――テレビで主婦のために料理をしたいとは思わない――けれど、ほかに選択肢があるか？　エリザベスは、シックス＝サーティとマデリンのほうを振り向いた。ふたりは並んで床に寝そべっている。マデリンはシックス＝サーティにトミー・ディクソンの話をしていた。シックス＝サーティが歯をむき出した。

「ミセス・ゾット？」ウォルターは沈黙に耐えられなくなった。「もしもし？　ミセス・ゾット？　聞こえますか？」

24章
午後のスランプ帯

「どれひとつとして着用できません」エリザベスはＫＣＴＶの衣装部屋を出て、ウォルター・パインに言った。「どのワンピースも体にぴったりしすぎです。先週、採寸をしたときには、正確に測ってもらえたと思っていましたけど、違ったみたいですね。かなり年配の方でしたし。老眼鏡が必要かもしれません」

「じつはですね」ウォルターはなにげないふうを装い、両手をポケットに突っこんだ。「衣装はぴったりに作られているんです。カメラに映ると五キロ太って見えますから、ぴったりした衣装でほっそり見せるんですよ。キュッとして、シュッとね。意外なほどすぐ慣れますよ」

「息もできませんけど」

「三十分間だけ我慢してください。そのあとはいくらでも息ができます」

「人間の体のなかでは息を吸うたびに血液の浄化プロセスがはじまるんです。そして息を吐くたびに、肺が不要になった二酸化炭素と水を吐き出します。肺を圧縮すれば、そのプロセスを壊しかねません。血液が凝固します。血流が悪くなります」

「でも、大事なことがありますよ」ウォルターは戦略を変えた。「太って見えたくはないでしょう」

「いまなんと?」

「その衣装でカメラの前に立てば――誤解しないでくださいね――若く映りますよ」

エリザベスはあんぐりと口をあけ、きっぱりと言った。「ウォルター。はっきり言わせてもらいます。この衣装は着ません」

ウォルターは歯を食いしばった。こんなことでうまくいくのだろうか? エリザベスを説得する方法を探しているうちに、通路の先でテレビ局専属のオーケストラが新曲のリハーサルをはじめた。〈午後六時に夕食を〉のテーマ曲だ――ウォルターみずから作曲を依頼した陽気な曲。モダンなチャチャチャと大火事の異種交配といった趣で、思わず踊りだしたくなる名曲だ。昨日ウォルターの上司にまるで覚醒剤《アンフェタミン》で浮かれたローレンス・ウェルクだと絶賛されたばかりだった。

「いったいこれはなんですか?」エリザベスは歯を食いしばった。


ウォルターの上司でＫＣＴＶ局長兼エグゼクティヴ・プロデューサーであるフィル・リーベンスモールは、料理番組の企画を承認した際に自分の意向をはっきりさせていた。

「やるべきことはわかってるよな」彼はエリザベス・ゾットと面接したあと、ウォルターに言った。「ふくらませた髪、ぴったりした服、家庭的なセット。仕事を終えた男がみんな観たがるような、色気たっぷりの妻にして愛情たっぷりの母親。やってみろ」

ウォルターは、ばかばかしいほど大きな机のむこうにいるフィルをみやった。フィルのことは好きではなかった。若くして成功し、すべてにおいて明らかにウォルターより秀でているが、下品だった。そしてウォルターは下品な人間が好きではない。彼らとくらべると、自分が自意識過剰でお堅い男に思えてくるからだ。礼節とテーブルマナーの正しさで知られる架空の種族、お上品族の最後の生き残り、のような。ウォルターは五十三歳相応に白髪の増えた頭をなでた。

「ちょっとおもしろいひねりを利かせようと思うんです、フィル。ミセス・ゾットの料理の腕前については話しましたよね？　実際、あれは本物です。でも、本職は化学者なんです。白衣を着て、試験管だのなんだのに囲まれている。なんと化学の修士号まで持ってるんですよ。そっちを強調したらどうかと思いまして。主婦たちに、自分もゾットみたいになれるかもしれないと思わせるわけです」

「なんだって？」フィルは眉をひそめた。「だめだ、ウォルター、ゾットは一般人とは違う、そこがいいんだ。大衆は自分と似たようなやつをテレビで観たいわけじゃない、逆立ちしたってなれないやつを観たいんだ。美しく、セクシーな人間を。そんなことはわかってるだろうが」苛立ちをあらわにウォルターを見た。

「おっしゃるとおりです。ただ、少しばかり目先を変えてもいいんじゃないでしょうか。もっと専門的な要素を入れたいんです」

「専門的？　午後の番組だぞ。同じ枠でピエロショーをやっていたじゃないか」

「そうです、そこが意外性なんですよ。ピエロショーの代わりに、意義のあることをやる。ミセス・ゾットは家事の担い手に栄養豊富な食事の作り方を伝授するんです」

「意義のあること？」フィルは斬って捨てた。「きみは何者だ？　アーミッシュか？　栄養豊富な食事の作り方なんてだめだだめだ。きみははじまってもいないうちから番組をつぶす気か。いいか、ウォルター、簡単なことだ。ぴったりした服、思わせぶりな身ごなし――オーブン用の手袋をはめる手付きとかな」彼はサテンの手袋をはめるかのようなそぶりをした。「それから、番組の最後にはかならずカクテルを作らせろ」

「カクテル?」

「いい考えじゃないか? いま思いついた」

「いや、ミセス・ゾットはいやがるんじゃないかと――」

「ところで。先週彼女が言っていたのはなんだ――絶対零度でヘリウムを凝固させるのは不可能とかなんとか。あれは冗談と受け取るべきだったのか?」

「ええ。間違いなく――」

「そうか、まったく笑えなかったな」

たしかに笑えなかったが、それよりまずいのは、エリザベスは冗談を言ったわけではなかったことだ。番組内で話すことの例としてあげたのだ。困ったことに、ウォルターが番組の趣旨をどんなに説明しても、彼女はわかってくれないようだった。「あなたが語りかけるのは普通の主婦なんです。平凡な女性たちだ」エリザベスにキッとにらまれ、ウォルターはびくりとした。

「普通の主婦をやるのはまったく平凡なことではありません」

「ウォルター」テーマ曲がようやく終わったと同時に、エリザベスは言った。「聞いていますか? 衣装の問題はひとことで解決できます。白衣です」

「だめです」

「番組に専門的な要素がくわわります」

「だめです」ウォルターはリーベンスモールの有無を言わせぬ口調を思い出していた。「絶対にだめです」

「もっと科学的に考えませんか？　第一週だけ白衣を着ます。あなたがたは結果を見てください」

「ここは研究室じゃないんです」ウォルターがそう説明するのは百万回目だ。「キッチンです」

「キッチンと言えば、セットはどうなってます？」

「まだ完成していません。照明を配置しているところです」

それは嘘だった。セットは数日前に完成した。偽の窓辺にはレースのカーテン、小物を飾ったカウンター。〈グッド・ハウスキーピング〉誌からそのまま切り抜いたようなキッチンだ。きっとエリザベスはいやがる。

「わたしがお願いした専用の器具は調達できましたか？」エリザベスは尋ねた。「ブンゼンバーナーは？　オシロスコープは？」

「それについてですが、普通のキッチンにはそういうものがありませんよね。でも、あなたがくれたリストにのっているものは、だいたい集められました。キッチン用品、ミキサー――」

「ガスコンロは？」

「あります」

「緊急用洗眼器は？」

「あ、あります」普通のシンクを思い浮かべながら答えた。

「ブンゼンバーナーはあとで用意してください。とても便利なんです」

「わかりました」

「作業台は？」

「あなたの要望したステンレスのカウンターは予算が足りず、用意できませんでした」

「それはおかしいですね。耐酸性のステンレスはそんなに高価ではありませんけど」

ウォルターは、そうなんですか知らなかったと言わんばかりにうなずいてみせたが、じつは知っていた。わざとフォーマイカのカウンタートップを選んだのだ。きらきら光る金色の小さな模様をちりばめた、明るい感じのラミネート樹脂を。

「いいですか」ウォルターは言った。「われわれの狙いは、よい食事を作ることです——おいしくて栄養豊富な食事。視聴者を遠ざけてはいけません。料理は楽しそうだと思ってもらわなければなりません。わかりますね。楽しそうにやるんです」

「楽しそうに？」

「そうでなければ、視聴者にそっぽを向かれます」

「料理は楽しいものではありません」とエリザベス。「真剣に取り組むべきものです」

「いかにも。でも、少しは楽しいところもあるでしょう？」

エリザベスは眉をひそめた。「ぜんぜん」

「いかにも。でも、ちょっとだけ楽しくできるかもしれない。ほんのちょっとは」ウォルターは人差し指と親指の先を近づけて、ほんの少しだけだとあらわした。「とにかく、エリザベス、もうおわかりかもしれませんが、テレビとは三つの厳密なルールに支配されているんです」

「良識に関するルールですか。道徳規範ということですか」

「良識？　道徳規範？」ウォルターはリーベンスモールを思い浮かべた。「違います。絶対の規則です。ルールその一、楽しませろ。ルールその二、楽しませろ。ルールその三、楽しませろ」

「わたしはエンターテイナーではありません。化学者です」

「いかにも。でもテレビの画面では、あなたは人を楽しませる化学者でなければなりません。理由はわかりますか？　ひとことでまとめましょう。午後だからです」

「午後だから」

「そう、午後。その言葉を口にするだけで眠たくなりますね。なるでしょう？」

「いいえ」

「それはたぶん、あなたが科学者だからですね。概日リズムをご存じだからだ」

「だれだって知っていますよ、ウォルター。うちの四歳児だって――」

「五歳児でしょう」ウォルターはさえぎった。「マデリンは幼稚園児だから五歳にはなっていますよね」

　エリザベスはどうでもよさそうに手を振った。「概日リズムのお話でしたよね」

「いかにも。ご存じのとおり、人間は一日に二度、眠くなるように生物学的にプログラムされています――午後に軽い昼寝、夜は八時間の睡眠」

　エリザベスはうなずいた。

「しかし、われわれの多くは昼寝を省略しなければならない。仕事があるからです。われわれの多くと申し上げたのは、アメリカ人の話をしているからです。メキシコではみんな昼寝をしますし、われわれよりランチでアルコールを飲む習慣があるフランスやイタリアやほかの国もそうです。それでも、事実は残ります。人間の生産性は午後に落ちるのが自然である。テレビ業界では、これを午後のスランプ帯と言いましてね。もうひと仕事するには時間が遅すぎ、さりとて帰宅するにはまだ早い。それは家事の担い手でも四年生でも煉瓦職人でも会社員でも同じです――免疫のある者などひとりもいない。午後一時三十一分から四時四十四分までは、生産的な人間は存在しないんです。事実上の死のゾーンです」

エリザベスは片方の眉をあげた。

「いま、ぼくはだれもが影響されると話しましたが」ウォルターは続けた。「とりわけ主婦にとっては危険な時間帯です。宿題をあとまわしにできる四年生や人の話を聞いているふりをすればいい会社員とは違い、主婦は無理やり働き続けなければなりません。子どもに昼寝をさせるために寝かしつけなければならない。昼寝させなければ夜が地獄だからです。床にモップをかけなければならない。だれかがこぼれたミルクで足をすべらせる危険があるからです。ひとっ走り買い物に行かなければならない。行かなければ食べるものがありません。ちなみに」言葉を切る。「女性はみなさんひとっ走り買い物に行くという言い方をすることに気づいていますか？　歩いていくのではなく、ただ行くのではなく、立ち寄るとかでもない。ひとっ走り。ぼくが言いたいのはそこです。主婦は超人的なまでの生産性を発揮して家事をこなしている。処理能力の限界を超えそうになっている、しかしさらに夕食をこしらえなければならない。これじゃ長続きするわけがありませんよね、エリザベス。心臓発作か脳卒中か、そこまで行かずとも鬱々としてきます。それもこれも、彼女たちは四年生の子どものように先延ばししたり夫のようにちゃんとやっているふりだけをすることができないからです。潜在的に死の危険性がある時間帯でも、生産的でなければいけないからです――午後のスランプ帯でも」

「典型的な神経の失調ですね」エリザベスはうなずいた。「必要な休憩を取れないと、脳の実行機能が弱まり、ストレスホルモンのコルチゾールの分泌が増えます。おもしろいですね。でも、それが番組と関係があるんですか？」

「大ありです。あなたのおっしゃる神経の、そう、神経の失調の治療薬が午後の番組なんです。朝や夜の番組と違い、午後の番組は脳を休めるように設計されています。番組編成をごらんになればわかります。午後一時三十分から五時までは、子ども番組とソープオペラとゲーム番組です。脳の活動を必要としないものばかりですよね。意図してそういう編成にしているんです。テレビ局の幹部は、その時間帯の人間は半ば死んでいると知っているからです」

エリザベスはヘイスティングズ研究所の元同僚たちを思い浮かべた。たしかに半ば死人だった。

「ある意味」ウォルターは続けた。「われわれが提供しているのは公共サービスなんですよ。人々に――とくに働きすぎの主婦に、必要な休息を与えるわけですから。子ども番組も大事です。電気的な子守として制作されていますからね。母親はつかのま休息し、次の家事に取りかかれます」

「その家事というのは――」

「食事作りです。そこに、あなたが登場するんです。あなたの番組は午後四時三十分から放映されます――視聴者が午後のスランプ帯からようやく脱するころですね。微妙な時間帯です。研究によって、ほとんどの主婦がこの時間帯にもっともストレスを感じていることがわかっています。短い時間で大量の仕事をしなければならない。料理をしてテーブルをととのえ、子どもたちを着席させ――リストは長大です。しかし、頭はぼんやり、気分はどんよ り。だからこそ、この時間帯の番組は責任重大です。彼女たちに語りかける者は、彼女たちに活力を与えなければならない。だから、あなたの仕事は楽しませることだと、本気で申し上げたんです。あなたは彼女たちに息を吹き返させるんですよ、エリザベス。彼女たちを目覚めさせるんです」

「でも――」

「覚えていますか、あなたがぼくのオフィスに乗りこんできた日のことを？　あれは午後でしたね。ぼくは午後のスランプ帯の真っ最中でしたが、あなたのおかげで目が覚めました。それは統計的にほとんどありえない。午後の番組ばかり担当しているぼくが言うんだから間違いありません。でも、それでわかったんです。ぼくをしゃっきりさせて話を聞かせることができるのなら、ほかの人たちに対してもそうでしょう。ぼくはあなたを、エリザベス・ゾットを信じ、あなたにはちゃんとした食事を広めることができると信じています――しかし、ただ夕食を作るだけではだめです。いいですか、料理をちょっとは楽しそうに見せなければなりません。あなたに視聴者を眠らせてもらいたければ、あなたと鍋つかみを午後二時半からの枠に入れていたでしょう」

エリザベスは少し考えた。「いままでそんなふうに思ったことはありませんでした」

「これがテレビの科学なんですよ。ほとんど知られていませんがね」

エリザベスは黙って立ちあがり、彼の話をじっくり思い返し、しばらくして言った。「でも、わたしは人を楽しませることはできません。わたしは科学者ですから」

「科学者は人を楽しませますよ」

「たとえば？」

「アインシュタインです」ウォルターはすかさず返した。「みんな大好きでしょう？」

エリザベスはアインシュタインを思い浮かべた。「まあそうですね。彼の相対性理論は魅力的です」

「でしょう？　ほらね！」

「ただ、彼の妻も物理学者でしたが、彼女の功績が横取りされたことも事実で――」

「ほらほら、またあなたは視聴者を釘付けにしました。妻！　アインシュタインの妻みたいな女性たちをどうやって目覚めさせますか？　テレビ業界で長年かけて有効性が証明された目覚ましがあるんです。ジョーク、素敵な衣装、堂々たる態度――そしてもちろん、料理です。たとえば、あなたがディナーパーティを開いたら、きっとだれもが参加したがります」

「わたしはディナーパーティなんて開いたことはありませんけど」

「そんなことはないでしょう。あなたとミスター・ゾットがパーティを開けば――」

「ミスター・ゾットはいないんです、ウォルター」エリザベスはさえぎった。「わたしは結婚していないんです。もっと言えば、一度も結婚したことはありません」

「えっ」ウォルターは息を呑み、目に見えてたじろいだ。「そうなんですか。それは興味深い。ですが、よろしいですか？　悪く思わないでほしいんですが、そのことをだれにも言わないでいただけますか？　とくにうちの局長のリーベンスモールには。いや――とにかくだれにも言わないでいただきたい」

「わたしはマデリンの父親を愛していました」エリザベスはかすかに眉をひそめた。「ただ結婚していなかっただけです」

「一時の過ちだったんですね」ウォルターは同情をこめ、声をひそめた。「彼には奥さんがいた。そうなんですね？」

「いいえ」エリザベスはかぶりを振った。「わたしたちはこのうえなく愛し合っていました。現に、一緒に暮らして――」

「それはまた、絶対にだれにも言わないでほしいですね」ウォルターはさえぎった。「絶対に」

「――いました、二年間。わたしたちは心の友だったんです」

「すばらしい」ウォルターは咳払いした。「違法でもなんでもないですしね。しかし、やはり内密にしておいてほしいです。絶対に。いつかはご結婚なさるつもりだったのでしょうけれど」

「いいえ」エリザベスは静かに言った。「はっきり言えば、彼は亡くなったんです」とたんにエリザベスの顔は悲しみで曇った。

ウォルターはエリザベスの突然の変わりように驚いた。普段の彼女は手強い――堂々とした態度はカメラに愛されるとウォルターは思う――が、同時に脆い。かわいそうに。ウォルターはよく考えもせず、気づいたときにはエリザベスに両腕をまわしていた。「心からお悔やみを申し上げます」と、彼女を抱き寄せながら言った。

「悲しいです」エリザベスの声はウォルターの肩でくぐもった。「悲しいです」

ウォルターは怯んだ。なんという孤独。アマンダを慰めるときのようにエリザベスの背中をさすり、彼女の悲しみを気の毒だと思っているだけではなく、ちゃんとわかっていると、できるだけ伝えようとした。自分はそんなふうに人を愛したことがあっただろうか？　ない。けれど、いまそれがどういうことか垣間見えた気がした。

「すみません」エリザベスは、自分が慰めを必要としていたことに驚いて体を離した。

「いいんです」ウォルターは優しく言った。「いままでつらかったでしょうね」

「それでも」エリザベスは背すじをのばした。「そもそもこんなことを話すべきではありませんでした。以前、それで仕事をクビになっているのに」

ウォルターはこの朝だけで三度怯むことになった。〝こんなこと〟とはなんだろうか？　愛人を殺したのか？　それとも、未婚の母親になったことだろうか？　どちらもありそうだが、後者であってほしい。

「わたしが彼を殺したんです」エリザベスの低い声によって、ウォルターの願いは打ち砕かれた。「わたしが引き綱を使えと言い張ったから、彼は死んでしまったんです。シックス＝サーティも変わってしまいました」

「それは恐ろしいことです」ウォルターがさらに低い声で言ったのは、引き綱を使ったから何がどうなったのかも、六時三十分の時間帯がどう関係あるのかもわからなかったが、彼女の気持ちは伝わったからだ。彼女がなんらかの選択をした結果、よくないことが起きたらしい。ウォルターにも覚えがある。自分もエリザベスも選択を間違えた結果、どちらの子どももそのとばっちりを受けている。「ほんとうにお気の毒です」

「わたしもお気の毒に思います」エリザベスは落ち着きを取り戻そうとした。「離婚は残念でしたね」

「いえ、気になさらず」ウォルターは手で払いのけるしぐさをした。自分の結婚生活の失敗を彼女の話と並べられると、きまりが悪かった。「ぼくの場合はまったく状況が違いますので。愛情の問題ではなかったんです。アマンダは、DNAとかそういう意味では、ぼくの娘じゃなくてですね」ついうっかり口走ってしまった。それを知ったのは、たったの三週間前だ。

元妻は以前からウォルターがアマンダの生物学的な父親ではないとほのめかしていたが、ウォルターは彼女が自分を傷つけようとしてそんなことを言うのだろうと思っていた。たしかに彼とアマンダは外見的には似ていないが、似ていない親子などいくらでもいる。ウォルターはアマンダを抱くたびに自分の娘だと思い、深くて変わらぬ血のつながりを感じてきた。だが、元妻の意地の悪いほのめかしはずっと気になっていたので、ついに父子関係を検査できる機会を得て採血してもらった。五日後、真実がわかった。彼とアマンダは、まったくの他人だった。

ウォルターは検査結果を見つめ、裏切られた悔しさや怒りや、こんなときに感じるはずの気持ちがこみあげてくるのを待ち構えたが、そのような感情は湧かず、すっかり落ち着いていた。結果はどうでもよかった。アマンダは娘であり、自分は父親だ。全力で愛している。血のつながりなど、言われているほど大事ではない。

「わたしは親になるつもりはなかったんです」ウォルターはエリザベスに言った。「ところがどうです、いまのわたしは子煩悩な父親だ。人生とはわからないものですね。計画どおりに生きようとしても、結局は思いどおりにいかない」

エリザベスはうなずいた。彼女は計画を立てるタイプだ。思いどおりに生きてもいない。

「とにかく」ウォルターは続けた。「ぼくは〈午後六時に夕食を〉を成功させられると信じています。ただ、テレビの世界には、そうですね、あなたに我慢していただかなければならないことがいくつかあります。衣装については、もう少しゆとりを持たせるように縫い直してもらいましょう。その代わり、あなたは笑顔の練習をしてください」

エリザベスは顔をしかめた。

「ジャック・ラレーンも笑顔で腕立て伏せをしますよね。そうすることで、きつい運動も楽しいと見せるんです。ジャックのやり方を研究してください――彼は達人だ」

ジャックの名前を聞いて、エリザベスは体をこわばらせた。キャルヴィンが亡くなってからジャック・ラレーンの番組を観ていないのは、あの事故が起きたのを彼のせいにしているからでもあった――不当だと承知のうえだ。それでも、ジャックの番組のあとにキッチンへ入ってきたキャルヴィンの姿を思い出すと、不意に温かな気持ちになった。

「その調子です」ウォルターが言った。

エリザベスはさっと目をあげた。

「もう少しで笑顔になりそうです」

「あ。いえ、そんなつもりはなかったんです」

「かまいませんよ。そんなつもりがあってもなくても。なんでもいいんです。ぼくの笑顔はたいてい作り笑顔ですがね。幼稚園でもそうです。これから行ってくるんですよ。ミセス・マドフォードに呼び出されましてね」

「わたしも呼び出されています」エリザベスは驚いた。「明日、面談なんです。やっぱりアマンダの読みたい本が問題なんですか?」

「読みたい本?」今度はウォルターが驚いた。「幼稚園生ですよ、エリザベス。文字は読めません。それはともかく、問題はアマンダではないんです。ぼくですよ。娘をひとりで育てている父親を信用できないようです」

「なぜ?」

ウォルターはきょとんとした。「なぜだと思います？」

「あっ」エリザベスは急に理解した。「性的に逸脱していると思われているんですね」

「ぼくはそこまで、そこまで……あからさまには言いませんが、でもそのとおりです。〝こんにちは！　ぼくは小児性愛者です――そして子どもの面倒を見ています！〟と書いたバッジをつけているかのような感じですかね」

「では、わたしも疑われていそうですね。キャルヴィンとはほぼ毎日性交していましたので――わたしたちの年齢と活動性のレベルからすれば、まったく正常ですが――でも、結婚していなかったので……」

「はあ」ウォルターの顔が青くなった。「ええと――」

「結婚は性的な行動とはまったく関係がないのに――」

「あの――」

「ときどき夜中に欲望を覚えて目を覚ますことがありましたが」エリザベスは当然のことのように言った。「あなたにもそういうことはありますよね――でも、キャルヴィンがレム睡眠の真っ最中なので、起こさなかったんです。あとでそう言うと、キャルヴィンは怒りました。〝いや、エリザベス。いつでも起こしてくれ。レム睡眠だろうがノンレム睡眠だろうが、遠慮しないでくれ〟と言われたんです。そのあとテストステロンについて読んだところ、男性の性衝動というものが――」

「衝動《ドライヴ》と言えば」ウォルターは顔を真っ赤にしてさえぎった。「車は北側の駐車場に駐めてください」

「北側の駐車場」エリザベスは両手を腰に当てた。「わたしが駐めた場所の左隣ですね？」

「そうですそうです」

「とにかく」エリザベスは続けた。「ミセス・マドフォードが、あなたを愛情のある父親ではないような言い方をしたのは残念です。キンゼイ報告を読んでいないんでしょうね」

「キンゼイ――」

「読んでいたら、あなたもわたしも性的に逸脱してはいないとわかったはずです。あなたもわたしも――」

「普通の親だと？」

「愛情のあるロールモデルです」

「保護者ですね」

「同類です」

その最後のひとことが、たがいにすべてを話したことで生まれたふたりの奇妙な友情を強固にした。誤解された人間が、やはり誤解されたもうひとりの人間と出会い、ふたりの共通点はその一点だけだが、それで充分だとわかると、こんな友情が芽生えることがある。

「さて」ウォルターは、性や血のつながりについて他人はもちろん、自分自身ともここまで率直に語り合ったことはなかったので、不思議な気分だった。「衣装の件ですが。もしいまできている衣装をもう少し息のしやすいものにできなければ、いまあなたがお持ちの服から決めましょう」

「白衣はだめなんでしょう」

「ぼくは本来のあなたらしくあってほしいんです。科学者ではなく」

エリザベスはほつれた髪を耳にかけた。「でも、わたしは現に科学者です。それがわたしなんです」

「そうかもしれませんね、エリザベス・ゾット」ウォルターは言ったが、のちにそのとおりになることをこの時点ではまだ知らなかった。「でも、まだほんのはじまりですからね」

25章

平凡な女性

振り返れば、ウォルターはエリザベスにセットを見せておくべきだった。

音楽がはじまり――この浮き浮きする小曲のために大金を払ったのに、エリザベスは早くもいやがっている――彼女はステージにすたすたと出ていった。ウォルターは、はっと息を呑んだ。エリザベスは襟元から裾まで小さなボタンが並んださえない茶色のワンピースに、ポケットのたくさんある真っ白なエプロンのひもをウエストできっちりと締め、秒針の音がウォルターにも聞こえそうなほどうるさいタイメックスの腕時計を手首に巻いている。ひたいの上にはゴーグル、左耳の後ろから覗いているのはHBの鉛筆。片手にノート、もう片方の手に試験管を三本持っている。その姿は、ホテルのメイドと爆弾処理班を足して二で割ったような感じだった。

ウォルターは、音楽が終わるのを待っているエリザベスを見守った。彼女は唇をきつく引き結び、セットの隅から隅まで目を走らせ、見るからに不満そうに肩をそびやかした。音楽の最後の音が鳴り終わると、彼女はキュー・カードのほうを向いてざっと読んでから目を離した。ノートと試験管をカウンターに置き、カメラに背を向けてシンクへ歩いていくと、偽の窓から偽の景色を眺めた。

「こんなの悪趣味だわ」彼女の声をカメラがはっきりと拾った。

カメラマンは目を丸くしてウォルターを振り向いた。

「生放送だと思い出させろ」ウォルターは小声でカメラマンに指示した。

〝生放送！！！〟カメラマンの助手が急いで大きなボードに書き、高く掲げてエリザベスに見せた。

エリザベスはボードを見たが、すぐ終わるからちょっと待てと合図するように人差し指を立て、ガイドのいないセット見学ツアーを続け、念入りに選んで飾った壁の額の前で足を止め――〝わが家にご加護を〟という言葉のニードルポイント刺繍、悲しげな顔でひざまずいて祈っているキリストの絵、航海中の船の素人くさい絵を眺めてから、ごちゃごちゃいろいろなものが並んでいるカウンターの前へ行き、がっかりしたように眉をひそめた。並んでいるのは、安全ピンがたくさん入ったソーイングバスケット、余りボタンを詰めたガラス瓶、茶色の毛糸玉、縁の欠けた小皿に盛ったペパーミントキャンディ、宗教書の書体で〝わたしたちの日々の糧〟と書かれたブレッドケース。

昨日、ウォルターはセットを担当した男性デザイナーに趣味のよさでA＋の点をつけたばかりだった。「とくに小物がいいね。ぴったりだ」ところが今日、彼女と並ぶと、それらはただのがらくたに見えた。ウォルターが見ていると、エリザベスはカウンターの反対側へ行き、雌鶏と雄鶏がペアになった塩胡椒入れにあからさまにいやな顔をし、トースターのピンク色のニットのカバーをじろりと見やり、輪ゴムをまとめた小さなボールにぎょっとした。その隣には、プレッツェルを作っている太ったドイツ人風の女性の浮き彫りがついたクッキージャーがある。エリザベスはふと動きを止め、頭上にワイヤーで吊るされた大きな時計を見あげた。時計の針は六時に固定され、文字盤一杯に〈午後六時に夕食を〉のロゴが光っている。

「ウォルター」エリザベスはひたいに手をかざしてまぶしいライトをさえぎった。「ウォルター、ちょっと話があります」

「コマーシャル、コマーシャルだ！」ウォルターはカメラマンに小声で指示したが、エリザベスはすでにセットを出てプロデューサー席へ歩きだしていた。「早くしろ！　早く！」

「エリザベス」ウォルターはプロデューサー席からはじかれたように立ちあがり、彼女のもとへ急いだ。「だめですだめです！　早く戻ってください！　生放送なんですよ！」

「そうなんですか？　とにかく放送は無理です。あのセットは使えません」

「なんでも使えます、コンロもシンクもすべてテスト済みです、ほら早く戻って」ウォルターはエリザベスをシッシッと両手で追い払った。

「わたしは使えないと言ってるんですけど」

「いいですか。あなたは緊張しているんです。だから、今日は観客を入れずに撮影しているんですよ――あなたに慣れていただくために。だけど、もう撮影ははじまっているのだから――放送もはじまっています――あなたには仕事をしていただかないと。これはパイロット版ですから、細かいことはあとで調整します」

「つまり、変更可能ということですね」エリザベスは両手を腰に当て、もう一度セットを眺めた。

「変更すべき箇所はたくさんあります」

「わかりました、いや、待ってください」ウォルターはうろたえた。「はっきり申し上げますが、セットの変更はできません。うちのデザイナーが何週間もかけて研究した結果がこのセットなんです。このキッチンは現代の女性の夢のキッチンなんですよ」

「わたしも現代の女性ですが、このキッチンはいりません」

「あなたのことじゃありません。平凡な女性のことです」

「平凡」

「ぼくの言いたいことはおわかりでしょう。普通の主婦です」

エリザベスは鯨の潮吹きのような音を立てた。

「わかりました」ウォルターは声をひそめ、体の脇でむやみに手を振った。「わかりましたわかりました、了解しましたが、忘れないでください、この番組はあなたとぼくだけの番組ではないんです、エリザベス、うちの局の番組でもあるんです、あなたもぼくも局から報酬をもらってる以上、普通は局の意向に従うものなんです。おわかりですよね、あなたも働いたことがあるんですから」

「でも究極的には、わたしたちは視聴者のために働くんでしょう」エリザベスは反論した。

「いかにも」ウォルターは泣きそうだった。「そういう考え方もある。いや、待って——そうでもないです。われわれの仕事は、人々が観たいと思っていることに気づいてすらいないものを見せることです。説明したでしょう。それが午後の番組のモデルです。半ば死人がいま目覚めるんです、いいかい、わかってくださいよ！」

「コマーシャルもっと入れますか？」カメラマンがささやいた。

「いえ、結構」エリザベスは急いで言った。「ごめんなさい。もう準備ができました」

「われわれの意見は一致しましたよね？」ウォルターはステージへ向かうエリザベスの後ろ姿に向かって問いかけた。

「ええ。平凡な女性に語りかけろということですね。普通の主婦に」

ウォルターはいやな予感がした。

「はい五秒前――」カメラマンが言った。

「エリザベス」ウォルターは釘を刺そうとした。

「四――」

「台詞は全部書いてあるから」

「三――」

「キュー・カードをそのまま読んで」

「二――」

「頼みますよ」哀願した。「すばらしい台本ですから！」

「一……アクション！」


「こんにちは」エリザベスはカメラをまっすぐ見据えた。「わたしはエリザベス・ゾット、〈午後六時に夕食を〉の時間です」

「いまのところ問題ない」ウォルターはつぶやいた。自分の口角を引っ張りあげ、笑って、とエリザベスに合図した。

「わたしのキッチンへようこそ」悲しげなキリストの顔を左肩に覗かせ、エリザベスはにこりともせずに言った。「今日は、みなさんとご一緒に思い切り――」

　彼女はそこで言葉を切った。〝楽しみたいと思います〟と続くはずだった。

　気まずい沈黙が続いた。カメラマンがウォルターを振り向く。「またコマーシャル？」彼は身振りで尋ねた。

「いいや」ウォルターも声に出さず口を動かした。「だめだ！　ちくしょう。続けさせろ！　エリザベス頼むちくしょう」両手を振りまわしながら、声に出さず指示を続けた。

だが、エリザベスはぼんやりと虚空を見つめるばかりで、何ひとつ——ウォルターの振りまわしている両手も、コマーシャルの準備をしているカメラマンも、エリザベス用のスポンジで自分の顔を拭っているメイク係も、彼女を現実に引き戻すことはできなかった。いったい何がどうなっているのか？

「音楽」ウォルターは音響係に向かって口を動かした。「音楽だ」

しかし、音楽がはじまる前に、エリザベスは腕時計の秒針の音に気づき、われに返った。「ごめんなさい。さて、いまどこまで言いましたっけ？」キュー・カードをちらりと見て、もう一瞬止まってから、いきなり頭上の時計を指差した。「はじめる前に申し上げますが、この時計は無視してください。動いていないので」

プロデューサー席で、ウォルターは短く鋭く息を吐いた。

「わたしは料理を非常に重要なものととらえています」エリザベスはキュー・カードを完全に無視して続けた。「みなさんもそうですよね」そしてソーイングバスケットをカウンターの上から押しやり、開いた抽斗のなかに落とした。「それから」エリザベスは、たまたまこの日テレビをつけてこの番組を観ている人々にまっすぐ語りかけた。「みなさんの時間が貴重なこともわかっています。ええ、わたしの時間も無駄にできません。ですから、ここで協定を結びましょう、みなさんとわたしは——」

「ねえママ」カリフォルニア州ヴァンナイズのテレビのある部屋で、ひとりの男の子がつまらなそうに声をあげた。「なんにもやってないよ」

「だったらテレビを消しなさい」男の子の母親がキッチンで叫んだ。「ママは忙しいの！　外で遊んできなさい――」

「ねえマァマァ……マァマァ……」男の子がまた母親を呼んだ。

「もういいかげんにして、ピーティ」母親がせかせかと部屋に入ってきた。濡れた両手には皮をむきかけのじゃが芋、キッチンのハイチェアでは赤ん坊が泣いている。「なにもかもママがやってあげないとだめなの？」だが、彼女がテレビを消そうと手をのばしたとき、エリザベスが話しかけてきた。

「わたしの経験から申し上げますが、妻であり、母親であり、女性であることにともなう義務や犠牲の価値をわかっていない人が多すぎます。いえ、わたしはわかっています。この三十分番組が終わるときにわたしたちが完成させるのは、作る価値があるものです。わたしたちが作るのは、注目に値するものです。わたしたちは夕食を作るのです。夕食作りはとても大事なことです」

「何これ？」ピーティの母親はつぶやいた。

「知らなーい」とピーティ。

「では、はじめましょう」エリザベスが言った。


終了後、ヘアメイク係のローザがエリザベスの楽屋に挨拶に来た。「内緒だけど、わたしはかんざし代わりの鉛筆って素敵だと思う」

「内緒とは？」

「リーベンスモールが二十分前からウォルターをどなりつけてるの」

「鉛筆のせいで?」

「あなたが台本に従わなかったから」

「ああ、なるほど。キュー・カードを読めなかったんです」

「そう」ローザは目に見えてほっとした。「それが理由? 文字が小さかった?」

「いえ、そうじゃなくて。カードの文言は誤解を招くものでした」

「エリザベス」楽屋の入口に顔を真っ赤にしたウォルターが現れた。

「じゃあね」ローザはささやいた。「これからも元気でね」エリザベスの腕をちょっと握って出ていった。

「お疲れさまです、ウォルター」エリザベスは言った。「いますぐ変更すべき点のリストを作ろうと思っていたところです」

「お疲れさまじゃない」ウォルターは吐き捨てるように返した。「いったいどうしたんですか?」

「どうもしていません。むしろうまくいったと思っていました。たしかに冒頭はつまずきましたけど、あまりにショックが大きかったので。セットに変更をくわえれば、次からは大丈夫です」

　ウォルターはのしのしと部屋の奥へ歩いていき、椅子にどすんと腰をおろした。「エリザベス。これは仕事です。あなたにはふたつの義務がある。ひとつは笑顔、もうひとつはキュー・カードを読むこと。それだけです。セットやキュー・カードについて意見は言わなくて結構」

「言いたいんですけど」

「だめです!」

「とにかく、キュー・カードは読めませんでした」

「そんなはずはありません。文字の大きさをいろいろ変えて練習しましたよね？　だから、カードが読めるのはわかってます。エリザベス、リーベンスモールは番組の打ち切りを考えてるんですよ。あなたもぼくも崖っぷちに追い詰められているのがわかりませんか？」

「すみません。では、いますぐリーベンスモールと話してきます」

「やめてください」ウォルターはあわてて言った。「あなたは話をしないで」

「どうして？　いくつかはっきりさせたいんです。とくにセット。それから、キュー・カードについてですけど――これもごめんなさい、ウォルター。文字が読めないわけではなくて、わたしの良心があれを読ませてくれないんです。だってひどすぎます。あの台本を書いたのはだれですか？」

ウォルターは唇を引き結んだ。「ぼくです」

「えっ」エリザベスは目を見開いた。「でもあれは。あれは、ぜんぜんわたしらしくなかった」

「ええ」ウォルターは歯を食《く》いしばった。「そういうふうに書きましたので」

エリザベスは虚を衝《つ》かれたような顔をした。「あなたはわたしらしくしろと言いましたよね」

「そっちのあなたではありません。〝料理はじつにじつに複雑です〟のあなたではない。〝妻であり、母親であり、女性であることにともなう義務や犠牲の価値をわかっていない人が多すぎます〟のあなたでもない。だれもそんな話は聞きたくないんです、エリザベス。あなたはもっと前向きに、楽しく、溌剌《はつらつ》としていなければならないんだ！」

「でも、それはわたしではありません」

「そういうあなたもいるかもしれないじゃないですか」

エリザベスは来し方を思い浮かべた。「絶対いません」

「この話はやめませんか」ウォルターの胸のなかでは、心臓がいやな感じで鼓動していた。「ぼくは午後の番組を専門にしていますし、午後の番組とはどういうものか、話しましたよね」

「でも、わたしは女性です」エリザベスは噛みついた。「それに、語りかける視聴者はほぼ女性です」

入口に秘書が顔を出した。「ミスター・パイン。番組について何件も電話がかかってきています。どうしたらいいんでしょう」

「やれやれ。もう苦情が来ているのか」

「買い物リストについてです。明日の材料について、わからないという視聴者から質問が来ています。とくに、CH_3COOH」

「酢酸です」エリザベスが代わりに答えた。「食酢です――濃度四パーセントの酢酸。ごめんなさい――一般的な用語でリストを書くべきだったかもしれませんね」

「待て待て待て」ウォルターは言った。

「ありがとうございます」秘書はいなくなった。

「買い物リストなんてどこから出てきたんです?」ウォルターは問い詰めた。「そんな話はしていなかったでしょう――それも、化学用語で書いたリストなんて」

「ええ。セットから出ようとした直前に思いついたんです。いい考えじゃありませんか?」

ウォルターは頭を抱えた。たしかにいい考えだ。認めたくないが。「こんなことはやめてください」声がくぐもった。「やりたい放題にやられては困ります」

「やりたい放題にやるつもりはありません」エリザベスはぴしゃりと返した。「やりたい放題にやれるのだったら、わたしは研究室にいるはずです。それよりも、わたしの勘違いでなければ、いまあなたはコルチゾールの分泌レベルがあがりかけているんです——あなたが言うところの午後のスランプ帯です。何か食べたほうがいいですよ」

ウォルターは硬い声で言った。「午後のスランプ帯について、ぼくに講義しないでくれませんか」

それからしばらくふたりは楽屋に座っていた。ひとりは床を、もうひとりは壁を見つめて。どちらもひとことも言葉を発さなかった。

「ミスター・パイン？」先ほどとは別の秘書が顔を覗かせた。「ミスター・リーベンスモールがもうすぐ空港へ出発するんですけど、今週中に〝あれ〟をなんとかするようにとおっしゃっていました。すみません——〝あれ〟とはなんのことかわからなくて。とにかく〝あれ〟を」——と、メモを見直した——「〝セクシー〟にするように、と」顔を赤らめる。「それから、こちらも」彼女はリーベンスモールが走り書きしたメモを差し出した。〝くそカクテルはどうした？〟

「ありがとう」ウォルターは言った。

「失礼しました」

「ミスター・パイン」ふたり目の秘書がいなくなったとたん、ひとり目が現れた。「もう遅いので——帰りたいんですが。電話が鳴り止まなくて……」

「帰っていいよ、ポーラ。ぼくがなんとかする」

「お手伝いしましょうか？」エリザベスは言った。

「あなたの手伝いはもう充分です。つまり、ぼくが〝いいえ結構〟と言ったら、本気でいいえ結構と言ってるんです」

ウォルターは、エリザベスがついてくるのもかまわず、楽屋を出て秘書の席へ向かい、鳴っていいる電話の受話器を取った。「KCTVです」疲れた声で応答した。「ええ。すみません。お酢です」

「お酢です」エリザベスは別の回線に応答した。

「お酢です」

「お酢です」

「お酢です」

ピエロの番組に視聴者から電話がかかってきたことは、一度もなかったのに。

26章
葬儀

「こんにちは、わたしはエリザベス・ゾット、〈午後六時に夕食を〉の時間です」

プロデューサー席でウォルターはぎゅっと目をつぶった。「頼む」とささやく。「頼む頼む頼む」

放送がはじまって十五日目、ウォルターはげっそりしていた。自分がどの席に座るか決める権限がないのと同様、エリザベスにも自分が調理するキッチンを選ぶ権限はないと、何度も何度も説明した。好き嫌いでは決められないのだ。セットは局員の席と同じく、リサーチと予算にもとづいて選ばれている。だが、ウォルターがそう話すたびに、エリザベスはさもわかったふうにうなずくが、こう言う。「ええ──でも」そこからはまた堂々巡りだ。台本についても同じだった。ウォルターはエリザベスに、きみの仕事は視聴者を引きつけることであって、退屈させることではないと言い聞かせた。それでもしょっちゅう化学の話に脱線するので、恐ろしく退屈だった。そんなわけで、ウォルターはついにスタジオに観客を入れることにした。ほんの六メートル先に生きている人間がいれば、いくら彼女でもたちまち危機感を覚えるだろう。

「今日ははじめて観客のみなさまをお迎えしました」エリザベスは言った。

いまのところ問題なし。

「月曜日から金曜日まで、午後はみなさんと一緒にディナーを作ります」

台本そのままだ。

「まずは今夜の主菜。ほうれん草のキャセロールです」

じゃじゃ馬も観念したか。指示に従っているじゃないか。

「でもその前に、作業台を片付けましょう」ウォルターが目を見開いたと同時に、エリザベスは茶色の毛糸玉を取り、観客席に放り投げた。

いいいいいいい、やめろやめろやめてくれ。ウォルターは心のなかで懇願した。カメラマンがさっとウォルターを振り向き、観客席から遠慮がちな笑い声があがった。

「輪ゴムがほしい方？」エリザベスは輪ゴムのボールを掲げた。何本かの手があがり、エリザベスは輪ゴムのボールもそちらへ放り投げた。

ウォルターは茫然としてキャンバス地の折りたたみ椅子のアームをつかんだ。

「作業台は広々と使いたいんです」エリザベスは言った。「そのほうが、わたしたちのやっている仕事は重要だとあらためて強調できます。それに今日はやることがたくさんあるので、スペースに余裕があるほうがいいんです。クッキージャーをお使いになる方は？」

恐ろしいことにほとんど全員が手をあげ、ウォルターが茫然としているあいだに、エリザベスはなんでも好きなものを持っていっていいと観客に呼びかけ、セットに女性たちが殺到した。一分もたたないうちに、セットの小物はひとつ残らず消えた——壁の絵さえも。残ったのは、偽の窓と大きな時計だけだった。

「さて」観客が全員着席してから、エリザベスは落ち着き払って宣言した。「では、はじめましょう」

ウォルターは咳払いをした。テレビ番組制作におけるルールその一は、視聴者を楽しませることのほかにもうひとつ、何が起きてもすべては想定内であるふりをすることである。テレビ番組の司会者はそのように訓練されているし、ウォルターは司会をしたことがないが、精一杯、平然とした顔を装った。たったいま起きたテレビ業界に対する完全なる謀反はすべて自分の計画どおりだと言わんばかりに、キャンバス地の椅子の上で身を乗り出した。しかしもちろんそうではないし、ほかほかのスタッフたちは彼の無能さをそれぞれに非難した。カメラマンはかぶりを振り、音響係は嘆息し、セットのデザイナーはステージ下手からウォルターに向かって中指を立てた。一方、ステージ上のエリザベスは、ウォルターが見たこともないほど大きな包丁で大量のほうれん草をざくざくたたき切っている。

リーベンスモールに殺される。

ウォルターはしばらく目を閉じ、観客席のざわめきに耳を澄ませた。椅子がきしむ音、小さな咳。遠くから、カリウムとマグネシウムが体内でどのような働きをするか説明するエリザベスの声が聞こえてくる。この部分のためにウォルターが書いたキュー・カードは、とくに自信作だったのに。〝ほうれん草ってきれいな色ですよね。緑色。春を思わせます〟。彼女はそれをすっ飛ばした。

「……ほうれん草は肉と同じくらいの鉄分が含まれているから体力の増強に効果があると信じられています。しかし実際には、ほうれん草はシュウ酸の含有率が高く、鉄分の吸収を阻害します。つまり、ポパイはほうれん草で強くなったとほのめかしていますが、彼を信じてはいけません」

すばらしい。今度はポパイを嘘つき呼ばわりだ。

「それでも、ほうれん草は栄養価が高いので、その点についてもう少しお話ししたいのですが、その前に」エリザベスは包丁をカメラに向かって振った。「いったんコマーシャル」

くそくそくそ。ウォルターは立ちあがる気力もなかった。

「ウォルター」ほどなく、エリザベスがそばに来た。「どうでした？　あなたの助言どおりです。観客を引きつけることができました」

ウォルターは生気のない顔でエリザベスのほうを振り向いた。

「あなたが言ったとおりにしました。楽しませたんです。カウンターの場所をあけないとと思ったら、野球場を思い出したんです――ピーナッツ売りが袋を投げますよね？　うまくいきました」

「そうですね」ウォルターはぼそりと言った。「あなたはみんなにホームベースもバットもグローブも、そのへんにあるものをなんでもかんでも勝手に持っていかせた」

エリザベスは目をみはった。「怒っているみたいですね」

「ミセス・ゾット、三十秒前です」カメラマンが言った。

「いえいえ」ウォルターは静かに返した。「怒っていません。激怒しているんです」

「でも、楽しませろと言いましたよね」

「いいえ。あなたは自分のものではないものを勝手に人にあげてしまったんです」

「でも、スペースがどうしても必要だったんです」

「月曜日に死ぬ覚悟を」ウォルターは言った。「まずぼく、次にあなた」

エリザベスは彼に背を向けた。

「お待たせしました」観客の拍手に混じってエリザベスが尖った声でそう言ったのが、ウォルターに聞こえた。ありがたいことに、その後はほとんど何も聞こえなかったが、何か重篤な症状ではないかと期待してしまうほど胃が痛み、胸のなかで心臓が暴れているからだ。ウォルターは目を閉じて、死よ早く来いと念じた——脳卒中でも心臓発作でもどっちでもいい。

顔をあげると、エリザベスは手振りでがらんとしたキッチンを示した。「料理は化学です。化学は生活です。なんだって——自分自身だって変えられる力は、ここから生まれるのです」

やめてくれ。

秘書が来て、リーベンスモールが明日の朝一番に会いたいと言っているとウォルターに耳打ちした。ウォルターはふたたび目を閉じた。落ち着け、と自分に言い聞かせる。息をしろ。

まぶたの内側に、見たくないものが見えた。葬儀の場にいる自分と——自分の葬儀だ——そこに色とりどりの服装の人々が集まっている光景だ。だれかの声が聞こえる——秘書だろうか？——ウォルターの死に方を語っている。退屈で聞いていられないが、退屈な番組ばかり担当していた自分には合っている。だれかが少しくらいほめてくれないかと耳を澄ませたが、ほとんどみんな「ところで今週末の予定は？」などとしゃべっている。

遠くから、仕事の重要性についてしゃべっているエリザベス・ゾットの声が聞こえた。また説教をしている。葬儀の参列者たちの頭に自尊心という概念を吹きこんでいる。「リスクを恐れないでください。新たな試みから尻込みしてはいけません」

ウォルターみたいになってはいけませんと言いたいのか。

葬儀の参列者は黒い服を着るものじゃないのか？

「キッチンで大胆になれれば、人生でも大胆になれます」エリザベスはきっぱりと言った。

彼女に弔辞を依頼したのはいったいだれだ？　フィルか？　まったく失礼な。そして、じつにおもしろい。このおれが、ウォルター・パインが冒したたったひとつのリスクが――エリザベス・ゾットを起用したことが、早すぎる死の引き金になったのだから。何が〝リスクを恐れるな新たな試みから尻込みするな〟だよ、ゾット。そのせいでこっちは死んだんだぞ。

ウォルターは、彼女の声と包丁のトントントントンというしつこい音を遠くに聞いていた。十分ほど経過し、番組を締めくくる台詞が聞こえた。

「子どもたち、テーブルの用意をしてください。お母さんにひと息つかせてあげましょう」

つまり、死んだウォルターの話はここまでにして――自分に戻るというわけだ。

参列者は盛大に拍手をした。さあバーに繰り出そうか。

それで終わり。残念ながら、ウォルターが想像した自身の死は、自身の人生そのものだった。彼はふと、〝死ぬほど退屈〟という言葉はただの慣用句ではないかもしれないと思った。

「ミスター・パイン？」

「ウォルター？」

彼はだれかが肩に触れているのを感じた。「お医者さまを呼んだほうがいい？」ひとり目が尋ねた。

「そうですね」もうひとりが言った。

ウォルターが目をあけると、隣にエリザベスとヘアメイク係が立っていた。

「あなたは気を失っていたみたいですよ」エリザベスが言った。

「ぐったりしていたから」ヘアメイク係がつけくわえた。

「脈が速いですね」エリザベスがウォルターの手首に指を当てた。

「お医者さまを呼んだほうがいいかしら?」ヘアメイク係がまた尋ねた。

「ウォルター、きちんと食べていますか?　最後に食事をしたのはいつ?」

「大丈夫です」ウォルターはしわがれた声で答えた。「ほっといてください」だが、ひどい気分だった。

「お昼は食べてないわ」ヘアメイク係が言った。「カートから何も取らなかったもの。昨日の夜も食べていないでしょう」

「ウォルター」エリザベスが主導権を握った。「これを持って帰ってください」大きな耐熱容器をウォルターに持たせた。「たったいま作ったほうれん草のキャセロールです。百九十度のオーブンで四十分加熱してください。できますか?」

「いや」ウォルターは体を起こした。「無理です。どっちにしろ、アマンダはほうれん草が嫌いなので、いりません」拗ねた子どものような言い方だったと気づき、ヘアメイク係のほうを向いて(彼女の名前はなんだったか?)言った。「心配かけてすまない」——彼女のファーストネームかもしれない名前をいくつか混ぜて曖昧に発音した——「でも、もう大丈夫だ。ふたりとも、もう帰ってください」

　大丈夫だと示すために椅子から立ちあがり、よろよろとオフィスへ歩いていった。エリザベスとヘアメイク係が局を出たと思えるまで待ち、オフィスを出た。駐車場に着くと、車のボンネットにキャセロールが置いてあった。〝百九十度のオーブンで四十分加熱してください〟とメモが添えてあった。

帰宅したウォルターは、疲れていたのでいまいましいキャセロールをオーブンに突っこみ、ほどなく幼い娘と食卓に着いた。

アマンダは三口食べて宣言した。こんなおいしいものは食べたことがない、と。

27章 わたしのこと

一九六〇年五月

翌春、ミセス・マドフォードが言った。「みなさん。これから新しい学習をはじめます。題して〝ぼくのこと・わたしのこと〟」

マデリンは息を呑んだ。

「お母さんに、これを書いてとお願いしてください。これは〝家族の木〟というものです。この家族の木は、みなさんにとってとても大事な人について学ぶ助けになります。大事な人とはだれでしょう？　ヒント。答えはわたしたちの新しい学習の題名〝ぼくのこと・わたしのこと〟に含まれています」

子どもたちはミセス・マドフォードを中心にゆがんだ半円形を作り、両手を顎に添えて座っていた。

「だれかわかった人は？」ミセス・マドフォードは促した。「はい、トミー」

「トイレに行ってもいい？」

「いいですか、でしょう、トミー。だめです。授業はもうすぐ終わるのよ。もう少し待てるでしょう」

「大統領」リナが言った。

「大統領ですかでしょう、リナ。答えは、いいえ、違います」

「名犬ラッシーですか？」アマンダが言った。

「いいえ、アマンダ。これは家系図で、犬のおうちじゃないのよ。人の話をしています」

「人も動物です」マデリンは言った。

「いいえ、違います、マデリン」ミセス・マドフォードは鼻の穴をふくらませた。「人は人間です」

「クマゴローじゃない？」別の子が発言した。

「クマゴローですか？」ミセス・マドフォードはいらいらと言った。「もちろん違います。家系図に熊は出てきませんし、テレビアニメも関係ありません。わたしたちは人間です！」

「でも、人も動物です」マデリンは言い張った。

「マデリン」ミセス・マドフォードは声を尖らせた。「いいかげんにしなさい！」

「ぼくたち動物なの？」トミーは目を丸くしてマデリンに尋ねた。

「いいえ！　違います！」ミセス・マドフォードは叫んだ。

だがトミーはすでに両手を脇の下に差しこみ、チンパンジーのような声をあげて教室を跳びまわりはじめた。「ウッキッキー！」クラスメートに呼びかけると、即座に子どもたちの半分が仲間にくわわった。「ウッキッキー！　ウッキッキー！」

「**やめなさい、トミー！**」ミセス・マドフォードは金切り声をあげた。「**みんなやめなさい！　や**

めなければ校長室へ行かせますよ、いますぐやめなさい！」彼女の声音の厳しさと、もっと偉い人に叱られるかもしれないという脅威が合わさり、子どもたちをふたたび床に座らせた。「では」ミセス・マドフォードは切り口上で言った。「続きを話します。みなさんはとても大事な人について新しいことを学びます。人です」と強調しながらマデリンをにらんだ。「さあ、この人とはだれでしょう？」

だれも手を挙げなかった。

「だれでしょうか？」

数人がかぶりを振った。

「もう、みなさんのことですよ」ミセス・マドフォードは苛立たしげに叫んだ。

「ええー？　どうして？」ジュディが怪訝そうに尋ねた。「あたし何か悪いことした？」

「ちゃんと聞いていましたか、ジュディ。まったくもう！」

「ママが言ってたけど、学校にはこれ以上一セントだって払わないってさ」無愛想な顔つきのロジャーという子がつぶやいた。

「お金の話なんかしてないでしょう、ロジャー！」ミセス・マドフォードはわめいた。

「家族の木を見てもいい？」マデリンは尋ねた。

「見てもいいですか？」ミセス・マドフォードは厳しい口調で正した。

「いいですか？」

「いいえ、だめです」ミセス・マドフォードは叫び、紙をたたみさえすればマデリンには手も足も出ないと思っているのか、紙を折りたたんだ。「マデリン、家族の木はあなたに見せるものではなく、お母さんに見せるものです」彼女はなんとか主導権を取り戻そうとした。「さあ、一列に並びなさい。紙をみなさんのお洋服にピンでとめます。それから、おうちに帰ります」

「ママは服にピンでいろいろとめるのをやめてほしいって」ジュディが言った。「服が穴だらけだって言ってる」

あんたの母親は嘘つきの性悪だからね、とミセス・マドフォードは言いたかったが、代わりにこう言った。「そう、ジュディ。ではホチキスでとめるわね」

子どもたちは順番に紙をセーターにとめてもらい、教室を出た瞬間から何時間もつながれていたポニーよろしく走りだした。

「待ちなさい、マデリン」ミセス・マドフォードは言った。「あなたは残りなさい」

「ちょっと待って」マデリンが居残りさせられた理由を聞き、ハリエットは言った。「居残りさせられたのは、人も動物だと言ったから？　なぜそんなことを言ったの、ちびちゃん？　あまりいいことじゃないねえ」

「そうなの？」マデリンは困惑した。「どうして？　人は動物だよ」

ハリエットは、マデリンの言い分は正しいのだろうかと考えた——人はほんとに動物なのか？よくわからない。「あたしが言いたいのはね、口答えしないほうがいいよってこと。先生には失礼にしちゃいけないから、先生の言うことが正しいと思えなくても、そのとおりにしたほうがいいときもあるの。それが人付き合いのコツってものよ」

「それって礼儀正しくすることじゃないの」

「そうよ」

「間違ったことを教える人にも礼儀正しくするんだ」

「そういうこと」

マデリンは下唇を噛んだ。

「ちびちゃんだって間違うことはあるでしょう？　そんなとき、大勢の人の前で間違いを正されたらいやじゃない？　マドフォード先生は恥ずかしかっただけじゃないかしら？」

「恥ずかしそうには見えなかったよ。いままでだって何回も間違えたことを言ってるし。先週は神さまが地球を創ったって言った」

「そう信じてる人は多いからね。信じていても、何も悪くないのよ」

「おばさんも信じてるの？」

「まあまあ、その紙を見せてごらん」ハリエットは急いで言い、マデリンのセーターから紙を取った。

「家族の木っていうの」マデリンはカウンターにランチボックスを置いた。「ママに書いてもらうんだって」

「あたしはこういうの好きじゃないね」ハリエットはつぶやき、下手くそなオークの木のイラストを見つめた。木の枝に名前を書きこむようになっていて――生きている者も遠くにいる者も死んだ者も――結婚や親子関係や不幸なできごとでたがいにつながっている。「詮索好きのキツツキがいるね。裁判所の召喚状も一緒にもらった？」

「そんなにすごいことなの？」マデリンは目をみはった。

「あたしの考えを教えてあげる」ハリエットは紙を折りたたんだ。「先生はこういう木を使って、みんなご先祖から命を受け継いだ大事な存在だって感じさせたいんだろうけどね。プライバシーの侵害になりかねない。お母さんはものすごく怒るでしょうよ。あたしがちびちゃんだったら、これはお母さんには見せないね」

「だけど、わたしは答えを知らないもの。パパのことを何も知らない」マデリンは、今朝母親がランチボックスに入れてくれたメモを思い出した。〝学校でだれよりも頼りになる教育者は図書室の司書の先生です。わからないことがあっても調べてくれる。これはわたしの考えではなくて、事実なの。この事実はマドフォード先生には内緒ね〟

だが、マデリンが図書室の司書にケンブリッジの年報の場所を尋ねると、彼女は眉をひそめ、子ども向け雑誌の〈ハイライツ〉の前月号を差し出した。

「お父さんのことならよく知ってるでしょう」ハリエットは言った。「たとえば、あなたのお父さんのご両親――つまりあなたのおじいちゃんおばあちゃんは、お父さんが小さいころに列車事故で亡くなった、とか。それから、お父さんはおばさんに引き取られたけど、今度はおばさんが木に激突して亡くなった。それから、男子孤児院に引き取られた――孤児院の名前は忘れたけど、女の子みたいな名前の町だった。あと、お父さんには名付けの母親みたいな人がいたみたいよ。まあ家族の木には関係ないけどね」

名付け親のことを言ったとたんに、ハリエットは言わなければよかったと後悔した。それを知っているのはこそこそ調べたからで、しかも実在の名付け親《ゴッドマザー》というよりも、『シンデレラ』に出てくる魔女、フェアリーゴッドマザーという感じだった。ハリエットがそこまで知ったのは、エリザベスと知り合うよりずっと前、キャルヴィンがドアを閉めるのも忘れるほどあわてて出ていったので、よき隣人としてむかいへ行ってドアを閉めてやった日のことだ。

ついつい自分の責任以上のことをしてしまうたちのハリエットは、あの日ももちろん、泥棒が入っていないか確かめるために家のなかへ入った。ガイドなしですみずみまで見学したところ、キャルヴィンが出発してからこの四十六秒間に何も起きていないのが確認できた。

だが、いくつかの事実がわかった。ひとつ目、キャルヴィン・エヴァンズは有名な科学者らしい――雑誌の表紙に写真が載っていた。ふたつ目、彼はだらしない。三つ目、彼は宗教と関係のありそうなスーシティの男子孤児院で育った。それがわかったのは、ゴミ箱のなかに一枚の紙が丸めて捨ててあるのが見えたからだ――取っておくつもりだったものをたまたま捨ててしまうことはだれにでもあるのだから、ハリエットはその紙をゴミ箱から拾いあげた。それは孤児院からの手紙で、金を無心するものだった。それまで孤児院に大口の寄付をしていた支援者がいなくなった――子どもたちに〝科学教育の機会と健康的な野外活動〟を与えるために、寄付をしてきた人物らしい。そこで、孤児院は過去の在籍者に連絡しはじめた。そしてキャルヴィン・エヴァンズも寄付を依頼された。〝お願いします！　いまこそオール・セインツ男子孤児院にご寄付を！〟キャルヴィンの返信もゴミ箱に捨てられていた。返信をざっくりまとめれば、どの面さげてこんな手紙をよこすんだおまえら全員刑務所へ行け、という内容だった。

「ゴッドマザーって何？」マデリンが尋ねた。

「家族の親しい友達とか親戚とかね」ハリエットはあの日の記憶を押しやった。「魂の生活のお世話をしてくれる人のこと」

「それってわたしにもあるの？」

「ゴッドマザーのこと？」

「魂の生活」

「ああ。どうかしらね。ちびちゃんは目に見えないものを信じる？」

「手品のトリックは好きだよ」

「あたしは嫌いだね。だまされるのは好きじゃないから」

「でも、神さまは信じてるんでしょう」

「うーん。そうね」

「どうして？」

「理由はないわ。みんなそうよ」

「ママは信じてないよ」

「そうね」ハリエットはよく思っていないのを隠そうとした。

ハリエットは、神を信じないのは間違っていると考えていた。不信心は傲慢だ。ハリエットに言わせれば、神を信じるのは歯磨きや下着を着るのと同じくらい、当たり前のことだ。その証拠に、まともな人はみんな神を信じている――夫のようなまともではない人間でもそうだ。神のために、ハリエットと夫は結婚生活を続け、ハリエットは結婚生活という重荷に耐えている――神から贈られたものだから。重荷に関して神はやたらと気前よく、すべての人に確実に重荷を行き渡らせている。それに、神を信じないのであれば、天国も地獄も信じられない。ハリエットは地獄があると信じたかった。なぜなら、ミスター・スローンはかならず地獄へ行くと信じたいからだ。ハリエットは立ちあがった。「ロープはどこ？　ロープワークの練習をしたらどうかしら」

「もう全部覚えたよ」マディは言った。

「目をつぶってても結べる？」

「うん」

「じゃあ、背中で結ぶのはどう？　できる？」

「できる」

　ハリエットはマデリンの奇妙な趣味に協力するふりをしていたが、本心では認めていなかった。マデリンはバービー人形やらジャックスやらのおもちゃで遊ぶのを好まない――ロープワークをしたり、戦争や自然災害の本を読むのが好きだ。昨日は町の図書館の司書にクラカタウという火山島についてあれこれ質問していた――次はいつ噴火すると思うか？　住民にはどう警告するのか？どのくらいの人が死んでしまうか？

　ハリエットは振り向き、家族の木を眺めているマデリンを見守った。大きなグレーの瞳で空欄の枝を見つめ、下唇を噛んでいる。キャルヴィンもいつも唇を噛んでいた。癖とは遺伝するものなのだろうか？　よくわからない。ハリエットは子どもを四人産んだが、それぞれまったく違い、ハリエットともぜんぜん似ていなかった。いまでは？　それぞれ遠くの町でそれぞれの子どもたちと暮らしていて、ほとんど他人のようだ。たがいを一生つなぎとめる固い絆があると思いたかったが、そうではないらしい。家族とは、つねに保守点検が必要なのだ。

「おなかはすいた？」ハリエットは尋ねた。「チーズでも食べる？」冷蔵庫の奥に手をのばしたとき、マデリンがスクールバッグのなかから本を取り出した。『コンゴの食人種と過ごした五年間』。

ハリエットは肩越しに振り向いた。「ちびちゃん、先生はあなたがそれを読んでるのを知ってる？」

「知らない」

「知らないままにしときなさい」

これもまた、ハリエットとエリザベスがいまだに意見を一致させられない領域だ。読むということ。十五カ月前のハリエットは、マデリンが文字を読めるふりをしているだけだろうと考えていた。子どもは親のまねをするのが好きだ。だがまもなく、エリザベスがマデリンにただ文字を読むのではなく非常に複雑なものを読むように教えているのがわかった。新聞、小説、〈ポピュラー・メカニクス〉誌。

ハリエットは当初、マデリンは天才なのだろうかと考えた。父親は天才だった。だが違う。マデリンは読み方をきちんと教わっているだけで、教えているのはエリザベスだ。エリザベスは自身に限界を設けるのをよしとしないが、他者に対してもそうだった。ミスター・エヴァンズが亡くなってから一年ほどたったころ、ハリエットはたまたまエリザベスの机の上にメモを見つけ、エリザベスがシックス＝サーティにとんでもない数の言葉を教えようとしているのを知った。そのときは、一時の気の迷いだろうと思った——悲しみのあまりおかしくなってしまったのだろう、と。ところが、マデリンが三歳になったころ、だれかヨーヨーを見なかったかと尋ねた。すると、すぐにシックス＝サーティがヨーヨーを持ってきて、マデリンの膝に落とした。

〈午後六時に夕食を〉も、同じ考え方で運営されている。エリザベスは毎回、冒頭で料理は簡単ではなく、これから三十分間は非常に大変な時間になるかもしれないと警告する。

「料理は厳密な条件下にある科学ではありません」彼女は昨日もそう言った。「わたしがいま持っているトマトは、みなさんがいま持っているトマトとは別物です。だから、みなさんは材料を吟味しなければなりません。実験しましょう。味わい、手で触れてみて、においを嗅ぎ、よく見て、音を聞き、味見をして評価するんです」それから、化学的な作用について丁寧に説明し、さまざまな材料を組み合わせてある一定の方法で加熱すると、それらの作用が複雑な酵素の反応を起こし、おいしいものができあがるのだと説いた。やたらと酸や塩基や水素イオンが話に出てくるが、何週間か聞いているうちに、ハリエットも不思議と理解しはじめた。

そのあいだずっとエリザベスは真顔のままで、視聴者に語りかける。みなさんはこの困難な課題に挑戦するけれど、みなさんは能力があり臨機応変な方々だから大丈夫だと信じている、と。なんだかとても変わった番組だ。娯楽番組とは言えない。むしろ登山を思わせる。やり遂げたときにははじめて達成感を味わえるという点で。

それでもやはり、ハリエットとマデリンは毎日はらはらしながら〈午後六時に夕食を〉を観て、今日こそ打ち切りが決まるに違いないと思っていた。

マデリンは本を開き、ヒトの大腿骨をかじっている男の版画を真剣に見ていた。「人間っておいしいのかな?」

「どうかしらね」ハリエットはキューブ型のチーズをいくつかマデリンの前に置いた。「調理次第でおいしくなるかもよ。あなたのお母さんなら、きっとだれでもおいしく料理できるわ」ミスター・スローン以外はね、とハリエットは思った。あれは腐ってるから。

マデリンはうなずいた。「みんなママの料理が好きだもん」

「みんなってだれ？」

「クラスの子たち。わたしと同じランチを持ってくる子がいるよ」

「へええ」ハリエットは驚いた。「残りもの？　前の晩の夕食の残りもの？」

「うん」

「その子たちのお母さんも、あなたのお母さんの番組を観てるんだ？」

「たぶんね」

「ほんとに？」

「ほんとだってば」マデリンは、まだわからないのかと言わんばかりに強調した。

ハリエットは、〈午後六時に夕食を〉を観ている人などほとんどいないと思っていた。エリザベスからも、半年間の試験的な放映がそろそろ終わるが、ずっと揉めてばかりだったので、更新はなさそうだと打ち明けられていた。

「でも、あなただって妥協してるんでしょう？」そのときハリエットは、必死な口調にならないように言った。テレビでエリザベスを観るのが好きだったからだ。「ちょっと笑顔を見せてみたらどうかしら」

するとエリザベスは言った。「笑顔？　外科医は笑いながら虫垂切除手術をしますか？　いいえ。笑いながら手術をしてほしいですか？　いいえ。料理も手術と同じくらい集中力を必要とします。

とにかく、フィル・リーベンスモールが要求しているのは、視聴者をばかだと思っているように振る舞えということです。ハリエット、わたしは絶対にそんなことをしません。女性は無能だという根拠のない通念はつぶさなければなりません。わたしをクビにしたければすればいいんです。別の仕事をしますから」

　でも、こんなに報酬のいい仕事はほかにないと、ハリエットは思った。テレビ局の報酬のおかげで、エリザベスは約束どおりハリエットに子守代を払えるようになった。ハリエットにとってはじめての給料であり、自分で稼げることがこれほど自信をくれるとは意外だった。

「わたしだってそう思ってるけどね」ハリエットは慎重に言葉を選んだ。「でも、相手に合わせるふりをしてもバチは当たらないでしょ。調子を合わせるってやつよ」

　エリザベスは小首をかしげた。「調子を合わせる？」

「わかるでしょ。あなたは賢い。ミスター・パインも、そのリーベンスモールって人も、あなたの賢さが気に入らないのかもしれない。男ってどういうものか知ってるでしょ」

　エリザベスはよくよく考えた。いや、自分は男がどういうものか知らない。キャルヴィンと亡くなった兄のジョンとメイソン博士と、それとたぶんウォルター・パインを別として、自分は男性の最悪な部分を引き出してしまうとしか思えなかった。彼らはエリザベスを管理したがり、さわりたがり、支配したがり、黙らせたがり、矯正したがり、指図したがる。なぜ仲間の人間として、同僚として、友人として、対等な相手として、あるいはただ通りすがりの他人として女性に接することができないのか、エリザベスには理解できなかった。相手の裏庭に山ほど死体が埋まっているのがわかるまでは、無条件に敬意を払えばいいではないか。

ハリエットだけがエリザベスのほんとうの友人であり、たいていのことで意見が一致するが、この点だけは違った。ハリエットに言わせれば、男は女とはほとんど別種の生きものだった。男は甘やかされることを必要とし、すぐに傷つき、自分より知的だったり能力が高かったりする女性を許せない。「ハリエット、それはおかしいんじゃないかしら」と、エリザベスは異議を唱えた。「男性も女性も、どちらも人間です。人間であるわたしたちはみんな、受けたしつけの副産物であり、欠陥だらけの教育制度の犠牲者であり、それでも自分の行動を選ぶことができる。要するに、女性を男性より劣ったものとして貶《おとし》め、男性を女性より優れたものとして持ちあげるのは、生物学的な習性ではありません。文化的な習慣なんです。はじまりはふたつの言葉です。ピンクと青。それがすべての元凶です」

お粗末な教育制度と言えば、先週エリザベスはミセス・マドフォードに呼び出され、男女の違いに関する問題について話し合ったばかりだった。マデリンはままごとのような女の子が好む遊びに参加しないらしい。

「マデリンは男の子に合った遊びばかりしたがるんです」マドフォードは言った。「おかしいでしょう。お母さまは、女性の居場所は家庭にあると信じていらっしゃるんですよね、あの」――と、軽く咳払いをした――「テレビ番組に出ていらっしゃいますし。ですから、お嬢さんと話をしてください。今週は安全パトロール係をやりたがったんですよ」

「それのどこが問題でしょうか?」

「男の子しか安全パトロール係にはなれません。男の子は女の子を守るものです。男の子のほうが、体が大きいですし」

「マデリンはクラスで一番背が高いんですよね」

「それも問題なんです。マデリンが一番背が高いので、男の子たちはいやな気持ちになるんです」

「だから、やっぱりいやです、ハリエット」エリザベスは話を戻してきっぱりと言った。「調子は合わせません」

ハリエットは爪のあいだに詰まった汚れをほじくりながら、エリザベスが熱弁を振るうのを聞いていた。エリザベスいわく、女性は最初から決まっているかのように、生物学的に体が小さいから脳も小さいのだと信じているかのように、生まれつき頭が悪いほうがかわいらしいかのように、従属的な立場を受け入れている。それどころか、そういう女性たちの多くは、自分の子どもにも〝男の子はいつまでたっても男の子だからね〟とか〝女の子ってそういうものよ〟などと言い、同じ価値観を伝えている。

「どうしてそうなってしまったんでしょう?」エリザベスは問う。「どうして女性はそういう文化的な固定観念を受け入れるのか？　それどころか温存してしまうのか？　アマゾンの奥地には、女性が支配する部族があるのを知らないんでしょうか？　マーガレット・ミードは絶版になったんでしょうか?」エリザベスがそこで口を閉じたのは、ハリエットが立ちあがり、これ以上ややこしい言葉は聞きたくないと態度で示したからだった。

「ハリエット。ハリエット」マデリンは繰り返した。「聞いてる?　ハリエット、その人はどうなったの？　その人も死んじゃったの?」

「だれが死んだって？」ハリエットは上の空で訊き返しながら、マーガレット・ミードなんて読んだことがないなと思っていた。『風とともに去りぬ』を書いた人だっけ？

「ゴッドマザー」

「ああ、それね。わたしも知らないのよ。どっちみち、その人は——男の人かもしれないけど——正しくはゴッドマザーじゃないしね」

「でも、さっき——」

「フェアリーゴッドマザーよ——お父さんの孤児院にお金を寄付していた人。そう言いたかったの。フェアリーゴッドマザー。その人は——ちなみに男の人かもしれないけどね——孤児院の子どもたちみんなにお金をあげたの。お父さんだけじゃなくて」

「だれだったの？」

「さあね。気になる？　フェアリーゴッドマザーって慈善家の言い換えだからね。お金持ちで、社会に役立つことのためにお金を使う人——アンドルー・カーネギーって人がいるでしょう、あちこち図書館を建てた人。ただね、慈善事業をやると税金が少なくなるの、だから完全にみんなのためだけってわけじゃないのよ。ほかに宿題はないの、マッド？　そのくだらない木のほかには？」

「お父さんのいた孤児院にお手紙を書いて、フェアリーゴッドファーザーはだれだったのか訊いてみたい。そうしたら、木に名前を書けるでしょ——どんぐりくらいにして。枝全部ってわけにはいかなくても」

「それはないね。家族の木にどんぐりはないでしょ。それに、フェアリーゴッドマザー——慈善家って、なんでも秘密にしたがるのよ。だから孤児院は大金を寄付してくれていた人の名前を絶対に教えてくれないわ。それにもうひとつ、フェアリーゴッドファーザーとは言わないの。そういう親切な人はみんな女なの」

「ゴッドファーザーは犯罪組織のボスのことだから？」

ハリエットは驚きと苛立ちの入り混じった息を吐いた。「だからね、フェアリーゴッドマザーだろうがファーザーだろうが、家族の木には書けないの。ひとつには血のつながりがないから。ふたつ目の理由は、そういう人たちは名前を隠したがるから。名前を隠さないと、みんなにお金をねだられちゃうでしょう」

「でも、隠しごとをするのはよくないよ」

「隠したほうがいいときもあるのよ」

「ハリエットにも隠しごとがあるの？」

「ないわよ」嘘をついた。

「ママにも隠しごとがあると思う？」

「ないでしょ」今度は本気でそう言った。エリザベスもひとつやふたつ、隠しごとをしてくれればいいのに――というか、せめて意見を胸の内にしまっておいてくれればいいのに。「さあ、この木はでたらめな名前で埋めちゃおうかね。先生にはわかりゃしないし。それから、お母さんのテレビを観ましょう」

「わたしに嘘をつきなさいってこと？」

「マッド」ハリエットはむっとした。「あたしは嘘をつけと言った？」

「フェアリーには血が通ってないの？」

「もちろん通ってるわ！」ハリエットは叫んだ。ひたいに手を当てる。「この話はまた今度にしましょう。外で遊んでらっしゃい」

「でも――」

「シックス＝サーティとボールで遊びなさい」

「写真も持っていかなくちゃいけないの、ハリエット。家族全員が写ってるのを」

テーブルの下で、シックス＝サーティがマデリンの骨張った膝に頭をのせた。

「家族全員だよ」マデリンは強調した。「パパも写ってなきゃいけないんだよ」

「いいえ、そんなことないわ」

シックス＝サーティは立ちあがり、エリザベスの寝室へ行った。

「シックス＝サーティとボール遊びをしたくないんだったら、一緒に図書館へ行っておいで。本を返す日にちが過ぎてるでしょう。お母さんのテレビがはじまるまで、まだ時間があるわ」

「行きたくない」

「やりたくなくてもやらなきゃいけないときってあるのよ」

「それってどんなとき？」

ハリエットは目を閉じた。まぶたに浮かんだのはミスター・スローンだった。

28章

聖人

「マデリン」図書館の司書が言った。「今日は何を探しにきたの？」

「アイオワのある場所の住所を知りたいの」

「いらっしゃい」

司書は先に立って書架のあいだの入り組んだ通路を歩いていき、ときおり足を止め、ページの隅を折っている利用者や、隣の椅子に足を置いている利用者に注意した。「ここはカーネギー図書館ですよ」小声で叱りつけた。「永久に立入禁止にしますからね」

「こっちよ、マデリン」司書は電話帳の棚の前で立ち止まった。「アイオワだったわね」三巻の分厚い電話帳を取り出した。「町の名前はわかる？」

「男子孤児院を探してるの。でも、女の子の名前がついてる。それだけしかわからないの」

「もう少し知りたいわね。アイオワはとても広いから」

「賭けてもいいけど、スーシティだな」背後から声がした。

「スーは女の子の名前じゃありません」司書は振り返った。「原住民族の名前です――あら、先生、こんにちは。すみません――頼まれていた本を探し忘れていました。いますぐ探しますね」

「女の子の名前と間違えやすいだろう？」黒っぽい長い衣を着た男は続けた。「Sue《スー》とSioux《スー》。子どもは間違えるかもしれない」

「この子は例外なんです」司書は言った。


「ここじゃないみたい」十五分後、マデリンは〝B〟の欄を指でたどりながら言った。「男子《ボーイズ・》孤児院《ホーム》はないです」

「ああ」図書館のテーブルのむかいから、先ほどの黒衣の牧師が言った。「あらかじめ教えておけばよかったね――孤児院には聖人の名前がついていることが多いんだよ」

「どうして？」

「他人の子どもの面倒を見るような人は聖人だから」

「どうして？」

「子どもの世話をするのは大変だから」

マデリンはあきれたように目を上に向けた。

「セント・ヴィンセントで探してごらん」牧師は聖職者カラーのなかに指を突っこみ、風を入れた。

「何を読んでいるの？」マデリンは電話帳を〝S〟のページまでめくりながら尋ねた。

「宗教的な本だ。ぼくは牧師なんだよ」

「それじゃなくて、そっち――それです」マデリンは、牧師が神聖な書物のあいだに挟んだ雑誌を指差した。

「おっと」牧師はきまりの悪そうな顔をした。「これはただの――楽しむためのものだ」

「〈マッド・マガジン〉」マデリンは誌名を読みあげながら雑誌を引っ張り出した。

「風刺の本だ」牧師はすかさず雑誌を取り戻した。

「見てもいい？」

「お母さんはだめだと言うんじゃないかな」

「裸の写真が載ってるから？」

「違う！　違う違う――そんなのではないよ。ときどき、ぼくも笑い話が読みたくなるんだ。この仕事では、あまり笑うことがないからね」

「どうして？」

牧師は口ごもった。「たぶん、神さまがすごくまじめだからじゃないかかな。なぜ男子孤児院を探してるの？」

「パパが育ったところなの。家族の木を作ってるんです」

「なるほど」牧師はほほえんだ。「そうか、おもしろそうだね」

「それは議論の余地があるよ」

「議論《いいかい》の余地？」

「疑わしいってことよ」

「そうだね」牧師は驚いた。「訊いてもいいかな？　きみの年はいくつ？」

「個人の情報を教えてはいけないって言われてるので」

「おっと」牧師は顔を赤らめた。「もちろんそうだ。りこうだね」

マデリンは消しゴムの端を嚙んだ。

「ところで」牧師は言った。「先祖について知るのは楽しいだろう？　ぼくは楽しいと思うよ。どこまで調べられたのかな？」

「ええと」マデリンはテーブルの下で脚をぶらぶら揺らした。「ママのパパはだれかを焼き殺して刑務所に入ってて、ママのママは税金逃れでブラジルに行っちゃって、ママのお兄さんは死んだの」

「おっと――」

「パパのほうはぜんぜんわからない。男子孤児院の人がパパの家族みたいなものかもしれないと思うの」

「どうして？」

「パパの面倒を見てたから」

牧師はうなじをさすった。経験上、そういう施設には虐待者がいるものだと知っていた。

「さっきも聖人って言ってたでしょう」マデリンが言った。

牧師は内心ため息をついた。牧師という仕事の厄介なところは、一日中、嘘をつかなければならないことだ。嘘をつかなければならないのは、人間はみな、大丈夫だとかこれからは大丈夫だとか励ましてもらいたがり、どう見ても大丈夫ではなかったり、ますますひどくなる一方だったりする現実から目をそむけたがるからだ。ちょうど先週も葬儀をとりおこなったばかりだが――信徒のひとりが肺癌で亡くなったのだ――煙突よろしくつねに煙を吐いている遺族に、その信徒が亡くなったのは一日に四パックの煙草を吸っていたから、ではなく神に呼ばれたからであると、牧師は伝えたのだった。遺族は深々と煙を吸い、牧師の賢明な言葉に感謝した。

「なぜ孤児院に手紙を書くのかな？」牧師は尋ねた。「お父さんに訊けばいいんじゃないのか？」

「パパも死んじゃったから」マデリンはため息をついた。

「そんな！」牧師はかぶりを振った。「それは気の毒に」

「ありがとう」マデリンはまじめくさって答えた。「最初から持っていなければ、ないことで悲しんだりしないって言う人もいるけど、わたしはそんなことないと思うの。そうでしょう？」

「そうだね」牧師はうなじをさわり、一カ所だけ髪がややのびすぎている部分を探り当てた。リヴァプールの友人を訪ねたとき、一緒にビートルズという新人の音楽グループの演奏を観にいった。彼らはイギリス人で、前髪があった。男が前髪をおろすなど聞いたことがなかったが、牧師は彼らの外見も音楽も気に入った。

「それで何を探してるの？」マデリンは彼の本を指差した。

「閃きのもとだよ。日曜日の説教のために、魂を動かすような話を」

「フェアリーゴッドマザーの話は？」

「フェアリー――」

「パパの孤児院にはフェアリーゴッドマザーがいたの。孤児院にたくさんお金をくれた」

「ああ。寄付者のことだね。寄付者が何人かいたかもしれないな。そういう施設を運営するにはお金がかかるからね」

「そうじゃなくて。フェアリーゴッドマザーだってば。知らない人にお金をあげるのって魔法が使えないと無理だと思うの」

　牧師はふたたびはっとした。「たしかに」とうなずく。

「でもハリエットは自分で稼ぐほうがいいって。魔法は好きじゃないんだって」

「ハリエット？」

「おむかいさん。カトリックだよ。だから離婚できない。ハリエットは、家族の木を適当に書けばいいって言うけど、わたしはそうしたくないの。自分の家族は変なんだって気がしてくるから」

「ふむ」牧師は慎重に言葉を切り、この子の家族はたしかに変わっているようだと考えた。「ハリエットは、人には教えないほうがいいこともあると言いたかったんじゃないかな」

「隠すってことね」

「いや、人には教えないということだよ。たとえば、さっききみに年を訊いたとき、きみは個人の情報だと正しく答えただろう。隠すのとは違う。ぼくをよく知らないから教えなかっただけだ。隠しごととは、だれかに知られたら悪用されたり、いやな気持ちになったりするから、隠すんだ。普通は恥じていることを隠すね」

「おじさんにも隠しごとがある？」

「あるよ。きみは？」

「ある」

「だれにでも隠しごとはあるはずだよ。とくに、隠しごとなんてしないという人にはね。生きていればひとつやふたつ、恥ずかしいことや知られたくないこともあるだろう」

　マデリンはうなずいた。

「それはともかく、人は会ったこともない人の名前で埋まったつまらない木の絵なんかで自分を知った気になりがちだ。たとえば、ぼくの知り合いにガリレオの直系の子孫であることや、祖先をメイフラワー号まで遡れることを自慢に思っている人もいる。ふたりとも自分の血筋が優れているように話していたけれど、そんなことはない。親戚にすごい人がいるからといって、力があったり賢かったりするわけじゃない。きみがきみになるのは親戚のおかげではないよ」

「じゃあ、どうやってわたしはわたしになるの？」

「何を選ぶか。どんなふうに生きていくかで決まる」

「だけど、生き方を選べない人が大勢いるでしょ。奴隷の人とか」

「そうだな」牧師は彼女がさらりと口にした言葉に、やられたと感じた。「そのとおりだよ」

しばらくふたりとも何も言わず、マデリンは電話帳に指を走らせ、牧師はギターを買おうかどうしようかと考えていた。「ところで」牧師は口を開いた。「家族の木は、自分のルーツを知るにはあまり賢い方法ではないと思うな」

マデリンは目をあげた。「さっき、先祖のことを知るのは楽しそうだって言ったのに」

「言った。でもあれは嘘だよ」ふたりとも声をあげて笑った。むこうで司書が静かにというように顔をあげた。

「ぼくは牧師のウェイクリーだ」彼は司書に軽く頭をさげながら小声で言った。「第一長老派教会の」

「マッド・ゾット」マデリンは言った。「マッド——その雑誌の名前と同じ」

「よろしく、マッド」ウェイクリーは〝マッド〟とはフランス系の名前か何かだろうかと思いながら、丁寧に発音した。「セント・ヴィンセントがなければ、セント・エルモで探してごらん。いや、待てよ——オール・セインツで探してみて。ひとりの聖人に決められなければ、その名前にすることがあるんだ」

「オール・セインツね」マデリンは〃A〃の項目まで戻った。「オール、オール、オール。待って。あった。オール・セインツ男子孤児院！」だが、興奮は長続きしなかった。「でも、住所がない。電話番号しかないよ」

「それじゃだめなのかい？」

「ママからだれか死んだときじゃないと長距離電話はだめって言われてるの」

「それなら、ぼくの仕事部屋からかけてあげようか。ぼくはしょっちゅう長距離電話をかけなければならないんだ。困ってる信徒を助けてあげたって言えばいいし」

「また嘘をつくことになるよ。いつも嘘をついてるの？」

「こういうのは罪のない嘘って言うんだよ、マッド」彼は少しだけ苛立った。この仕事の矛盾をわかってくれるやつはだれかいないのか？「それか」と、やや語気を強めた。「ハリエットの言うとおり、家族の木に適当な名前を書くといい――そんなに悪い考えじゃないよ。過去のことは過去に置いておくべきだ」

「どうして？」

「過ぎ去ったことに意味はないからね」

「でも、パパは過去の人じゃないよ。いまでもわたしのパパだもん」

「もちろんそうだ」ウェイクリーは声をやわらげた。「ぼくはただ――ぼくがオール・セインツに電話をかけたほうが――あちらも話しやすいかもしれないと思ったんだ。どちらも信仰を持っているから。学校のことは学校の子たちのほうが話しやすいだろう？」

マデリンはぽかんとした。クラスメートに話がしやすいと思ったことがなかった。

「それとも」ウェイクリーはそろそろ解放されたくなった。「お母さんに電話をかけてと頼んでごらん。なんといっても、ご主人のことだ。あちらも答えてくれるよ。大事なことを明かすのだから、結婚していた証拠を求められるかもしれないけど――結婚証明書とかね――でも、それは簡単なことだし」

マデリンは凍りついた。

「考え直したよ」マデリンは紙切れにふたつの単語を書いた。「これがパパの名前」電話番号を書き添えて、ウェイクリーに差し出した。「いつ電話してくれる？」

ウェイクリーは名前を見おろした。

「キャルヴィン・エヴァンズ？」彼はたじろいだ。

ハーヴァード大学の神学部にいたころ、ウェイクリーは化学の講義を聴講していた。目的は、敵陣がどのように天地創造を説明しているのかを知り、反駁できるようになることだった。しかし、一年間化学を学ぶと、いつのまにか深みにはまっていた。原子や物質や元素や分子について新たに知識を得ると、神がすべてを創造したと信じられなくなってしまった。天国も、地球も。ピザですら、神の創造物とは思えなくなった。

五代前から聖職者の家系で育ち、世界有数の神学部で学ぶ若者にとって、これは非常に大きな問題だった。家族の期待だけでなく、科学そのものが問題なのだ。科学は、彼の目指している職業とはたいへん相性のよくないものを押しつけてきた。証拠だ。この証拠の中心にいるのは、若い男だった。名前はキャルヴィン・エヴァンズ。

エヴァンズはRNA研究者によるパネルディスカッションの登壇者としてハーヴァードに来ていた。ウェイクリーは土曜日の夜、ほかにやることもなかったので聴講した。ほかのパネリストにくらべてずいぶん若いエヴァンズは、ほとんど発言しなかった。ほかの研究者たちが、どのように化学結合が起き、また壊れて、さらに結合して〝有効衝突〟と呼ばれる事象が起きるのか、専門用語たっぷりで説明した。正直なところ、やや退屈だった。それでも、ひとりのパネリストは真の変化とは運動エネルギーがなければ起きないことについて、だらだらとしゃべり続けた。そのとき、聴衆のだれかが有効ではない衝突の例を知りたいと質問した――エネルギーに欠け、変化も起きないが、大きな影響力のあるものは何か、と。すると、エヴァンズがマイクに身を乗り出してひとこと答えた。「宗教」そして、席を立って会場を出ていった。

あのひとことが気になってしかたなかったので、ウェイクリーはエヴァンズに手紙を書いた。驚いたことに、エヴァンズは返信をよこした――ウェイクリーも返信すると、また返信が届き、それがしばらく続いた。ふたりの意見は一致しなかったが、馬が合ったのは間違いない。だから、宗教と科学というハードルを越えたあとは、個人的な話もやり取りするようになった。年齢が同じというだけでなく、ふたつの共通点が明らかになったのはそのころだ――ふたりとも水辺のスポーツを熱狂的に愛し（キャルヴィンは漕手で、ウェイクリーはサーファーだった）、陽光あふれる気候にこだわっていた。おまけに、ふたりともガールフレンドがいなかった。どちらも大学院に退屈していた。そして、大学院を卒業したらどうするか決めていなかった。

だが、ウェイクリーがすべてをぶち壊した。父親の跡を継ぐと書いたのが間違いだった。エヴァンズも同じだろうと思っていたのだ。ところが、キャルヴィンのよこした返信には、父親を憎んでいて死を願っていると大文字で書いてあった。

ウェイクリーはショックを受けた。明らかに、エヴァンズは父親にひどく傷つけられたのだ。彼のことだから、その憎悪はもっとも冷徹なものにもとづいていたはずだ。冷徹な証拠に。

何度かエヴァンズに手紙を書こうとしたが、そのたびに何を書けばいいのかわからなくなった。ウェイクリーが。聖職者が。最近〝現代社会における慰めの必要性〟と題した論文を書いた男が。言葉に詰まった。

こうして文通で育んだ友情は終わった。

そして卒業式の直後、父親が突然亡くなった。ウェイクリーは葬儀のためにコモンズへ帰省し、そのままとどまることにした。ビーチのそばに小さな家を見つけ、父親の教会を引き継ぎ、サーフィンをやめた。

何年か過ぎ、エヴァンズもコモンズにいるのを知った。信じられなかった。こんな偶然があるだろうか？　だが、ウェイクリーが有名人となった友達に連絡する勇気を出すより先に、エヴァンズは恐ろしい事故で亡くなった。

噂が広がった。だれかが葬儀を司式しなければならない。ウェイクリーは手を挙げた。数少ない憧れの人物のひとりに敬意を払いたかった。エヴァンズの魂を安らかな場所へ導くために、できることをしたかった。もうひとつ、興味もあった。だれが葬儀に参列するのだろう？　あの優秀な男の死をだれが悼むのだろう？

答えは、ひとりの女性と一匹の犬だった。

「ちなみに」マデリンはつけくわえた。「孤児院の人に、パパはボートの選手だったと伝えて」

ウェイクリーは普通のものより長かった棺を思い浮かべて口をつぐんだ。

あの日、墓穴の脇にいた若い女性になんと声をかけたか、正確に思い出そうとした。ご愁傷さまです、だったか？　おそらくそうだ。葬儀のあと、話しかけるつもりだったが、最後の祈りも終わらないうちに、彼女は犬を連れて去っていった。あとで会いにいこうと思ったが、名前も住所も知らなかった。探そうと思えば探せただろうが、そうしなかった。なんとなく彼女には、エヴァンズの魂の話をしないほうがいいのではないかと思わせるところがあった。

葬儀のあと——何カ月たっても、あまりにも短い生涯を終えたエヴァンズのことが頭を離れなかった。世界にとって重要な功績を残す人間は限られている——何かを変えるような発見をする人間は。エヴァンズは未知の領域の隙間をくぐり抜け、神学が完全に排除してきた方法で世界を探査していた。ほんの短いあいだだが、ウェイクリーもその世界の一部にいたような気がした。

とはいえ、あのときはあのとき、いまはいまだ。聖職者になった自分に科学は必要ない。ほんとうに必要なのは、よき人間として振る舞い、たがいにいじめ合うのをやめて正しい行動ができるよう、信徒に伝えるための工夫だ。結局のところ、ウェイクリーは信仰を疑いながらも聖職者になった。それでもやはり、天才エヴァンズのことばかり考えていた。いま、この小さな女の子がエヴァンズの娘だと言っている。神はほんとにわけのわからないことをなさるものだ。

「はっきりさせたいんだが」ウェイクリーは言った。「ぼくたちが話しているのはキャルヴィン・

エヴァンズのことだよね。五年前に車に轢かれて亡くなった」

「引き綱が原因だけど、まあそんなとこ」

「うん。でも、不思議なことがあるんだ。キャルヴィン・エヴァンズに子どもはいなかった。それどころか――」ウェイクリーはためらった。

「何？」

「なんでもない」彼は急いで打ち消した。この子にはいろんな事情がありそうだが、そのうえ私生児らしい。「それはなんだい？」ノートからはみ出した、黄ばんだ新聞記事を指差した。「ほかにも宿題があるの？」

「家族の写真を持っていかなければならないの」犬のよだれで濡れている切り抜きを取り出した。

おもむろに差し出すそのようすは、かけがえのない宝物を扱っているかのようだった。「みんなが写ってるのはこれしかないの」

ウェイクリーは切り抜きをていねいに開いた。それはキャルヴィン・エヴァンズの葬儀の写真で、あの女性と犬がカメラに背を向けて写っていたが、エヴァンズの棺を呑みこんだ地面を見おろす彼女たちからは、深い悲しみがはっきりと伝わってきた。ウェイクリーはたちまち気分が落ちこんだ。

「でもマッド、どうしてこれが家族写真なの？」

「これがママで」マデリンは女性の背中を指差し、「これはシックス＝サーティ」と犬を指差した。

「で、わたしはママのおなかにいて、ここね」と、ふたたび女性を指差した。「そして、パパはこの箱のなかにいる」

「マッド、わかっていてほしいことがあるんだ」ウェイクリーは、自分の両手が写真に写っていることに気づいてショックを受けた。「家族は木に名前を書くためにいるわけじゃない。人間は植物の王国の住人じゃないから――ぼくたちは動物の王国の住人だ」

「そうなんだよ」マデリンは息を呑んだ。「わたしもマドフォード先生にそれと同じことを言ったの」

「ぼくたちが木だったら」ウェイクリーは、この子は自分の出自を他人に説明する際にどれほどの悲しみに耐えなければならないのだろうかと思った。「もう少し賢かったかもね。長生きしたりなんだりで」

そのときウェイクリーは、キャルヴィン・エヴァンズは長生きしなかったのだから、エヴァンズはたいして賢くないと言ってしまったようなものだと気づいた。ほんとうにひどい牧師だ――最低だ。

マデリンはウェイクリーに言われたことについて思案しているようだったが、しばらくしてテーブルのむこうから身を乗り出した。「ウェイクリーさん」声をひそめた。「わたしこれからママを見に帰らなくちゃいけないんだけど、ちょっと考えたことがあるの。だれにも言わないでくれる?」

「わかった」ママを見に帰らなくちゃいけないとはどういう意味だろうと思いながら、彼は答えた。母親が病気なのだろうか?

マデリンは、またウェイクリーが嘘をついているのかどうか見極めようとしているかのようにじっと見つめていたが、立ちあがって彼の隣へ来て、あることを得意げに耳打ちした。とたんに、ウェイクリーは目を見開いた。そして、よく考えるより先に彼もマデリンの耳に手を当てて同じことをした。ふたりはびっくりしたように、さっと身を引いた。

「それって悪くないね、ウェイクリーさん」マデリンは言った。「ほんとに」

だが、マデリンに耳打ちされた言葉をどう受け取ればいいのか、ウェイクリーにはわからなかった。

29章

結びつき

「わたしはエリザベス・ゾット、〈午後六時に夕食を〉の時間です」

ブリックレッドの口紅をつけ、豊かな髪をねじってシニヨンにし、かんざし代わりにＨＢの鉛筆を挿したエリザベスは、両手を腰に当て、まっすぐカメラを見据えた。

「楽しいお知らせです。今日は、三種類の化学結合について学びます。イオン結合、共有結合、水素結合です。なぜ結合について学ぶのでしょう？　結合を学べば、命の基礎そのものがわかるからです。それに、ケーキがちゃんとふくらみます」

南カリフォルニアじゅうの家庭で、女性たちが紙と鉛筆を取り出した。

「イオン結合とは、〝まったく異なる性質のものが引き合う〟化学結合です」エリザベスはカウンターの前に出てきて、イーゼルに向かって図を描きはじめた。「たとえば、あなたは自由市場経済に関する博士論文を執筆中で、あなたの夫は生計のために運転手をやっているとします。あなたがたは愛し合っていますが、夫はおそらく市場の見えざる手に関する話には興味がないでしょう。無理もないですね。見えざる手なんて自由主義者の生ゴミですから」

エリザベスは観客席でさまざまな人々がメモを取るのを眺めた。なかには〝見えざる手＝自由主義者の生ゴミ〟と書いている者もいた。

「つまり、あなたとあなたの夫は完全に異なるタイプですが、それでも強くつながっている。それはすばらしいことですね。そして、それがイオン結合です」エリザベスは言葉を切り、イーゼルの一番上の紙をめくり、次の白紙を出した。

「あるいは、あなたの結婚生活は共有結合に近いかもしれません」新しい構造式を書いた。「その場合は幸運です。なぜなら、ふたりにはそれぞれ、結合したらよりすばらしいものを生みだすという長所があるからです。たとえば、水素と酸素が化学反応で結合したら何ができますか？　そう、水です――もっと一般的に知られている形で言いますと、H_2O ですね。多くの点で共有結合はパーティに似ていなくもありません――あなたの作ったパイと、彼が持ってきたワインのおかげで、パーティはもっと素敵になります。パーティが嫌いでしたら――わたしは嫌いですけれど――その場合は、共有結合をヨーロッパの小国と考えてみてください。たとえばスイス」エリザベスは〝アルプス〟とイーゼルの紙に手早く書いた。〝＋強い経済力＝だれもが住みたくなる国〟

カリフォルニア州ラホヤのリビングルームで、三人の子どもがおもちゃのトラックを奪い合い、折れた車軸がこれからアイロンをかける衣類の山の隣に転がっていた。その山に埋もれそうになりながら、カーラーで髪を巻いた小柄な女性が小さなノートを持っていた。彼女はノートに〝スイス、引っ越し〟と書いた。

「いよいよ三つ目の結合です」エリザベスは別の分子式を指した。「水素結合――三つのなかでもっとも脆く、壊れやすい結合です。わたしはこれを〝ひと目惚れ〟結合と呼んでいます。単に見た目が気に入ってひかれるようなものだからです。たとえば、あなたは彼の笑顔を気に入り、彼はあなたの髪を気に入ったとします。けれど、ふたりで話しているうちに、彼は隠れナチで、女性は不平を言いすぎだと考えていることがわかりました。プツン。脆いつながりはそこで切れてしまいます。水素結合はみなさんの役に立ちますね――信じられないほど素敵に見えるものは十中八九、信じないほうがいいと、化学が思い出させてくれるわけです」

エリザベスはカウンターのむこうへ戻り、マジックを包丁に持ち替えると、ポール・バニヤンばりのスイングで大きな玉ねぎをまっぷたつに割った。「今夜はチキン・ポット・パイです」と宣言する。「では、はじめましょう」

「いまの聞いた?」サンタモニカのある女性が、不機嫌そうな顔の十七歳の娘のほうを振り向いた。娘のアイライナーは飛行機が着陸できそうなほど太い。「わたしの言ったとおりでしょう? あなたとあの子は水素だけでつながってるのよ。そろそろ目を覚まして、イオン化したらどう?」

「またその話?」

「あなたは大学に行けるのよ。大きなことを成し遂げられるかもしれないのに!」

「彼はあたしを愛してるもの!」

「あなたを束縛してるだけよ!」

「このあともつづきます」エリザベスはカメラに向かい、いったんコマーシャルを挟むと告げた。

プロデューサー席で、ウォルター・パインはうなだれていた。フィル・リーベンスモールの靴を舐めんばかりの勢いで頼みこみ、なんとかゾットの契約をあと半年間延ばしてもらうことができたものの、お色気要素を入れて化学の要素を取り除くというのが延長の条件だった。フィルからは、今度こそ残り時間はあとわずかだと脅されていた。苦情が大量に届いていると彼は言う。ウォルターは、番組がはじまる前にエリザベスにリーベンスモールの指示を伝えた。「いくつかの点は変更しなければなりません」

エリザベスはひとつひとつの変更点について思案しているかのようにうなずきながら聞いていた。だが、返事は「お断りします」のひとことだった。

そのような厄介な問題にくわえて、アマンダが家族の木というばかげた宿題を持って帰り、ママの写った家族近影を要求していた。ママなどもはや他人なのに。おまけに、ウォルターとアマンダのあいだには存在しない血のつながりのすばらしさをたたえねばならないらしい。もちろん、ウォルターはもうすぐアマンダに真実を告げるつもりだった。ろくでもない母親は二度と戻ってこないし、厳密に言えばパパとおまえに血のつながりはない、と。養子になった子には真実を知る権利がある。ただ、ウォルターとしては適切な時期を待っているだけだ。アマンダの四十歳の誕生日を。

「ウォルター」エリザベスはつかつかとウォルターのほうへ歩いていった。「保険会社の人から連絡はありましたか？　ご存じのとおり、明日は燃焼を取りあげます。とくに危険はないと信じていますけど——ウォルター？」彼の顔の前でひらひらと手を振った。「ウォルター？」

「ミセス・ゾット、六十秒前です」

「手近に消火器を二本ほど余分に置いてもかまわないでしょう？　もう一度言いますけど、わたしは水と泡タイプより窒素ガスのもののほうが好きです。でもそれはわたしだけでしょうし、どっちでも火は消せると思います。ウォルター？　聞いてますか？　返事をして」エリザベスは眉をひそめ、ステージを振り向いた。「次のコマーシャルのときにまた来ます」

エリザベスがステージへ戻っていくと、ウォルターはほっとし、エリザベスが階段をのぼるのを見た。彼女は青いスラックスを――スラックスをはき、ウエストの高い位置でベルトを締めている。何様のつもりだ？　キャサリン・ヘプバーンか？　リーベンスモールは激怒するだろう。ウォルターはヘアメイク係の女性のほうを向いて手招きした。

「どうしました、ミスター・パイン？」ローザは小さなスポンジを大量に抱えていた。「何か必要ですか？　ちなみにミセス・ゾットの顔は問題ありませんよ。ぜんぜんテカってません」

ウォルターはため息をついた。「彼女の顔はテカったためしがない。ステージのライトの熱さときたら三十秒でステーキが焼けるほどなのに、彼女は一粒たりとも汗をかかない。どうしてだ？」

「たしかに変わってますよね」

エリザベスがカメラに向かって両手を差し出し、「ではつづきをやりましょう」と言うのが聞こえた。

「頼むから普通にやってくれよ」ウォルターは小声でつぶやいた。

「それでは」エリザベスは自宅で観ている人々に語りかけた。「コマーシャルのあいだに、みなさんはにんじんとセロリと玉ねぎを細かく刻み終えたと思います。細かく刻むことによって、調味料の吸収を容易にするために必要な面が作られ、調理時間の短縮が可能になります。いまこうなっていますね」と、平鍋を傾けて中身をカメラに向ける。「次に、充分な量の塩化ナトリウムを振り――」

「塩と言ったら死ぬのか？」ウォルターは苛立ちをこめてささやいた。「なあ、死ぬのか？」

「わたしは彼女の科学チックな言葉遣いが好きですよ」ローザは言った。「聞いてると――なんだか頭がよくなった気がするので」

「頭がよくなった？　頭がよくなった？　やせたい美しくなりたいとは思わなくなったのか？　それに、なんだあのズボンは？　いったいなんであんなものをはくんだ？」

「大丈夫ですか、ミスター・パイン？　飲みものか何か持ってきましょうか？」

「頼む。青酸カリをくれ」

　それからしばらくエリザベスは視聴者にさまざまな材料の化学的な組成を紹介し、どんな結合が成立するのか説明しながら、それぞれを平鍋にくわえた。

「はい」エリザベスはまた平鍋をカメラに向かって傾けた。「いまこのなかはどうなっているのでしょう？　二種類あるいはそれ以上の純粋な物質が組み合わさった混合物ですね。このなかで、物質はそれぞれの化学的性質を維持しています。わたしたちのチキン・ポット・パイの場合、にんじんと豆と玉ねぎとセロリは、いまだばらばらの物体のままです。考えてみましょう。うまくできたチキン・ポット・パイとは、高度に効率的なレベルで機能する社会のようなものです。たとえばスウェーデン。ここでは、すべての野菜がそれぞれの役割を果たします。自分のほうが重要だと主張するような野菜は、ここにはひとかけらも入っていません。さらにスパイスを追加すると——ガーリック、タイム、胡椒、それから塩化ナトリウムですね——それぞれの野菜の性質がより際立つだけでなく、酸味のバランスもととのいます。その結果は？　育児に給付金が出ます。もっとも、スウェーデンにも問題はあるでしょうね。皮膚癌は間違いなくそのひとつです」エリザベスはカメラマンからの合図を受けた。「このつづきは局からのお知らせのあとにやりましょう」

「いまのはなんだ？」ウォルターはあえいだ。「いまなんて言った？」

「育児に給付金です」ローザは彼のひたいをスポンジで拭った。「ぜひ住民投票にかけるべきですね」身を屈め、ウォルターのひたいで脈打っている血管を見つめた。「ねえ、やっぱりアセチルサリチル酸を持ってきますよ。飲めば楽に――」

「いまきみはなんて言った?」ウォルターはスポンジを払いのけながら噛みつくように尋ねた。

「育児に給付金」

「そうじゃなくて、そのあと――」

「アセチルサリチル酸?」

「アスピリンだろう」声がしわがれた。「ここKCTVではアスピリンと呼ぶんだ。バイエル社のアスピリン。なぜか知ってるか? バイエル社はうちのスポンサーだからだ。うちに金を払ってくれるお客さんなんだ。わかるか? 言ってみろ。アスピリン」

「アスピリン。すぐ戻ります」

「ウォルター?」出し抜けに頭上からエリザベスの声がして、ウォルターはびくりとした。

「なんですか、エリザベス! こそこそ近づいたりして!」

「こそこそなんてしてません。あなたが目を閉じていたんです」

「考えごとをしていたんだ」

「消火器について? わたしもです。やっぱり三本必要です。二本でも充分かもしれませんが、三本あれば悲劇の可能性を完全に排除できます。最低でも九十九パーセントは」

「あああ」ウォルターは身震いし、汗ばんだ手のひらをズボンで拭いた。「これは悪夢か? ぼくはなんで目を覚ましてるんだ?」

「残り一パーセントの可能性を考えているんですね。大丈夫です。それくらい低い可能性で起きるのは、ほとんど神の御業的なできごとくらいです――地震とか津波とか――わたしたちには予測できないことです。科学はまだそこまで進んでいないので」エリザベスは言葉を切り、ベルトの位置を直した。「ウォルター、〝神の御業〟なんて言葉があるのはおもしろいと思いませんか？　みんな神のことを子羊とか愛とか飼い葉桶の赤ん坊とかと一緒に語りますけど、その慈悲深いはずの存在が無辜の人々を片っ端から殴ってるんですから、怒りの制御に問題があるとわかりますよね――躁鬱かもしれません。精神科病棟ではそのような患者が電気ショック療法を施されています。わたしはよいことだと思いません。電気ショック療法の効果はほとんど証明されていませんので。でも、神の御業と電気ショック療法に類似点が多いのは興味深いですね。暴力的であり、残酷であり――」

「ミセス・ゾット、あと六十秒です」

「――容赦がなく、無慈悲であり――」

「あああエリザベス、やめてください」

「とにかく、三本です。女性はみんな、消火のやり方を覚えておくべきです。まずは炎を覆って消す、それでもだめなら窒素ガス」

「ミセス・ゾット、あと四十秒です」

「それより、そのズボンは？」ウォルターは歯をきつく食いしばっていたので、そう言うのが精一杯だった。

「ズボンが何か？」

「わかるでしょう」

「気に入りました？　そうでしょう。あなたも毎日はいていますし、わたしもその理由がわかりました。ズボンはとても快適ですね。ご心配なく、あなたが選んだことにしておきますので」

「やめてくれ！　エリザベス、ぼくは――」

「アスピリンを持ってきましたよ、ミスター・パイン」ローザが彼の脇に現れ、ふたりの話をさえぎった。「ミセス・ゾット、ちょっとお顔を見せて――よし――そっちを向いて――よし――ほんと、問題ない。どうぞ、セットへ行って」

「ミセス・ゾット、あと十秒です」カメラマンが声を張りあげた。

「気分が悪いんですか、ウォルター？」

「家族の木の課題は見ましたか？」ウォルターはささやいた。

「ミセス・ゾット、あと八秒」

「ウォルター、顔色が悪いわ」

「木《ツリー》は」ウォルターはなんとか絞り出した。

「無料《フリー》？　二度とセットのものをタダであげてはいけないと言ってたのに」

エリザベスはステージにあがり、カメラのほうを向いた。「では、つづきをやりましょう」

「何をくれたつもりなのか知らないが」ウォルターはローザに嚙みついた。「ぜんぜん効かないぞ」

「時間がかかるんですよ」

「ぼくには時間なんかない。瓶ごとくれ」

「もう上限の量まで飲んでますよ」

「嘘だ」ウォルターはボトルを振った。「だったらなぜまだ残ってるんだ？」

示した。

「さあ」エリザベスは話しはじめている。「あなたのスウェーデンを、先ほどのばしておいたデンプンと脂質とタンパク質の分子から成る物質のなかに――パイ皮ですね――入れてください。このパイ皮は、水分子すなわちH_2Oによって化学結合を可能にし、安定性と構造の完璧な結婚が成し遂げられたものです」いったん黙り、小麦粉まみれの両手で野菜とチキンを満たしたパイ皮を指し示した。

「安定性と構造」エリザベスはスタジオの観客席を見渡しながら繰り返した。「化学は生活と切っても切れない関係にあります――化学とは生活そのものなんです。しかし、パイと同じく生活には強固な基盤が必要です。みなさんのご家庭では、みなさんがその基盤です。みなさんは大きな責任を背負っているのに、だれも正当な評価をしてくれませんが、それにもかかわらず生活のすべてを支えているんです」

スタジオの女性たちはしきりにうなずいた。

「それではちょっと手を休めて、ご自分の実験結果を讃えましょう」エリザベスはつづけた。「みなさんが化学結合というエレガントな方法で作ったパイ皮は、具材の風味を高めると同時に閉じこめます。あらためて具材について考え、ご自身に問いましょう。スウェーデンには何が必要か？　クエン酸？　そうかもしれない。塩化ナトリウム？　たぶん。ここで調整します。満足のいく味になったら、二枚目のパイ皮をブランケットのようにかぶせ、縁をつまみ合わせて閉じます。それから、表面に短い切れ目を何本か入れて、空気の抜け穴にします。水蒸気になった水分子が逃げることができるように、スペースを作るわけです。抜け穴がなければ、パイはヴェスヴィオス火山になってしまいます。迫りくる死から村人を救うために、かならず切れ目を入れてください」

エリザベスは包丁を取り、パイの表面に三本の短い切れ目を入れた。「はい、こんな感じです。では、百九十度に熱したオーブンに入れましょう。およそ四十五分間、加熱してください」時計を見あげる。

「まだ少し時間があるようです。スタジオのみなさんからご質問があればうかがいましょうか」エリザベスはカメラマンを見たが、彼は人差し指で喉を切る仕草をした。〝だめだめだめ〟と口だけ動かしている。

「はい、ではそちらの方」エリザベスは最前列の女性を指した。ガチガチにセットした髪の上に眼鏡をのせ、太い脚はサポートタイツに覆われている。

「カーンヴィルのミセス・ジョージ・フィリスと申します」女性は緊張した面持ちで立ちあがった。「いま三十八歳です。とりあえずあなたの番組が大好きだって伝えたくて。わたし……信じられないんです、こんなにいろいろなことを学べたなんて。たいしてりこうじゃないのに」恥ずかしそうに頬を染めた。「いつも夫にそう言われるんです――先週、浸透っていうのは、濃度の低い溶液の水分が半透膜を通って濃度の濃い溶液に移ることだと聞いて、ちょっと思ったんです、もしかしたら……あの……」

「続けてください」

「あの、わたしの脚がむくんでるのは、透水係数の低下と血漿タンパク質の浸透反射係数の異常が組み合わさって起きたのかなと思って。どう思います？」

「非常に詳細な分析ですね、ミセス・フィリス」エリザベスは言った。「どんなお薬を服用していますか？」

「あら」ミセス・フィリスはしどろもどろになった。「あの、わたしお医者さんじゃないので。ただの主婦ですし」

「た、ただの主婦の女性なんてひとりもいませんよ。ほかに何かやっていますか？」

「とくには。趣味はありますけど。医療雑誌を読むのが好きなんです」

「興味深いですね。ほかには？」

「縫いものを」

「服を縫うんですか？」

「体を」

「外傷の縫合？」

「ええ。息子が五人いるんです。しょっちゅう自分たちの体に穴ぼこをあけてますよ」

「あなたが息子さんたちの年頃だったころに将来なりたかったものは――」

「愛情深い奥さん、お母さんです」

「いえ、ほんとうは――」

「心臓外科医です」ミセス・フィリスは思わず口走った。

スタジオ内は重い沈黙に満たされた。風のない日の濡れた洗濯物のように、彼女の現実離れした夢がだらりと宙にぶらさがっていた。心臓外科医？　つかのま、全世界がそのあとに続くはずの爆笑を待っているような雰囲気が漂った。だが、観客席の端から、突然だれかが拍手をはじめ――すぐさまふたり目が続き――そこへ十人がくわわり――さらに二十人がくわわり――ほどなく全員が立ちあがり、またほかのだれかが声をあげた。「心臓外科医のフィリス先生よ」そして万雷の拍手。

「いえいえ」ミセス・フィリスは拍手に負けじと声を張った。「ちょっとふざけただけなんです。ほんとうは心臓外科医なんてなれません。もう手遅れだし」

「手遅れなんてことはありません」エリザベスの口調は力強かった。

「無理です。わたしにはできないわ」

「なぜ」

「大変だもの」

「五人の息子を育てるのは大変ではない？」

ミセス・フィリスは指先でひたいににじんだ汗の粒に触れた。「でも、わたしみたいなのがいったいどこからはじめればいいの？」

「まず公共図書館へ行くんです。その後、医学大学院進学適性テスト《MCATs》を受けて進学し、研修医になるんです」

不意に、ミセス・フィリスはエリザベスがまじめにそう言っていることに気づいた。「わたしにそんなことができるなんて本気で思ってるの？」彼女の声は震えていた。

「塩化バリウムの分子量は？」

「二〇八・二三」

「あなたならできます」

「でも、主人は――」

「幸運な男性です。ところで、今日は無料サービスデーなんです、ミセス・フィリス。番組のプロデューサーがさっき決めたばかりなんですよ。わたしたちは勇気あるあなたの前途を応援します、そのしるしにわたしのチキン・ポット・パイをさしあげます。さあ、ステージまで取りにいらしてください」

割れるような拍手のなか、エリザベスはいまや決然とした表情のミセス・フィリスに、アルミホイルをかぶせたパイを渡した。「いよいよお別れの時間ですね。明日もまたキッチンという炎の世界をともに探検しましょう」

そしてエリザベスは、まっすぐカメラのレンズを見据えた。カーンヴィルでテレビの前に集まり、生まれてはじめて母親の姿を見たかのごとくぽかんと口をあけて目を丸くしているミセス・ジョージ・フィリスの五人の息子たちの顔をレンズ越しに見つめているかのように。

「男の子たち、テーブルの用意をしてください」エリザベスはぴしりと告げた。「お母さんにひと息つかせてあげましょう」

30章

九十九パーセント

一週間後、エリザベスは慎重に切り出した。「マッド。今日、仕事中にマドフォード先生から電話がかかってきたの。家族の写真が不適切とか言ってたけど?」

マデリンはなぜか急に膝のかさぶたが気になったようだった。

「その写真は家族の木と一緒に出したものなんでしょう」エリザベスは優しく言った。「家族の木によれば、あなたの先祖は」——言葉を切り、リストに目をやる——「ネフェルティティ［古代エジプトの王妃］、ソジャーナ・トゥルース［奴隷解放活動家］、アメリア・イアハート［女性初の大西洋単独横断飛行に成功した飛行士］。身に覚えは?」

マデリンは無邪気な顔をあげた。「よくわかんない」

「その木には〝フェアリーゴッドマザー〟のどんぐりがついてるんだって」

「へえ」

「しかも、木の下には〝人間は動物である〟と書いてあるそうよ。下に三本線を引いて強調してあるって。それと〝人間の中身の九十九パーセントは似たりよったり〟とも」

マデリンは天井を見あげた。

「九十九パーセント?」エリザベスはたたみかけた。

「え?」

「不正確よ」

「でも――」

「科学は正確さが大事なの」

「でも――」

「実際には、九十九・九パーセントは似たりよったりよ。九十九・九パーセントね」エリザベスは口を閉じ、娘を両腕で抱きしめた。「わたしが悪かったわ、ちびちゃん。円周率はともかくとして、小数をちゃんと教えてなかったもの」

「邪魔してごめんなさいよ」ハリエットが裏口から入ってきた。「電話がかかってきたの。伝言を忘れてた」

「ハリエット」エリザベスの前にリストを置き、立ち去ろうとした。

エリザベスはリストに目を通しながら呼び止めた。「これはだれですか?　この第一長老教会の牧師って」

マデリンの腕の毛が逆立った。

「教会の勧誘電話みたいよ。マッドはいますかと言われたのよ。名簿が間違ってたんじゃないかしら。それより、こっちをちゃんと見といてね」ハリエットはメモをとんとんとたたいた。「なんと〈LAタイムズ〉」

「局にもかかってきたんです。インタビューをしたいと」

「インタビュー!」

「また新聞に載るの?」マデリンは心配になった。それまで家族が新聞に載ったのは二回。最初は父親が死亡したとき、二回目は父親の墓石に流れ弾が当たったときだ。

「いいえ、マッド」エリザベスは答えた。「インタビューを希望した人は科学の記者じゃなかったの。女性向けの欄を担当している人。化学の話には興味がなくて、料理の話を聞きたいといわれたの。そのふたつは分けられないということがわからないようだった。たぶん、わたしたち家族についてもあれこれ訊きたかったんだと思う。関係ないのにね」

「訊かれたくないの? うちの家族、どこか変なの?」

テーブルの下でシックス=サーティは頭をもたげた。マッドには、家族が変なのではないかと思ってほしくなかった。マッドはただの憧れでネフェルティティだのなんだのを書いたわけではない――究極的には正しいことを書いたのだ。すべての人類には共通祖先がいるのだから。でもマドフォードは知らない。犬のシックス=サーティが知っているのに。ちなみに、彼はまた新しい単語を覚えた。〝日記〟だ。神に見つからないように、家族や友人についてよこしまなことを書き記すものが〝日記〟である。これで彼の語彙は六百四十八個になった。

「じゃあ、また明日の朝に」ハリエットは裏口を出てドアを閉めた。

「ママ、うちの家族のどこがおかしいの?」マデリンはもう一度尋ねた。

「おかしくなんかないわ」エリザベスははっきりと答え、テーブルの上を片付けた。「シックス=サーティ、ドラフトチャンバーのスイッチを入れて。炭化水素蒸気でお皿を洗ってみたいの」

「パパってどんな人だったの?」

「全部教えたでしょう、ちびちゃん」にわかにエリザベスの表情が愛情で明るくなった。「優秀で正直で、愛情にあふれる人だった。一流の漕艇選手で、才能のある化学者だった。背が高くて、瞳はあなたに似たグレーで、手がとても大きかった。両親はふたりとも列車衝突事故で亡くなり、おばさんも木に衝突して亡くなった。そのあとは男子孤児院に入って、そこで……」エリザベスは黙った。青と白のチェックのワンピースの裾がふくらはぎのまわりで揺れているのを感じ、皿洗い実験をするつもりだったのを思い出した。「ちょっと待って、マッド、それから酸素マスクをつけて。シックス＝サーティ、ゴーグルをつけてあげる。おいで」全員のストラップを締めた。「ええと、お父さんはケンブリッジに入学して、そこで――」

「あんし・じいん」マッドはマスク越しに話を戻そうとした。

「前も話したでしょう。男子孤児院のことはよく知らないの。お父さんがあまり話したがらなかったから。個人的な事情みたい」

「おじん・きな？　ひいつ？」マッドはまたマスク越しにしゃべろうとした。

「秘密というより個人的な事情」エリザベスはきっぱりと言った。「ときにはよくないことが起きる。生きていればそういうものよ。お父さんが男子孤児院の話をしなかったのは、いつまでも考えていてもしかたがないとわかっていたからじゃないかしら。お父さんは家族なしで育って、頼れる両親もなく、どんな子どもでも与えられてしかるべき愛情と保護を与えられなかった。でも、耐え抜いた。たいていの場合、不幸に対処する最善のやり方は」エリザベスは鉛筆に手をのばした。「抗う。いい、不幸をひっくり返すこと――自分の強みに変えてしまって、不幸に呑まれるのを拒むこと。いい、ことよ」

母親の口調が――戦士のような口調が、マデリンを心配させた。「ママにも不幸なことがあったの？」マデリンは尋ねようとした。「パパが死んだだけじゃなくて？」けれど、皿洗い実験が本格的にはじまり、マデリンの声はマスクの繭のなかでくぐもり、電話のベルの音にかき消された。

エリザベスは電話に出た。「あら、ウォルター」

「いま取り込み中ですかね――」

「いいえ、大丈夫です」背後で尋常ではない音がしていたが、エリザベスはそう答えた。「どうしました？」

「ええと、ふたつ相談したいことがあって。ひとつ目は家族の木の課題です。どうやらぼくたちは――」

「ええ、たしかに」エリザベスはうなずいた。「困ったことになりましたね」

「うちもそうなんです」ウォルターは弱り果てていた。「うちの子は、ぼくが枝に書いた名前が全部でたらめだと気づいているようなんです。あなたもそうしたんですか？」

「いいえ。マッドが計算間違いをしたんです」

ウォルターはわけがわからず黙っていた。

「明日、ミセス・マドフォードと面談なんです」エリザベスは続けた。「ところで、もう聞いているかもしれませんけど、ふたりとも秋学期からまたミセス・マドフォードのクラスですよ。先生は一年生を教えることになったそうです。もちろん〝教える〟と言ったのは皮肉です。さっさと苦情を申し立てておきました」

「なんだって」ウォルターはため息をついた。

「ふたつ目の話はなんですか、ウォルター?」

「フィルのことです。彼は……その……不満があるらしく」

「わたしもです。どうしてあの人がエグゼクティヴ・プロデューサーになれたんですか？　先見性もリーダーシップもないし、マナーすらなってない。局の女性に対する接し方は軽蔑に値します」

「まあその」ウォルターは二、三週間ほど前にエリザベスについて話し合ったとき、リーベンスモールがつばを飛ばしてわめくどころか本当につばを吐きかけてきたのを思い出した。「たしかに、彼はちょっと癖のある人ですね」

「あれは癖のあるなんてものじゃないです、ウォルター。あれは人格の堕落です。いずれ取締役会に苦情を申し立てますので」

　ウォルターはかぶりを振った。また苦情か。「エリザベス、フィルも取締役会のメンバーです」

「ええ、だれかがあの人の振る舞いに気づくべきですね」

「もちろん」ウォルターはため息をついた。「もちろん、いまではあなただってこの世はフィルのような連中ばかりだとわかっていますよね。ぼくたちとしては、せいぜい調子を合わせるしかない。逆境で精一杯努力するしかないんです。どうしてそうできないんですか?」

　エリザベスはフィル・リーベンスモールのもとで努力しなければならない理由を考えた。ない――ひとつも思いつかない。

「それより、ひとつ考えがあるんです」ウォルターは続けた。「フィルは新しいスポンサー候補を見つけたんです――缶詰のスープを作っている企業です。それで、あなたの番組でそこの商品のスープを使ってほしいと考えている。たとえばキャセロールに入れたり。そうしてくれたら――大きなスポンサーを捕まえることができたら――彼もぼくたちをそっとしておいてくれるかもしれない」

「缶詰スープの企業？　わたしは新鮮な材料しか使いませんので」

「せめて少し考えるくらいはしてくれませんか？」ウォルターは懇願した。「缶詰ひと缶ですむんです。ほかの人たちのことも考えてください――あなたの番組のために大勢の人が働いている。みんな養わなければならない家族がいるんです、エリザベス。みんな仕事を失うわけにいかないんだ」

考えこんでいるような沈黙がエリザベスからウォルターへ返ってきた。しばらくして彼女は言った。「フィルに会わせてください。きちんと話したいんです」

「だめです」ウォルターは語気を強めた。「それはだめです。絶対にだめだ」

エリザベスは短く息を吐いた。「わかりました。今日は月曜日です。木曜日に缶詰を持ってきてください。なんとかします」


だが、その週はよくないことが続いた。翌日――火曜日、ミセス・マドフォードが課題にした家族の木によって明かされた事実が学校中で話題になった。マデリンが婚外子であること、アマンダに母親がいないこと、トミー・ディクソンの父親がアルコールに依存していること。子どもたちはそんなことなど気にもとめていなかったが、ミセス・マドフォードは邪悪な目を興奮に潤ませ、貪欲なウイルスよろしく情報をむさぼり、ほかの母親たちにも食べさせた結果、彼女たちが糖衣のように噂を学校中に塗り広げた。

水曜日は、何者かがエリザベスの自宅ドアの下に、ＫＣＴＶの番組出演者全員の報酬額の一覧表をこっそりすべりこませた。エリザベスは金額をまじまじと見つめた。あのスポーツニュースの解説者は自分の三倍も報酬をもらっているのか。一日に三分間だけカメラの前に立ち、スコアを読む以外になんのスキルもない男が？　さらに、どうやらＫＣＴＶには〝利益分配制〟とやらがあるらしい。それなのに、その恩恵にあずかっているのは男性出演者だけのようだった。

だが、木曜日の朝にエリザベスを憤慨させたのは、家へやってきたハリエットの姿だった。

エリザベスがマデリンのランチボックスにメモを――〝物質は生成されることも消滅することもないが、配列は変わることがある。つまり、トミー・ディクソンの隣に座らないこと〟というメモを入れたとき、ハリエットがテーブルの前に座ったが、まだ朝早くて薄暗いのにサングラスをかけていた。

「ハリエット？」エリザベスはすぐさま不審に思った。

ハリエットは無理やり冷静を装っている口調で、ゆうべはミスター・スローンの機嫌が悪かったのだと話した。妻にポルノ雑誌を捨てられ、ドジャースが負け、エリザベスが観客の女に心臓外科医になれとけしかけたのが気に食わなかった。そして、ビールの空き瓶でハリエットを殴りつけ、ハリエットは射撃練習場の的よろしくばったりと倒れたのだった。

「警察を呼びます」エリザベスは受話器を取ろうとした。

「やめて」ハリエットはエリザベスの腕を押さえた。「警察は何もしてくれないし、あの人にいい気味だと思わせたくないの。お返しにハンドバッグでひっぱたいてやったし」

「いますぐお宅へ行きます。こんな振る舞いは許されないとわからせてやらなくちゃ」エリザベスは立ちあがった。「野球のバットを持っていきます」

「だめよ。あなたがあの人を襲ったら、警察はあっちじゃなくてあなたを逮捕するわ」

エリザベスは考えた。ハリエットの言うとおりだ。顎がこわばり、何年も前に警察を呼んだときに味わったのと同じ怒りを覚えた。では、反省の供述はしないんだな？　エリザベスは髪に挿した鉛筆に手をのばした。

「わたしは大丈夫よ。べつにあの人を怖がってるわけじゃないのよ、エリザベス。ただ反吐が出るほど嫌いなだけ。怖いのとは違うの」

その気持ちはエリザベスもよく知っていた。身を屈め、ハリエットに両腕をまわした。ふたりは友情でつながれているが、こんなふうに触れ合うことはめったになかった。「あなたのためならなんでもします」エリザベスはハリエットを抱きしめた。「ご存じですよね？」

ハリエットは驚き、目を潤ませてエリザベスを見あげた。「わたしもよ。おんなじ」しばらくして、ハリエットは体を離した。「大丈夫よ」ハリエットはきっぱりと言い、涙を拭った。「もう忘れて」

しかし、エリザベスはあっさり忘れるタイプではなかった。五分後、私道から車を出したときには、すでに心は決まっていた。


三時間後、エリザベスは言った。「こんにちは、みなさん。今日もよろしくお願いします。さて、これを見てください」カメラに向かって缶詰のスープを掲げた。「これを使うと、ほんとうに時間の節約になります」

プロデューサー席で、ウォルターは感謝のあまり息を止めた。スープを使ってくれるんだ！

「なぜなら、人工的な添加物がたっぷり入っているからです」エリザベスが缶詰をゴミ箱に放りこんだので、ゴツンと音がした。「愛する家族にいつも食べさせていたら、そのうちみんな死んでしまって、食事の用意をしなくてもよくなりますからね」

カメラマンは困惑してウォルターを見た。ウォルターは大事な約束を忘れていたふりをして腕時計を見やり、立ちあがってスタジオを出ると、駐車場へ直行し、車に乗って家に帰った。

「幸い、愛する家族をもっと手っ取り早く殺す方法はほかにもいくつかあります」エリザベスは続け、イーゼルのほうへ歩いていった。イーゼルには、さまざまなきのこのイラストがかかっている。「手始めにきのこはおすすめです。わたしでしたら、タマゴテングタケを選びます」エリザベスはイラストのきのこのひとつをとんとんとたたいた。「〝死の傘〟という別名が知られています。このきのこの毒は高熱にも耐えるので、一見おいしそうなキャセロールの具材の主役になります。しかも、毒のない近縁のフクロタケによく似ているんですね。ですから、だれかが死んで取り調べを受けても、何も知らない主婦のふりをして毒きのこと間違えてしまったと申し立てることができます」

テレビ画面が並んだオフィスで、フィル・リーベンスモールはデスクから顔をあげて画面のひとつをみやった。いまあの女はなんて言った？

「毒きのこのすばらしさは」エリザベスは続けた。「さまざまな調理法に適応するところです。キャセロールのほかにも、詰め物をしてグリルしてもいいですね。ご近所の方にお分けできますし――たとえば、ことさら妻につらく当たる男性とか。そういう人はとっくに墓穴に片足を突っこんでいますね。もう片方も突っこむお手伝いをしてあげてはいかがでしょうか」

観客席のだれかが不意に笑い声をあげ、拍手をした。そのあいだ、カメラは何組かの手が〝タマゴテングタケ〟と丁寧に書きとめるのをとらえた。

「もちろん、愛する家族に毒を盛るというのは冗談です」エリザベスは言った。「みなさんの夫も子どもたちも、大いにみなさんの献身に対して感謝している、すばらしい方々でしょうから。あるいは、みなさんが家庭の外で働いていて男性と同じ給料をもらっているのなら、公平な雇用主は貴重ですから毒を盛らないほうがいいですね」さらに多くの笑い声と拍手が起こり、それはエリザベスがカウンターのむこうへ戻るまで続いた。「今夜はブロッコリーときのこのキャセロールです」と言いながら掲げたかごには——おそらく？——フクロタケが入っていた。「では、はじめましょう」

その晩、カリフォルニアではだれも夕食に手をつけなかったかもしれない。


「ミセス・ゾット」ヘアメイク係のローザが、スタジオを出ていくエリザベスに声をかけた。「リーベンスモールが七時にオフィスへ来てほしいって」

「七時？」エリザベスはむっとした。「リーベンスモールには子どもがいないんですね。ところでウォルターを見ませんでしたか？　わたしに怒っているはずです」

「番組が終わる前に帰ったみたい。それより、ひとりでリーベンスモールと会わないほうがいいわ。一緒に行ってあげる」

「大丈夫です」

「先にウォルターに電話をかけて。彼は絶対にわたしたちをリーベンスモールにひとりで会わせたりしないから」

「わかってます。心配しないで」

ローザはためらい、腕時計を見た。

「どうぞ、帰ってください。たいしたことじゃないので」

「とにかくウォルターに電話をかけてね。ちゃんと知らせて」ローザは持ちものをまとめはじめた。

「ねえ、今日は最高だった。とても楽しかった」

エリザベスは目をみはった。「楽しかったですか？」


午後七時前、エリザベスは明日の番組のメモを作ったあと、大きなバッグを肩にかけ、だれもいない通路をリーベンスモールのオフィスへ歩いていった。二度ノックしてなかに入った。「用件はなんでしょうか、フィル？」

リーベンスモールは、一面書類の山と食べかけの食べもので埋まった巨大なデスクのむこうに座っていた。煙草臭い室内にはぼやけた白黒画面の大型テレビが四台並び、大音量で再放送の番組を流している。一台目はソープオペラ、二台目はジャック・ラレーン、三台目は子ども番組、四台目が〈午後六時に夕食を〉だ。エリザベスは自分の番組を見たことがなく、スピーカーから流れる自分の声を聞いたのもはじめてだった。ひどい声だ。

「遅かったな」リーベンスモールは険しい声で言い、ごてごてしたカットグラスの灰皿で煙草を揉み消した。エリザベスに椅子に座れと身振りで指示し、鼻息荒くドアの前へ歩いていき、バタンと閉めて鍵をかけた。

「七時と言われましたが」エリザベスは言った。

「しゃべっていいと言ったか？」リーベンスモールはすかさず言い返した。

エリザベスの左側で、彼女の声が熱と果糖の相互作用について説明していた。エリザベスはテレビのほうへ首をひねった。いまのpHは正しかっただろうか？　よし、間違いない。

「わたしがだれか知っているのか？」部屋の反対側からリーベンスモールが言った。だが、うるさいテレビの音が彼の声と混じってよく聞こえなかった。

「あなたが……なんですって？」

「わたしがだれか」彼は声を張りあげながらデスクの前へ戻った。「知っているのかと尋ねたんだ」

「フィル・リーベンスモールでしょう」エリザベスは大声で答えた。「テレビを消してもかまいませんか？　声が聞こえません」

「口答えするな！　わたしがだれか知っているのかと言ったのは、わたしが何者か知っているのかという意味だ」

エリザベスはつかのまぽかんとした。「だから、フィル・リーベンスモールでしょう。よかったら一緒に運転免許証を確認しましょうか」

リーベンスモールの目がすっと細くなった。

「腰を曲げて！」ジャック・ラレーンが叫んだ。

「ダンスパーティだよ！」ピエロが笑った。

「あなたなんか愛してなかったわ」看護師が告白した。

「酸性のpH値ですね」エリザベスの声が言った。

「わたしはミスター・リーベンスモール、エグゼクティヴ・プロデューサー――」

「フィル、すみませんが」エリザベスは一番近くにあるテレビのスピーカーを指した。「ほんとうに聞こえなくて——」音量調整つまみに手をのばした。

「さわるな」フィルはどなった。「わたしのテレビにさわるんじゃない」

彼は立ちあがり、数冊のファイルを抱えてエリザベスの前へやってくると、三脚のように両脚を広げて立った。

「これが何かわかるか？」エリザベスの顔の前でこれ見よがしにファイルの束を振った。

「ファイルです」

「生意気な口をきくな。これは〈午後六時に夕食を〉の視聴者アンケートだ。それから広告収入。ニールセン視聴率」

「そうですか。ぜひ見せて——」だが、リーベンスモールはエリザベスの鼻先からファイルをさっと引っこめた。

「きみに調査結果の解釈ができるのか？」リーベンスモールは刺々しく言った。「この資料が何を意味するのか、わかるわけがなかろう」ファイルで自分の太腿をたたき、のしのしとデスクへ戻っていった。「ひどい状況なのに、放置しすぎてしまった。ウォルターはきみに手綱をつけるのを失敗したようだが、わたしは容赦しない。仕事を続けたければ、わたしが選んだ衣装を着て、わたしが作れと言ったカクテルを作り、普通の言葉遣いで料理をしろ。それから——」

彼が途中で黙ったのは、エリザベスの反応に——というよりも、無反応にたじろいだからだ。椅子に座ったエリザベスの態度のせいだ。彼女はまるで子どもの癇癪が治まるのを待っている親のようだった。

「いいや、気が変わった」リーベンスモールは思わず口走った。「きみはクビだ！」それでもエリザベスが反応しないので、彼は立ちあがって足音荒く四台のテレビの前へ行き、次々と四台のテレビの電源を切ったが、そのうち二台の電源ボタンを壊してしまった。「**どいつもこいつもクビだ！全員出ていけ！**」と吠える。「きみもパインも、きみのたわごとに少しでも協力した連中はまとめてクビだ！」ぜいぜいと息を切らしてデスクの前に戻り、椅子にどすんと腰をおろすと、エリザベスの反応を待った。ここで返ってくる可能性のある、あるいは返ってくるべき反応はたった二種類しかない。すなわち、泣くか謝るか。願わくはその両方なら申し分ない。

　エリザベスは、いままでは静まりかえった部屋でズボンの皺をのばしながらうなずいた。「今夜の毒きのこの話のせいで、わたしをクビにするんですね。番組に関わった方もひとり残らず」

「そのとおりだ」リーベンスモールは、彼女が自分の脅しなどなんとも思っていないことに驚きを隠せず、強い口調で言った。「きみのせいでみんながクビになった。仕事を失った。すべてきみのせいだ。以上」椅子の背にもたれ、エリザベスが屈服するのを待った。

「はっきりさせておきますが、わたしはあなたの言うとおりの格好をしないし、カメラに笑いかけないからクビになるんですよね、それから〝あなたが何者か〟知らないからクビになる——間違いないですよね？　さらに確認すると、あなたは〈午後六時に夕食を〉の関係者全員をクビにする。彼らは担当しているほかの四つか五つの番組からも、いきなりはずされるんですね。すると、その影響でそれらの番組も放映できなくなるわけですけど」

　理路整然と言われ、リーベンスモールは苛立ってむきになった。「その穴は二十四時間で埋められる」パチンと指を鳴らす。「いや、二十四時間もいらない」

「番組が成功したのに、これがあなたの最終的な判断なんですね」

「そうとも、最終的な判断だ。だが違う、番組は失敗だ——肝心なのはそこだ」彼はもう一度ファイルを取って振った。「毎日苦情が届く——きみについて、きみの物言いについて……きみの科学の話について。スポンサーは降りると言っている。あのスープの会社も——きっとうちを訴えるだろう」

「スポンサーといえば」エリザベスは、思い出させてくれてありがとうと言わんばかりに、両手の指先を合わせた。「スポンサーのことで話したいと思っていたんです。胃酸の逆流を抑える薬？　アスピリン？　そういう商品は、番組の料理が胃によくないという印象を与えます」

「現に、きみの番組は胃によくない」フィルはぴしゃりと返した。この二時間で十錠以上の制酸剤を嚙み砕いたが、胃のなかはまだ荒れ狂っている。

「苦情については、たしかに何件か届いています」エリザベスは言った。「でも、応援の手紙にくらべれば無に等しい。応援の手紙をいただけるとは意外でした。わたしは昔からどこにもなじめなかったんですよ、フィル。でも最近は、どこにもなじめなかったからこそ、番組が成功しているのかもしれないと思っています」

「番組は失敗だ。大失敗だ！」どうしてこうなった？　なぜこの女はクビになったくせに平気でしゃべり続けているんだ？

「どこにもなじめないというのはつらい感覚です」エリザベスは冷静に話し続けた。「人間は自然となんらかの居場所を求めます——そういう生物なんです。けれど、現在の社会では、わたしたちは自分がだめだからどこにも居場所がないと思ってしまいがちです。わたしの言いたいことがわかりますか、フィル？　そんなふうに思ってしまうのは、自分のことを無益な尺度で評価するからです。性別、人種、宗教、政治的立場、学歴。身長や体重さえも――」

「なんだって？」

「そんな社会とは対照的に〈午後六時に夕食を〉はわたしたちの共通点に――化学に、焦点を当てています。視聴者は、自分が学習した社会的な振る舞いに――たとえば〝男らしさとはこう、女らしさとはこう〟という古臭い規範に――とらわれていることに気づくかもしれませんが、番組を観ているうちに、そういう愚かな文化から自由になった観点で考えることができるようになるんです。賢く考えることが。科学者のように」

リーベンスモールは敗北感というはじめての感覚を味わい、椅子の背にぐったりともたれた。

「だから、あなたはわたしをクビにしたいんです。あなたが求めている番組は、社会規範を強化するものですから。それは個人の能力を限定します。よくわかります」

リーベンスモールのこめかみがずきずきしはじめた。震える手をマールボロのパックにのばし、底をトンとたたいて一本取り出し、火をつけた。しんと静まりかえった室内で、彼が深々と煙を吸うと、人形サイズのキャンプファイアのように火口が赤く輝き、パチパチと小さな音を立てた。煙を吐き出しながら、リーベンスモールはエリザベスの顔をじっと見つめた。出し抜けに立ちあがり、苛立ちで体を震わせながら、いかにも高価そうな琥珀色のウイスキーやバーボンの並んだサイドボードの前へ歩いていった。一本つかみ、厚手のショットグラスの縁からあふれそうになるまで酒を注いだ。一気にあおり、もう一杯注いでから、エリザベスのほうを振り向いた。「ここには序列というものがある。きみも覚えていてしかるべきだったな」

エリザベスは平然と彼を見返した。「はっきり言っておきますが、ウォルター・パインは、わたしをあなたの指示に従わせようと根気強く努力していました。彼も番組はもっとよいものになる、よいものにすべきだと信じていたにも関わらず、そうしていたんです。わたしの行動のせいで彼が罰を受けるのは間違っています。彼はよい人間であり、忠実な局員です」

ウォルターの名前を聞き、リーベンスモールはグラスを置き、また煙草を吸った。自分の権力に従わない者は嫌いだが、それが女だと我慢ならず、これからも我慢するつもりはなかった。ピンストライプのスーツのジャケットをウエストの前で開き、エリザベスをにらんだままゆっくりとベルトのバックルをはずした。「最初からこうすればよかったな」言いながら、ベルトを抜いた。「基本の原則をたたきこむべきだった。だが、きみの場合、これは退職者面接の一環と考えてくれ」

エリザベスは両腕の肘から下を椅子の肘掛けに押しつけた。落ち着いた声で言った。「それ以上近づかないほうがいいですよ、フィル」

彼はエリザベスに下卑た目を向けた。「この期に及んでもどっちが優位なのかほんとうにわかっていないようだな。だが、いまにわかる」ちらりと目をおろし、ウエストのボタンをはずしてファスナーをおろした。自分自身を取り出してよろよろと歩いていく。エリザベスの鼻先でしなびた性器が揺れた。

エリザベスはあきれてかぶりを振った。どうして男は性器が女を感心させたり怯えさせたりすると思いこんでいるのだろう。理解できず、身を屈めてバッグに手を入れた。

「おれは自分が何者かわかってる！」リーベンスモールはどなり、自身をエリザベスにつきつけた。「おまえは何様のつもりだ？」

「エリザベス・ゾットです」彼女は穏やかに言いながら、刃渡り三十五センチの研ぎたての包丁を取り出した。だが、彼には聞こえなかったかもしれない。リーベンスモールは、すでに気を失っていた。

31章

お見舞いのカード

心臓発作だった。深刻なものではなかったが、一九六〇年当時は軽い発作でも亡くなる人が多かった。リーベンスモールは幸運にも生き延びた。医師は三週間の入院と、最低でも一年は完全自宅療養が必要だと述べた。仕事など論外だった。

「あなたが救急車を呼んだんですか？」ウォルターは驚きの声をあげた。「現場にいたということですか？」彼はたったいま、昨日のできごとを知らされたばかりだった。

「ええ、いました」エリザベスは言った。

「それで、リーベンスモールは――どうしたんですか？　床に倒れて？　胸をつかんで？　苦しそうに？」

「ちょっと違います」

「じゃあ、何が？」ウォルターはいらいらと両腕を広げ、エリザベスとヘアメイク係のローザはちらりと視線を交わした。「何があったんですか？」

「わたしはいったん失礼します」ローザはすばやく言い、メイクボックスに道具を片付けた。立ち去る前に、エリザベスの肩をちょっと握った。「よくやったわ、ミセス・ゾット。ほんとによくやった」

ウォルターはそのやり取りを見て、うろたえて両眉をあげた。「あなたがフィルの命を救ったわけだ」引きつった声で言いながら、ドアが閉まるのを見た。「それはわかりました。正しくは何があったんですか？　なぜフィルのオフィスに行ったのか、何ひとつ省略せずに教えてください。午後七時を過ぎていたんですよね？　おかしいじゃないですか。教えてください。洗いざらい話してください」

エリザベスは回転椅子をまわしてウォルターと向き合った。ＨＢの鉛筆を髪から抜き、左耳の後ろにかけると、コーヒーカップを取ってひと口飲んだ。「打ち合わせをしたいと言われたんです。緊急に、と」

「打ち合わせ？」ウォルターはぞっとした。「言いましたよね――あなたも知っているはずだ――このことは話しましたよね。絶対にひとりでフィルと会ってはいけない。あなたにまかせておけないからではなくて、わたしはあなたのプロデューサーだから――」ハンカチを取り出してひたいを拭った。「エリザベス」声をひそめる。「ここだけの話ですが、フィル・リーベンスモールはやばいやつです――ぼくの言いたいことはわかりますね？　信用できないんです。あの人は問題が起きると――」

「あの人はわたしをクビにしました」

ウォルターは青ざめた。

「あなたもです」

「いいいいい、なんだって！」

「この番組の関係者全員をクビにしました」

「まさか！」

「あなたはわたしに手綱をつけるのを失敗した、とリーベンスモールが言っていました」

　ウォルターの顔は灰色になった。「あなたもわかっているはずです」ハンカチを握りしめる。「ぼくがフィルをどう思っていたか。ぼくが彼の言うことすべてに賛成しているわけではなかったのも知っていますよね。ぼくがあなたに手綱をつけようとしたか？　笑わせないでください。あのばかげた衣装をあなたに無理やり着せたことがあるか？　一度もない。あなたに浮かれた台詞を読めと頼んだことがあるか？　まあ、ありますが、それはぼくがあれを書いたからです」両手をさっとあげた。「いいですか、フィルは二週間の猶予をくれました――二週間あれば、あなたの突拍子もないやり方が実は功を奏しているとフィルにわかってもらう方法を思いついたかもしれない――ファンからの手紙や電話が増え、ほかの番組のお客さんを全部足しても勝てるくらいたくさんのお客さんが、あなたを観たくてスタジオの前に並ぶ。それだけでも、あなたには続けてもらわなければならないんです。でもわかりますよね、フィルのオフィスへ行って〝フィル、あなたが間違っていて、彼女が正しいんです〟と言えばすむってもんじゃない。自殺行為だ。絶対にだめです。フィルとうまくやるには、彼の自尊心をくすぐり、おだてて、彼が聞きたがっていることを言わなければならない。ぼくの言っていることはわかりますよね。あなたが缶詰を掲げたとき、ぼくはこれで勝利は確実だと思った。あなたがみんなの前で毒だと言い放つまでは」

「毒です」

「いいですか。ぼくは現実の世界に生きていますが、現実の世界ではくだらない仕事だろうが、仕事を維持するためにいろいろなことを言ったりしたりするもんです。ぼくがこの一年、どんなに理不尽なことに耐えたかわかりますか？　それだけじゃなくて、知っていますかね？　スポンサーが撤退しようとしているんですよ」

「フィルに聞いたんですね」

「そうです。ではここでニュース速報。あなたがいくらファンレターをもらおうが、なんの意味もないんです――スポンサーが〝ゾットが気に入らない〟と言えばおしまいなんだ。そしてフィルの調査では、スポンサーはあなたを気に入っていない」ウォルターはハンカチをポケットにしまい、立ちあがって紙コップに水を注ぎにいった。タンクから聞こえるゴボゴボという音は、いつ聞いても胃潰瘍を連想させるいやな音だ。「いいですか」腹部に手を当てながら続けた。「いまの話は他言無用ですよ。解決法を考えます。何人くらい知ってるんですか？　あなたとわたしだけですよね？」

「番組の関係者全員に話しました」

「いやいやいや」

「いまごろ局の全員が知っているでしょうね」

「いやいやいや」ウォルターは繰り返し、ひたいに手を当てた。「なんてことをしてくれたんだ、エリザベス。クビになったら普通はどうするか知らないんですか？　ひとつ、だれにもほんとうのことを言ってはいけない――宝くじに当たったとか、ワイオミングの農場を相続したとか、ニューヨークででかい仕事をもらったとか、そう言ってごまかすんです。そしてふたつ、しこたま酒を飲んで気持ちを切り替える。やれやれだな。いくらなんでも、テレビ族の流儀は知っているでしょう！」

　エリザベスはまたコーヒーをひと口飲んだ。「何があったか聞きたくないんですか？」

「まだ終わりじゃないんですか？」ウォルターはますます顔を曇らせた。「なんですか？　ぼくたちは車まで取られるとか？」

　エリザベスはまっすぐウォルターのほうを向いた。いつもはつるりとしたひたいにかすかに皺がよっているのを見て、ウォルターははじめて自分より彼女のことが心配になった。いやな予感がする。フィルとの面接において一番危険な要素を完全に忘れていた。彼女はフィルとふたりきりで会ったのだ。

「どうしたんですか」吐き気を催しながら尋ねた。「教えてください」

　男はみんなフィルと同じなのか？　ウォルターの考えでは、そんなことはない。だが、自分も含め、男はみんなフィルのような男を止めようとするか？　しない。たしかに何もしないのは臆病で恥ずべきことだ、でも何ができる？　フィルのような男は敵にまわしたくない。そうならないように、言われたとおりにするまでだ。みんなわきまえているし、みんなそうする。ただ、エリザベスはみんなと同じではない。ウォルターはぶるぶる震えている手でひたいを押さえた。意気地のない自分がいやでたまらなかった。「あの人は何かしましたか？　あなたは抵抗したんですか？」かすれた声で尋ねた。

　まっすぐ背すじをのばして座っているエリザベスは、鏡を囲んだライトに照らされ、いつも以上に毅然としたオーラをまとっているように見えた。ウォルターはびくびくと彼女の顔を見つめ、火炙り直前のジャンヌ・ダルクもこんな感じだったのではないだろうかと思った。

「ええ」

「なんだって！」ウォルターは叫び、紙コップを握りつぶした。「なんてことを！」

「ウォルター、落ち着いて。未遂に終わったので」

ウォルターは口ごもった。「心臓発作を起こしたからですね」少しほっとした。「よかった！　絶妙なタイミングだ。心臓発作とは。神に感謝だ！」

エリザベスは不思議そうな表情でウォルターを見返し、ゆうべフィルのオフィスに持っていったのと同じバッグのなかへ手をのばした。

「わたしは神には感謝しません」エリザベスはバッグから刃渡り三十五センチの包丁を取り出した。

ウォルターは息を呑んだ。エリザベスは調理師のように自前の包丁を使うことにこだわった。毎朝スタジオに持参して、毎夕自宅へ持って帰った。そのことはだれもが知っていた。フィル以外のだれもが。

「わたしはあの人に触れていません。あちらが勝手に倒れたんです」

「なんと――」ウォルターはつぶやいた。

「救急車を呼びましたけど、あの時間帯は道路が混むでしょう。到着までずいぶん待ちました。待ち時間を有効活用しましたよ。これを見てください」エリザベスは、リーベンスモールに見せびらかされたファイルをウォルターに渡した。「番組を買いたいという申し出です」エリザベスは、中身に目をみはったウォルターに言った。「三カ月前から、ニューヨーク州でもわたしたちの番組が放送されていたのを知っていましたか？　それに、新しいスポンサー候補も名乗りをあげています。フィルの話とは裏腹に、スポンサーは躍起になってわたしたちの番組を後援したがっています。たとえばこれ」エリザベスはＲＣＡビクターの広告をとんとんと指でたたいた。

ウォルターは書類の束にじっと目を落としていた。エリザベスにコーヒーカップをくれと手振りで頼み、カップを受け取ると中身を一気に飲み干した。

「すみません」ようやく彼は言った。「あまりにもびっくりしたもので」

エリザベスはじれったそうに壁の時計を見やった。

「これでクビになるなんて信じられない」ウォルターは続けた。「ぼくたちは自力で番組をヒットさせたのに、クビになるのか？」

エリザベスは心配そうにウォルターを見た。「いいえ、ウォルター」ゆっくりと言った。「クビにはなりません。わたしたちは責任者になるんです」

四日後、ウォルターはフィルのものだったデスクの前に座っていた。灰皿もペルシャ絨毯もなくなったが、重要な相手からの電話が引きも切らなかった。

「ウォルター、あなたが必要な変更だと思えば、変えてもいいんです」エリザベスは、いまや彼がエグゼクティヴ・プロデューサーなのだと念押しした。彼がその責任に尻込みすれば、エグゼクティヴ・プロデューサーの仕事とは何か、わかりやすくまとめてやった。「あなたが正しいと思うことをしてください、ウォルター。そんなに大変ではないでしょう？　ほかのみんなにも同じように言ってあげてください」

だが、彼女が言うほど簡単ではなかった――ウォルターの知っている管理方法は、威圧と操縦だけだったからだ。彼自身が威圧と操縦で管理されてきた。だがエリザベスは――なんとも青臭いことに！――雇われている側が大事にされていると感じているほうが、もっといい仕事ができると信じているようだった。

「おろおろするのはやめましょう、ウォルター」またマドフォードとの面談を控え、エリザベスはウッディ小学校の前でウォルターに言った。「舵を取って。進むんです。迷っても、自信のあるふりをして」

自信のあるふり。それならウォルターにもできた。ここ数日で、彼はいくつもの取引を成立させ、〈午後六時に夕食を〉は全国で放送されることになった。さらに新しいスポンサーと契約したので、KCTVの収益は倍増すると見込まれている。そしてついに、ウォルターは怖気づく前に全局員を集め、フィルの心臓疾患と彼の命をエリザベスが救ったことを説明し、〝いろいろあったが〟引き続きKCTVで大事な仕事を楽しんでほしいと締めくくった。なかでもフィルの心臓発作の発表に、もっとも盛大な拍手が起きた。

「うちのデザイナーにお見舞いのカードを作ってもらったんだ」ウォルターは、フィルがタッチダウンしているイラストの入った大きなカードを掲げた。フィルがつかんでいるのは普通のフットボールではなく、彼の心臓だ。いまさらながらウォルターは、このデザインは最善の選択ではなかったかもしれないと思った。「時間のあるときに署名してくれ。よかったらメッセージも」

その日の夕方、戻ってきたカードに署名しようとしたウォルターは、ほかのメッセージに目を通した。ほとんどは〝早くよくなってください！〟というよくあるひとことだったが、なかには辛辣なものもあった。

〝くたばれリーベンスモール〟

〝おれだったら救急車なんか呼ばなかったね〟

〝まだ生きてるんだ〟

最後の筆跡は見覚えがあった――フィルの秘書だ。

ウォルターは、フィルを嫌っているのは自分だけではないだろうと思っていたが、仲間がこれほど多くいたとは意外だった。フィルが嫌われるのはしかたないと思うが、同時にいたたまれなかった。なぜなら、ウォルターはフィルが管理するチームのプロデューサーとして、彼のやり方を後押しする一方で、最終的に割を食う者たちの苦しみから目をそらしてきたからだ。ウォルターはペンを取った。エリザベスの素朴な助言に従うのは、今日だけでも四度目だ。

〝二度と元気にならないでください〟と、中央に大きな文字で書いた。それからカードを大きな封筒に入れ、処理済み書類を入れるかごに放りこむと、厳粛な気持ちで誓った。変化が必要だ。まずは自分を変えることからはじめよう。

32章

ミディアムレア

「ママは知ってるの？」マデリンは、ハリエットに急き立てられてクライスラーに乗りこみながら尋ねた。しばらく前に新学期がはじまったが、言われていたとおり、マデリンはまたミセス・マドフォードのクラスになった。だから、ハリエットは一日くらい学校を休んでもいいと言った。なんなら二十日間でも。

「内緒に決まってるわよ！」ハリエットはバックミラーを調整しながら答えた。「知ってたらこんなことできないでしょう？」

「ママ怒るよね？」

「そりゃばれたら怒るわ」

「ママのサインをまねするの上手だね」マデリンは、ハリエットが書いた早退届をまじまじと見た。

「EとZはぜんぜん似てないけど」

「言ってくれるわね」ハリエットはむっとした。「学校が筆跡鑑定の専門家を雇ってなくてよかったでしょう」

「ほんと、ぜんぜんわかんないし」

「さて、いまからやることを言うわよ」ハリエットはマデリンの皮肉を聞き流した。「ほかの人たちと同じようにあたしたちも列に並ぶ。なかに入ったら、まっすぐ最後列へ行く。だれも最後列なんか狙わないからね。最後列に座るのは、万一の場合にすぐそばの非常口から逃げられるからよ」

「だけど、非常口って非常時しか使えないんでしょ」

「そうよ、でもあなたのお母さんに見つかったら、それこそ非常時よ」

「でもドアに警報器がついてるかも」

「そう――それもそのとおり。すばやく逃げれば、お母さんは警報器の音に気を取られて気づかない」

「ねえ、ほんとにこんなことしてもいいと思ってるの、ハリエット？　ママはテレビ局のスタジオは危ないって言ってたよ」

「危ないわけないでしょう」

「ママは言ってたよ――」

「マッド、大丈夫よ。あの番組は学ぶために作られてるんだから。お母さんはテレビで料理を教えてるんでしょう？」

「化学を教えてるんだよ」マデリンは訂正した。

「どんな危険があるって言うの？」

マデリンは窓の外を眺めた。「放射能が基準値を超過するとか」

ハリエットは音を立てて息を吐いた。マデリンは母親に似てきた。普通はもっと年齢が上になってから似てくるものだが、マデリンはなんでも早い。ハリエットはおとなになったマデリンを想像した。〝一回言ったら千回言ったのと同じなの〟と、子どもに叫ぶマデリン。〝ブンゼンバーナーから目を離しちゃだめと言ったでしょう！〟

「着いた！」マデリンはスタジオの駐車場が見えてきた瞬間に興奮を爆発させた。「ＫＣＴＶ！うわあ！」とたんに、しょんぼりした。「でもハリエット、あんなに並んでるよ」

「こりゃびっくりだわ」ハリエットはつぶやき、駐車場をうねうねと蛇行している人間の長い列を見やった。数百人のほとんどは女性で、汗ばんだ腕に重たそうなバッグを抱えているが、二本指でスーツのジャケットをぶらさげている男性も何十人かいた。だれもが即席の扇子――地図や帽子や新聞で、顔をあおいでいた。

「ママの番組をこんなにたくさんの人が観にくるの？」マデリンは感心していた。

「そんなことないでしょう、たくさんの番組を作っているから」

「すみません」駐車場の係員がハリエットに止まるよう合図した。彼は助手席の窓からなかを覗きこんだ。「看板見ました？　もう満車なんです」

「わかりました、じゃあどこへ駐めればいいの？」

「〈午後六時に夕食を〉の観覧ですか？」

「そうよ」

「すみませんが――もう入れません」長い行列を指差す。「あの人たちもほとんど入れません。午前四時から並んでいる人もいるんですけどね。スタジオに入れる人はもう決まってるんですよ」

「そうなの？」ハリエットは素っ頓狂な声をあげた。「知らなかったわ」

「人気番組なのでね」

ハリエットは口ごもった。「でも、この子はこのために学校を早退したのよ」

「そりゃ申し訳ないです、おばあちゃん」係員は助手席のなかへ身を乗り出した。「すまんね、嬢ちゃんも。毎日毎日、たくさんの人に入れないって言わないといけないんです。楽しい仕事じゃないですよ、ほんとうに。どなられてばっかりだ」

「ママはそういうのだめって言うよ」マデリンは言った。「人にどなっちゃいけないって言うよ」

「ママは優しい人だね。でも、そろそろ車を出してくれますか？　まだ待ってる人がたくさんいるので」

「わかった。ちょっとだけいいですか？　このノートにお名前を書いてください。おじさんが困ってるって、ママに伝えるから」

「マッド」ハリエットは小声で止めた。

「おれのサインがほしいのかい？」係員は笑った。「はじめてだな」ハリエットが止めるより先に、彼はマデリンから学校の綴り方用ノートを受け取ると、罫線に沿って大文字はきちんと大きく、小文字はきちんと小さくなるよう注意して〝シーモア・ブラウン〟と書きこんだ。それからノートを閉じ、たるんだ電線のような文字で表紙に書かれたふたつの単語を見てぎょっとした。

「マデリン・ゾット？」


　スタジオは薄暗くて涼しく、床には端から端まで何本もの太いコードが横たわり、左右の回転台の上に大きなカメラが据えつけられ、天井のライトが照らすすべてを撮影するようになっていた。

「こちらへどうぞ」ウォルター・パインの秘書が、急に空いた最前列の二席へマデリンとハリエットを案内した。「最高のお席ですよ」

「ほんとに」ハリエットは言った。「いいんですか？　あたしたち、一番後ろの席で充分だと思ってたんだけど」

「いえいいえ。ミスター・パインに叱られちゃいます」

「どのみちだれかが叱られることになるね」ハリエットはぼそりと言った。

「この席、最高」マデリンは椅子に腰をおろした。

「生で番組を観るのは、おうちで観るのとはぜんぜん違うわよ」秘書が言った。「番組を観るだけじゃなくて――番組の一員になるのよ。それに照明がね――ほんとうに、ぜんぜん違うから。断言するけど、この席に座るべきよ」

「エリザベス・ゾットの気が散るのは不本意なのよ」ハリエットはもう一度言ってみた。「緊張させたくないわ」

「ミセス・ゾットが緊張する？」秘書は笑った。「まさかまさか。とにかくミセス・ゾットには観客席が見えないの。照明がまぶしいから」

「それはたしかなの？」

「死と税金と同じくらいたしかよ」

「みんな死ぬけど、税金を払わない人もいるよね」マデリンは指摘した。

「おませさんね」秘書の声が急に刺々しくなった。だが、マデリンが脱税の統計データを持ち出すより先に、カルテットが〈午後六時に夕食を〉のテーマ曲を演奏しはじめ、秘書はどこかへ姿を消した。マデリンの左側で、ウォルター・パインが布張りの椅子に腰をおろした。彼がうなずくと、カメラが位置につき、ヘッドフォンをつけた男が親指をあげた。曲が最後の小節に入ったとき、マデリンのよく知っている人物が、演台に向かう大統領のように背すじをまっすぐのばして顔をあげ、髪をつややかに輝かせてまばゆい照明のもとへ出てきた。

マデリンは数えきれないほどさまざまな母親の姿を知っている――朝一番の母親、夜寝る前の母親、ブンゼンバーナーから体を離す母親、顕微鏡を覗く母親、ミセス・マドフォードと対決する母親、パウダーの詰まったコンパクトをしかめっつらで見ている母親、シャワーから出てくる母親、マデリンを抱きしめる母親。だが、こんな母親は見たことがなかった――生まれてはじめてだ。マ、マ！　マデリンの胸は誇りでふくらんだ。「ママ、ママァ！」

「こんにちは」エリザベスが切り出した。「わたしはエリザベス・ゾット、〈午後六時に夕食を〉の時間です」

秘書の言うとおりだった。照明には不思議な力があり、自宅のざらついた白黒の画面には映らない何かがあらわになっていた。

「今夜はステーキです。ということは、みなさんと肉の化学的な組成を探ります。とくに〝結合水〟と〝遊離水〟の違いに注目します。なぜなら――みなさんは驚くかもしれませんが」と、分厚いトップサーロインを掲げる。「――肉の約七十二パーセントが水分だからです」

「レタスみたいだねえ」ハリエットがささやいた。

「レタスとは違います」エリザベスが言った。「レタスの水分はさらに多いんですよ――九十六パーセントにものぼります。では、水が重要なのはどうしてでしょう？　それは、わたしたちの体を構成する分子のなかでもっとも多いのが水だからです。人間の体の六十パーセントは水分なんですね。食べものをまったく摂取しなくても三週間近く生き延びられますが、水を摂取しなければ三日で死にます。最長で四日ですね」

観客席がざわめいた。

「ですから、体に燃料を与えることを考える場合、まずは水に注目しましょう。でもさしあたっては、肉の話に戻りますね」大きくてなめらかな包丁を取り、分厚い肉の開き方を説明しながら、ステーキに含まれるビタミンを挙げ、鉄と亜鉛とビタミンBが体内で果たす役割と、タンパク質が成長に欠かせない理由を解説した。それから、筋肉の組織内に自由分子として存在する水の割合から、彼女にとってはおもしろくてたまらないらしい遊離水と結合水の違いまで、水について解説した。

そのあいだずっと、観客は真剣に耳を傾けていた――咳払いもささやき声も聞こえず、脚を組んだり組み替えたりする者もいなかった。聞こえるのは、メモを取っている観客のノートを引っかくペンの音だけだった。

「それでは、局からのお知らせです」エリザベスはカメラマンの合図をとらえた。「チャンネルはそのままで」それから包丁を置き、セットからおりると、ヘアメイク係の前でちょっと立ち止まり、ひたいをスポンジでたたいてほつれた髪を直してもらった。

マデリンは後ろを向いて観客たちを眺めた。だれもが緊張の面持ちで座り、エリザベス・ゾットが帰ってくるのを待ちわびている。マデリンはかすかな嫉妬を覚えた。母親をその他大勢の人びとと分けあわなければならないと、にわかに気づいたのだ。なんだか気に入らなかった。

数分後、エリザベスは言った。「生のにんにくを半分に切り、切り口を肉にこすりつけたら、肉の両面に塩化ナトリウムとピペリンを振ります。ちょうど、バターが泡立ってきましたね」――熱した鉄のフライパンを指差す――「そうしたら、肉をフライパンに入れましょう。かならずバターが泡立つまで待ってください。泡が立つのは、バターの水分が蒸発したことを示しています。とても重要です。これで、肉は脂質のなかで加熱され、H_2Oを吸収せずにすみます」

ステーキがじゅうじゅうと音を立てる一方で、エリザベスはエプロンのポケットから封筒を取り出した。「火を通すあいだに、ロングビーチにお住まいのナネット・ハリソンさんからのおたよりをご紹介したいと思います。〝親愛なるミセス・ゾット、わたしは菜食主義者です。宗教的な理由ではありません――生きものを食べるのはよくないと思うからなんです。夫は、体には肉が必要で、わたしのことをばかだと言いますが、わたしはわたしのために動物に命を差し出してもらいたくないんです。命を差し出したイエス・キリストはあんなことになってしまいましたし。かしこ。カリフォルニア州ロングビーチにて。ミセス・ナネット・ハリソン〟」

ナネット、あなたは興味深い話題を提供してくれました」エリザベスは言った。「わたしたちが食べるものは、ほかの生きものが生きたあとの結果ですね。しかしながら、植物も生きものなのに、わたしたちはそんなことなどほとんど気にせず、まだ生きている植物を切り刻んだり、臼歯ですりつぶしたり、無理やり食道の奥へ送ったり、塩酸で一杯の胃袋で消化したりします。煎じ詰めれば、ナネット、わたしはあなたを支持します。あなたは食べる前にきちんと考えていらっしゃる。でも、認めていただきたいのは、あなたもやはりご自身の命を維持するためにほかの生きものをみずから食べているということです。生きものを食べるのを避けて生きていくことはできません。イエス・

キリストについては、何も申しあげることはありません」エリザベスは振り向き、フライパンから肉を持ちあげ、赤い肉汁のしたたるそれをカメラのほうへ掲げた。「では、番組スポンサーからのお知らせです」

ハリエットとマデリンは目を丸くして顔を見合わせた。「ときどき不思議になるのよ。どうしてこの番組が人気なのかって」ハリエットはささやいた。

「失礼します」秘書が戻ってきた。「ミスター・パインが、少しお話をしたいそうなんですけど？」質問のような口調で言ったが、質問ではなかった。「こちらへどうぞ？」ふたりは秘書のあとについてステージ前を離れ、通路を歩いていって、ウォルター・パインがうろうろしているオフィスに入った。四台のテレビが壁際に並び、そのすべてが〈午後六時に夕食を〉に合わせてあった。

「こんにちは、マデリン。よく来たね。でもびっくりしたよ。学校はどうしたのかい？」

マデリンは小首をかしげた。「こんにちは、ミスター・パイン」ハリエットを指差す。「この人はハリエットです。ここへ来ようって言い出したのはハリエットなの。偽の早退届を作ったの」

ハリエットはさっとマデリンをにらんだ。

「ウォルター・パインです」彼はハリエットの手を取った。「ようやくですね。お会いできてよかった、ハリエット……スローンさん、ですよね？　いいお話ばかり聞いていますよ。だけど」と声を落とす。「ふたりともどうしてこんなことを？　ミセス・ゾットが気づいたら――」

「わかってますよ」ハリエットは言った。「ちなみに、あたしたちは最後列でいいって言ったんですけど」

「アマンダも一緒に来たがったの」マデリンは言った。「でも、ハリエットが罪を重ねたくないって言うから。偽造は重罪だけど、そこに誘拐がくわわったら――」

「なんと思慮深い方だ、ミセス・スローン」ウォルターはさえぎった。「おふたりとも知ってのとおり、ぼくが決めてよければいつでも歓迎なんですけどね。そうはいかないんですよ。きみのお母さんは」と、マデリンに向き直る。「きみを守りたいだけなんだよ」

「放射能から？」

ウォルターはためらった。「マデリン、きみはとても賢いから、お母さんはきみの顔が知られないように守っていると言えば、わかってくれるかな」

「わからない」

「つまり、きみのプライバシーを守りたいんだよ。人前に出る人はいろいろ言われたり勘違いされたりするから、そうならないようにね。有名な人は大変なんだ」

「ママはどのくらい有名なの？」

「全国放送がはじまってからはね」ウォルターは指先でひたいに触れた。「かなり有名になったかな。シカゴやボストンやデンヴァーの人たちもお母さんの番組を観てるんだよ」

「ローズマリーを刻みます」エリザベスがステージで静かに話している。「お手持ちの包丁のなかで一番よく切れるものを使ってください。ローズマリーに与えるダメージを最小限にすれば、電解液の流出を防ぐことができます」

「どうして有名になるのはよくないの？」

「よくないとは言わないよ。ただ、思いも寄らないことがたくさん起きるようになって、それもたいていはいいことじゃない。たとえば、きみのお母さんみたいな有名人を個人的な知り合いみたいに思いたがる人がいる。自分まで大物になったような気分になれるからね。だけど、そのためにお母さんについて作り話を言いふらさなければならなくなるし、そういうのはだいたいろくな話じゃない。お母さんは、きみがそういうことに巻きこまれないようにしたいんだよ」

「ママの作り話を言いふらしてる人がいるの？」マデリンは心配になった。あのライトのせいに違いない——あのライトに照らされた母親はすごい人に見えた。観客が観たがっているものはそれだ。すごいと思われたがり、すごいと思われるようになった女性——ほかのみんなと同じ問題を抱えていても、一目置かれる女性。マデリンは、自分が文字をすらすら読めないふりをするのと少し似ているかもしれないと思った。悪目立ちしないための方策だ。

「心配はいらないよ」ウォルターはマデリンの薄い肩に手を置いた。「自分で自分の面倒を見られる人といえば、真っ先に思いつくのがきみのお母さんだ。エリザベス・ゾットを敵にまわそうなんてやつはめったにいないよ。とにかくお母さんは、きみがだれにも利用されないように気をつけてる。わかるね？　あなたについても同じですよ、ミセス・スローン」ハリエットに向き直った。

「あなたはだれよりもエリザベスのそばにいる時間が長い。お友達から彼女のことを根掘り葉掘り訊かれるんじゃないですか」

「あたしは友達が少ないのよ」ハリエットは言った。「もし友達がたくさんいたとしても、ばかなまねはしないわ」

「さすがです。ぼくも友達が少ないんですよ」

それどころかたったひとりしかいない、とウォルターはひそかに思った。エリザベス・ゾットだ。彼女はただの友人ではなく、親友だ。本人にそう言ったことはないけれど。たしかに、男と女のあいだに本物の友情は存在しないと考えている人は多い。でもそれは間違っている。ウォルターとエリザベスはなんでも話し合える。ごく私的な話も――死や性や子どもの話もする。それに、友人同士らしく助け合い、友人同士らしくともに笑いさえする。もっとも、エリザベスが声をあげて笑うのはめずらしい。それにしても、番組が人気を得ているのに、彼女はどんどんふさぎこんでいくようだった。

「さて」ウォルターは言った。「お母さんに見つかってぼくたちみんな胃酸でフライにされる前に、ふたりともこの部屋を出たほうがよさそうです」

「待って、ママはどうしてそんな人気者になったんだと思う?」マデリンはやはり母親をみんなと共有したくなかった。

「思ったことをそのまま口にするからだろうね。そんな人はめずらしい。もちろん、お母さんの料理がとてもとてもおいしいからでもある。それから、だれもが化学を学びたがっているようだ。不思議だけどね」

「思ったことをそのまま口にする人がめずらしいのはどうして?」

「そのあとに影響があるからよ」ハリエットが言った。

「重大な影響がね」ウォルターはうなずいた。

隅のテレビのなかでエリザベスが言った。「今日はまだ時間があるようですので、観客のみなさんから質問をお受けします。はい――そこのラベンダー色のワンピースの方、どうぞ」

女性が満面の笑みを浮かべて立ちあがった。「はじめまして、エドナ・フラティスターンと申します、チャイナレイクの? とにかく申しあげたいのはこの番組が大好きだということです、とくにあなたが食べものに感謝しましょうとおっしゃるのが好きなんです。それでね、お食事の前に主に感謝の祈りを捧げますでしょ、あなたのお気に入りのお祈りってあるのかしらと思って。ぜひうかがいたいわ！　以上です！」

エリザベスはエドナの姿をよく見ようとするかのように、手で目庇を作った。「はじめまして、エドナ。ご質問をありがとうございます。答えは、ない、です。気に入っているお祈りはありません。むしろ、お祈りはしません」

オフィスのなかで、ウォルターとハリエットは真っ青になった。

「頼む」ウォルターはささやいた。「みなまで言うな」

「わたしは無神論者なんです」エリザベスは平然と言い放った。

「ほら言った」ハリエットはつぶやいた。

「つまり、わたしは神を信じていません」エリザベスはつけくわえ、観客は息を呑んだ。

「待って。それってめずらしいの？」マデリンが突然声をあげた。「神を信じないってめずらしいことなの？」

エリザベスは続けた。「でも、わたしは食べものの生産と流通に関わる人たちを信じています。農家の人、収穫をする人、トラックで運ぶ人、食料品店の棚に商品を並べる人。でもだれよりもあなたを信じています、エドナ。なぜなら、家族を養う食事を作っているのはあなただからです。あなたのおかげで、次の世代が元気でいられる。あなたのおかげで、みんなが生きているんです」

エリザベスはそこで黙り、時計を見てカメラをまっすぐ見据えた。「今日はここでおしまいです。明日はみなさんと一緒に、魅惑的な温度の世界を探索し、温度が味にどのような影響を与えるか考えたいと思います」それから、言い過ぎただろうか、それとももっと詳しく言ったほうがよかっただろうかと考えるように、左へ少し首をかしげた。「子どもたち、テーブルの用意をしてください」いつもよりきっぱりと言った。「お母さんにひと息つかせてあげましょう」

たちまちウォルターの電話が鳴りはじめ、いつまでもやまなかった。

33章

信じる気持ち

　一九六〇年には、テレビ番組で出演者が神を信じていないなどと発言しようものなら降板するのが当然だと広く考えられていた。その証拠に、ウォルターの電話は、エリザベス・ゾットをクビにしろ、刑務所に入れるか石打ちの刑にするかその両方にしろというスポンサーと視聴者からの脅迫の電話でたちまちパンクした。石打ちの刑を求めているのは、神の民を自称する人々だった――寛容と許しを説く神の民である。

「やらかしてくれましたね、エリザベス」ハリエットとマデリンを通用口からこっそり抜け出させてから十分後、ウォルターは言った。「あえて黙っていたほうがいいってこともあるんですよ！」

　ふたりはエリザベスの楽屋で座っていた。彼女はまだ細いウエストに黄色いチェックのエプロンをきっちりと巻いたままだった。「信じたいものを信じる権利はもちろんありますが、ほかの人にその信念を強いてはいけません、とくに国民的テレビ番組ではだめです」

「わたしは人に強いたりしていませんけど？」エリザベスは驚いた。

「そういう問題じゃないのはわかりますよね」

「エドナ・フラティスターンの率直な質問に答えただけです。あのときエドナが神への信仰を表現しても大丈夫だと感じてくれてよかったと思いますし、あの方にはその権利がありました。でも、それならばわたしにも同じ権利があるはずでしょう。占星術を信じる人がいれば、タロット占いを信じる人もいます。ハリエットはさいころに息を吹きかければいい目が出ると信じてますし」

「おたがい承知していると思いますが」ウォルターは歯を食いしばって言った。「神はさいころゲームとはちょっと違います」

「たしかに。さいころゲームのほうが楽しいもの」

「ぼくたち大変なことになりますよ」

「大丈夫ですよ、ウォルター。少しは信じてくれてもいいのに」

神を信じる――これは本来、ウェイクリー牧師の専門分野であるはずだが、今日の彼は神を信じることに困難を感じていた。なんでもかんでも自分以外の他人のせいにする信徒の愚痴を何時間も聞いたあと、ひとりになりたくて牧師室へ戻った。ところが、パートタイムのタイピストのミス・フラスクが彼の机の前に座り、一分間に三十字の速度で彼のタイプライターを打っていた。彼女の目は牧師室のテレビに釘付けだった。

「このトマトをよく見てください」ウェイクリーは、テレビのなかでなんとなく見覚えのある女性がそう言うのを聞いた。彼女の後頭部からは鉛筆が突き出ている。「信じがたいかもしれませんが、あなたとこの野菜とのあいだには共通点があるんです。DNAです。六十パーセント近くが同じです。今度は、隣にいる方を見てください。どこかで見た覚えがありますか？　あるかもしれないし、ないかもしれない。それでも、あなたとその方にはもっとたくさんの共通点があります。DNAの九十九・九パーセントが同じなんです——みなさんひとりひとりが、地球上の人類全員とそれだけ共通するDNAを持っているわけです」トマトを置き、ローザ・パークスの写真を掲げた。「ですから、わたしはこの勇敢なローザ・パークスをはじめ、公民権運動のリーダーたちを支持します。肌の色を根拠に差別するのは科学的にばかげているだけでなく、深刻な無知のあらわれです」

「ミス・フラスク?」ウェイクリーは声をかけた。

「ちょっと待って、先生」ミス・フラスクは人差し指を立てた。「もうすぐ終わるから。説教はここにタイプしておいたわ」タイプライターから紙を一枚抜いた。

「無知な人間はそのうち淘汰されると思うかもしれませんが」エリザベスは続けた。「ダーウィンは、無知な人間も食べることはめったに忘れないという事実を見逃しています」

「これはなんですか?」

「〈午後六時に夕食を〉。聞いたことありません?〈午後六時に夕食を〉」

「質問をお受けします」エリザベスが言った。「はい、そちらの——」

「どうも、あたしはフランシーン・ラフトソン、サンディエゴから来ました! ひとこと言いたくて。あたしはあなたが神を信じてなくても、あなたの大ファンよ! ただひとつ知りたいの。あなたのお勧めダイエット法ってある? あたし、痩せなくちゃと思うんだけど、おなかがすくのは我慢したくないの。毎日ダイエットピルを飲んでるわ。以上です!」

「ありがとう、フランシーン。でも、見たところあなたはまったく太っていません。雑誌にはほっそりした女性ばかり載っていますから、あんなふうにならなければならないと思いこまされて、しょんぼりしたり自分を大切に思えなくなっているかもしれませんね。ダイエットとピルの代わりに――」エリザベスは一瞬黙った。「訊いてもよいですか？　観客席のみなさんのなかで、ダイエットピルを飲んでいらっしゃる方は？」

数本の手があがった。

エリザベスは待った。

ほとんどの手があがった。

「ダイエットピルはやめてください」エリザベスははっきりと言った。「あれはアンフェタミンです。精神疾患を引き起こしかねません」

「でも、運動は嫌いなの」フランシーンは言った。

「正しい運動法をご存じないのかもしれませんね」

「ジャック・ラレーンの番組は観てるわ」

ジャックの名前を聞き、エリザベスは目を閉じた。「ボートはどうですか？」急に疲れたようだった。

「ボート？」

「ボ、ボ、ボートです」エリザベスは繰り返し、目をあけた。「全身の筋肉と精神を鍛えられる過酷なレクリエーションです。夜明け前に練習がはじまり、しょっちゅう雨のなかでも漕ぎます。手に大きなまめができます。腕や胸や太腿がたくましくなります。肋骨にひびが入ったり、手に水ぶくれができたりすることもあります。ボートの選手はときに自問します。〝なんでこんなことをやってるんだろう？〟」

「いやだわ」フランシーンは眉をひそめた。「ボートなんて絶対無理！」

エリザベスは困惑していた。「ボートを漕ぐと、ダイエットもピルも必要なくなると言いたかったんです。魂にも効きますよ」

「あら、あなたは魂の存在を信じてないんじゃなかったかしら」

エリザベスはため息をついた。また目を閉じる。キャルヴィン。まさかいまきみは、女にボートを漕ぐのは無理だと言ったのか？

「わたし、彼女と同じ職場にいたの」ミス・フラスクはテレビを消した。「ヘイスティングズ研究所。ふたりともクビになったけど。ねえ、ほんとうに――聞いたことないの？　エリザベス・ゾット。全国放送の番組に出てるのに」

「その人もボートの選手なんですか？」ウェイクリーは驚いた。

「〝も〟って何？　ほかに選手の知り合いがいるの？」

「マッド」ウェイクリーは、マデリンが公園へ連れてきた大きな犬をまじまじと見た。「お母さんがテレビに出てるって、どうして教えてくれなかったんだ？」

「知ってると思ってた。だれでも知ってるもの。神を信じていないことも知られちゃったし」

「神を信じなくてもいいんだよ。ここは自由の国だってみんな言うだろう、そのなかに神を信じない自由も入ってる。ほかの人を傷つけるものでなければ、何を信じたっていいんだ。それに、ぼくは科学も信仰の一種だと思ってる」

マデリンは片方の眉をあげた。

「ところで、この子はなんて名前？」ウェイクリーは犬に手をのばしてにおいを嗅がせた。

「シックス＝サーティ」マデリンがそう言ったとき、ふたりの女性が大きな声でしゃべりながらそばを通り過ぎた。

「あたしが間違ってたら教えて、シーラ」片方の女性が尋ねた。「鋳鉄は原子質量一グラムの温度を摂氏一度あげるのに〇・一一カロリーを必要とするって言ってたよね？」

「そうよ、エレイン」もうひとりが答えた。「だから新しいフライパンを買おうと思ってるの」

「いま思い出した」ウェイクリーはふたりの女性がいなくなってから言った。「家族写真に写ってたね。ほんとうにかっこいい犬だ」

シックス＝サーティは頭を彼の手のひらに押し当てた。**いい人だ。**

「ところで、ぼくがすっかり忘れてると思ってるだろうけど——すごく時間がかかったから——とうとうオール・セインツと連絡がついたんだ。ほんとうはあれから何度か電話をかけたんだけど、いつも院長がいなくてね。今日は秘書と話せたけど、キャルヴィン・エヴァンズの記録はないそうだ。どうやら違う孤児院だったみたいだ」

「そんなことない。間違いないよ。自信ある」

「マッド、教会の秘書は嘘をつかないと思うな」

「ウェイクリーさん、嘘をつかない人なんていないよ」

34章

オール・セインツ

「もう一度、なんという名前ですか？　オール・セインツ？」のちに院長となる彼はショックを受けて繰り返した。ときは一九三三年、彼はスコッチウイスキーに浸かった裕福な教区に派遣されたいとずっと願っていたのに、アイオワのまんなかのみすぼらしい男子孤児院に飛ばされ、そこで犯罪者になるべく訓練中の百人を超えるさまざまな年齢の少年たちによって、次に大司教をばかにするときは本人の面前ではなく隠れてやらなければならないとつねに思い出すはめになった。

「オール・セインツだ」大司教は言った。「そこでは躾が必要とされている。きみ同様にな」

「正直に申しあげて、わたしは子どもが苦手でして。未亡人や娼婦の多い街――わたしはそんな場所でこそ力を発揮するんです。シカゴなんてどうです？」

「躾のほかに」大司教は彼の訴えを無視した。「金も必要としている。きみの仕事のひとつは、長期の資金提供者を捕まえることだ。それができれば、将来もっとふさわしい場所を考えてやらないこともない」

しかし、その将来はいつまでたってもやってこないようだった。一九三七年になっても、院長は資金問題を解決できなかった。彼の唯一の実績は？　十ページからなる〝こんな場所大嫌いだ〟リストだが、煎じ詰めれば問題は五つに集約できる。三流の司祭たち、澱粉質ばかりの食事、黴、小児性虐待者たち、そして少数だが絶対にいなくならない、乱暴だったり意地汚かったりで普通の家族には迎え入れてもらえない少年たち。彼らは引き取り手が見つからないが、院長は無理もないと考えていた。自分だって引き取りたくない。

孤児院は通常のカトリック流の資金調達でなんとか維持されていた。シェリー酒の販売、聖書の一節をあしらったしおり作り、托鉢、追従。しかし、ほんとうに必要だったのは、まさに大司教が院長に命じたものだ——大口の寄付。ただ、裕福な人々が金を出したがるのはオール・セインツ男子孤児院にはないものだった。寄付による講座。奨学金。記念碑。院長がどんなに寄付してもらいたいものを訴えても、後援者候補はすかさず決定的な欠陥を発見した。彼らは「奨学金はいらない？」と鼻で笑った。男子孤児院は、刑務所が現実には更生施設ではないのと同じ意味で、学校ではない——みずから入りたがる者はいない。寄付による講座？　これも同じだ——孤児院には大学のような学部はないのだから、ましてや講座を受け持つ教授もいない。記念碑？　孤児院の子どもたちは子どもだからとうぶん死なないし、どちらにしても、だれも顧みようとしない子どもたちの記念碑が必要か？

そんなわけで、四年たっても院長はとうもろこし畑のまんなかに、捨てられた子どもたちと一緒に閉じこめられていた。いくらお祈りをしようが、状況が変わらないのは明らかだった。ときおり院長は暇つぶしに、トラブルの多い順に子どもたちを順位付けしたが、暇つぶしにもならなかった。なぜなら、不動の一位がいたからだ。キャルヴィン・エヴァンズである。

「例のカリフォルニアの牧師からまたキャルヴィン・エヴァンズについて問い合わせがありましたよ」いまや年老いてすっかり白髪になった院長に秘書が言い、デスクに数冊のファイルを置いた。「言われたとおりにしました——その名前の子どもが在籍した記録はないと伝えました」

「またか。どうしてそんなにしつこいんだ?」院長はファイルを脇に押しやった。「プロテスタントめ。まったくあきらめの悪い連中だ!」

「それにしても、キャルヴィン・エヴァンズって何者ですか?」秘書は興味を抱いたようだった。「司祭ですか?」

「いいや」院長は、あれから二十年以上たってもあいかわらず自分がアイオワに閉じこめられている理由を作った少年を思い浮かべた。「呪いだよ」


秘書が出ていったあと、院長は何度も規則に違反してこの部屋に呼び出されていたキャルヴィンを思い出し、かぶりを振った——キャルヴィンは窓ガラスを割り、本を盗み、愛されている気分を味わわせてやろうとしただけの司祭の目を殴って痣をこしらえた。ときどき養子を希望している善良な夫婦がやってきたが、だれもキャルヴィンに目をとめなかった。無理もない。

ところがある日、あのウィルソンという男がどこからともなく現れた。彼はカトリック系のパーカー財団から来たと言った。院長は腐るほど金のあるパーカー財団の人間が孤児院に来たと聞いた瞬間、ついにツキが巡ってきたのを確信した。ウィルソンという男が寄付してくれるかもしれない金額を想像すると、胸が高鳴った。まずは相手の申し出を聞き、それからあくまでも品良く、もっと吹っかけてやろう。

「どうも、院長」ミスター・ウィルソンは、一刻も無駄にできないと言わんばかりに切り出した。「十歳の男の子を探していましてね。おそらく背が高く、髪は金色」その少年は四年前、立て続けに事故で親族を失ったという。ウィルソンは、なんらかの根拠があってその少年がこのオール・セインツにいると考えていた。少年には存命中の親戚がいて、最近その親戚が彼の存在を知り、引き取りたがっているとのことだった。「キャルヴィン・エヴァンズという子です」ウィルソンは次の予定を気にしているかのように、ちらりと腕時計を見た。「特徴に当てはまる子がいれば会わせてくださない。もしいるのなら、連れて帰りますので」

ウィルソンを見つめる院長の唇は、落胆のあまりぽかんとあいていた。この金持ちが来たと知らされた瞬間から挨拶の握手を交わすまでに、頭のなかで謝辞を完成させたのに。

「聞いていますか?」ミスター・ウィルソンは尋ねた。「急かしたくないのですが、飛行機の時間まであと二時間しかないので」

寄付の話はひとこともなかった。院長はシカゴが遠のいていくのを感じた。ウィルソンをよくよく観察する。背が高く、高飛車な態度。まるでキャルヴィンだ。

「子どもたちを見てきてもいいですか。自分の目で見たほうがわかるかもしれませんので」

院長は窓のほうを向いた。その朝、キャルヴィンが洗礼盤で手を洗っているのを捕まえたばかりだった。「この水は神聖でもなんでもないです」キャルヴィンは偉そうに言った。「ただの水道水だ」

キャルヴィンを厄介払いしたいのはやまやまだが、そうしたところで一番大きな問題——金欠は解決されない。院長は崩れかけの墓石が散らばる裏庭を見やった。どの墓石にも〝～を悼みて〟と刻まれている。

「院長?」ウィルソンは立ちあがった。すでにブリーフケースをさげている。

院長は黙っていた。この男も、この男の高級そうな服装も、いきなり訪ねてきた無礼さも気に入らなかった。こちとら院長だぞ——敬意はどうした? 咳払いをして時間を稼ぎ、自分の前にここへ来てここに埋葬された院長たちの墓石を眺めた。寄付の話もしないままパーカー財団の人間を逃がすわけにはいかない。

彼はウィルソンのほうへ向き直った。「残念なお知らせです。キャルヴィン・エヴァンズは亡くなりました」


「またあの迷惑な牧師が電話をかけてきたら」年老いた院長は、コーヒーカップをさげにきた秘書に指示した。「わたしは死んだと言ってやれ。いや、待てよ——」両手の指先をとんとんと打ち合わせながら言う。「別の孤児院にキャルヴィン・エヴァンズという子どもがいたらしいと言ってやれ——どこでもいい、ポキプシーでもなんでも。だが、火事で全焼して記録が残ってないということにしろ」

「作り話をしろとおっしゃるんですか?」秘書は不安そうだった。

「まるっきりの作り話じゃないだろう。そうとも。火事はどこでもしょっちゅう起きている。だれもが建築基準法を守っているわけではないからな」

「でも——」

「とにかくやれ。あの牧師に時間を取られすぎだ。一番大事なことは資金集めだろう? うちで生活している子どもたちのための資金集めだ。きみが電話を受け、わたしが応対する。だが、キャルヴィン・エヴァンズの件につきあうのは――まったくの無駄だ」


　ミスター・ウィルソンは、聞き間違えたのかと言いたそうだった。「いま……いまなんと?」

「キャルヴィンはしばらく前に肺炎で亡くなりました」院長は淡々と答えた。「大きな衝撃でした。ここではみんなに愛されていましたから」キャルヴィンはお行儀がよかった、聖書のクラスでは中心となった、とうもろこしが好物だったなど、嘘を繰り出した。院長が語るほどに、ウィルソンの顔はこわばっていった。調子に乗った院長は書類戸棚から一枚の写真を取ってきた。「これをあの子の記念基金に使うつもりです」モノクロ写真のなかで、キャルヴィンは両手を腰に当てて身を乗り出し、だれかに文句を言っているかのように口を大きくあけている。「わたしはこの写真が気に入っているんです。じつにキャルヴィンらしい」

　院長は、黙って写真を凝視しているウィルソンを眺めた。死亡の証拠を見せろと言われるのを待ち構えた。だが、そうはならなかった――ウィルソンは茫然とし、悲しんでいるようにも見えた。

　突然、ひょっとしたらこのミスター・ウィルソンこそ疎遠だった親類本人ではないかという疑念が浮かんだ。たしかに似たところがある――長身の体格。キャルヴィンは甥だろうか? いや――息子では? いやはや。もしそうだったら、ミスター・ウィルソンは院長のおかげでどれほど楽をしているかわかっていないことになる。院長は咳払いをし、しばらくウィルソンを悲しみに浸らせた。

「もちろん、記念基金には出資します」ウィルソンはようやく弱々しげに声を発した。「パーカー財団はこの少年の思い出を大切にしたいのです」彼は息を吐き、ますますしぼんでしまったように見えたが、手をのばして小切手帳を取り出した。

「そうでしょうとも」院長はわかりますよと言わんばかりにうなずいた。「キャルヴィン・エヴァンズ記念基金。特別な少年のための特別な捧げものです」

「継続的な寄付について、詳細はのちほどご連絡します、院長」ウィルソンは苦しそうだった。

「ですが、ひとまずパーカー財団を代表してこの小切手をお贈りします。心から感謝しています、あなたの……ご尽力に」

院長は小切手の額面からあえて目をそらしていたが、ウィルソンが出ていくやいなや、その紙切れをデスクに置いた。大金だ。しかも、これで終わりではない。まだ死んでもいない人間の記念基金をでっちあげることを思いついたおかげで。院長は椅子の背にゆったりと体をあずけ、胸の前で手を組んだ。神が存在する証拠をもっと見せろと要求する者よ、見るがいい。ここオール・セインツ男子孤児院こそ、神がほんとうにみずから助くる者を助け給うた地だ。

ウェイクリーはマデリンと児童公園で別れてオフィスに戻り、不本意ながら電話の受話器を取った。もう一度オール・セインツ男子孤児院に電話をかけたのは、ひとえにマデリンが間違っていると彼女にわかってもらいたいからだ。嘘をつかない人間はいる。でも皮肉なことに——まずはウェイクリー自身が嘘をつかなければならない。

「もしもし」聞き覚えのある秘書の声が応答したので、ウェイクリーはイギリス人のアクセントをまねて切り出した。「寄付ご担当の方につないでいただきたい。まとまった金額を寄付したいと考えておりましてね」

「まあ！」秘書は食いついた。「ただいま院長におつなぎいたしますわ」

「ご寄付のお申し出ですね」しばらくして、年老いた院長はウェイクリーに言った。

「ええ、そうなんです」ウェイクリーは嘘をついた。「うちの牧師会は——あー——子どもたちの支援に熱心でして」言いながら、マデリンの待ちわびた表情を思い浮かべた。「とりわけ、身寄りのない子どもたちの」

だが、キャルヴィン・エヴァンズはほんとうに身寄りがなかったのか？　ウェイクリーは内心でつぶやいた。文通していたころ、キャルヴィン本人が存命中の肉親がいるとはっきり書いてきた。いいいいいいいい、ぼくは父を憎んでいる。いまごろ死んでいればいいいいと思っていいいる。タイプライターで打ったすべて大文字の文面がいまでも目に浮かぶ。

「さらに申しあげますと、ぼくはキャルヴィン・エヴァンズが育った孤児院を探しているんです」

「キャルヴィン・エヴァンズ？　あいにくですが、聞いたことがありませんね」

ウェイクリーは電話線の一方の端で押し黙った。この男は嘘をついているぞ。毎日、嘘つきの話を聞かされているのだからわかる。それにしても、聖職者同士でたがいに嘘をつきあっているこの状況は、なかなかめずらしいのではないだろうか？

「そうですか、残念です」ウェイクリーは慎重に進めた。「なぜなら、この寄付はキャルヴィン・エヴァンズが少年時代を過ごした場所に贈らせていただくことになっているんです。そちらもすばらしいお仕事をなさっているとは思いますが、寄付をする人たちのことはよくご存じでしょう。こうと決めたら譲らない」

電話線の反対側で、院長は指でまぶたを押さえていた。ああ、いやというほど知っているとも。パーカー財団のせいで地獄の人生だった。最初は大量の科学の本とボート練習を押しつけられ、次には寄付金が実際には、まあ、死んでいない者を記念するものだったとばれて大騒ぎになった。なぜばれたのか？　あのキャルヴィンくんが、じつは生きている死人から成り上がり、〈ケミストリー・トゥデイ〉とかいうだれも知らない雑誌の表紙になったからだ。すぐさまエイヴリー・パーカーという女から電話がかかってきて、百件の罪で告訴すると脅された。

エイヴリー・パーカーとは何者か？　パーカー財団の設立者のパーカーだ。

院長はそれまで彼女と話したことはなかった――いつもウィルソンとやり取りしていたが、どうやら彼はパーカーの代理人兼顧問弁護士だったようだ。思い返せば十五年間に交わした寄付金関係のどの書類にも、ウィルソンの署名の隣にだらしない筆跡の署名があったような気がする。

「パーカー財団をだましたのね？」彼女は電話口で叫んだ。「キャルヴィン・エヴァンズが十歳のときに肺炎で死んだというのは、寄付金目当ての嘘だったんでしょう？」

そのとき院長は思った。奥さん、あんたにはこのアイオワがどんなところかわかるまい。

「ミセス・パーカー」院長は彼女をなだめようとした。「お怒りはごもっともです。しかし、ここにいたキャルヴィン・エヴァンズはほんとうに死んだんです。雑誌の表紙になった人は同姓同名なんでしょう。めずらしい名前ではありませんし」

「いいえ。キャルヴィンよ。すぐにわかったわ」

「キャルヴィンに会ったことがあるんですか？」

彼女は口ごもった。「あるわけじゃないけど」

「ほう、そうですか」院長は、あなたこそおかしいのではないかと伝わるような口調を使った。

五秒後、寄付は打ち切られた。


「われわれの仕事はなかなか大変ですね、ウェイクリー先生」院長は言った。「寄付者は魚のようにつかみにくい。ですが、正直に言いますと——ぜひご寄付をお願いしたい。そのキャルヴィン・エヴァンズがいなかったとしても、ここにはほかにもすばらしい子どもたちがいます」

「そうでしょうね」ウェイクリーは調子を合わせた。「しかし、わたしにはどうにもできないんですよ。この寄付は——五万ドルと申しあげましたか？——キャルヴィン・エヴァンズの——」

「待ってください」金額を聞いたとたん、院長の胸の鼓動が速くなった。「わかっていただきたいんですが、これはプライバシーに関わることです。個人についてはお話しできないんです。その子がここにいたとしても、勝手に明かすことはできません」

「いかにも」ウェイクリーは言った。「でも……」

院長は時計を見やった。もうすぐいつも観ているテレビ番組〈午後六時に夕食を〉がはじまる。

「いや、待ってください」彼は吠えた。寄付も番組も逃すわけにいかない。「こんなに食いさがられてはしかたないですね。ここだけの話ですが、ええ、じつはキャルヴィン・エヴァンズはここで育ちました」

「ほんとうですか？」ウェイクリーはさっと背すじをのばした。「証拠はあるんですか？」

「もちろん、証拠はあります」院長はむっとし、長年のあいだキャルヴィンのせいで増えた皺に触れた。「ここにキャルヴィンがいたからこそ、キャルヴィン・エヴァンズ記念基金の助成を受けていたんです」

ウェイクリーは驚いた。「なんですって?」

「キャルヴィン・エヴァンズ記念基金。数年前、優秀な若き化学者に成長したすばらしい少年を称えるために設立されたんです。どこの図書館で調べていただいても、税金の書類から基金のことがわかるはずです。パーカー財団からは——寄付してくださった財団です——宣伝しないでくれと言われていましてね。理由はお察しのとおりです。子どもが亡くなった孤児院全部に寄付していたらもちませんからね」

「子どもが亡くなった? エヴァンズは成人してから亡くなったんですが」

「そそ、そうでした。そのとおりです。わたしどもにとって、うちにいた子はいまでも子どものようなものなんですよ。われわれは——子どものころをいちばんよく知っていますので。キャルヴィン・エヴァンズもすばらしい子でしたよ。並外れて賢かった。背が高くてね。では、ご寄付についてですが」

数日後、ウェイクリーはマデリンと公園で会った。「いいニュースと悪いニュースがあるんだ。きみが正しかった。お父さんはオール・セインツ男子孤児院にいた」彼は院長の話をマデリンに伝えた。キャルヴィン・エヴァンズは〝すばらしい子〟で〝並外れて賢かった〟、と。「キャルヴィン・エヴァンズ記念基金なんてものもあるらしいよ。図書館で確かめてきた。パーカー財団という財団から十五年にわたって寄付を受けていた」

マデリンは眉をひそめた。「受けていた？」

「寄付はしばらく前に打ち切られたんだ。よくあることだよ。優先順位が変わるんだ」

「でも、パパが死んだのは六年前だよ」

「だから？」

「だから、パーカー財団が十五年間も記念の寄付をしていたのはおかしくない？」――と、マデリンは指を折って計算した――「そしたらどんなに短くてもはじめの九年間は、パパはまだ生きてたことになるよ？」

「あ、そうか」ウェイクリーは赤くなった。期間の矛盾に気づいていなかった。「うーん――当初は記念基金じゃなかったのかもしれないよ、マッド。むしろ、名誉を称えるような性格のものだったかも――現に、孤児院の人はお父さんを称えて、と言っていた」

「そんな基金があったのなら、ウェイクリーさんが最初に電話をかけたときに話してくれてもよかったんじゃない？」

「プライバシーの問題だよ」ウェイクリーは院長に言われたことをそのまま繰り返した。とりあえず理屈は通っている。「それより、ここからはいい知らせだ。パーカー財団を調べたところ、ミスター・ウィルソンという人が運営しているとわかった。ボストンに住んでる」すごいだろとマデリンを見やる。「ウィルソン。あるいはきみのどんぐりのフェアリーゴッドファーザーだ」ベンチに腰掛け、マデリンからうれしそうな反応が返ってくるのを待った。だが、彼女が黙っているのでつけくわえた。「ウィルソンはとても立派な感じの人だったよ」

「その人、よくわかってない感じだね」マデリンはかさぶたをいじった。「『オリヴァー・ツイスト』を読んだことないんじゃないの」

一理ある。それでも、ウェイクリーは長い時間をかけたのだから、少しはマデリンによろこんでほしかった。せめて感謝してもらいたかった。でも、どうしてそんな気持ちになるのだろう？　これまでだれにも感謝されたことはなかった。来る日も来る日もさまざまな艱難辛苦を訴える人々を慰めているのに、返ってくる言葉は毎度同じだ。「なぜ神はわたしを罰するのですか？」やれやれ。ぼくにわかるかよ。

「とにかく」ウェイクリーは空元気を出した。「報告は以上だ」

マデリンは不満そうに腕組みをした。「ウェイクリーさん。いまのはいい知らせだったの、それとも悪い知らせだったの？」

「いい知らせだよ」ウェイクリーは口をとがらせた。子どもの相手をした経験は乏しいが、これからも乏しいままでいいかもしれないと感じはじめていた。「悪い知らせはひとつだけだよ。パーカー財団のウィルソンの住所はわかったけど、私書箱だった」

「それのどこが悪い知らせなの？」

「裕福な人は、迷惑な手紙を受け取らずにすむように私書箱を使うんだ。郵便用のゴミ箱みたいなものだね」鞄のなかに手を入れ、あちこち探したあと、一枚の紙切れを取り出した。それをマデリンに渡した。「ほら、私書箱の番号だ。でも、マッド、あまり期待しすぎないでくれよ」

「期待なんてしてない」マデリンは番号をじっと見つめた。「信じてるだけ」

ウェイクリーは驚いてマデリンを見た。「きみがそんなことを言うなんて意外だなあ」

「どうして？」

「だって、そうだろう。宗教は信じる気持ちがあるからこそ成り立つものだから」

「でも、ウェイクリーさんもわかってるでしょ」マデリンはこれ以上彼に気まずい思いをさせないよう、おずおずと言った。「信じる気持ちは宗教があるから成り立つわけじゃない、よね？」

35章

落第のにおい

月曜日の朝四時半、エリザベスはいつものように暖かい服装でまだ暗いなか自宅を出て艇庫へ向かった。いつもは空いている駐車場に車を入れようとしたとき、ほとんど埋まっていることに気づいた。ほかにも気づいたことがある。女性たちだ。大勢の女性たち。暗い駐車場を艇庫のほうへのろのろと歩いていく。

「まあ」エリザベスはつぶやき、フードをかぶって女性たちの群れをこっそり追い抜き、メイソン医師に説明すべく彼の姿を探した。だが、もはや手遅れだった。彼は長テーブルの前に座り、女性たちに入会申込書を渡していた。エリザベスのほうを見た彼の顔に笑みはなかった。

「ゾットさん」

「いったいどうしたことかとびっくりしたでしょう」エリザベスは声をひそめた。

「そうでもないですよ」

「どうしてこうなったかというと、わたしの番組を観にきてくださった方にダイエット法を尋ねられて、運動を勧めたんです。そのときにボートの話をしたかもしれません」

「かもしれない、ですか」

「ええまあたぶん」

列に並んでいる女性が連れの友人のほうを振り向いた。「ボートのいいところがもうわかっちゃった」シェルに乗っている八人の男性を撮った写真を指差した。「座って漕げるところよ」

「あなたの記憶がよみがえるかどうか試してみましょうか」メイソンは次の女性にペンを渡した。「まずあなたは、漕艇が最悪の罰のように言い、それから全国の女性にやってみるように勧めましたね」

「あら。わたしが実際に言ったのは――」

「いま言ったとおりです。なぜぼくが知っているかというと、予約の時間に遅れた患者を待っているあいだにあなたの番組を観たからです。妻も観ました。彼女は欠かさず観ているので」

「すみません、メイソン先生、ほんとうにごめんなさい。こんなことになるとは――」

「へえそうですか」メイソンはぴしゃりとさえぎった。「二週間前、わたしの患者はあなたがメイラード反応について説明するのを終えるまで産まないと言い張ったんですよ」

エリザベスは驚いて顔をあげ、またうなだれた。「そうだったんですね。あれは複雑な反応なので」

「金曜日から何度も電話をかけたんですよ」メイソンは嫌味っぽく言った。

エリザベスはぎくりとした。そうだった。メイソンはスタジオにも自宅にも電話をかけてきたが、エリザベスは忙しすぎてかけ直すのを忘れていた。

「ごめんなさい。忙しかったんです」

「人混みを整理するのを手伝っていただけますかね」

「はい」

「どうやら今日はぼくたちは漕げそうにない」

「ごめんなさい」

「ぼくがなぜ腹を立てているかわかりますか？」メイソンは準備運動でぴょんぴょん跳ねている女性のほうへ顎をしゃくった。「ぼくはもう何年も前から妻をボートに誘ってきたんです。ご存じのとおり、ぼくは女性のほうが我慢強いと思っていますので。それでも、ぼくが何を言っても彼女は同意しなかった。ところが、エリザベス・ゾットのひと声で——」

ぴょんぴょん跳ねている女性がふと動きを止め、エリザベスに親指をあげて見せた。

「——ここにすっ飛んできました」

「ああ、そうだったんですね」エリザベスはゆっくりと言い、メイソンの妻に軽くうなずいてみせた。「ほんとうは、あなたはよろこんでいるんじゃありませんか」

「ぼくは——」

「だから、ありがとうエリザベスと言いたいんでしょう」

「いや」

「お礼なんて結構ですよ、メイソン先生」

「そうじゃない」

エリザベスは彼の妻に目を戻した。「お連れ合いがエルゴを漕ごうとしています」

「ああだめだ」メイソンは声を張りあげた。「ベッツィ、よせ！」

合衆国じゅうの艇庫で似たような現象が起きていた。女性が詰めかけ、数カ所のクラブでは彼女たちを受け入れた。だが、すべてのクラブがそうだったわけではない。また、エリザベスの番組を観た者全員が彼女の考え方に同調したわけでもない。

ＫＣＴＶのスタジオの前に、エリザベスの似顔絵とともに〝不敬な異端者め！〟と殴り書きされたプラカードを掲げた険しい顔つきの女性が立っていた。

その朝、エリザベスが駐車場に車を駐めようとしたのはこれで二回目だが、一回目と同様に駐車場は普段より混んでいた。

「抗議に来た人たちです」ウォルターはエリザベスに説明した。「だから、テレビでめったなことは口走らないほうがいいんですよ、エリザベス。だから、ぼくたちは自分の意見を胸の内にしまっておくんです」

「ウォルター。平和的な抗議行動は対話の一形態として大事です」

「これを対話と言うんですか？」ウォルターがそう訊き返したとき、だれかが「地獄で焼け死ね！」と叫んだ。

「注目を集めたいんですよ」エリザベスは個人的経験があるような口ぶりで話した。「そのうちどこかへ行きます」

それでも、ウォルターは心配していた。エリザベスには殺害を予告する脅迫状も届いていた。そのことは警察とスタジオの警備係にも伝えておいた。それなのにエリザベスに黙っているのは、彼女が自力でなんとかしようとするのはわかりきっていたからだ。それに、警察はあまり深刻にとらえなくてもよいと断言した。警察流に言えば、〝害のない変人の群れ〟らしい。

その数時間後、街の反対側にあるゾット家のリビングルームでは、シックス＝サーティもそわそわしていた。先週金曜日の番組の最後に、観客のなかに拍手をしていない者がいたからだ。今日も同じだった。拍手をしていない観客がいた。

シックス＝サーティは不安を覚え、マデリンとハリエットが研究室で忙しくしはじめるのを待ってから、こっそり裏口を出て、四ブロック南までとことこ走り、さらに二ブロック西へ走り、高速道路の入口で立ち止まった。彼はそこで平台トラックが高速道路に合流しようとスピードを落とした瞬間を狙い、荷台に飛び乗った。

どうやら彼はＫＣＴＶのスタジオがどこにあるのかわかるようだった。『三びき荒野を行く』を読んだ者なら犬が方向感覚に優れているのを知っている。彼はかつてエリザベスにこの本を読んでもらったとき、藁のなかに隠れている針のくだりでびっくりした——藁のなかから針を見つけることの何がそんなに大変なんだ？　高炭素鋼の細い棒のにおいなどすぐわかるのに。

要するに、ＫＣＴＶを見つけるのは簡単だ。難しいのは、スタジオのなかに入れてもらうこと。シックス＝サーティは駐車場に入り、この季節にはめずらしいほどぎらついている太陽のもと、テールフィンやエンブレムを輝かせている車のあいだをうろうろし、入口を探した。

「よう、ワン公」濃い青色の制服を着た大柄な男に声をかけられた。男は重厚な見かけのドアの前に立っていた。「どこへ行きたいんだ？」

シックス＝サーティは〝このなか〟と言いたかった。制服の男と同じく、スタジオのなかを警備しなければならない。だが、そう説明するのは無理な話なので、行動であらわすことにした――まさにテレビ族の共通語である。

「おやまあ」制服の男は、もっともらしくぐったりうずくまったシックス＝サーティに言った。「待ってろよ、ワン公。助けを呼んでくるからな！」彼がドアをどんどんとたたくと、なかからだれかがドアをあけ、男はシックス＝サーティを抱えて冷房の効いた建物内に入れた。しばらくのち、シックス＝サーティはエリザベスのミキシングボウルから水をぴちゃぴちゃと飲んでいた。

なんだかんだ言っても、人類が地球上で種の頂点に立っているのは、彼らには思いやりという能力があるからだ――と、シックス＝サーティは思っている。


「シックス＝サーティ？」

エリザベス！

彼はほんとうに心臓発作を起こした犬には不可能な勢いでエリザベスに駆け寄った。

「こいつはいったい――」青い制服の男が奇跡的な回復に気づいて声をあげかけた。

「どうやってここまで来たの、シックス＝サーティ？」エリザベスは彼に両腕をまわした。「どうやってわたしを見つけたの？　シーモア、この子はわたしの犬なんです」青い制服の男に言った。

「シックス＝サーティです」

「いや、いまは五時三十分《ファイヴ・サーティ》だけどさ。でもまだ外はかんかん照りで、その犬がぶっ倒れたからここまで運んできたんだ」

「ありがとう、シーモア」エリザベスはうれしそうにまくしたてた。「借りができましたね。きっとこの子はここまでずっと走ってきたんです」すっかり感心している。「十五キロ近くあるのに」

「娘さんと来たのかもしれないよ。ほら、クライスラーに乗ったおばあちゃんと。二カ月くらい前に来たよな？」

「待って」エリザベスはさっと顔をあげた。「いまなんて言いました？」

「話せばわかる」ウォルターは来《きた》る攻撃を押しとどめるように両手を前に出した。

エリザベスは、ずいぶん前にマデリンにスタジオへ来てはいけないと言い含めていた。ウォルターには理由がわからなかった。アマンダはしょっちゅう来ているのに。だが、エリザベスがその話をするたびに、ウォルターはさっぱり理解できないがどうでもいいと思いつつ、もっともだと言わんばかりにうなずいた。

「宿題だったんですよ」ウォルターはごまかそうとした。「働いているお父さんお母さんを見てみようというテーマです」なぜか突然、ハリエット・スローンの代わりに言い訳を考えてやらなければならない気がした。「あなたは忙しいので、たぶん忘れていたんでしょう」

エリザベスはぎくりとした。そうかもしれない。メイソンからもあの朝まったく同じことを言われたのではなかったか？「娘にはわたしがテレビに出る人だと思われたくないんです」片方の袖をまくりあげた。「あの子には――なんて言うか――演技をしているとは思われたくないんです」

父親の姿が思い浮かび、エリザベスの表情はセメントのように固まった。

「そんな心配は無用ですよ」ウォルターはあっさり答えた。「あなたが演技でやってるなんて思う人はひとりもいませんよ」

エリザベスはまじめな顔で身を乗り出した。「ありがとう」ウォルターの秘書が大量の郵便物を持ってきた。「ミスター・パイン、なるべく早く目を通していただきたいものを上にしてあります。お気づきかどうか知りませんけど、通路に大きな犬がいます」

「何がいるって——？」

「わたしの犬です」エリザベスはすばやく言った。「シックス＝サーティ。あの子のおかげで、マッドが〝働いているお父さんお母さんを見てみよう〟でここに来たのを知ったんです。シーモアから聞いて——」

シックス＝サーティは自分の名前を聞きつけ、オフィスに入って空気のにおいを嗅いだ。**ウォルター・パイン。自尊心の低さに苦しんでるね。**

ウォルターは目を丸くして椅子の背に背中をぴったりくっつけた。なんて大きな犬だろう。彼はハッと息を吸い、郵便物の山に集中し、エリザベスが犬の特技をえんえんとしゃべっていたが、適当に聞き流した——おすわり、待て、取ってこい、あといろいろ。犬好きとは自慢屋と相場が決まっていて、飼い犬につまらない芸当ができるくらいでばかばかしいほど得意になる。だが、エリザベスの果てしない演説のおかげで、いつハリエットに電話をかけて口裏を合わせてもらいたいと頼むか、ウォルターはゆっくり考えることができた。

「どう思いますか？　前から新しいことを試してみたいと言ってましたよね？」エリザベスが言っている。「どうでしょう？」

「いいんじゃないですかね？」何がいいのか見当もつかなかったが、ウォルターは機嫌よく答えた。

「よかった。では明日からはじめましょうか」
「いいですね！」
「こんにちは」翌日、エリザベスはカメラに向かって言った。「わたしはエリザベス・ゾット、〈午後六時に夕食を〉の時間です。今日はわたしの犬、シックス＝サーティを紹介します。みなさんに挨拶して、シックス＝サーティ」シックス＝サーティが小首をかしげると、観客は笑いながら拍手をした。犬がスタジオにまた入ってきたばかりか、クローズアップに備えてヘアメイク係に目の上の毛を切りそろえてもらったのを十分前に知ったウォルターは、プロデューサー席にぐったりと座りこみ、いいかげんに嘘をつくのはやめるぞと誓った。

シックス＝サーティが番組に出演するようになって一カ月がたつころには、最初はいなかったのが信じられないほどぴったりはまっていた。彼は大人気だった。ファンレターまで届くようになった。

ウォルターだけがシックス＝サーティの存在をよろこんでいないようだった。シックス＝サーティは、彼が〝犬好き〟ではないからだと思っている――シックス＝サーティには犬好きではない人がいるのが理解できなかった。

「三十秒後にドアをあけますよ、ミセス・ゾット」シックス＝サーティはカメラマンの声を聞いてステージ下手の位置につきながら、ウォルターに好きになってもらうために新しい方法を探していた。先週はウォルターの足元にボールを落として遊びに誘ってみた。シックス＝サーティ自身は

〝取ってこい〟で遊ばない。意味がないからだ。結局、ウォルターもそう思っているようだった。「よし、入場させてくれ」ついにだれかが大声をあげたとたん、ドアがあいてうれしそうな観客がどやどやと入ってきて、おお、とか、わあ、とか声をあげながら席を見つけた。針が永遠に六時を指している大きな時計を指差す人々のようすは、ラシュモア山を指差す旅行者を思わせた。「あれよあれ。あの時計」

「ワンコもいた！」ほとんど全員がそう言う。「見て――シックス＝サーティよ！」

エリザベスがスターであることをいやがる理由が、シックス＝サーティにはわからなかった。スターになるのは最高だ。

十分後、エリザベスはてきぱきと説明していた。「じゃが芋の皮はコルク質の細胞で構成されています。根茎の周皮の外側にコルク層ができるんです。これはじゃが芋の自衛戦略のひとつで――」シックス＝サーティはシークレットサービスよろしく彼女の隣に控え、観客に目を走らせていた。「――最大の防御は最大の攻撃であると根茎が理解している証拠ですね」

観客たちはすっかり聞き入っているので、ひとりひとりの顔を分類しやすかった。

「じゃが芋の皮にはグリコアルカロイドが含まれています」エリザベスは続けた。「この毒素は破壊されにくく、煮ても揚げても残ります。それでも、わたしが皮をむかないのは、繊維が豊富だからというだけでなく、生活のあらゆるところに危険がひそんでいると日々思い出させてくれるからです。最善の戦略は危険を恐れるのではなく、危険に注意することです。それから」エリザベスは包丁を取った。「始末すること」カメラはじゃが芋の芽を器用にえぐり取る彼女の手元を拡大した。「芽と緑色に変色した部分をかならず取り除いてください」もう一個のじゃが芋に取り掛かった。「グリコアルカロイドは芽と緑色の部分に集中して隠れていますので」

シックス＝サーティは観客席を見渡し、ある顔を探した。ああ、あそこにいた。拍手をしない人。エリザベスは局からのお知らせがあると告げ、ステージをおりた。シックス＝サーティはいつもならついていくが、今日は観客席へおりていき、何人かの興奮した拍手と「おいで、ワンちゃん！」という声を引き出した。ウォルターからは観客席に入ってはいけないと何度も注意された――犬を怖がる人やアレルギーのある人がいるかもしれないからだ――が、かまわず入っていった。観客をよろこばせるのは大事だし、拍手をしない人がいるなら、そばに行ってあげなければならない。


その女性は四列目の端に座り、薄い唇を不愉快そうに引き結んでいた。シックス＝サーティはこのタイプを知っている。四列目のみんなが手をのばしてシックス＝サーティをなでたが、彼はX線の機械のように女性のようすを入念に観察した。彼女はがちがちに体をこわばらせ、敵意をみなぎらせていた。正直に言えば、シックス＝サーティは少しかわいそうに思った。これほど意地の悪そうな人は、自身も意地悪をされてきたからそうなってしまったのだ。

唇を引き結んだ女性はシックス＝サーティのほうを見たが、その表情は硬かった。大きな鞄のなかにそろそろと手をのばし、煙草を取り出して膝に軽くとんとんと打ちつけた。

喫煙者。案の定だ。人間が地上でもっとも知的な生物は自分たちだと信じているのは周知の事実だが、みずから発癌物質を吸いこむ生物は人間だけだ。シックス＝サーティはその場を離れようとしたが、そのときニコチンではないもののにおいを嗅ぎ取り、立ち止まった。ごくかすかだが、知っているにおいだ。もう一度、嗅ぎ取ろうとしたとき、番組の専属カルテットが〈エリザベス再登場！〉のジングルを奏ではじめた。シックス＝サーティは拍手をしない人にもう一度目をやった。彼女は通路の端に鞄を置いた。震える手で唇へ煙草を持っていく。

シックス＝サーティは鼻を上に向けた。**ニトログリセリン？　まさか。**

「大きな鍋を H_2O で満たしてください」エリザベスはステージに戻っていた。「それから、じゃが芋を――」

シックス＝サーティはもう一度空気のにおいを嗅いだ。**ニトログリセリンだ。下手すると花火とか――**彼はキャルヴィンを思い出してごくりと唾を呑みこんだ――**バックファイアみたいな恐ろしい音を立てる。**

「――鍋に入れて、強火にかけます」

〝さっさと見つけろ〟シックス＝サーティは、キャンプ・ペンドルトンのハンドラーの執拗な声が聞こえたような気がした。〝早く爆弾を見つけろ！〟

「じゃが芋の澱粉は、アミロースとアミロペクチンの分子が長くつながった炭水化物で――」

「――澱粉が壊れはじめると――」

ニトログリセリン。落第のにおい。

においのもとは、拍手をしない人の鞄だ。

キャンプ・ペンドルトンでは、彼は爆弾を見つけるだけでよく、爆弾を取り除く必要はなかった

――取り除くのはハンドラーの仕事だった。だが、ときどき目立ちたがり屋が――ジャーマンシェパードの連中だ――そこまでやった。

スタジオは涼しいのに、シックス＝サーティははあはあとあえぎはじめた。前に進みたいのに、脚が水になってしまったようだ。動きを止める。とにかく、一番つまらない遊び――〝取ってこい〟をやればいいだけだ――そして、何より嫌いなにおいのするものを――ニトログリセリンを回収する。想像しただけで吐き気がする。

「なんだこれは」シーモア・ブラウンは、女性ものの鞄をじろじろ見た。持ち手が濡れているそれは、入口ドアの内側の警備員デスクに置いてあった。「だれかがものすごく心配しているかもしれないな」所有者がわかるものを探すつもりで鞄の留め具をあけ、鞄の口が大きく開いたとたん、彼はヒッと息を吸い、電話に手をのばした。

「腕組みをして立ってください」記者がフラッシュの電球を取り替えながらシーモアに指示した。「強そうな顔をして――だれがやったのか知らないが、ちょっかいを出す相手を間違えたな、みたいに」

信じられないことに、あのときと同じ記者だった――キャルヴィンの墓地に来た記者だ。あいかわらず自分のジャーナリストとしての可能性をのばすべく、しばらく前に違法行為と承知のうえで警察無線を車に取りつけたところ、ついに今日、それが役に立った。ＫＣＴＶのスタジオで、女性ものの鞄のなかから小さな爆弾が見つかったのだ。

記者は、デスクに鞄を見つけた、だれが持ってきたのかわからないというシーモアの証言をメモした。シーモアは所有者を調べるために鞄をあけたが、〝エリザベス・ゾットは無神論者の共産主義者である〟というチラシの束と、壊れたおもちゃのように針金で適当にまとめられた二本のダイナマイトが入っていた。

「でも、どうしてKCTVを爆破しようとしたんでしょうね？」記者は尋ねた。「ほとんど午後の番組ですよね？　ソープオペラとかピエロのショーとか」

「いろんな番組をやってるよ」シーモアは震える手で頭頂部をなでた。「だけど、うちの番組の出演者が神を信じていないなんて言っちまったもんだから、それからちょくちょくトラブルがあってね」

「えっ？」記者は驚きの声をあげた。「だれが神を信じていないんですか？　なんの番組ですか？」

「シーモア――シーモア！」ウォルター・パインが、不安そうに集まっている局員たちをかきわけ、警察官を連れてきた。「シーモア、ほんとうに無事でよかったよ。よくやってくれた――命懸けだったな！」

「大丈夫ですよ、ミスター・パイン」シーモアは言った。「おれは何もしてません。ほんと、たいしたことは何も」

「いやいや、ミスター・ブラウン」警官がメモを見ながら話した。「たいしたことですよ。この女性にはしばらく前から注意していたんです。筋金入りのマッカーシストで、本物の危険人物ですよ。二カ月ほど前から殺害予告を送っていたと白状しました」ノートを閉じた。「ずっと無視されて業を煮やしたようですね」

「殺害予告？」記者が飛びついた。「ということは――その番組は――ニュース番組ですか？　政治的な意見の対立？　討論したんですか？」

「料理番組だ」ウォルターは言った。

「その鞄をミスター・ブラウンが見つけていなかったら、結果は大違いでしたよ。よく見つけましたね？」警察官はたたみかけた。「どうやって気づかれずに鞄を持ってきたんですか？」

「だから、みんなに言ってるんだが、おれは持ってきてない」シーモアは語気を強めた。「ただデスクに置いてあったんだ」

「そんな、謙遜しなくていいんだぞ」ウォルターはシーモアの背中をたたいた。

「真の英雄のしるしです」警察官はうなずいた。

「うちの編集長が食いつきますよ」記者は言った。

シックス＝サーティは少し離れた隅でぐったりと伏せ、人間たちを見ていた。

「あと何枚か写真を撮れば――」記者はシックス＝サーティをじっと見つめた。「おや。ぼくはあの犬を知ってるかな？　知ってるぞ」

「だれでも知ってるよ」シーモアが言った。「番組に出てるから」

記者はわけがわからずウォルターを見やった。「料理番組なんですよね」

「そうですよ」

「料理番組に犬が出るんですか？　犬が何をやるんですか？」

ウォルターはためらった。「何もしません」だが、その言葉は宙ぶらりんになり、ウォルターはにわかに後ろめたさを覚えた。

部屋のむこうにいるシックス＝サーティと目が合った。犬好きではないウォルターにもわかった。あの雑種犬をひどくしょんぼりさせてしまったのが。

36章

生《ライフ》と死

「大ニ、ュ、ー、ス、で、す、!」一週間後、ウォルターは興奮に身を震わせながら、エリザベスとハリエットとマデリンとアマンダと一緒にテーブルについた。いまでは恒例となっている集まりだ——日曜日の夜はエリザベスの研究室で夕食会を開くのだ。「〈ライフ〉から電話がありました。巻頭に記事を載せてくれます!」

「興味ありません」エリザベスは言った。

「あの〈ライフ〉ですよ!」

「個人的なことを根掘り葉掘り訊かれるんでしょう——他人には関係のないことを。わかりきっています」

「ちょっと待って。これはほんとうに大事なことなんですよ。殺害予告はようやく止まりましたが、前向きな宣伝になるならぜひやったほうがいい」

「いやです」

「いままでどの雑誌のインタビューにも応じませんでしたよね、エリザベス。でも、いつまでもこのままではいられませんよ」

「〈ケミストリー・トゥデイ〉ならよろこんで応じます」

「ええ」ウォルターは目を天に向けた。「すばらしい。番組のターゲット層ではありませんが、ぼくも切羽詰まってますので、〈ケミストリー・トゥデイ〉に電話をかけてみました」

「どうでした?」エリザベスは前のめりになった。

「テレビ番組で料理をしている女性にインタビューすることは考えていない、と」

エリザベスは席を立ち、研究室を出ていった。


「助けてくださいよ、ハリエット」夕食後、裏口のポーチの階段に座り、ウォルターは訴えた。

「テレビ番組で料理をしている女性なんて言わなきゃよかったわね」

「わかってますわかってます。でも、エリザベスだって神を信じていないなんて言わなきゃよかったんです。なかなか忘れてもらえませんよ」

網戸があいた。「ハリエット」アマンダだった。「一緒に遊ぼうよ」

「すぐ行くね」ハリエットはアマンダに腕をまわした。「マッドと一緒に、先に砦を作ってて。あたしもあとで行くから」

「アマンダはあなたが大好きなんですよ、ハリエット」ウォルターは、娘がなかに戻ってから静かに言った。「ぼくもですけどね、とつけくわえそうになったのをなんとかこらえた。この数カ月、ゾット家に通っているあいだに、何度もハリエットに会った。ゾット家を出たあとはいつも、気がついたら彼女のことを何時間も考えていた。彼女は既婚者だ——エリザベスによれば不幸な結婚生活らしい——が、どのみち彼女はウォルターに興味がなさそうだし、興味がなくて当然だ。ウォルターは五十五歳、髪は薄くなり、職場でとくに有能というわけでもなく、血のつながっていない子どもがいる。もしも『もっとも忌避すべき男性の特徴』という教科書があったら、ウォルターは表紙を飾れるだろう。

「そう?」ハリエットはほめられて首まで赤くなっていた。あたふたとワンピースの皺をのばし、裾をソックスに届くまで引っ張りおろした。「エリザベスに話しておくわ。でも、まずはインタビューをする人に話をつけておくべきね。個人的な質問はしないでくれと言っておくの。とくにキャルヴィン・エヴァンズに関することはだめ。エリザベスの話だけを聞くこと——エ、ヽ、ヽ、リザベ、ヽ、ヽ、スがいままで何を成し遂げたか」

インタビューは翌週におこなわれた。記者のフランクリン・ロスは受賞経験もあるジャーナリストで、気難しいスターからも信頼されていることで知られていた。彼が目立たないように〈午後六時に夕食を〉の観客席に腰をおろしたときには、エリザベスはすでにステージの上で大量の野菜を刻んでいた。「タンパク質は肉や卵や魚に多く含まれていると思われていますが、もともとは植物のなかに含まれているもので、地球上でもっとも大きく、強い動物も植物を食べています」彼女は〈ナショナル・ジオグラフィック〉誌を掲げ、象の写真のページを開いてみせ、陸上で最大の動物の代謝はどんな過程をたどるのか細かく説明し、カメラマンに象の糞にズームインするよう求めた。「繊維が見えるでしょう」エリザベスは写真をとんとんとたたいた。

ロスは何度かこの番組を観たことがあり、不思議におもしろいと感じていたが、こうして観客席にいると、ゾットだけでなく周囲の人々も——その九十八パーセントが女性だが——番組を作りあげている要素だと気づいた。だれもがノートと鉛筆を用意し、化学の教科書を持ってきている者も何人かいた。大学の講義室や教会でも、聴衆がこれほど熱心に耳を傾けている光景はなかなか見られない。

コマーシャル休みのあいだに、ロスは隣の女性に話しかけた。「もしよろしかったらお話をうかがいたいのですが」と礼儀正しく記者証を見せた。「この番組のどこが好きですか？」

「わたしたちのことを真剣に考えてくれるところね」

「レシピではないんですか？」

女性はあきれたような目でロスを見返した。「ときどき思うんだけど」おもむろに言う。「この国で男性が一日だけ女性として過ごすことになったら、お昼までもたないでしょうね」

反対隣の女性がロスの膝をとんとんとたたいた。「反乱に備えなさいね」

番組終了後、ロスはステージの裏でゾットと握手をし、警官に身体検査をされるがごとく犬のシックス＝サーティににおいを嗅がれた。手短に自己紹介をしたあと、ゾットはロスとカメラマンを連れて楽屋へ行き、番組の話をした――というよりも、番組で説明した化学知識について語った。ロスは礼儀としてひととおり話を聞いたあと、彼女のはいているズボンについて感想を述べた――大胆な服装ですね、と。彼女は驚いたようにロスを見つめ、あなたも同じ大胆な服装ですねと言った。含みのある口調で。

シャッター音が続くなか、ロスは話題を変えて彼女の髪型をほめた。冷たい視線が返ってきた。カメラマンは不安そうにロスを見た。エリザベス・ゾットの笑顔の写真を少なくとも一枚は撮らなければならない。なんとかしろ、とロスに合図した。何かおもしろいことを言えよ。

「髪に挿した鉛筆についてお尋ねしてもいいですか？」ロスは再挑戦した。

「どうぞ。ＨＢの鉛筆です。ＨＢとは鉛の硬さをあらわしています。もっとも、ほんとうに鉛が含まれているわけではありません。正しくは黒鉛ですね、炭素同素体です」

「いえ、そうではなくてなぜ鉛筆を――」

「なぜペンではなくて鉛筆なのか知りたい？　インクと違って黒鉛はあとで消せるからです。人間は間違いを犯すものでしょう、ミスター・ロス。鉛筆なら間違いを消して、先に進むことができます。科学者はミスを予測していますし、だからこそ失敗も受け入れるんです」そして、ロスのペンをじろりと見やった。

　カメラマンは目を天に向けた。

「それでは」ロスはノートを閉じた。「このインタビューに同意していただけたと思っていましたが、どうやら無理強いだったようですね。わたしは、いやがる相手にはインタビューしないんです。お邪魔してしまい、心からお詫びします」カメラマンのほうを向き、ドアのほうへ首をかたむけた。

駐車場を歩いていると、シーモア・ブラウンに呼び止められた。「ゾットさんが、ここで待っていてくれないかと言っています」

　五分後、ロスはエリザベス・ゾットの運転する古いブルーのプリマスの助手席に座り、犬とカメラマンは後部座席に乗っていた。

「この犬は噛みつきませんよね？」カメラマンは窓にぴったりと体を寄せて尋ねた。

「どんな犬も嚙みつく可能性があります」エリザベスは肩越しに答えた。「どんな人間も害になる可能性があるのと同じです。分別のある振る舞いをしていれば、危害をくわえられることはありません」

「早い話が、嚙みつくということですか?」車が高速道路に入り、カメラマンの質問は加速するエンジン音にかき消された。

「どこへ行くんです?」ロスは尋ねた。

「わたしの研究室です」

ところが、到着したのは古ぼけてはいるが手入れの行き届いた住宅が並ぶ通りの茶色い小さな一軒家で、研究室というのは聞き間違えに違いないとロスは思った。

「わたしこそおふたりに謝らなければなりません」エリザベスはロスに言い、ふたりを家のなかへ入れた。「遠心分離機が故障しているんです。でも、コーヒーは淹れられます」

エリザベスが作業をはじめると、カメラマンはシャッターを切りはじめ、ロスはぽかんと口をあけ、かつては普通のキッチンだったに違いない部屋を見まわした。そこは、手術室と生体有害物質《バイオハザード》の研究室を足して二で割ったような空間だった。

「不平衡負荷が原因です」彼女は比重差のある液体を分離するものだと解説しながら、銀色の大きな機械を指差した。遠心分離機?　なんだそれは?　ロスはまたノートを開いた。エリザベスが彼の前にクッキーを盛った皿を置いた。

「桂皮アルデヒドのクッキーです」

ロスが振り向くと、犬がじっと見ていた。

「シックス＝サーティとは、犬の名前としては変わっていますね。どういう意味ですか？」

「意味？」エリザベスはブンゼンバーナーに着火しながらロスのほうを振り向き、そんな基本的なことばかりなぜ尋ねるのかとまたしても言いたそうに眉をひそめた。それから、バビロニア人が六十進法で——六十を基数とする数の表記法であると、彼女は補足した——数学も天文学も発達させたことを詳説した。「いまのでおわかりいただけたでしょうか」

　そのあいだエリザベスの許可を得てあちこち見てまわっていたカメラマンは、リビングルームの中央にある変わった機械は何かと尋ねた。「エルゴですか？　ボートを漕ぐ練習をする機械です。わたしは漕艇をやっているので。たくさんの女性がやっていますよ」

　ロスはノートを研究室のテーブルに置き、ふたりと一緒に隣の部屋へ行った。そこでエリザベスはボートのストロークを実演してみせた。「〝エルグ〟とはエネルギーの単位です」ひたすら前後運動を繰り返しながら説明するエリザベスを、カメラマンはさまざまなアングルで撮影した。「ボートを漕ぐには大量のエルグが必要です」エリザベスは漕ぐのをやめて立ちあがり、カメラマンは彼女のまめだらけの手のひらを撮影した。それから三人で研究室へ戻った。ロスは犬がノートによだれを垂らしているのを見つけた。

　インタビューはそんな感じで続いた。退屈な話から、また別の退屈な話へ。ロスは訊きたいことを訊き、エリザベスはそのすべてに答えた——礼儀正しく、従順に、科学的に。言い換えれば、ロスに収穫はなかった。

　エリザベスがロスの前にコーヒーを置いた。ロスは普段、コーヒーを飲まない——苦味が好きではないからだ——が、彼女はとんでもない手間をかけてコーヒーを淹れた。フラスコやらチューブやらピペットやらガスやらを駆使して。礼儀として、ロスはひと口飲んだ。そして、またひと口。

「これはほんとうにコーヒーですか？」驚いて尋ねた。

「シックス＝サーティが研究室で手伝ってくれるようすをお見せしましょう」エリザベスは犬にゴーグルをつけ、自分の研究領域を説明し――生命起源論《アビオジェネシス》というらしい――a、b、i、と綴りを口頭で言ってから、ロスのノートを取ってブロック体で書いた。そのあいだ、カメラマンはドラフトチャンバーのフードを開閉するボタンを押すシックス＝サーティを撮影した。

「ここをおふたりに見せようと思ったのは」エリザベスはロスに言った。「わたしは厳密には料理番組の進行役ではないと、雑誌の読者にわかってもらいたいからです。わたしは化学者です。かつては現代の化学の謎のなかでも最大級のものを解き明かそうとしていました」

　エリザベスは生命起源論の解説を続けた。正確な表現で全体像を描いている彼女は見るからに楽しそうだった。彼女の説明は上手で、退屈な概念すら胸躍るものに感じさせると、ロスは思った。ロスが細かくメモを取る一方で、エリザベスは研究室のなかのさまざまな器具を指し示し、ときおり実験の結果とそれに対する解釈を説明し、また遠心分離機の故障について詫び、最近決まった都市区画条例のせいで放射性装置を住宅に入れることができなくなったので、サイクロトロンの導入は夢のまた夢なのだと話した。「政治家は人の苦労を増やしてばかりですね。そんなこんなですが、生命の起源。それをわたしは追究していたんです」

「いまはしていないんですか？」

「していません」

　ロスはスツールの上で体をひねった。いままで科学にまったく興味がなかった――人間が守備範囲だった。だが、エリザベス・ゾットが相手となると、彼女の仕事から彼女の人となりをつかむことは難しいようだ。たぶん方法はひとつしかないが、ウォルター・パインにそれは禁じ手だと釘を刺されていた――それをやろうものならインタビューは失敗に終わる、と。それでもやはり、ロスは賭けに出ることにした。「キャルヴィン・エヴァンズについてうかがいたいのですが」

キャルヴィンの名前を聞いたとたん、エリザベスはさっと振り向いた。落胆の色が浮かぶ目で、しばらくロスを見ていた――約束を破った相手に向ける目で。「キャルヴィンの仕事のほうに興味があるんですね」声に力がなかった。

カメラマンはロスに向かってかぶりを振り、〝やっちまったな〟と言うようにため息をついた。あきらめてレンズにキャップをかぶせ、「外で待ってるぞ」と吐き捨てた。

「興味があるのはエヴァンズの仕事ではありません」ロスは言った。「あなたと彼の関係について知りたいんです」

「あなたになんの関係が？」

ロスはまたしても犬の視線による圧力を感じた。**あんたの頸動脈の場所はばっちりわかってるぜ。**

「おふたりのことはいろいろ噂になっているので」

「噂ですか」

「おそらくエヴァンズは裕福な家庭で育ったんでしょう――漕艇をやって、ケンブリッジを卒業しているんですから――あなたもそうでしょう」ロスはノートを見た。「ＵＣＬＡで修士号を取っていらっしゃる。学士課程はＵＣＬＡではなかったようですが。どちらへいらしたんです？　それから、ヘイスティングズ研究所を解雇されたんですよね」

「わたしの経歴を調べたんですね」

「仕事ですから」

「では、キャルヴィンの経歴も調べたんでしょう」

「いいえ、その必要はなかったので。有名でしたし――」

エリザベスが首をかしげるようすに、ロスはしまったと思った。

「ミス・ゾット。あなたも有名ですし――」

「わたしは名声には興味がありません」

「でも、黙って噂を放っておいてはだめです。事実ではないことが広まります」

「記者の方も同じことをしているでしょう」エリザベスは隣のスツールに腰掛けた。一瞬、ロスの質問に答えそうに見えたが、考え直したのか、壁に目を向けた。

ふたりは長いあいだ黙って座っていた――コーヒーが冷め、エリザベスのタイメックスすらまじめに時を刻むのをやめてしまったかのようだった。外で車のクラクションが鳴り、女性の大声がした。「一回言ったら千回言ったのと同じなの」

報道の世界における常套句のひとつはこれだ。記者が質問をやめれば取材相手は語りはじめる。ロスもこの常套句を知っていたが、だから黙ったわけではない。そうではなく、自分がいやになったからだ。この一線を越えるなと指示されていたのに、越えてしまった。せっかく得た信頼を踏みつけにしてしまった。ロスは謝りたかったが、文章の書き手として、もはや言葉は役に立たないとわかっていた。心から謝罪したいときに言葉が役に立つことはほとんどない。

そのとき突然、サイレンの音が家の前を通り過ぎ、エリザベスは鹿のようにびくりとした。彼女は身を乗り出してロスのノートを開いた。「キャルヴィンとわたしのことを知りたいんですね?」きっぱりとした口調だった。そして彼女は、一介の記者に話すべきではない話をはじめた。赤裸々な真実を。ロスは話を聞いたものの、どうしたものか途方に暮れた。

37章
完売

エリザベス・ゾットは、疑いの余地なく現在のテレビ業界でもっとも影響力を持ち、だれよりも知的な人物だ。ロスは、ニューヨークへ戻る飛行機の座席21Cでとりあえずそう書いた。ペンを止め、スコッチの水割りのおかわりを頼み、窓の外の何もない空間を眺めた。彼はライターとしても聞き手としても優秀で、そのふたつの能力と充分なアルコールが組み合わされば、何か思いつく――はずなのだが。彼女の話は楽しいものではなく、ロスの業種では、普段は不幸な話のほうがネタにしやすかった。だが、この場合、この女性については――。

ロスは座席テーブルを指先で小刻みにたたいた。原則として記者はつねに中立の立場にいたい。偏見を持たず、感情に動かされないようにすべきだ。けれど、いまロスはなぜか立場が偏っている。もっと言えば彼女の側に偏っていて、どうしてもほかの見方ができそうになかった。ロスは座席でもぞもぞし、二杯目のスコッチをがぶりと飲んだ。

これは参った。ロスは彼女の周囲の人々にもインタビューした――ウォルター・パインにハリエット・スローン、ヘイスティングズ研究所の職員たち、〈午後六時に夕食を〉の関係者全員。娘のマデリンにも近づくことができた。あの子が本を持って研究室に入ってきたのだ――あれはほんとうにフォークナーの『響きと怒り』だったのか？　だが、マデリンには何も訊かなかった。気が引けたのと、犬に邪魔されたからだ。エリザベスがマデリンの脚の切り傷を手当てしているあいだに、シックス＝サーティはロスのほうを向いて歯をむき出した。

けれど、ほかの人々がインタビューで何を語ろうが、ロスが死ぬまで忘れられそうにないのはエリザベス本人の言葉だった。

「キャルヴィンとわたしはソウルメイトでした」エリザベスはそんなふうに切り出した。そのあと、不器用でいつも憂鬱そうで、思いこみが激しいせいでつねに物足りなさを抱えていた男に対する気持ちを語った。「化学を上級者並みに理解していなくても、わたしたちの関係がめずらしかったことはわかるはずです。キャルヴィンとわたしは、ただ気が合っただけじゃありません。衝突しました。ほんとうに、文字どおりの衝突です――劇場のロビーでぶつかりました。彼はわたしの服に嘔吐しました。ビッグバン理論はご存じですよね？」

彼女はふたりの恋愛を〝膨張〟や〝密度〟や〝熱〟といった言葉で説明し、その情熱の基盤にあったのはたがいの能力に対する敬意だったと、力をこめて話した。「それがどんなに特別なことかわかりますか？　男性が女性の仕事を自分の仕事と同じくらい大事なものと認めていることが」

ロスははっと息を呑んだ。

「わたしは言うまでもなく化学者です、ミスター・ロス。表面だけ見れば、キャルヴィンがわたしの研究に興味を持つのは当たり前のように思われるかもしれません。でも、わたしはほかにもたくさんの男性化学者と仕事をしてきましたが、ただのひとりもわたしが化学者だと思っていませんでした。例外は、キャルヴィンともうひとりだけです」エリザベスは顔をしかめた。「もうひとりというのは、ヘイスティングズ研究所の化学研究部部長で、ドナティという博士です。彼はわたしが化学者だというだけでなく、重要な研究をしているのを知っていました。そして、わたしの研究を盗んだ。彼の名前で論文にして発表したんです」

ロスは目を見開いた。

「わたしはその日に研究所を辞めました」

「どうして公にしなかったんですか？　なぜ自分の研究だと訴えなかったんですか？」

エリザベスは、宇宙人を見るような目でロスを見た。「それは本気でおっしゃっていますか」

ロスは恥じ入り、顔が熱くなった。わかりきったことではないか。部門全体の長である男性より女性の言葉を信用する者などいるわけがない。正直なところ、ロスも自分だったら女性の声に耳を傾けていたとは思えなかった。

「わたしはキャルヴィンに恋をしました」エリザベスは続けた。「知的で思いやりがあるというだけでなく、わたしを対等に扱ってくれたはじめての男性だったからです。すべての男性が女性を対等に見るようになった世界を想像してみてください。教育は変わるでしょう。労働人口は大きく変動するでしょう。結婚生活カウンセラーは失業するでしょう。わかりますか？」

ロスにはよくわかったが、ほんとうはわかりたくなかった。妻がしばらく前に、あなたは主婦と母親という仕事の重要さをわかっていないと言い残して出ていったばかりだった。主婦と母親は本物の仕事とは言えないのではないか？　仕事というより役割では？　どちらにしても、妻は出ていった。

「だからわたしは〈午後六時に夕食を〉で化学を教えたかったんです。化学を理解すれば、世界の仕組みがわかるようになります」

ロスはなぜだろうという顔をした。

「原子や分子のことですよ。物質的な世界の成り立ちを決めているほんとうのルール。女性がその基本概念を理解すると、自分たちの自由を制限するために不当なルールが作られていると気づきはじめます」

「男がそのルールを作ったわけですね」

「不当なルールを作ったのは文化や宗教です。文化や宗教によって、リーダーシップを取るのはつねに男性だけという、非常に不自然な役割分担が固定されたんです。化学の基本的な知識を理解するだけで、そのような偏ったやり方は危険だとわかります」

「なるほど」ロスはいままでそんなふうに考えたことがなかったのを自覚した。「たしかに、社会にはまだ変えるべき余地がありますが、宗教はわれわれを謙虚にすると思ってしまいます――この世界におけるわれわれの立ち位置を教えてくれるというか」

「そうですか?」エリザベスは意外そうだった。「宗教はわたしたちを責任から逃れさせるものだと思います。なにごともわたしたちのせいではないと教えていますよね。何かが、あるいはだれかが糸を引いているのだから、究極的にはわたしたちに責任はない。現状をよくするには祈りなさい、と。でもほんとうは、世界のだめなものを作ったのはほかならぬわたしたちです。そして、わたしたちには直す力がある」

「人間にこの世界全体を直すことができるとおっしゃるわけではないでしょう」

「わたしたちを直すという話です、ミスター・ロス――わたしたちの間違いを直す。自然はもっと高度に論理的なレベルで動いています。わたしたちはもっと学べます、もっと遠くへ行けます。でもそのためにはドアをどんどん開け放っていかなければなりません。性別や人種など、無知がもたらす偏見のために、多くの優秀な頭脳が科学から遠ざけられている。わたしはそのことに腹が立ちます、あなたも腹を立てるべきです。科学で解決できる重要な問題はたくさんあります。飢餓、疾病、種の絶滅。利己的で古臭い文化を受け売りしてわざとほかの人の前でドアを閉める人たちは、誠実ではありませんし、承知のうえで怠けているんです。ヘイスティングズ研究所はそんな人たちばかりです」

　ロスはメモを取るのをやめた。思い当たることがあった。彼は高く評価されている雑誌の編集部で働いているが、新しい編集長は〈ザ・ハリウッド・リポーター〉――芸能誌から転職してきた人物だ。ピューリッツァー賞を受賞したロスが、ニュースを〝ゴシップ〟扱いし、〝個人的な秘密〟こそおもしろい記事を作ると持論を述べる者の部下になったわけだ。〝報道機関だって営利企業だ！〟と、編集長はことあるごとにロスに言う。〝読者はスキャンダルを求めてるんだぞ！〟

「ミスター・ロス、わたしは無神論者なんです」エリザベスは重苦しいため息をついた。「というか、人道主義者です。でも、正直に言えば人間に嫌気が差すこともあります」

　エリザベスは立ちあがり、ふたりのコーヒーカップを集め、洗眼用と書いてあるシンクのそばに置いた。ロスはインタビューが終わったものと思っていたが、エリザベスは戻ってきた。

「学士号の件ですが、わたしは学士号を持っていませんし、持っていると詐称したこともありません。メイヤーズ博士の修士課程に入るまで、完全に独学でした。メイヤーズと言えば」髪から鉛筆を抜き、硬い声でつづけた。「話しておきたいことがあります」エリザベスは博士とのあいだにあったことを話し、ＵＣＬＡを辞めなければならなかったのは、女性をレイプした男性は女性の口をふさごうとするからだと述べた。

ロスはごくりと唾を呑みこんだ。

「子どものころについて話すと、わたしは兄に育てられたんです」エリザベスは続けた。「兄が本の読み方も図書館のすばらしさも教えてくれましたし、両親の拝金主義から守ってくれました。ジョンが納屋の梁で首を吊ったのを見つけた日、父は警察が来るのも待たずに出かけました。興行に遅れたくなかったからです」彼女の父親は最後の審判をネタにした興行師だったが、奇跡の演出で観客三人を殺《あや》めてしまい、現在は懲役二十五年の刑に服している。それ以上の犠牲者が出なかったことこそが奇跡だった。母親とは十二年以上会っていない。彼女はブラジルに移住し、新しい家族がいる。もとは税金逃れだったのが、死ぬまでブラジルで暮らすことになったわけだ。

「でも、キャルヴィンの子ども時代のほうが大変です」彼の両親とおばは立て続けに亡くなったと言う――そのため、彼はカトリックの男子孤児院に入ったものの、聖職者に虐待され、それは成長して力が強くなるまで続いた。エリザベスはミス・フラスクと一緒に盗んだ箱のなかに埋もれていた古い日記で、そのことを知った。子どもっぽい文字はところどころにじんで読めず、彼の悲しみが伝わってきた。

エリザベスがロスに話さなかったのは、キャルヴィンの日記には積年の恨みが書かれていたことだ。〝ぼくはこんなところにいなくてもいいはずだったのに〟と、別の選択肢があったかのように書いてあった。〝あいつを、あの男を絶対に許さない。絶対にだ。死ぬまでずっと〟。ウェイクリーとのやり取りを読んだので、キャルヴィンが死を望んだ父親のことだとわかる。死ぬまで憎むと誓った男だと。その誓いを彼は守った。

ロスはテーブルを見おろした。彼はごく普通に育った――両親がそろっていて、家族に自殺者も殺人犯もいないし、教区の司祭にさわられたこともない。それでも、いくらでも不満はあった。どうかしているのではないか？　人間は他人の困りごとや悲しいできごとに見て見ぬふりをするだけでなく、自分が持っているものの価値がわからない。あるいは、持っていたものの価値が。ロスは妻が恋しかった。

「キャルヴィンが亡くなったのは、百パーセントわたしのせいです」青い顔をしているロスに、エリザベスは事故と引き綱とサイレンについて話した。事故を教訓に、二度とだれかに何かを強制したくないのだと言う。エリザベスは、彼の死がその後の失敗の原因になったと考えていた。ドナティの盗用に逆上して研究をあきらめてしまい、娘の居場所を見つけてやるつもりで幼稚園に入れたものの、娘は園になじめず、何よりも自分は絶対になりたくなかったもの、つまり父親のようなタレントになってしまった。ああ、それともうひとつ、フィル・リーベンスモールに心臓発作を起こさせた。「まあ、最後のひとつは失敗とは思っていないんですけれど」

「何を話していたんだ？」空港までの道中、カメラマンはロスに尋ねた。「おれは何か見逃したのかな？」

「いや、別に」ロスは嘘をついた。

ロスはタクシーに乗る前に、エリザベスから聞いたことは公にしないと決めていた。締切までに規定ワード数を一語も超えない原稿を書くつもりではいる。大量の言葉を費やして、何も語らない原稿を書くのだ。彼女について書くが、彼女個人のことは書かない。言い換えれば、締切には間に合わせる。雑誌の世界では、締切さえ守ればほとんど問題ない。

〝エリザベス・ゾットは化学の知識を教えてくれるが、〈午後六時に夕食を〉はたんなる化学の入門番組ではない〟と、彼はその日、飛行機の座席で書いた。〝週に五日、一回三十分、人生について学ぶ番組だ。いまの自分でも過去の自分でもなく、これから自分は何者になれるのかという問いを与えてくれる〟

それから個人的な情報を一切出さず、二千ワードで生命起源論について書き、そのあとに五百ワードで象の食物の代謝について書いた。

「こんなものは記事ではない！　ゾットの恥部がどこにもない！」と、新編集長は第一稿の感想をよこした。

ロスはつぶやいた。「そんなものはないよ」

二カ月後、〈ライフ〉の表紙に険しい表情で腕組みをしたエリザベスが載った。彼女の横には〝なぜわれわれは彼女が供するものを食べるのか〟という見出しがついている。六ページの記事には十五枚の写真も含まれていた――番組に出演中の彼女、エルゴを漕ぐ彼女、番組用のメイクをした彼女、シックス＝サーティをなでる彼女、ウォルター・パインと打ち合わせ中の彼女、髪を直している彼女。記事は、彼女は現在テレビに出演しているタレントのなかでもっとも知的であるというロスの一文からはじまるはずが、編集長が〝知的〟を〝魅力的〟に差し替えていた。そのあとは、番組の人気回の紹介が続き――消火器のエピソード、毒きのこのエピソード、無神論のエピソードなどなど――彼女の番組は人生について教えてくれるというロスの考察で締めくくられた。でも、それだけではなかった。

〝あの子は死の天使なんです〟野心に満ちた駆け出し記者が、シンシン刑務所に服役中のエリザベスの父親と面会し、彼の話から引用した。〝悪魔の申し子だ。そして頑固です〟

その記者はUCLAのメイヤーズ博士にもインタビューをした。博士はエリザベスを〝分子より男のほうに興味のある冴えない学生だった〟と述べ、実物はテレビ画面の彼女ほどきれいではないとつけくわえた。

ドナティ博士は、同じ記者がエリザベスの雇用記録について尋ねたとき、次のように答えた。「だれだって？　ゾット？　ああ――ルシャス・リジーのことか？　みんな〝ルシャス〟と呼んでいたんだ。彼女はいやがっていたが、女性は本心ではよろこんでるのにいやがるふりをするものだろう？」博士はにやりと笑い、その証拠にと、彼女が捨てていったE・Zというイニシャル付きの白衣を見せた。「ルシャスはいい実験助手だった――能力もないのに科学の世界にいたがる者にちょうどいい仕事だよ」

駆け出し記者が記事の最後に引用したのはミセス・マドフォードだ。〝女性は家を守るべきですが、エリザベス・ゾットが家を放り出しているせいで、お子さんの健全な発達が阻害されているのがわかっています。彼女はお子さんの能力を過大評価しています――見栄っ張りな親が最初に見せる兆候ですね。わたしはもちろん、彼女のお嬢さんを担任していたころ、その影響を最小限にしようと努力していました〟マドフォードの証言には、よりによってマデリンの家族の木のコピーが添えられていた。〝うそはだめ！〟と、マドフォードの文字が紙の上部に書いてあった。〝せんせいのところにきなさい！〟

記事のなかでエリザベスにとってなにより痛手となったのが、その家族の木だった。マデリンは親族の欄にウォルターの名前を書いただけでなく――読者はエリザベスがプロデューサーの愛人だと早とちりした――縞々の囚人服を着た祖父やブラジルでタマーリを食べている祖母、『黄色い老犬』を読んでいる大きな犬の小さな絵や、〝フェアリーゴッドマザー〟と書かれたどんぐり、夫を毒殺しようとしているハリエットという女性や亡父の墓石、首に縄をかけた子どもの絵を描き入れ、そこからのびるぼんやりした線の先には、ネフェルティティとソジャーナ・トゥルース、アメリア・イアハートの名前が書いてあった。

その号の〈ライフ〉は二十四時間以内に完売した。

38章 ブラウニー

一九六一年七月

悪名は無名に優るという説があるが、今回はその説が正しかった。〈午後六時に夕食を〉の人気は爆発した。

「エリザベス」ウォルターは、オフィスで硬い表情のエリザベスと向かい合って座っていた。「記事に動揺しているのはわかります——ぼくたちみんなそうだ。でも、明るい面を見ようじゃないですか。新しいスポンサーが列をなしています。あなたの名前を冠した商品を作りたいという申し出も受けています。鍋だの包丁だの、ほかにもいろいろ！」

エリザベスの引き結んだ唇に、ウォルターは波乱を予感した。

「マテル社はなんと女の子用の化学実験セットの企画書を送ってきていて——」

「化学実験セット？」エリザベスはやや表情をほころばせた。

「いいですか、まだ企画書の段階ですよ」ウォルターは慎重に言い、書類を渡した。「きっといいことが——」

「〝女の子のみんな！〟」エリザベスは声に出して読みあげた。「〝自分だけの香水を作っちゃおう……科学の力で！〟ウォルター、なんですかこれは！　どうして箱がピンクなの？　この会社の人にいますぐ電話をかけてください――わたしから直接話します、プラスチックの薬瓶なんて認められません」

「エリザベス」ウォルターはなだめた。「なんでもかんでも許諾する必要はありませんが、一生お金に困らずにすむ可能性だってあるんですよ。ぼくたちだけじゃなくて、子どもたちのためになるかもしれない。自分のことだけ考えてりゃいいってものじゃありませんよね」

「ウォルター、これはちゃんと考えられていません、市場に迎合しています」

「ミスター・パイン」秘書が言った。「一番にミスター・ロスからお電話です」

「やめて」エリザベスの表情からは、中傷によるダメージがまだ消えていなかった。

「こんにちは」数週間後、エリザベスはカメラの前で言った。「わたしはエリザベス・ゾット、〈午後六時に夕食を〉の時間です」

彼女はまな板と色あざやかな野菜の山の前に立っていた。「今夜は茄子《エッグプラント》を調理しましょう」丸々とした紫色の茄子を取りあげた。「オーバジンと呼ぶ地域もありますね。茄子は栄養価の高い野菜ですが、フェノール成分による渋味を感じることがあります。渋味を抜くために――」ふと口をつぐみ、なぜこんなものを選んでしまったのかと言わんばかりに茄子をひっくり返した。「言い直します。渋くなりがちな傾向に対して――」また口をつぐみ、大きなため息をついた。それから、茄子を脇に置いた。

「やめましょう。ただでさえ人生は渋いものです」後ろを向き、セットの奥にある戸棚をあけ、新しい材料をすべて取り出した。「計画を変更します。ブラウニーを作りましょう」

マデリンはテレビの前で腹這いになり、両脚を曲げて交差させていた。「今夜はブラウニーみたいだよ、ハリエット。もう五日連続だよ」

「わたしは、気分が落ちこむ日にブラウニーを作ります」エリザベスは告白した。「ショ糖が健康に不可欠な成分であるふりをするつもりはありませんが、個人的には摂取すると気分がよくなります。では、はじめましょうか」

「マッド」ハリエットはエリザベスの声にかぶせて呼びかけ、口紅を塗り直し、髪をふわりとさせた。「ちょっと出かけてくるからね。だれか来ても、電話が鳴っても、出ちゃだめだし、家から出てもだめ。お母さんが帰ってくるまでに、あたしも帰ってくるから。わかった？　マッド？　聞いてる？」

「何？」

「すぐ戻るからね」ドアが音を立てて閉まった。

「ブラウニーをおいしく作る秘訣は、高品質のココアパウダーもしくは甘くない製菓用チョコレートを使うことです」エリザベスは続けた。「わたしはオランダ産のココアを愛用しています。ポリフェノールが豊富で、みなさんもご存じのとおり、ポリフェノールは抗酸化作用があり……」

マデリンは、テレビのなかでココアパウダーと溶かしバターと砂糖を合わせ、木べらでボウルが壊れんばかりに激しくかき混ぜている母親を見ていた。〈ライフ〉が店頭に並んだとき、マデリンは鼻が高かった。自分の母親が――表紙に載るなんて！　だが、マデリンが読む前に、母親は手持ちの当該号をすべて――ハリエットの分まで――ゴミ袋に詰め、その重たい袋を家の前の歩道に置いた。「こんなでたらめは読んじゃだめ」母親はマデリンにそう言った。「わかった？　絶対に読まないで」

マデリンはうなずいた。だが翌日、図書館へ行き、文字の列を指で追いながら一気に読んでしまった。「嘘」喉が詰まった。「嘘だ嘘だ」一日中、髪をさわってばかりいるように見える母親の写真に、涙がこぼれた。「ママは科学をやってるのに。化学者なのに」

マデリンはテレビに目を戻した。母親は胡桃を刻んでいた。「胡桃はビタミンEの一種であるγ‐トコフェロールが非常に豊富です。心臓《ハート》を守る働きがあると証明されています」だが、一心不乱に胡桃を刻む母親のようすを見ていると、どうやら胡桃は傷ついた心《ハート》にはたいして効かないようだった。

突然、呼び鈴の音がして、マデリンはびくりとした。ハリエットはだれかが来ても出てはいけないと言ったが、いまハリエットはそばにいない。マデリンは知らない人が来たのだろうと思いつつ窓から外を覗くと、ウェイクリーがいた。

「マッド」マデリンがドアをあけたとたん、ウェイクリー牧師は言った。「ほんとうに心配してたんだよ」

テレビのなかで、エリザベス・ゾットが、砂糖の結晶のざらざらした表面の空気がやがて脂質の膜に包まれ、気泡ができると説明していた。「卵をくわえると、加熱した際にタンパク質が脂質に包まれた気泡を支え、壊れるのを防ぐんです」ボウルを置いた。「この続きは、局からのお知らせのあとで」

「ここに来ても大丈夫だったかな」ウェイクリーは言った。「お母さんが番組に出ているあいだに、きみに会いに来ようと思ったんだ。ほんとうにブラウニーを夕食にするのかな？」

「今日は気分が落ちこんだ日なんだって」

「〈ライフ〉の記事のせいだろ――想像しかできないけど。子守のおばさんは？」

「ハリエットはすぐ戻るって」マデリンは、たぶん訊いてはいけないと思いながら、おずおずと尋ねた。「ウェイクリーさん。一緒に夕食を食べない？」

ウェイクリーは迷った。その日の気分でメニューが決まるなら、死ぬまで毎食ブラウニーだ。

「そこまでお邪魔はしたくないんだ、マッド。ほんとうに、きみが大丈夫か確かめたかっただけだから。家族の木のことで、もっとちゃんと手伝ってあげるべきだったと思うけど、でもきみの作品はすごいと思ってる。家族というものをもっと広く、ほんとうの意味でとらえてるよね。家族を作るのは血のつながりだけじゃないよ」

「うん」

ウェイクリーは本で一杯の狭い部屋を見まわし、エルゴに目をとめた。「わあ本物だ」と、興奮の声をあげる。「ローイングマシン。雑誌で見たよ。お父さんは器用だったんだね」

「器用なのはママだよ。ママはキッチンを――」マデリンがウェイクリーを研究室へ案内しようとしたとき、テレビにエリザベスがまた映った。「料理の好きなところのひとつは」と言いながら、小麦粉をボウルにくわえた。「料理ならではの有用性にあります。わたしたちが料理をするとき、ただ食べておいしいものを作っているのではありませんよね――わたしたちの細胞に活力を与え、命を維持するものを作っているんです。ほかの創造物とはまったく違う点はそこです。たとえば」――と手を止め、険しい目でカメラをまっすぐ見据える――「雑誌とか」

「お母さん、かわいそうだな」ウェイクリーはかぶりを振った。

裏口のドアが勢いよくあいた。

「ハリエット？」マデリンは大声で尋ねた。

「いいえ、わたしよ」その声は疲れていた。「早めに帰ってきたの」

ウェイクリーは凍りついた。「お母さん？」

彼はまだエリザベス・ゾットに会う覚悟ができていなかった。キャルヴィン・エヴァンズがかつて住んでいた家のなかにいるだけでも気が引けるのに、彼の葬儀で慰めることもできなかった女性に、いきなり対面するなんて無理だ。しかも無神論者で知られるテレビタレントに？〈ライフ〉の表紙を飾ったばかりの人物に？　無理だ。いますぐ出ていかなければ――大人の男が幼い娘とふたりきりで家のなかにいるのを母親に見つかる前に。ああああ！　ぼくはなにを考えていたんだ？

これ以上まずい状況があるか？

「じゃあね」ウェイクリーは小声でマデリンに言い、玄関へ向かった。だが、ドアをあけるより先に、シックス＝サーティがとことこと現れた。

待てウェイクリー！

「マッド？」エリザベスは研究室に荷物を置き、リビングルームへ入ってきた。「どこに――」口をつぐむ。「あら」聖職者カラーのついた服を来た男が自宅玄関のドアノブを握っているのを見つけ、眉をひそめた。

「お帰りなさい、ママ」マデリンはさりげない口調を装った。「ウェイクリーさんだよ。わたしの友達」

「ウェイクリー牧師です」ウェイクリーはしぶしぶノブから手を離し、エリザベスにその手を差し出した。「第一長老派教会です。お邪魔して申し訳ありません、ミセス・ゾット」早口でまくしたてた。「ほんとにほんとに申し訳ありません。長い一日でお疲れでしょう、マデリンとぼくはしばらく前に図書館で知り合って、そう、マデリンの言うとおり、ぼくたちは友達で――ぼくはいま帰ろうとしたところで」

「ウェイクリーさんは家族の木を手伝ってくれたの」

「あれはひどい宿題だ。あんなものを作らせるのは間違ってます。ぼくは家族のプライベートに踏みこむような学校の宿題には大反対です――が、実際のところぼくは手伝ってません。手伝ってあげればよかったと思ってます。キャルヴィン・エヴァンズは――というか、彼の研究はぼくの人生に大きな影響を与えて――いや、こういう職業なのにおかしなことを言うと思われそうですが、とにかくぼくはエヴァンズに憧れていて、はっきり言えばファンなんですよね。エヴァンズとぼくは、じつは――」ウェイクリーは口をつぐんだ。「あらためて、お悔やみを申しあげます――きっとつらかったでしょうが――」

　ウェイクリーは、あふれた川のようにとめどなくしゃべっている自分に気づいた。しゃべればしゃべるほど、エリザベス・ゾットにじっと見つめられて怖くなった。

「ハリエットは?」エリザベスはマデリンに尋ねた。

「お使い」

テレビのなかのエリザベス・ゾットが言った。「では、質問をお受けします」

だれかが質問した。「あなたはほんとうに化学者なんですか? 〈ライフ〉には――」

「ええ化学者です」エリザベスは吠えた。「ほかに、まともな質問のある方は?」

リビングルームのエリザベスは青ざめた。「いますぐテレビを消して」だが、つまみに手が届くより先に、観客席の女性が発言した。「お嬢さんが私生児ってほんとなの?」

ウェイクリーは二歩でテレビの前へ行き、電源を切った。「あんなのは無視するんだ、マッド。この世は無知な連中で一杯だ」忘れ物をしていないか確かめるように部屋のなかを見やった。「お邪魔してほんとうにすみません」ふたたびドアノブに手をかけるより先に、エリザベスの手が彼の袖をつかんだ。

「ウェイクリー先生」彼女の声は、ウェイクリーが聞いたこともないほど悲しそうだった。「わたしたち、以前会いましたね」


「そんなの聞いてないよ」マデリンは二個目のブラウニーに手をのばした。「パパのお葬式にいたって、どうして教えてくれなかったの?」

「なぜなら」ウェイクリーは言った。「ぼくはちょい役だったから。ただそれだけだよ。ぼくはきみのお父さんに憧れていた、でもだからといって、よく知っていたわけじゃない――ぼくは助けになりたかったんだ――お母さんの悲しみを慰めるような言葉を探したけど、見つからなかった。お父さんには会ったことはないんだよ——でも、理解している気がした。たぶん気取ってるように聞こえるよね」彼はエリザベスに向き直った。「すみません」

夕食のあいだ、エリザベスはほとんど黙っていたが、ウェイクリーの告白に少しだけ心を動かされたようだった。彼女はうなずいた。

「マッド」エリザベスは言った。「私生児というのは、結婚していない両親から生まれた子という意味なの。ただ、あなたのパパとわたしが結婚していなかったというだけ」

「知ってる。ただ、どうしてそれが騒がれるのかわからない」

「騒ぐのはばかな人たちだけだよ」ウェイクリーは口を挟んだ。「ぼくは一日中そういう人と話しているから、ぼくの専門領域だ。牧師としては、そういう愚かな行為を止めたいと思っていた——自分たちの行為が不必要な騒ぎを起こしているとわかってもらいたかったけど……とにかく、お母さんが記事で言ってたことは正しいよ。お母さんの言うとおり、この社会の大部分は根拠のない通念の上に成り立っている、文化や宗教や政治が真実をゆがめている。私生児という言葉だってそういう通念のひとつだ。そんな言葉も、言葉を使うやつも無視すればいいよ」

エリザベスは驚いて顔をあげた。「それは〈ライフ〉には載らなかった話です」

「なにが?」

「社会の通念の話です。真実の話」

今度はウェイクリーが驚いた。「ええ、〈ライフ〉で読んだんじゃありません。でも、ロスの新しい——」たったいま、なぜここへ来たのか思い出し、マデリンを見た。「しまった」屈んで鞄のなかからマニラ封筒を取り出し、エリザベスの前に置いた。封筒には三つの単語が書いてあった。

〝エリザベス・ゾット様　親展〟

「ママ」マデリンは急いで言った。「何日か前にミスター・ロスが来たの。わたしはドアをあけなかった。ドアをあけたらいけないって言われてるし、ミスター・ロスは社会の敵ナンバーワンだってハリエットが言ってるから」黙ってうなだれた。「わたし〈ライフ〉を読んだの。読んじゃだめって言われてたけど、読んじゃった。ひどいことが書いてあった。どうしてあの人が家族の木を持ってるのか知らないけど持ってたし、わたしのせいで——」涙が頰を伝った。

「ちびちゃん」エリザベスは声を落とし、マデリンを膝に座らせた。「違うわ、あなたのせいじゃない。なにひとつ、あなたのせいじゃない。あなたはなにも悪いことはしていない」

「ううん、したよ」マデリンは髪をなでられて声を詰まらせた。「あれ」と、ウェイクリーがテーブルに置いた封筒を指差す。「あれはミスター・ロスが持ってきたの。ドアの前に置いていったのを、わたしはあけちゃった。親展って書いてあるけど読んじゃった。そのあとウェイクリーさんのとこに持っていったの」

「マッド、どうして——?」エリザベスは途中で黙り、はっとウェイクリーを見た。「待って。あなたも読んだんですね?」

「マッドが来てくれたとき、ぼくは出かけていたんです。留守番をしていたタイピストから、マッドがとても怒っていたと聞いて。白状します——ぼくも読みました。ぼくだけじゃなくて、うちのタイピストも——あの——」

「ちょっと待って!」エリザベスは爆発した。「みんなどうしちゃったの? 親展という言葉はもう意味をなさなくなったの?」テーブルから封筒をひったくった。

「マッド」ウェイクリーはエリザベスの怒りを聞き流した。「どうして怒ってたんだ？　ミスター・ロスは、間違いを正そうとしているよ。ほんとうのことを書いていた」

「ほんとうのことってなんですか？　あの人は事実の書き方も知らないのに――」エリザベスは封筒のなかから中身を取り出したとたん、ふと口をつぐんだ。そして、新しい記事の見出しを読みあげた。〝なぜ知性が重要なのか〟

それは記事の見本刷だった――出版前のものだ。見出しの下に、自宅研究室でゴーグルをつけたシックス＝サーティと並んでいるエリザベスの写真があった。そのまわりには、世界中の女性科学者を研究室で撮影した写真が並んでいる。〝偏見に満ちた科学の世界で闘う女性たち〟という小見出しもついていた。

コピーの上に、メモがクリップでとめてある。

申し訳ありません。〈ライフ〉は辞めました。事実を明らかにしようとしていますが、だれも事実を求めていません。科学系十誌に断られました。これからベトナムという場所へ取材に行きます。　ＦＲ

エリザベスは新しい記事を読み、息を止めた。すべてが書いてある。なにを目指しているのか、どんな実験をしたのか。そして、ほかの女性科学者たちとその仕事も――エリザベスが彼女たちの闘いに勇気づけられ、彼女たちの進歩に励まされたことも。

それなのに、マデリンは泣いている。

「ちびちゃん。どうしてかな。なぜ怒ったの？　ミスター・ロスはいい仕事をしてくれたでしょう。これはいい記事よ。わたしは怒ってないわ、ちびちゃんが読んでくれてよかったと思う。ミスター・ロスは、わたしのこともほかの女性科学者のことも正しく書いてくれたし、わたしはこれが出版されるといいなと思う。どこかが出版してくれるといいのに」エリザベスはもう一度メモを見た。十社の科学誌に掲載を断られたという。信じられない。

「うん」マデリンは鼻の下を手で拭った。「だから悲しいの、ママ。ママは研究者なのに。でも、テレビで料理して……でも……それってわたしのためでしょ」

「違うわ」エリザベスは優しく言った。「そうじゃない。どんな親も食べていくために稼がなければならない。それが大人の務めだからね」

「いいえ、そうじゃない――」

「だけど、ママが研究室にいられないのはわたしのため――」

「そうだよ。ウェイクリーさんとこのタイピストの人に聞いたもん」

　エリザベスはあんぐりと口をあけた。

「しまった」ウェイクリーは両手で顔を覆った。

「は？　タイピストってだれですか？」

「たぶん、あなたのお知り合いです」

「聞いて、マッド。よく聞いてね。わたしはいまも化学者よ。テレビに出る化学者」

「ううん」マデリンは悲しげに言った。「違うよ」

39章
各位

それは二日前のこと、ミス・フラスクは絶好調だった。普段は毎分百四十五ワードをタイプできるが——いかなる基準に照らしても速い——世界記録は毎分二百十六ワードである。今日、コーヒーと一緒にダイエットピルを三錠飲んだミス・フラスクは、世界記録を突破できる気がしていた。ラストスパートに入り、カチカチと時を刻んでいるストップウォッチを脇にキーを連打していたとき、予期せぬ声が聞こえた。

「すみません」

「ああああっ！」ミス・フラスクは叫び、デスクを押しやった。くるりと左を向くと、ひょろりとした子どもがマニラ封筒を胸に抱えて立っていた。

「こんにちは」子どもが言った。

「なんなのよもう！」ミス・フラスクは思わず大声をあげた。

「すごく速いですね」

ミス・フラスクは、心臓を押さえるように胸に手を置いた。「あ、ありがとう」なんとか声を絞り出した。

「瞳孔が開いてますよ」

「な、なんですって?」

「ウェイクリーさんはいますか?」

フラスクは動悸が治まらず、椅子の背にぐったりともたれたが、子どもは身を乗り出してタイプライターに挟まった紙に目を走らせた。

「やめてくれない?」

「いいいいい
「計算してるの」子どもは言った。しばらくして、驚いたように目をみはった。「すごい。ステラ・パジュナスの域に達してますね」

「な、なんであなたがステラ・パジュナスを――」

「世界最速のタイピスト。毎分二百十六ワードを打つ人ですけど――」

フラスクは目を見開いた。

「あなただれ?」フラスクは語気を強めた。

「――わたしが邪魔しちゃったから、その分を差し引くと――」

「いいいいい
「おばさん、汗かいてますよ」

フラスクは汗ばんだひたいをさっと押さえた。

「一分間に百八十ワードってところですね。端数を切りあげると」

「あなた名前は?」

「マッドです」

フラスクは、子どもの紫色がかった腫れぼったい唇とひょろ長い手足に目をとめた。「エヴァンズ？」思わず口走った。

　ふたりは同じくらい驚いて見つめ合った。

「あなたのママとパパと、わたしは一緒に働いていたの」フラスクはダイエットクッキーを挟んでマデリンに話した。「ヘイスティングズ研究所でね。わたしは人事部にいて、あなたのママとパパは化学研究部にいた。パパはとても有名な人だったのよ——もう知ってるわね。あなたのママも有名ね」

「〈ライフ〉のせいで」子どもはうなだれた。

「あら違うわ」フラスクはきっぱりと言った。「あんな記事なんか関係ない」

「パパはどんな人だったの？」マデリンはクッキーをほんの少しかじった。

「そうねえ……」フラスクは口ごもった。どんな人だったか、ほとんど知らないことに気づいた。

「あなたのお母さんを心から愛していたわ」

　マデリンの顔がぱっと明るくなった。「ほんとに？」

「そして、あなたのお母さんも」フラスクははじめて嫉妬心を覚えなかった。「お父さんを心から愛していた」

「ほかには？」マデリンは興味津々で尋ねた。

「いつもふたりで幸せそうにしてた。幸せだったから、お父さんは亡くなる前にお母さんに贈り物を残した。その贈り物がなんだかわかる？」マデリンのほうへ首を傾けた。「あなたよ」

　マデリンは一瞬、目を天に向けた。これはいかにも大人がばれたらまずいことを覆い隠したいときに言うような台詞ではないか？　以前、ウェイクリーが司書に、司書のいとこのジョイスは死んでしまったけれど——突然、スーパーマーケットのA&Pの店内で胸をつかんで即死したのだ——苦しまなかったと話していた。それはほんとう？　だれかジョイスに訊いたの？

「それからどうなったの？」

どうなったかって？　フラスクは考えた。ええと、わたしがあなたのお母さんについてひどい噂を流して、その結果お母さんはクビになって、そこからお母さんは貧乏一直線になっちゃって、結局またヘイスティングズに戻ってきたけど、そのとき女性用トイレのなかでお母さんとわたしはどなり合いになっちゃって、おかげでふたりとも性暴力を受けてたのがわかって、わたしたちそのせいで博士号が取れなかったよねって話になって、博士号が取れなかったせいであんな少数の無能な間抜けがトップに立ってる研究所で物足りない仕事をやるはめになったって話になった。どうなったかといえば、そうなったのよね。

だが、フラスクは代わりに言った。「ええと、お母さんはもっと家にいてあなたを育てることにしたの」

マデリンはクッキーを置いた。やっぱり。大人はほんとうのことを言ったり言わなかったりする。

「そんなの、きっと楽しくないよね」

「どういう意味？」

「ママは悲しそうだった？」

フラスクは目をそらした。

「わたしは悲しいとき、ひとりになりたくない」

「クッキー食べないの？」フラスクはとりあえず尋ねた。

「家でひとりぼっちで。パパがいなくて。仕事もなくて。友達もいなくて」

フラスクはきょろきょろし、『わたしたちの日々の糧』という本に目をとめた。

「ほんとうはどうなったの？」マデリンは追及した。

「お母さんはクビになったの」フラスクはその言葉の影響を考えもせずに口走った。「あなたがおなかにいたからクビになったの」

マデリンは背中から撃たれたかのように突っ伏した。

「もう一回言うけど、あなたのせいじゃないのよ」フラスクは十分前から泣き続けている子どもを慰めようとした。「ほんとだって。ヘイスティングズの連中って、信じられないくらい心が狭いんだから。最低最悪よ」フラスクは、自分もその最低最悪な連中のひとりだったのを思い出し、残りのクッキーを口に詰めこんだ。マデリンはしゃくりあげながら、そのクッキーにはタルトラジンが入ってる、タルトラジンとは肝臓と腎臓の機能を弱める着色料だと指摘した。

「まあとにかく」フラスクは続けた。「あなたは勘違いしてる。お母さんがヘイスティングズを辞めたのはあなたのせいじゃないのよ。あなたのおかげで辞められたの。そのあと、また戻ってくるなんて間違いを犯しちゃったけど、それはまた別の話」

マデリンはため息をついた。「もう帰ります」洟をかみ、時計を見た。「タイピングテストを台無しにしちゃってごめんなさい。ウェイクリーさんにこれ渡してください」〝エリザベス・ゾット様親展〟と書かれた、封をしていない封筒を差し出した。

「ええ、渡しておく」フラスクは約束し、マデリンを抱きしめた。だが、ドアが閉まったとたん、子どもに言われたことを無視して封筒の中身を出した。「なんてこと」フラスクはロスの新しい原稿を読んですっかり憤慨していた。「ゾットはほんとうに本物だわ」

〝各位〟三十秒後、フラスクは〈ライフ〉編集部に向けて一心不乱にタイプしていた。〝エリザベス・ゾットに関する貴誌のとんでもない記事を読みましたが、事実確認担当者をクビにすべきだと思います。私はエリザベス・ゾットの知り合いです――以前、同じ職場にいました――だから、あの記事に書いてあることがすべて嘘であると断言できます。また、ドナティ博士とも同じ職場でした。わたしは、彼がヘイスティングズ研究所で何をしたか知っていますし、その証拠の書類も持っています〟

さらに、ロスの新しい記事に書いてあったエリザベスの研究実績を列挙し、彼女がヘイスティングズ研究所で受けた不当な扱いについて強調した。〝ドナティは彼女の資金を流用しました。それから、相当な理由なく彼女をクビにしたんです。私がそれを知っているのは、私も加担したからです――わたしはいま、罪を償うために教会で説教をタイプする仕事をしています〟続けて、ドナティがゾットの研究を盗んだばかりか、大事な支援者たちをだましていたことも書いた。そして、貴誌にはこの手紙を掲載する勇気がないのは承知のうえで一筆したためずにいられませんでした、と締めくくった。

次の号に、フラスクの手紙が掲載された。

「エリザベス、これを読んで！」ハリエットが興奮して最新の〈ライフ〉を両手で抱えてきた。「国中の女性が〈ライフ〉に抗議の手紙を送ったんですって。これは反乱よ——みんなあなたの味方。ヘイスティングズで一緒に働いてたって人の手紙も載ってるわ」

「興味ありません」

　エリザベスは、毎日マデリンのランチボックスに入れているメモを入れて蓋を閉め、ブンゼンバーナーをいじるふりをした。この数週間、できるだけ堂々としてきたつもりだった——あんな記事は無視しなさいと、自分に言い聞かせていた。前に進まなくちゃ。兄の自殺も性暴力も嘘も盗用も、この世の終わりのような喪失の悲しみも、ひたすら前進することで乗り越えてきた。今度もそうすればいい。けれど、無理だった。今度ばかりはどんなに堂々としていようが、〈ライフ〉の偽りに満ちた記事に何度となく打ちのめされた。そのダメージは焼印のように、いつまでも消えそうになかった。逃れられるとは思えなかった。

　ハリエットは手紙の数々を読みあげた。「エリザベス・ゾットがいなければ——」

「ハリエット、興味はないと言いましたが」エリザベスはぴしゃりとさえぎった。いまさらなんになるのだ？　人生は終わったのに。

「でも、雑誌に掲載されなかったロスの記事は」ハリエットはエリザベスの怒りを無視して言った。「科学の話だったわよ。ほかにも女の科学者がいたなんて知らなかった——あなたとキュリー夫人くらいしか知らなかった。あたし、記事を二度読んだんだから。夢中になったわ。だって書いてあるのは、ほら。科学の話だもの」

「その記事は科学誌十誌に掲載を断られたんです」エリザベスはうんざりして言った。「女性科学者に興味のある人はいないんですって」車のキーを取る。「マッドに行ってきますのキスをしてから出かけますね」

「お願いだから今度はあの子を起こさないでよ」

「ハリエット。わたしがいつあの子を起こしました？」


エリザベスの載ったプリマスが私道を出ていく音を聞いてから、ハリエットはマデリンのランチボックスをあけ、今日はエリザベスがどんな格言を書いたのか確かめた。〝あなたの思い過ごしではない〟と、一番上のメモ用紙に書いてあった。〝たいていの人間は意地悪です〟

ハリエットは心配して頭を指先で揉んだ。研究室のなかを歩きまわり、カウンターを拭いていると、それまで気づいていなかったエリザベスの鬱屈の重さがあちこちに見て取れた。何も書いていない研究用ノートの山、放置された実験用品、削っていない鉛筆。〈ライフ〉なんかつぶれてしまえ、とハリエットは思った。そんな名前のくせにエリザベスの人生《ライフ》を盗んだ――終わらせたのだ――ドナティやメイヤーズのような連中から根も葉もない話を聞き出して載せたあの雑誌が一番悪い。

「あら、ちびちゃん」ハリエットは、研究室の入口に現れたマデリンに声をかけた。「お母さんに起こされた？」

「朝だから」

ふたりは一緒に座り、その朝早くエリザベスが焼いたマフィンを食べた。

「わたし、ほんとに心配なの」マデリンは言った。「ママのことが」

「そうね、とても落ちこんでるわ。だけど、もうすぐまた元気になる。待っててごらん」

「ほんとにそう思う?」

　ハリエットは目をそらした。そう思えない。こんなに心配になったのは生まれてはじめてかもしれない。だれにでも限界がある。エリザベスもとうとう限界に達したのではないだろうか。気晴らしに〈レディース・ホーム・ジャーナル〉誌の最新号をめくった。〝あなたの美容師さんは信頼できますか?〟という記事がある。〝今年のおすすめのブラウス〟という記事もある。ハリエットはため息をつき、マフィンをもう一個取った。そもそもエリザベスに〈ライフ〉のインタビューを受けるように勧めたのは自分だ。責めを負う者がいるとすれば、それは自分にほかならない。

　ふたりは黙って座っていた。マデリンはマフィンの紙カップを小さくちぎり、ハリエットは女性科学者に興味のある人などいないと言ったエリザベスの言葉を頭のなかで繰り返していた。ほんとうらしく聞こえる。いや、そうだろうか?

　ハリエットは首をかしげた。「ちょっと待ってて、マッド」ある考えがじわじわと形になりはじめていた。「ちょっとだけ待っててね」

40章

普通

「死ぬことばかり考えているんです」十一月の肌寒い夜、エリザベスはウェイクリーに告白した。

「ぼくもです」

ふたりは裏口のポーチに座り、小声で話していた。マデリンが家のなかでテレビを観ている。

「普通じゃないと思います」

「そうかもしれません」ウェイクリーは言った。「でも、何が普通か、ぼくにはよくわからないな。科学でなにが普通かわかるんですか？　あなたは普通とはなんだと思います？」

「ええと。普通とは、平均みたいなものかしら」

「ぼくにはやっぱりわからないな。普通って天気みたいなものではない。普通とは予報できない。普通を作ることもできない。ぼくには、普通なんて存在しないんじゃないかとしか言えません」

エリザベスは横目で彼を見た。「聖書を普通だと思っている人にそう言われると、変な感じがします」

「いやいや。聖書に普通のできごとなんてひとつも書いてないと言っても差し支えないでしょう。だからこんなに人気があるのかもしれない。現実そのものみたいな話を信じたい人なんていないでしょう?」

　エリザベスは不思議そうに彼を見た。「でも、あなたは聖書を信じてるんでしょう。聖書の教えを説いているのだから」

「信じていることもあります。望みを捨てない、闇に屈しないという教えは信じています。〝説く〟というよりも〝物語る〟と言いたいですね。とにかく、ぼくがなにを信じているかはどうでもよくて。あなたは自分が死んだような気がして、死んだと思いこんでいるんですよ。でもあなたは死んでいない。生きています。ぜんぜん違いますよ」

「どういう意味です?」

「わかってるはずです」

「変わった牧師さんですね」

「いえ、ひどい牧師です」

　エリザベスはためらいがちに切り出した。「お話ししたいことがあります、ウェイクリーさん。あなたたちの手紙を読みました。あなたとキャルヴィンがやり取りしていた手紙を。ほかの人には読まれたくないものだったんでしょうけど、キャルヴィンの遺品のなかに入っていて、読んでしまいました。何年か前のことです」

　ウェイクリーは振り向いた。「エヴァンズは手紙を取っておいたんですか?」不意に旧友がたまらなくなつかしくなった。

「ご存じかどうか知りませんが、彼がヘイスティングズ研究所を選んだ理由はあなたなんです」

「え?」

「コモンズの気候をほめましたよね」

「そうでしたっけ?」

「キャルヴィンが天気にこだわっていたのをご存じでしょう。ほかにもっといい条件で雇ってくれるところがいくらでもあったのに、このコモンズへ来たんです。〝気候も世界一〟の町へ。たしか、あなたはそんなふうに書いていました」

ウェイクリーは、ほんの軽い気持ちから書いたことの重さを感じた。自分があんなことを書いたから、エヴァンズはコモンズへ来て、コモンズで死んだのだ。「でも、晴れるのは昼からなんですよね」弁解しなければならないような気がした。「朝霧が晴れてから。天気のいい場所でボートをやるためにここへ来たなんてびっくりだ。太陽なんか出ないのに——ボートをやる人が漕ぐ時間帯には」

「弁解しなくていいんです」

「ぼくのせいです」ウェイクリーは、自分がキャルヴィンの早すぎる死を招いたのだと思い知っておののいていた。「全部、ぼくのせいだ」

「いいえ、違います」エリザベスはため息をついた。「引き綱を買ったのはわたしですから」

ふたりはじっと座ったまま、マデリンがテレビのテーマ曲に合わせて歌うのを聞いていた。〝ただの馬はただの馬、そりゃそうだ、馬に話しかけるやつなどいやしない、そりゃそうだ、でもお馬のエドくんおしゃべりするよ!〟

ウェイクリーは、マデリンにあの日図書館で耳打ちされたことを思い出してはっとした。〝わたしの犬は九百八十一個の言葉がわかるんだよ〟あのときは驚いた。どうしてマデリンほど事実にこだわる子があんなわかりやすい嘘をついたのだろう？

あのとき自分はマデリンになんと返したか？　最低だ。〝ぼくは神を信じてないんだよ〟と返したのだ。

エリザベスはつかのま目を閉じ、咳払いした。「ウェイクリーさん、わたしには兄がいたんです」罪の告白のような口調だった。「兄も亡くなりました」

ウェイクリーは眉根を寄せた。「お兄さん？　お気の毒です。いつ？　どうして亡くなったんですか？」

「ずいぶん前です。わたしは十歳でした。首を吊ったんです」

「そんな」ウェイクリーの声は震えていた。不意に、マデリンの家族の木を思い出した。紙の下部に、首に縄をかけた子どもの絵が描いてあった。

「わたしも一度死にかけたことがあります。石切場の崖から飛び降りたんです。泳げなかったのに。いまも泳げません」

「なんですって？」

「いいいい、兄がすぐに飛びこんで助けてくれました。なんとか岩場まで連れていってくれたんです」

「そうだったんですね」ウェイクリーは、彼女の罪悪感を解きほぐしていった。「お兄さんに命を救ってもらった――だから、あなたはお兄さんを助けられなかったのを悔やんでいる。そうですね？」

エリザベスはウェイクリーにうつろな顔を向けた。

「でもエリザベス、あなたは泳げなかった――だから、お兄さんはすぐに飛びこんだんです。自殺の場合、そうはいかないんですよ。もっと複雑です」

「ウェイクリーさん。兄も泳げなかったんです」


ふたりは黙ってしまった。ウェイクリーはなにを言えばいいのかわからなくなって話すのをやめ、エリザベスはどうすればいいのかわからなくなってふさぎこんでいた。シックス゠サーティが網戸を押して出てきて、エリザベスに体をくっつけた。

「あなたは自分を許していないんですね」しばらくしてようやくウェイクリーは口を開いた。「でも、お兄さんのことは許してあげてください。あなたに必要なのは受容することです」

エリザベスは、タイヤからゆっくり空気が抜けるような悲しげな音を立てた。

「あなたは科学者です。問いを立てるのが仕事ですよね――答えを探すための。でも――これは断言できますが――答えなど存在しないこともあるんです。ご存じですか、〝神よ、変えることのできないものを受け入れる心の平穏を与えてください〟という一文からはじまる祈りを？」

エリザベスは眉をひそめた。

「あなたはそう祈ったことはないでしょう」

彼女は首をかしげた。

「化学とは変化の概念を学ぶことだから、変化の概念があなたの信念の核にある。それはよいことです。社会にはそんな人たちがもっと必要だから――現状に甘んじるのを拒む人、引き受けたくないものをあえて引き受け、変えていく人が必要です。でも、その引き受けたくないものが、どうしても変えられないこともあります――たとえばお兄さんの死やキャルヴィンの死は変えられませんよね、エリザベス。そういうことはある。理由はなく、そういうことがある」

「ときどき、兄がいなくなった理由がわかるような気がします」エリザベスは静かに言った。「いろいろなことがあって、わたしもすべて終わらせたいと思うことがあります」

「そうでしょうね」ウェイクリーは〈ライフ〉の記事がどんなに彼女を傷つけたか想像した。「でも信じてください。あなたがほんとうに望んでいることはそれじゃない。すべて終わらせたいとは思っていないはずです」

エリザベスはわけがわからず、ウェイクリーのほうを振り向いた。

「あなたは、もう一度はじめたいと思っているんです」

41章 再開

「こんにちは」エリザベスは言った。「わたしはエリザベス・ゾット、〈午後六時に夕食を〉の時間です」

プロデューサー席で、ウォルター・パインは目を閉じ、エリザベスと出会った日を思い返した。ひっつめ髪に白衣姿のエリザベスは、秘書たちの前をつかつかと通り過ぎ、澄んだ声で話した。たしかに魅力的だったが、それは彼女の容貌とはあまり関係がなかったと、いまにしてウォルターは思う。彼女の魅力は、みなぎる自信、自分に対する確信だ。エリザベスはその魅力を種のようにまき、人々に根付かせる。

「今日は、大事なお知らせからはじめます。わたしは本日をもって〈午後六時に夕食を〉を辞めます」

観客席のあちこちで、はっと息を呑む音がした。「え？」観客たちは顔を見合わせた。「いまなんて言った？」

「今日がわたしにとって最後の出演です」エリザベスはきっぱりと告げた。

リバーサイドの平屋建ての住宅で、ひとりの女性が卵のパックを床に取り落とした。「冗談でしょう!」と、観客席の三列目から声があがった。

「わたしは冗談を言いません」

スタジオ内に落胆が広がった。

エリザベスはたじろぎ、ウォルターに目をやった。彼は励ますようにうなずいた。それが泣かずにできる精一杯のことだった。


昨夜、エリザベスは突然ウォルターの家を訪れた。彼は当初、居留守を使おうかと思った。人をもてなしている最中だったのだ。だが、覗き穴のむこうにエリザベスが見え、背後の車で眠っているマデリンと、逃走車の運転手のごとく運転席で待っているシックス＝サーティが見えたとたん、心配になってドアをあけた。

「エリザベス」胸の鼓動が激しくなった。「どうしたんです——何かあったんですか?」

「エリザベス?」彼の後ろで心配そうな声があがった。「いったいどうしたの?　マッドになにかあったの?　マッドは無事?」

「ハリエット?」エリザベスはぎょっとした。


舞台の上で次の台詞を忘れてしまった役者たちのように、三人はしばらく黙りこくっていた。やがて、ウォルターが「もうしばらく黙っていようと思っていたんです」と言い、ハリエットがすかさず口走った。「わたしの離婚が決まるまで」ウォルターがハリエットの手を取り、エリザベスが驚きの声をあげ、その声にびっくりしたシックス＝サーティがうっかりクラクションを押してしまい――それも何度も――その音でマデリンが目を覚まし、アマンダも目を覚まし、この日にかぎって早寝をした近隣の人々も目を覚ました。

エリザベスはドア口で固まっていた。「ぜんぜん気づかなかった」と繰り返しつぶやいた。「どうして気づかなかったんだろう。気づかないにもほどがある」

ハリエットとウォルターは、うん、たしかに、と言わんばかりに顔を見合わせた。

「すぐに全部話します」ウォルターは言った。「でも、どうしたんですか？　もう九時ですよ」エリザベスが断りもなくやってきたのは、これがはじめてだった。「なにかまずいことが起きましたか？」

「なにもまずくないです。ただ、ここにいてはいけないような気がしています。ふたりのことはとても前向きな知らせですが、わたしのほうは――」

「えっ？　ええっ？」

「いえ、ほんとうは」エリザベスは、いまの言葉を訂正した。「わたしも前向きなことを知らせに来ました」

ウォルターはじれったそうに両手を振ってエリザベスを急かした。

「あの……番組を辞めようと思っています」

「はあ？」ウォルターは息を呑んだ。

「明日」

「だめよ！」ハリエットが言った。

「辞めます」エリザベスは繰り返した。

急に決めたことだが、考え直すことは絶対にないと、はっきりわかる口調だった。交渉の余地はなく、契約の見直しだの多額の富が入ってくる可能性だの、エリザベスが辞めたらどうなるかだの、ささいな問題を持ち出しても無駄だ。もう決めたことなのだ。そしてそれがわかるから、ウォルターは泣きだした。

ハリエットにもわかり、報われないなにかに人生を捧げると決めた娘を持つ母親のように誇らしかったが、だからこそ泣きだした。彼女は両腕でウォルターとエリザベスを抱きしめた。

「〈午後六時に夕食を〉の進行役を務めるのは、非常に楽しかったです」エリザベスはまっすぐカメラを見据えた。「けれど、科学の研究の世界に戻ることに決めました。この機会をお借りして、視聴者のみなさんには、番組を観てくださったことに感謝し、そして」どよめきにかき消されないように大声で言った。「みなさんの友情にも感謝します。この二年間、わたしたちは一緒にたくさんのことを成し遂げました。何百回も食事を作ったなんて、驚くべきことです。でもみなさん、作ったのは夕食だけではありませんよね。わたしたちは歴史を作ったんです」

観客が一斉に立ちあがり歓声をあげ、エリザベスは驚いて一歩あとずさった。

「**最後に**」エリザベスは声を張りあげた。「**みなさんにお知らせしたいことが――**」両手をあげて観客を落ち着かせた。「ミセス・ジョージ・フィリスを覚えていらっしゃいますか――心臓外科医になりたいと、勇気をもって打ち明けてくださった方を？」エリザベスはエプロンのポケットから手紙を取り出した。「いまどうしていらっしゃるか、お伝えします。ミセス・フィリスは記録的な速さで医学部進学課程を終え、医学部に入学したようです。おめでとうございます、ミセス・

ジョージ——失礼——マージョリー・フィリス。あなたならできると、ずっと信じていましたよ」

その知らせに、観客はまた歓声をあげ、いつも真顔のエリザベスですら、フィリス医師が手術前に手を洗う姿を思い浮かべ、こらえきれなかった。笑みを浮かべたのだ。

「マージョリーもうなずいてくれると思いますが」エリザベスはふたたび声を張りあげた。「大変だったのは学校に戻ることではなく、そうする勇気を出すことだったのではないでしょうか」マジックを手に、つかつかとイーゼルのそばへ歩いていった。〝化学とは変化である〟と書く。

「自分を疑いはじめたら」エリザベスは観客に向き直った。「怖くなったら、思い出してください。勇気が変化の根っこになります——そして、わたしたちは変化するよう化学的に設計されている。だから明日、目を覚ましたら、誓いを立ててください。これからはもう我慢しない。自分になにができるかできないか、他人に決めさせない。性別や人種や貧富や宗教など、役に立たない区分で分類されるのを許さない。みなさん、自分の才能を眠らせたままにしないでください。自身の将来を設計しましょう。今日、帰宅したら、あなたはなにを変えるのか、自身に問いかけてください。そうしたら、それをはじめましょう」

全国のリビングルームで女性がソファからはじかれたように立ちあがり、食卓を拳でどんどんたたき、エリザベスのスピーチでかき立てられた興奮と彼女がいなくなる悲しさと、ふたつの感情が入り混じった声をあげた。

「最後に」エリザベスはまた叫んだ。**「特別な友人に感謝を捧げたいと思います。彼女の名前はハリエット・スローン」**

エリザベスのリビングルームで、ハリエットはぽかんと口をあけた。

「ハリエット」マデリンがささやいた。「これで有名人だよ！」

「ご存じのとおり」エリザベスはまたスタジオ内を両手で静めて続けた。「わたしはいつも番組の最後に、子どもたちにテーブルの用意をしてください、お母さんにひと息つかせてあげましょうと言いました。〝ひと息つく〟――これは、ハリエットとはじめて出会った日に、彼女がわたしにくれた助言です。そして、この助言のおかげで、わたしは〈午後六時に夕食を〉を辞める決心がつきました。ハリエットは、そのひと息つく時間で、自分に必要なこと、ほんとうに進むべき道を見極め、またそれをはじめなさいと教えてくれました。ハリエットのおかげで、ようやく進むべき道を見極められたんです」

「驚き桃の木」ハリエットは真っ青になってつぶやいた。

「あーあ、ハリエットがパインさんに殺されちゃうね」マデリンは言った。

「ありがとう、ハリエット」エリザベスは言った。「何もかもあなたのおかげです」観客に向かってうなずく。「最後の最後になりますが、みなさんのお子さんたちに、これからもテーブルの用意をお願いしたいと思います。それから、みなさんひとりひとりにお願いします。ひと息ついたら、またはじめてください。みなさん、自分に挑戦しましょう。化学の法則を参考に、現状を変えましょう」

ふたたび観客が一斉に立ちあがり、割れんばかりの拍手をはじめた。エリザベスが立ち去ろうとしても、観客はいつまでもその場にとどまりそうだった――最後の指示がなければ、帰る気がないのだ。エリザベスはとまどい、ウォルターを見た。ウォルターは、ちょっと待ってと言うように手をあげると、キュー・カードに手早く文字を書きこみ、それを掲げた。エリザベスは指示にうなずき、カメラに向き直った。

「化学入門の講義を終わります」彼女は宣言した。「解散」

42章
人事異動

一九六二年一月

みんなの予想では――みんなとは、ハリエットとウォルターとウェイクリーとメイソンとエリザベス本人である――エリザベスのもとには仕事のオファーが殺到するはずだった。大学、研究機関、ひょっとすると国立衛生研究所。〈ライフ〉に中傷記事が載ったとはいえ、彼女は目立つ存在であり、テレビの有名人である。

ところが、オファーは殺到しなかった。はっきり言えば、一件もオファーがなかった。電話は一本もかかってこなかったし、研究実績は完全に無視された。番組は大人気だったのに、科学者のコミュニティはあいかわらずエリザベスの学歴に大きな疑問を抱いていた。メイヤーズ博士とドナティ博士が――影響力のある化学者ふたりが――彼女は科学者ではないと述べたと、〈ライフ〉に書かれた。それがすべてを決めた。

こうして、エリザベスは名声に関する真実をもうひとつ思い知った。名声とははかないものであるということを。エプロンを着けていないエリザベス・ゾットには、だれも興味がないのだ。

「いつでも番組に戻れるのに」ハリエットは、図書館の本を大量に抱えてシックス＝サーティと一緒に玄関から入ってきたエリザベスに言った。「あなたさえその気になれば、ウォルターは今日からだって番組を再開するわ」

「そうでしょうね」エリザベスは本を置いた。「でも、戻れません。とりあえず、再放送は順調みたいでよかったです。コーヒーはいかが？」ブンゼンバーナーに着火した。

「時間がないの。弁護士と約束があって。でもこれ」ハリエットはエプロンのポケットからメモ用紙を取り出した。「メイソン先生が女子チームの新しいユニフォームについて相談したいって――それと、心の準備をして――ヘイスティングズ研究所から電話があった。よっぽど切ってやろうかと思ったわ。想像できる？　へイスティングズよ。図々しいったらありゃしない」

「だれでした？」エリザベスは不安が声に出ないように気をつけた。この二年半、ヘイスティングズ研究所がキャルヴィンの遺した箱が紛失したことに気づくのを覚悟していたのだ。

「人事部長。でも心配しないで。彼女には地獄へ堕ちろって言っといたから」

「彼女？」

ハリエットはメモ用紙をめくった。「あった。ミス・フラスクって人」

「ミス・フラスクはヘイスティングズを辞めたんだけど」エリザベスはほっとした。「二年ほど前にクビになったんです。ウェイクリーさんのところでタイピストをしています」

「おかしいわね。ヘイスティングズ研究所の人事部長だって言ってたけど」

エリザベスは眉をひそめた。「からかうのが好きなんでしょう」

ハリエットの車が私道から出ていったあと、エリザベスはコーヒーを淹れて電話機に手をのばした。

「ミス・フラスクのオフィスです。ミス・フィンチが応答しています」電話のむこうの声が言った。

「もしもし?」

「ミス・フラスクのオフィス?」エリザベスは鼻で笑いそうになった。

エリザベスはためらった。「すみません。ほんとうはだれですか?」

「そっちこそだれよ?」

「はいはいすみません。合わせてあげます。エリザベス・ゾットですが、ミス・フラスクをお願いします」

「エリザベス・ゾット」電話のむこうの声が言った。「まあ」

「なにか問題でも?」

このしゃべり方。電話を取った女性は、本物のエリザベス・ゾットだとすぐにわかった。「ああ」と、ささやく。「ほんとうにあなたなんですね。すみません、ミス・ゾット。わたし、大ファンなんです。お話しできて光栄です。少々お待ちください」

ほどなく、別の声が言った。「ゾット。待ってたのよ、遅いわね!」

「こんにちは、フラスクさん」エリザベスは言った。「ヘイスティングズ研究所の人事部長? ウェイクリーさんはあなたがいたずら電話をかけているのを知っているんですか?」

「言いたいことは三つよ、ゾット」フラスクはてきぱきと話しはじめた。「ひとつ、あの記事はおもしろかった。わたしは前からあんたがまたなにかの雑誌に載るとわかってたのよ、でもあれとはね。天才の瀆法。聖歌隊のメンバーに連絡を取りたければ、礼拝の場所に行くのが一番よね」

「は？」

「ふたつ、あんたのとこの家政婦、気に入ったわ――」

「ハリエットは家政婦ではなくて――」

「――わたしがヘイスティングズの者だって名乗ったとたんに地獄へ堕ちろって言ったのよ。笑っちゃった」

「フラスクさん――」

「三つ、できるだけ早くこっちへ来てもらいたいの――今日中にね――できれば、あと一時間くらいで。あのお金持ちの支援者を覚えてる？　彼がまた来るの」

「フラスクさん」エリザベスはため息をついた。「おもしろい冗談は好きですが――」

フラスクは声をあげて笑った。「あなたが冗談を好きだって？　それこそ冗談でしょ？　ねえ聞いて、ゾット。わたしはヘイスティングズに戻ってきたの――それも勝者として。あなたの支援者が、わたしが〈ライフ〉に送った手紙を読んで連絡してきたの。詳しいことはあとで話すわ、いま時間がないの。家を掃除してるところなのよ。わたし、掃除って大好きなのよね！　ねえ、来られる、来られない？　あと、こんなこと言うの自分でも信じられないんだけど、あの犬を連れてきてくれる？　支援者が会いたがってるの」

ハンソン&ハンソン法律事務所に入っていくハリエットの両手は震えていた。この三十年間、夫が酔っ払って罰当たりな言葉をわめき、ミサには一度も出席せず、自分は夫に奴隷のように扱われて蔑称で呼ばれることを、司祭に告白してきた。そしてこの三十年間、司祭はうなずき、離婚は論外であり、ほかにもいろいろな選択肢があると諭すだけだった。もっとよい妻になる方法を教えてくださいと祈ったらどうか。自身を顧みて、どうして夫を怒らせるのか考えてみたらどうか。自分の外見にもっと気を遣ったらどうか。

そんなふうに諭されたから、ハリエットはあらゆる女性誌を購読していた――女性誌は自己改善のバイブルであり、どうすればいいのか教えてくれる。ところが、女性誌のアドバイスに従っても、ミスター・スローンとの関係は改善しなかった。むしろ、アドバイスは裏目に出た――たとえば、パーマをかければ〝彼もびっくりしてあなたに注目する〟と書いてあったのに、ひどいにおいがするといつまでも文句を言われた。だがハリエットは、エリザベス・ゾットと出会ったのがきっかけで、自分に必要なものは新しい服でも新しい髪型でもないのかもしれないと、ようやく気づいた。必要なのは仕事かもしれない。雑誌の仕事。

世界広しといえども、ハリエットより雑誌に精通している者がいるだろうか？　いるはずがない。その証拠に、ハリエットは手始めに何をすればいいのかよくわかっていた。ロスのいまだ出版されていない記事で。

ハリエットに言わせれば、ロスは記事の送り先について古典的な間違いを犯した――科学誌だけが女性科学者に興味を抱くと考えたのだ。ハリエットは、それが勘違いだとわかっていた。だからロスに電話をかけ、ある提案をしようとしたが、留守番電話サービスが応答し、ロスはまだ――どこだっけ？　そう、ベトナムにいるとのことだった。そこで、ハリエットはロスの記事を本人の許可なくある雑誌に送った。なにか問題でも？　採用されればロスだって感謝するだろうし、採用されなくてもロスに迷惑がかかるわけではない。

ハリエットは封筒を郵便局へ持って行って重量を量り、なるべく早く返信をもらえるように切手を貼って自分の住所氏名を記した封筒を入れ、アベマリアを三度唱え、二度十字を切り、一度深呼吸して、投函した。

二週間たっても音沙汰はなく、ハリエットは少し不安になっていた。四カ月が過ぎるころには、無視されて腹が立ってきた。ハリエットは現実を直視しようとした。思っていたほど自分は雑誌についてわかっていなかったのかもしれない。ハリエットとロスの記事などだれにも求められていないのかもしれない。エリザベスと生命起源論のように。

それとも、ハリエットが新たな幸せを見つけたことにミスター・スローンが拗ね、新たなやり方で罰を与えようと考えたのかもしれない。ハリエット宛の郵便物を全部捨てたのかもしれない。


「ミス・ゾット」ヘイスティングズ研究所の受付係は、ロビーに入ってきたエリザベスを見て卒倒せんばかりだった。「ミス・フラスクに、いらしたことを知らせてきますね」ケーブルをスイッチボードに差す。「いらっしゃいました！」小声で相手に伝える。「サインいただけます？」彼女はダーウィンの『ビーグル号航海記』を差し出した。「最近、夜間学校に通いはじめたんです」

「もちろん」エリザベスは本にサインした。「がんばってください」

「あなたのおかげです、ミス・ゾット」若い受付係は熱心に言った。「それと、もしよかったら、雑誌にもサインしていただけますか？」

「いえ。〈ライフ〉の記事はひどかったので」

「あ、ごめんなさい。〈ライフ〉は読んでないんです。最近出たこれです」つややかな表紙の分厚い雑誌を差し出した。

エリザベスは目を落とし、自分が見つめ返してくるのを見てぎょっとした。

〝知性はなぜ重要なのか〟と、〈ヴォーグ〉の表紙に書いてあった。

研究室からのジェネレーターや冷却ファンのくぐもった音とは対照的にヒールの音をカツカツと鳴らして通路を歩きながら、ミス・フラスクはキャルヴィンの研究室だった部屋でミーティングをするとエリザベスに告げた。

「どうしてあそこで？」エリザベスは尋ねた。

「支援者がどうしてもと言うから」

「はじめまして、ミス・ゾット」ウィルソンはひょろ長い手足を持て余すようにスツールから立ちあがった。握手をしながら、エリザベスは彼を観察した。手入れの行き届いた白髪交じりの髪、淡いグリーンの瞳、ピンストライプのウールのスーツ。シックス＝サーティも彼のにおいを徹底的に嗅ぎ、エリザベスを振り向いた。**異状なし。**

「長いあいだ、会いたいと思っていました」ウィルソンは言った。「われわれの急なお願いにもかかわらず、来てくださってありがとう」

「われわれ？」エリザベスは驚いた。

「わたしのことよ」五十歳くらいの女性が研究室の備品保管庫からクリップボードを持って現れた。かつてはブロンドだった髪は、年齢とともに少しずつ褪せていったようだ。ウィルソンと同じくスーツ姿だったが、明るいブルーで仕立てはよいものの、襟につけた安っぽいデイジーのブローチのせいで、くだけて見えた。「エイヴリー・パーカーです」緊張した面持ちで名乗り、エリザベスの手を握った。「はじめまして」

シックス＝サーティはウィルソンの調査を終え、パーカーに取り掛かった。彼女の脚をふんふんと嗅ぐ。「こんにちは、シックス＝サーティ」パーカーは屈んで彼の頭を自分の膝に押しつけた。シックス＝サーティはじっくりとにおいを嗅ぎ、さっと顔を引いた。「うちの犬のにおいがするのね」またシックス＝サーティを抱き寄せた。「ビンゴはあなたの大ファンなのよ」シックス＝サーティを見おろす。「番組であなたはよくやっていたわ」

なんて頭のいい人間だ。

「すべての研究室の備品を棚卸ししてください」パーカーはフラスクに向き直った。「それから、ミス・ゾット、あなたが必要なものも知らせてください」彼女の口調には敬意がこもっていた。「あなたの研究に必要なものを。ここへイスティングズで研究をするのに必要なものという意味よ」「生命起源論の研究を続けていただきたい」ウィルソンが口を挟んだ。「番組の最終回で、あなたは研究に戻ると宣言なさった。ここよりいい場所がありますか？」

エリザベスは首をかしげた。「いくつか思い当たりますが」

最後にこの部屋に来たときはフラスクもいたが、あのときはフラスクにキャルヴィンのものがすべてなくなったと告げられ、シックス＝サーティをここへ連れてきてはいけないと言われ、マデリンがおなかにいた。エリザベスは、だれかの文字で一杯の黒板を重苦しい気持ちで眺め、ウィルソンに目を戻した。彼はキャルヴィンのものだったスツールに、板に巻いた布地のように腰掛けている。

「おふたりの時間を無駄にしたくはないんですが」エリザベスは言った。「わたしはヘイスティングズに戻るつもりはありません。個人的な事情で」

「そう思うのはもっともね」エイヴリー・パーカーが言った。「ここでさんざんな目にあったんだもの、当然だわ。それでも、考え直してもらえないかしら」

エリザベスは研究室を見まわし、キャルヴィンの古い注意書きに目をとめた。〝立入禁止〟と書いてある。

「すみません。時間の無駄だと思います」

エイヴリー・パーカーはウィルソンを見やり、ウィルソンはフラスクを見やった。

「コーヒーでも淹れましょうか」フラスクははじかれたように立ちあがった。「淹れたてのものをお持ちします。そのあいだに、パーカー財団のおふたりが説明してくださるから」フラスクがドアにたどり着く前に、そのドアがさっと開いた。

「ミスター・ウィルソン！」ドナティが久しぶりに友人に会ったように声をあげた。「こちらにいらしていると聞いたもので」勢いこんだセールスマンのように手をのばして突進してきた。「なにもかも放り出して参りました。じつは休暇中なんですが――」見慣れた顔を見つけ、驚いて足を止めた。「ミス・フラスク？　いったいなにを――」さっと振り向くと、そこには年配の女性がクリップボードを持って眉をひそめている。その背後に――なんだこれは？――エリザベス・ゾットがいた。

「こんにちは、ドナティ博士」パーカーが手をのばしたと同時に、ドナティは差し出していた手をおろした。「ようやく名前と顔が一致したわ」

「失礼だが、あなたは……？」ドナティは慇懃に尋ねながら、日蝕を避けるようにエリザベスと目を合わせないようにした。

「エイヴリー・パーカーです」彼女は手を引っこめた。ドナティがまだぼんやりしているので、もう一度言った。「パーカーです。パーカー財団の」

ドナティの唇がぱっくりと開いた。

「休暇をお邪魔してしまってごめんなさいね、ドナティ博士。でも、それなら時間がたっぷりあるということね」

ドナティはかぶりを振り、ウィルソンに向き直った。「前にも申しあげましたが。いらっしゃるなら前もって――」

「あなたにはお知らせしたくなかったので」ウィルソンはにこやかにさえぎった。「びっくりさせたかったんですよ。いや、厳密に言えば不意打ちですかね」

「ど、どういう意味です？」

「不意打ち。ご存じでしょう。たとえば、あなたがパーカー財団の提供した金を着服したのもわれわれに対する不意打ちでしたよ。あるいは、ミス・ゾットの――いやいや、ミスター・ゾットと言うべきですか？――彼女の研究を盗んだのも不意打ちだ」

部屋の奥で、エリザベスは驚いて両眉をあげた。

「そういうことか」ドナティはゾットのほうへ人差し指を突きつけた。「あの女があなたがたになにを吹きこんだのか知りませんが、はっきり言って――」途中で言葉を切り、フラスクを問い詰めた。「きみはなぜここにいるんだ？〈ライフ〉にあんなでたらめな手紙を送ったくせに。うちの弁護士は訴えると言ってるぞ」ウィルソンに向き直る。「ご存じないでしょうが、フラスクは何年か前にうちをクビになっているんです。不満を抱いているに違いない」

「そのとおり」ウィルソンはうなずいた。「大きな不満です」

「そうでしょう」

「なぜわたしが知っているかというと、わたしはミス・フラスクの弁護士なんですよ」

ドナティの目がまん丸になった。

「ドナティ」エイヴリー・パーカーはバッグから一枚の紙を取り出した。「失礼なことはしたくないんだけど、わたしたちは忙しいの。さっさと署名してくださったら、あとはどうぞご自由に」差し出した書類の一番上に、わかりやすい言葉が書いてあった。〝解雇通知〟、と。

ドナティが絶句して書類を見つめているあいだ、ウィルソンは少し前にパーカー財団がヘイスティングズ研究所の株式の過半数を取得したと告げた。フラスクが〈ライフ〉に送った手紙がきっかけとなり、財団は研究所を調べ――うんぬんかんぬん――不正を突き止め――うんぬんかんぬん――最終的に経営権を買収することにした、とウィルソンは説明したが、ドナティはほとんど聞いていなかった。ここはキャルヴィン・エヴァンズの研究室だったんじゃないか？　どこか遠くから、〝いいかげんな経営〟とか〝実験結果の捏造〟とか〝盗用〟とか、ウィルソンの声がだらだらと聞こえる。ああ、酒をくれ。

「そういうわけで、わたしたちは人員を削減します」フラスクが言った。

「わたしたちは？」ドナティはわれに返った。

「わたしが削減する人員を決めます」フラスクは言った。

「いや、クビになったのを忘れたのか？」ドナティは、ごっこ遊びはうんざりだと言わんばかりに息を吐いた。

「フラスクはうちの新しい人事部長です」ウィルソンが言った。「新しい化学研究部部長を探すように依頼しました」

「わたしが化学研究部部長だが」

「別の方に部長職をオファーしたの」エイヴリー・パーカーはエリザベスのほうを見てうなずいた。

エリザベスは驚きのあまりあとずさった。

「そんなばかな！」ドナティがどなった。

「わたしはばかなことなど言ってないわ」エイヴリー・パーカーの手から解雇通知がぺらりとさがっていた。「でもお望みなら、ほんとうに部長職にふさわしい人にあなたを解雇するかどうか決めてもらってもいいわ」もう一度、エリザベスにうなずいた。

すべての目が一斉にエリザベスのほうを向いたが、本人は気づいていなかった。大声でわめいているドナティをすでに見据えている。両手を腰に当て、やや身を乗り出し、顕微鏡を覗くように目をすっと細くした。二拍分の沈黙が降りた。彼女はよくわかったというように体をまっすぐに起こした。

「残念ですが、ドナティ」ペンを差し出す。「あなたの頭では無理です」

43章

死産の知らせ

「わたしを驚かせる人はほとんどいないんです、ミセス・パーカー」エリザベスは、ミス・フラスクがドナティを送り出すのを見ていた。「でも、あなたには驚かされました」

エイヴリー・パーカーはうなずいた。「そう。これは真剣なオファーよ。わたしたちみんな、あなたが受けてくださるのを願ってる。ちなみに、わたしはミス・パーカーだから。独身よ。はっきり言えば、一度も結婚したことがないの」

「わたしもです」

「ええ」エイヴリー・パーカーの声が一オクターブ低くなった。「知ってる」

エリザベスはその変化に気づき、たちまち苛立ちを覚えた。〈ライフ〉のせいで、マデリンが婚外子であることが広まってしまい、そのせいでこんなふうに相手の口調が急に変わることが多い。

「パーカー財団のことはご存じですか」ウィルソンは研究室のなかを歩きまわっていたが、あるファイルの前で足を止めて表書きを読んだ。

「科学の研究を助成しているのは知っています」エリザベスはウィルソンのほうを向いた。「けれど、もともとはカトリック系の慈善団体でしょう。教会、聖歌隊、孤児院――」最後の言葉がふと引っかかり、口を閉じた。ウィルソンをじっと見つめた。

「ええ、設立者が熱心なカトリックだったので。ですが、われわれの使命は完全にカトリックとは切り離されたものです。われわれは、現代でもっとも重要な問題に取り組んでいる最高の人材を探しているんです」彼は、これはその重要な問題ではないと言うようにファイルを脇に置いた。「七年前、あなたに資金を提供したのは、あなたがあれに——生命起源論に取り組んでいたからです。ご存じないかもしれませんが、ミス・ゾット、われわれがヘイスティングズ研究所に注目したのは、そもそもあなたがいたからです。あなたとキャルヴィン・エヴァンズが」

キャルヴィンの名前を聞き、エリザベスの胸はぎゅっと痛んだ。

「不思議ではありませんか?」ウィルソンは言った。「エヴァンズの研究の成果物がどこにあるのか、だれも知らないらしい」

さりげない口調のその言葉は、台風のようにエリザベスを直撃した。エリザベスはスツールを引いて腰をおろし、ウィルソンがなにか大きなものを掘り出そうとする考古学者よろしく研究室のすみずみをほじくり返すのを見ていた。

「部長職を引き受けてくださるんですね」ウィルソンは続けた。「よろこんでくださると思いますが、いろいろな機材をもっとよいものに交換する予定です」棚に放置された時代遅れの蒸留器具を指さした。そのとき、腕をあげた彼のスーツの袖口から、カフスボタンが覗いてきらりと光った。

「たとえばこれ。もう何年も使っていないようですね」

だが、エリザベスは返事をしなかった。完全に凍りついていた。

キャルヴィンの日記によれば、十歳のとき、ぴかぴか光るカフスボタンをつけた裕福そうな長身の男性が豪華なリムジンで男子孤児院にやってきた。キャルヴィンは、その男性が新しい科学の本を孤児院に寄贈したと思っていた。だが、キャルヴィンは本をもらってもよろこばず、むしろ打ちのめされた。〝ぼくはこんなところにいなくてもいいはずだったのに〟と、彼は書きなぐっていた。〝あいつを、あの男を絶対に許さない。絶対にだ。死ぬまでずっと〟

「ミスター・ウィルソン」エリザベスの声は固かった。「財団はカトリックとは関係のない事業を支援しているというお話ですが。教育に関してもそうですか？」

「教育？　ええ、そうですよ。いくつかの大学と――」

「そうではなくて、小中学校に教科書を贈ったり――」

「場合によってはそういうこともしますが――」

「孤児院に贈り物をしたことは？」

ウィルソンは急に口をつぐんだ。パーカーをさっと見やる。

エリザベスは、キャルヴィンがウェイクリーに送った手紙を思い浮かべた。ぼくは父を憎んでいる。いまごろ死んでいればいいと思っている。

「カトリックの男子孤児院です」

ウィルソンはまたパーカーに目をやった。

「アイオワ州スーシティの」

重苦しい沈黙が降り、急に換気扇の音が聞こえるようになった。

エリザベスは冷たい目でウィルソンを見つめた。

にわかにはっきりと見えてきた。部長職のオファーの裏にはたくらみがある。ふたりがここへ来たのには理由があり、その理由はひとつ。キャルヴィンの仕事を奪うことだ。

あの箱。ふたりはあの箱のことを知っている。フラスクに聞いたのかもしれないし、経験にもとづいて資料が残っているはずだと推測したのかもしれない。どちらにしても、ウィルソンとパーカーは研究所を買収した。法律上はキャルヴィンの仕事は彼らのものだ。お世辞と仕事のオファーでエリザベスを釣れば、あの箱がどこからともなく出てくると考えているに違いない。もしそれがうまくいかなくても、ふたりには最後の切り札がある。

キャルヴィン・エヴァンズと血のつながった親族だ。

「ウィルソン」パーカーは震える声で言った。「ちょっといい？　ミス・ゾットとふたりで話したいの」

「いいえ」エリザベスははねつけた。「訊きたいことがあります。正直に――」

パーカーは疲れた表情でウィルソンを見た。「大丈夫よ、ウィルソン。すぐに終わるから」

ドアが閉まったあと、エリザベスはエイヴリー・パーカーに向き直った。「どういうことかわかっています。今日なぜおふたりがわたしをここへ呼び出したのかわかりました」

「あなたに仕事のオファーをしたかったからよ。それだけが目的。わたしたちは以前からあなたの仕事を応援していたの」

エリザベスはパーカーの表情に怪しいところがないか探した。「はっきり申しあげます」口調を少しやわらげる。「あなたに含むところはありません。ウィルソンです。あの人とは長い付き合いですか？」

「三十年近くになる。彼のことはよく知っていると言ってもいいと思うわ」

「あの人に子どもはいますか？」

パーカーは奇妙な表情になった。「あなたには関係がないことだと思うけれど。いないわ」

「そう言い切れるんですか」

「もちろん。わたしの顧問弁護士だもの――わたしの財団ですからね、ミス・ゾット。でも彼が代理人をしているの」

「どうしてですか？」

エイヴリー・パーカーはまばたきもせずにエリザベスを見つめた。「あなたにそんなことを訊かれるとはね。わたしはかなりの資産を持っているけれど、女性の例に漏れず、手を付けることはできないの。ウィルソンの連帯署名がなければ小切手一枚切れない」

「どうしてそんなことが？　パーカー財団でしょう。ウィルソン財団じゃない」

パーカーは鼻で笑った。「ええ、すべての経営的判断は夫が決めるという条件つきで、わたしが相続した財団よ。結婚していなかったから、理事会がウィルソンを管財人に指名したの。わたしはいまも結婚していないから、ウィルソンが手綱を握ってる。負け戦を戦っているのはあなただけじゃないのよ、ミス・ゾット」立ちあがり、スーツのジャケットの裾をぐいと引っ張りおろした。「でも、わたしは幸運だった。ウィルソンはまともな男よ」

エリザベスがまだなにか尋ねていたが、エイヴリー・パーカーは、返事もせずに帰ろうとした。わたしはなにを考えていたんだろう？　エリザベス・ゾットはヘイスティングズ研究所に戻るつもりはないらしく、ウィルソンについてあれこれ詮索したのを考えれば――ほかにも問題があるのは言うまでもなく――そのほうがいいのかもしれない。エイヴリーはそわそわと手をあげて安っぽいデイジーのブローチに触れた。自分はばかな女だ。ヘイスティングズ研究所を買収し、ここまでゾットに会いに来たなんて。ゾットと彼女の研究に魅了されていたのはたしかだ――エイヴリー自身、かつては研究者になることを夢見ていた。けれど、彼女はたったひとつのことだけしか教わってこなかった。感じのよい女性になることだ。残念ながら、両親とカトリック教会に言わせれば、感じのよい女性にすらなれなかったらしい。

「ミス・パーカー――」エリザベスは強い口調で食いさがった。

「ミス・ゾット」エイヴリーも同じくらい力をこめて返した。「わたしが間違っていたわ。あなたはヘイスティングズに戻りたくないのね。結構。こちらも無理にお願いする気はないから」

エリザベスははっと息を呑んだ。

「生まれてからずっとお願いしてばかり」エイヴリーは続けた。「もう飽き飽きしたわ」

エリザベスはほつれた髪を払った。「あなたがほしがったのはわたしじゃない」怒りをこめて言った。「違いますか？　あの箱を探しに来たんでしょう？」

エイヴリーは、よく聞こえなかったのか首をかしげた。「箱？」

「わかってます。ヘイスティングズを買収したからには、あの箱はあなたのものです。でもこんな茶番――」

「何が茶番なの？」

「――オール・セインツについて聞きたいんです。わたしには知る権利があると思います」

「どうして？　あなたに権利がある？　権利について、ちょっとした秘密を教えてあげるわ。権利なんてものは存在しないの」

「裕福な人には特権があります、ミス・パーカー」エリザベスは譲らなかった。「ウィルソンのことを教えてください。ウィルソンとキャルヴィンの関係を」

エイヴリー・パーカーはとまどい、エリザベスを見つめ返した。「ウィルソンとキャルヴィンの関係？　いいえ、そんな……」

「もう一度言いますが、わたしには知る権利があると思います」

エイヴリーはカウンターに両手をついた。「今日はこんなことをしに来たんじゃないのに」

「では何をしに？」

「わたしはまずあなたを知りたかった。それはわ・た・し・の権利だと思ってる。あ・な・た・が何者か知ることが」

エリザベスは腕を組んだ。「どういう意味ですか？」

エイヴリーは黒板消しを取った。「待って。話が……話があるの」

「興味ありません」

「十七歳の少女の話よ」エイヴリーは怯まずに続けた。「彼女はある若者と恋に落ちた。よくある話よね」そっけなく言う。「少女は妊娠して、名士である両親は娘のふしだらなおこないを恥じ、カトリック教会が運営する未婚の母のための施設にあずけた」エリザベスに目を戻す。「聞いたことあるでしょう、ミス・ゾット。刑務所みたいな場所よ。同じ問題を抱えた若い娘たちが集まってる。彼女たちは子どもを産んだら、その子と引き離されるの。公的な書類があって、ほとんどの娘は署名する。署名を拒んだ者は脅される。ひとりで産みの苦しみに耐えなければならない、母子ともに死ぬかもしれないと。それでも、十七歳の少女は署名を拒んだ。自分には権利があるからと言い張って」少女の青臭さがいまでも信じられないと言わんばかりにかぶりを振った。

「でも、言われたとおり、いざ陣痛がはじまると、たったひとりで部屋に入れられ、外から鍵をかけられた。少女は丸一日、ひとりで痛みに泣き叫んだ。そのうち、彼女の悲鳴に医師が耐えきれなくなって、さっさと終わらせることにした。医師は彼女の部屋に入っていって、麻酔をかけた。数時間後に目を覚ました彼女は、悲しい知らせを聞かされた。赤ちゃんは死産だった、と。ショックを受けた彼女は赤ちゃんに会わせてほしいと頼んだけれど、遺体はすでに処分されたと、医師は答えた」

エイヴリーは唇を引き結んでエリザベスと向かい合い、さらに続けた。「それから十年がたった。未婚の母の施設にいた看護師が、二十七歳になった彼女に連絡してきた。真実を知りたければ金をよこせと言って。看護師の話では、赤ちゃんは死産ではなく、ほかの子どもたちと同じように養子になった。ただ、ひとつだけ不自然な点があった。その子の養親は悲しい事故で亡くなって、引き取ったおばさんまで亡くなったというの。そしてその子はアイオワのオール・セインツという孤児院に入れられた」

エリザベスは凍りついた。

「その日からよ」エイヴリーの声が悲しみを帯びた。「彼女が息子を探しはじめたのは」言葉を切る。「わたしの息子よ」

エリザベスは真っ青な顔で体を引いた。

「わたしはキャルヴィン・エヴァンズのじつの母親なの」エイヴリー・パーカーは灰色の目に涙を浮かべ、のろのろと言った。「ミス・ゾット、あなたが許してくれるならば、わたしの孫娘に会いたい」

44章

どんぐり

まるで部屋から空気がすべて抜けてしまったようだった。エリザベスはなんと答えればいいのかわからず、エイヴリー・パーカーを茫然と見つめた。現実とは思えなかった。キャルヴィンの日記には、じつの母親は出産で死亡したと書いてあったではないか。

「ミス・パーカー」エリザベスは焼けた石炭の上に足を踏み出そうとするように、おそるおそる口を開いた。「もう何年も前から、キャルヴィンを利用しようとする人がたくさんいたんです。ほとんどは、疎遠だった親族のふりをしていました。あなたの話は――」キャルヴィンが保管していた手紙を思い返し、言葉を切った。あの悲しみにくれる母から――何度も手紙が来ていた。「男子孤児院にいるのを知っていたのなら、どうして引き取りに行かなかったんですか?」

「行ったわ。いいえ、ウィルソンを行かせたの。恥ずかしいことに、自分で行く勇気がなかったのよ」エイヴリーは立ちあがり、作業台に沿って歩いた。「わかってほしいの。わたしはずっと、わが子は死んだと信じていた。それが、急に生きていると言われたのよ。期待を裏切られるのが怖かった。キャルヴィンと同じで、わたしも数え切れないほど詐欺の標的にされてきたもの。わたしの親族を騙る人も何十人もいたしね。だから、ウィルソンに行ってもらった」床をじっと見つめるそのようすから、彼女が自分の決断が正しかったのか間違っていたのか、何度も繰り返し考えてきたのが見て取れた。「あの子のことを知った次の日には、ウィルソンをオール・セインツに行かせたの」

真空ポンプがまた作動しはじめ、研究室はシューッという音で一杯になった。

「すると――」エリザベスは先を促した。

「すると、ウィルソンは院長からキャルヴィンが……」エイヴリーは口ごもった。

「キャルヴィンが？　なんて言われたんですか？」

エイヴリーはうつむいた。「死んだ、と」

エリザベスははっとした。孤児院は困窮し、院長はまたとないチャンスとばかりに記念基金を設立したのだ。エイヴリーから、暗い事実がずるずると流れ出てくる。

「家族を亡くしたことはある？」突然、エイヴリーが平板な声で尋ねた。

「兄を」

「病気？」

「自殺です」

「まあ。それなら、だれかの死に責任があるような気がした経験があるでしょう」

エリザベスは身を固くした。その言葉は、紐を二重に結ぶようにきっちりと絡みついてきた。

「でも、あなたがキャルヴィンを殺したわけではないでしょう」エリザベスは重苦しい気持ちで言った。

「そうね」パーカーは悔恨に満ちた声で言った。「もっとひどいことをしたわ。あの子を葬ったんだもの」

部屋の北側でタイマーが鳴りだしたので、エリザベスは震えながらタイマーを止めに行った。振り返り、黒板の前に立っているエイヴリーを見た。彼女は右側にかたむいていた。シックス＝サーティが立ちあがり、そばへ行った。頭を膝に押しつける。**愛する人を失う気持ちは知ってるよ。**

「わたしの両親は、長いあいだ未婚の母の家や孤児院を支援していたの」エイヴリーは黒板消しをいじりながら続けた。「よい人間になりたくてそうしていたはず。でも、カトリック教会を闇雲に信奉していたから、わたしの息子を孤児にした」言葉を切る。「わたしは死んでもいない息子の記念基金に出資したのよ、ミス・ゾット」息が速くなった。「わたしはあの子を二度葬ったの」

エリザベスは不意に吐き気を覚えた。

「ウィルソンが孤児院から戻ってきたあと、わたしはひどい鬱になってしまった。二度と息子に会えない、この腕に抱きしめることができない、声も聞けない。それどころか、あの子が苦しんでいたのを知りながら生きていかなければならなかった。あの子は母親を失い、育ての親も失い、あんなゴミ箱のような場所に入れられた。すべて、教会の名のもとに決められ、秘密にされ、実行されたことよ」エイヴリーは顔を真っ赤にして急に黙りこんだ。そして、不意に爆発した。「**ミス・ゾット、あなたは科学を理由に神を信じないんでしょう？　わたしはね、個人的な理由で神を信じない**」

エリザベスは声を出そうとしたが、出てこなかった。

「たったひとつ、わたしが決められたことはね」エイヴリー・パーカーは声を抑えようとした。

「記念基金は全額、科学教育のために使うという条件だけ。生物学。化学。物理学。それからスポーツもね。キャルヴィンの父親は――生物学上の父親は、運動選手だったの。ボートの選手。だから、オール・セインツの子どもたちはボートの練習をしていたの。一種の義理立てね。あの子の父親の代わりよ」

エリザベスにはキャルヴィンの姿が見えた。ふたりでペア艇に乗り、彼の顔は曙光に照らされている。笑顔でオールに片手をかけ、もう片方の手をエリザベスのほうへのばしている。「だから、あの人はケンブリッジへ行けたんですね」キャルヴィンの姿が徐々に薄れていく。「ボートの奨学金で」

エイヴリーは黒板消しを落とした。「知らなかったわ」

少しずつ細部の辻褄が合うようになったが、エリザベスにはまだ気になることがあった。

「でも……キャルヴィンが生きているとわかったのはどうして――」

「〈ケミストリー・トゥデイ〉よ」エイヴリーはエリザベスの隣のスツールに腰掛けた。「キャルヴィンが表紙になった号。あの日のことは覚えてる――ウィルソンが雑誌を掲げてオフィスに駆けこんできた。〝信じられないでしょう〟と言いながらね。わたしはその場で院長に電話をかけた。当然、院長は同姓同名だと言い張った――〝エヴァンズなんてよくある名前です〟とね。嘘をついているのは見え見えだったから、訴訟を起こすつもりだった――でも、ウィルソンに説得されてやめたの。公にすると、財団にとっても不名誉だし、キャルヴィンの名前も汚すからって」壁にもたれ、大きなため息をついた。「援助はすぐさま打ち切った。それからキャルヴィンに手紙を書いた

――何度もね。できるだけ事情を説明して、会ってくれないか、彼の研究にお金を出したいと伝えたの。あの子がどう思ったかは想像するしかないけれど」と、しょんぼりする。「どこかの知らない女がいきなり母親だと名乗ってきた、とか。そうかもね、あの子からは一度も返事がなかったから」

エリザベスははっとした。悲しみにくれる母の手紙がまた目に浮かんだ。突然、残酷なまでに一番下の署名をはっきりと思い出せた。エイヴリー・パーカー。

「会いにくればよかったのに。カリフォルニアまでは飛行機で――」

エイヴリーは青ざめた。「いいえ。幼い子どもを必死に捜しまわることはできた。でも、その子どもが大人になったら、事情は変わってくるわ。わたしは時間をかけることにしたの。母親が生きている可能性を受け入れる時間をあの子にあげたかった。わたしの財団について調べれば、わたしにはあの子をだます理由がないとわかるはず。何年もかかるだろうと思ってた。辛抱しなければと自分に言い聞かせた。だけど、こんなことになってしまって――」ノートの山に目をとめた。「どうやらわたしは――辛抱しすぎたようね」

「神さまはひどい」エリザベスは両手に顔を埋《うず》めた。

「それでも」エイヴリーは淡々と続けた。「あの子の仕事ぶりは追いかけていたのよ。いつかあの子の仕事を手伝えるチャンスが来るかもしれないと思って。だけど、わたしの助けは必要なかったみたいね。あなたのほうが助けを必要としていた」

「どうして知ったんですか。キャルヴィンとわたしが……」

「一緒になったのを?」さびしそうな笑みが口元に浮かんだ。「噂になっていたもの。キャルヴィン・エヴァンズのスキャンダルはみんながこそこそ噂していたでしょう、ウィルソンも研究所に足を踏み入れたとたんに耳にしたの。それもあって、ドナティはウィルソンから生命起源論を援助したいと言われて、必死に方向転換させようとした。キャルヴィンやキャルヴィンの関係者に成功させるわけにいかないからね。それに、あなたは女性だし。ドナティは当然、女性に資金を出す者はいないと思ってたから」

「よりによってあなたが黙っていたのはなぜですか？」

「恥ずかしくて認めたくないけれど、ドナティを困らせて楽しんでいたことは否定できないわね。ドナティはウィルソンにあなたが男だと信じこませるために躍起になっていたわ。でも、ウィルソンはドナティに知られずにあなたと会おうとしたのよ。現に飛行機も予約していた。ところが……」声が途切れた。

「どうしたんですか？」

「キャルヴィンが亡くなった。そして、あなたの研究も終わってしまったように見えた」

エリザベスは平手打ちを食らったような顔をした。「ミス・パーカー、わたしはクビにされたんです」

エイヴリーは嘆息した。「さっきミス・フラスクに聞いてはじめて知ったの。でも、あのときは、あなたも前に進もうとしているのかもしれないと思ってた。あなたとキャルヴィンは結婚していなかったでしょう。もしかしたら、愛し合っていたわけではなかったのかもしれないと思ったの。あの子は気難しかったそうね――根に持つタイプだったんですってね。それに、あなたが身ごもっていたのも知らなかった。ＬＡタイムズの死亡記事欄には、あなたはあの子と知り合って間もなかったと書いてあったわ」大きく息を吸う。「ちなみに、わたしもあそこにいたの。あの子の葬儀に」

エリザベスは目を見開いた。

「少し離れたところからウィルソンと見守っていたの。最後にあの子とお別れしたら、あなたと話をしたいと思って。だけど、話しかける勇気を出す前に、あなたはいなくなった。葬儀が終わる前に帰ってしまったでしょう」両手に顔を埋めて涙をこぼした。「だれかが息子を愛してくれたと信じたかったけれど……」

誤解そのものであるその言葉の重みに、エリザベスはつぶれそうになった。「わたしはあなたの息子を愛していました！」エリザベスは叫んだ。「心から愛していました。いまも愛しています」悲しみのあまりうつろになった表情で、彼とはじめて出会った研究室を見まわす。「キャルヴィン・エヴァンズと出会ったことはわたしにとって最高のできごとでした」喉が詰まった。「だれよりも才気と愛情にあふれた人でした、優しくておもしろくて――」ふと黙りこむ。「ほかにどう説明すればいいのかわかりませんが」声に涙が混じりはじめた。「わたしたちのあいだには化学反応がありました。本物の化学反応です。偶然《アクシデント》ではなく」

とうとう〝事故《アクシデント》〟という言葉を口にしたためかもしれないが、エリザベスは失ったものの重みに押しつぶされ、エイヴリー・パーカーの肩に顔を埋め、生まれてはじめて激しく泣きじゃくった。

45章

午後六時に夕食を

研究室のなかの時間は止まってしまったかのようだった。シックス＝サーティは首をもたげてふたりの女性を見守った。エリザベスを繭のように両腕で包みこんでいる年配の女性は、エリザベスの悲しみをよく知っているらしい。シックス＝サーティは化学者ではないが、犬である。犬だから、永遠の結びつきは見ればわかる。

「わたしはずっと、息子がどうなったのか知らずに生きてきたの」エイヴリー・パーカーは震えているエリザベスを抱きしめた。「あの子を養子にしてくれた家族のことも知らない。院長の話が嘘にまみれていたのか、それとも一部はほんとうのことだったのかも。あの子がどうしてヘイスティングズ研究所に入ったのかさえ知らない。正直なところ、ほとんどなにも知らないわ。でも、財団の私書箱をチェックしたときに、大量のダイレクトメールのなかに変わった手紙を見つけたの」

彼女は手をのばし、バッグのなかから一通の手紙を取り出した。

その手書きの文字に、エリザベスは見覚えがあった。マデリンの字だ。

「あなたのお子さんがウィルソンに手紙を送ってきて、家族の木のことを教えてくれたの――〈ライフ〉に載ったものよ。お父さんはスーシティの孤児院で育ったと強調していたわ――なぜかウィルソンが孤児院に寄付金を持っていったのを知っていたのね。個人的にお礼をしたくて、家族の木にパーカー財団の人を入れたと書いてあった。わたしは最初、いたずらかと思ったけれど、手紙に書いてあることはどれも事実と符合していた。養子縁組の情報は、普通は秘密扱いなの――心ない慣習よね――でも、マデリンの手紙のおかげで、調査員がとうとう真実を突き止めたの。全部ここにあるわ」バッグから大きなファイルを取り出した。「見て」怒りのこもった声で言い、ファイルから自身の偽の死亡証明書を取り出した。未婚の母の家で反抗した報いだ。「これがすべてのはじまりよ」

エリザベスは死亡証明書を手に取った。以前マデリンが、過去のことは過去に置いておくべきだ、なぜなら過ぎ去ったことに意味はないから、とウェイクリーが言ったと話していた。彼はたびたび名言を吐くが、これもまた一理あるとエリザベスは思う。ただ、キャルヴィンはひとつだけ訊きたがるのではないか。

「ミス・パーカー」エリザベスはためらいがちに尋ねた。「キャルヴィンのじつのお父さんはどうなったんですか？」

エイヴリーはまたファイルを開き、別の死亡証明書を差し出した――ただし、こちらは本物だ。

「結核よ。キャルヴィンが生まれる前だった。写真があるの」財布をあけて擦り切れた写真を取り出した。

「でも――」エリザベスは、若き日のエイヴリーの隣に立っている若者に目をみはり、息を呑んだ。

「キャルヴィンそっくりでしょう？　わかるわ」エイヴリーは古い〈ケミストリー・トゥデイ〉を取り出して写真と並べた。キャルヴィンと彼よりずっと若い父親がそれぞれの過去から、横並びに座っている女性ふたりを見つめ返した。

「どんな方だったんですか？」

「やんちゃな人だったわ。音楽家、いいえ、音楽家志望でね。わたしたちは偶然出会ったの。自転車に乗っていた彼がわたしにぶつかったのよ」

「怪我は？」

「怪我をしたのよ、幸運にも。なぜなら、それで彼がわたしを抱きあげてハンドルバーに座らせて、しっかりつかまれと言って大急ぎでお医者さまのところへ連れていってくれたから。これは十針縫ったあと」と、前腕の古い傷跡を見せた。「わたしたちは恋に落ちた。このブローチをくれたのは彼よ」襟で傾いているデイジーを指し示した。「いまでも毎日つけているの」研究室のなかをさっと見渡した。「ここで会いたいなんて無理強いしてごめんなさいね。いま思えば、ここに来るのはつらかったでしょう。ごめんなさい。わたしはただ、この部屋で――」声が途切れた。

「わかります」エリザベスは言った。「よくわかります。ここで会えてよかったです。キャルヴィンとはじめて会ったのがこの部屋だったんですよ。ちょうどあのへんで」と指差す。「わたしはビーカーがほしくて、キャルヴィンのものを勝手に取っちゃったんです」

「ずいぶんやるわね。ひと目惚れ？」

「そうではなかったですね」エリザベスは、あのときあとでボスに電話をかけさせろと言ったキャルヴィンを思い出した。「でも、そのあとわたしたちも幸運な事故にあいました。いつかお話しします」

「ぜひ聞きたいわ。あの子を知りたいの。たぶん、あなたを通して知ることができそうね」エイヴリーは震える息を吸い、咳払いした。「あなたの家族になりたいの、ミス・ゾット。図々しいお願いでなければいいいんだけど」

「どうぞ、エリザベスと呼んでください。あなたはもう家族です、エイヴリー。マデリンのほうがずいぶん前にわかっていたんですね。あの子が家族の木に入れたのはウィルソンじゃありません——あなたです」

「どういう意味かしら」

「あなたがどんぐりなんです」

エイヴリーはグレーの瞳を潤ませ、遠くを見つめた。「フェアリーゴッドマザーのどんぐり」とつぶやく。「わたしだったのね」


部屋の外から足音が聞こえてきて、ノックの音がした。研究室のドアがさっと開き、ウィルソンが戻ってきた。「お邪魔してすみません」遠慮がちに言った。「問題がないか確かめたくて——」

「問題ないわ」エイヴリー・パーカーが言った。「やっと解決したの」

「よかった」ウィルソンは胸を手で押さえた。「では、仕事の話はしたくないんですが、相談したいことがたくさんあるんです、エイヴリー。明日出発する前に」

「すぐ行くわ」

「もう行ってしまうんですか?」エリザベスは驚き、ウィルソンがドアを閉めると同時に尋ねた。

「残念だけどね。さっきも言ったけれど、ここまで話すつもりはなかったのよ——もっとおたがいをよく知ってから話そうと思っていたの」エイヴリーはそう言って、期待をこめてつけくわえた。

「でもまたすぐ来るわ、約束ね」

「それなら、午後六時に夕食を」エリザベスはエイヴリーを行かせたくなくて持ちかけた。「うちの研究室で。みんなで集まりましょう――あなたとウィルソン、マッド、シックス＝サーティ、わたし、ハリエットとウォルター。いつかウェイクリーとメイソンも紹介します。家族全員に」

エイヴリー・パーカーの顔が不意にキャルヴィンと同じ笑顔になり、振り向いてエリザベスの両手を取った。「家族全員ね」

エイヴリーとウィルソンが立ち去り、ドアが閉まったあと、エリザベスは屈んでシックス＝サーティの頭を両手で挟んだ。「白状しなさい。あなたはいつから知ってたの？」

二時四十一分だよ。彼はそう言いたかった。**ぼくはあの女の人をトゥー＝フォーティワンと呼ぶつもりなんだ。**

だが、その代わりに後ろを向いて反対側のカウンターに跳び乗ると、真新しいノートをくわえた。エリザベスは髪から鉛筆を抜き、ノートを受け取ると、最初のページを開いた。

「生命起源論。さあ、はじめましょう」

謝辞

執筆は孤独な作業ですが、本が棚に並ぶまではたくさんの仲間の力が必要です。ここでわたしの仲間にお礼を申しあげます。

書きはじめたころに読んでくれたチューリッヒの友人たち、モーガンヌ・ジラルディ、C・S・ウィルド、シェリダ・ディープローズ、サラ・ニッカーソン、メレディス・ワドリー＝スーター、アリソン・ベイリー、ジョン・コレットに。

カーティス・ブラウンのオンライン・ライティング・コースの友人たち、トレイシー・ステュワート、アナ・メアリー・ボール、モラグ・ヘイスティ、アル・ライト、デビー・リチャードソン、サラ・ロジアン、デニース・ターナー、ジェイン・ローレンス、エリカ・ローンズリー、ギャレット・サムス、デボラ・ギャスキングに。

信じられないほど応援してくれた、才能あるカーティス・ブラウン三カ月集中コースの小説家たち、リジー・メアリー・カレン、コーサー・チュラビ、マシュー・カニンガム、ロージー・オラム、エリオット・スウィーニー、ヤスミナ・ハテム、サイモン・ハードマン・リー、マリカ・ブラウン、メラニー・スティシー、ニール・ドーズ、ミシェル・ギャレット、ネス・ライオンズ、イアン・ショー、マーク・サプウェル、そしてわたしたちを励ましてくれるすばらしいシャーロット・メンデルソンに。

カーティス・ブラウンのアナ・デイヴィスのご厚情とご指導に。根気強いジャック・ハドリー、ケイティ・スマート、ジェニファー・カースレイクのつねに温かなご支援に。第一稿を読んで希望を与えてくれたリサ・ババリスに。世界一の版権マネージメントチーム、タニヤ・グーセンス、ソフィ・ベイカー、サラ・ハーヴィ、ケイティ・ハリソン、キャムヒー・ホワイト、ジョディ・ファブリに。細かい仕事を確実にやってくれたロージー・ピアースに。困ったときに頼りになるＩＣＭのジェニファー・ジョエルに。いつも助けてくれたティア・イケモトに。おそらく人間がどれくらい寝ずに活動できるか実験中のカーティス・ブラウン映像化権エージェント、ルーク・スピードに。そしてやはりいつ寝ているのかわからないアナ・ウェグリンに。

ほんとうに、カーティス・ブラウンの人たちもＩＣＭの人たちもいつ眠っているのかしら。

カーティス・ブラウンのフェリシティ・ブラントには特大の感謝を。数年前、ロンドンへ移住するに先立ってエージェントを探していたころ、フェリシティのインタビューを読み、もしもエージェントと契約するなら……と思ったのを覚えています。そしてそのとおりになりました。フェリシティ、あなたの信頼と鋭い目と思いやりと強さに、変わらない支援に感謝します。こうして本が完成したことだし、どうぞお子さんたちと心ゆくまで遊んでね。

出版面では、作家にとってこのうえなく有能な編集者であるジェイン・ローソンとリー・ボルドーに。トマス・テッペの熱狂的な支援に。目を引く素敵な表紙を作ってくれたベシ・ケリーに。本文を美しくデザインしてくれたマリア・キャレラに。つねにすべてを把握してくれていたカーラ・ライリーに。優れたコピーエディターのエイミー・ライアンに。版元代表のフェリシタス・フォン・ロヴェンバーク、ラリー・フィンレイ、ビル・トーマスに。優秀な広報担当者のアリソン・バロウ、トッド・ドーティ、エリーナ・ハーシェイに。マーケティング面ですばらしいリーダーシップを発揮してくれたヴィッキー・パーマー、ローレン・ウィーバー、リンジー・マンデルに。リリー・コックス、ソフィ・マクヴィー、クリスティン・ファスラー、エリン・マーロの創造力に。辛抱強く観察眼の鋭い制作のベテラン、キャット・ヒラートン、エレン・フェルドマン、ロレイン・ハイランドに大いなる感謝を。トム・チキン、ローラ・リケティ、エミリー・ハーヴィ、ローラ・ギャロド、ハナ・スパークス、サラ・アダムズをはじめ、営業チームのみなさんにも。それから、マデリン・マッキントッシュとマヤ・マヴジーに心からの感謝を。おふたりの励ましとリーダーシップとサポートにはほんとうに助けられました。

化学の調べ物をするだけならまだしも、正しく理解するのは大変です。旧友かつ優秀な生物学者であり、エスキモーパイの権威でもあるメアリー・コト博士、シアトルの素晴らしい化学者かつ読者のベス・マンディ博士は、細部まで丁寧にチェックしてくださいました。

シアトルのグリーン・レイクとポーコックで一緒にボートを漕いでいたチームメイトたちに大いなる愛と感謝を。とくに、わたしたち疲れたクルーに〝ひとつひとつのストロークにもう一度ちゃんと取り組もう〟と言ってくれた漕手のダニヤ・バーンズに感謝します。その言葉はずっとわたしの頭のなかに残っていて、とうとうハリエットからエリザベスへのアドバイスになりました。

本物の葛藤を理解している書き手のみなさんへ。非凡な詩人、ジョニー・スタンジランド、地球上でだれよりもおもしろいダイアン・アリフ、たぶんわたしを覚えていないだろうけれど、とても役立つアドバイスと励ましをくれたローラ・カーシシュカに。そして、創作の荒野で優しく穏やかに支えてくれたスーザン・ビスキボーンに特別な感謝を。つねに最高のタイミングで最高の言葉をかけてくれたスーザン、ありがとう。

本書を読んでもらいたかったけれど、それがかなわない人たちに。生涯、本が好きだったわたしの両親、そして一番古い友人であり、一番の親友だったヘレン・マーティンに。あなたがいなくてさびしいよ、86。

いつもそばにいてくれた三人へ。最初にカーティス・ブラウンのサイトを教えてくれて、すべてのきっかけを作ってくれたソフィに――あなたには借りがあるどころじゃない。いつも支えてくれて、くそまじめな顔で笑わせてくれて、でこぼこだらけの創作の道すじをわかってくれて、出版について見識があり、すべてをなげうって果てしない質疑応答につきあってくれたよね。クッキー？それとも妖精？

ゾウイー、ツイてない日に優しくしてくれて、ツイてる日にはよろこんでくれてありがとう。サイコっぽい怖い誤変換のセンスとエリーの写真で笑わせてくれたし、あなたのハイセンスなミームのセレクションはたぶん美術館級よ。どんなに忙しくても、いつも時間を見つけておしゃべりにつきあってくれたね。

そしてデイヴィッド、ただのありがとうじゃすまないから、太字にするね――**ありがとう**。どんなときでもすぐに原稿に目を通し、料理がわたしより上手で、わたしをしょっちゅう議論に巻きこんでくれたこと、それからとりわけわたしが一日中ひとりごとをつぶやいているのを知っても平気なふりをしてくれたことに感謝してる。ひとりの人間のなかに、こんなにたくさんのおもしろさが詰まっているなんて（三百から七を順番に引いていって一分以内にマイナスまで到達できる異様な能力は言うまでもなく）、まったく想像もできなかった。あなたを愛し、すごいと思ってる。

最後に、わたしの犬たち、もういないけれどずっと忘れないフライデーと、つねに冷静な99に。

「あと一段落だけ書いたら――そしたら散歩に行こうね」と言ってばかりでごめんね。

訳者あとがき

鈴木美朋

本書『化学の授業をはじめます。』（原題 "*Lessons in Chemistry*"）は、二〇二二年の英米語圏でもっとも注目を集めた小説である。なにしろ同年四月にイギリスとアメリカで発売されて以来、サンデー・タイムズやニューヨーク・タイムズをはじめとする主要なベストセラーリストに連続ランクインし、とくにアメリカでは二〇二三年十一月の時点でもその記録を更新しつづけている。この日本語版を含めて四十カ国語に翻訳され、いまや全世界で発行部数六百万部を突破しているモンスター級の話題作なのだ。

しかも本書は著者ボニー・ガルマスのデビュー作というのだから驚きだ。すでに実力が認められたベテラン作家ではないこともあり、最初から爆発的に売れたわけではない。SNSの読者レビューによって広がり、人気に火がついてロングセラーに化けるという図式が定着した昨今、本書もたしかにそのような道すじをたどっているが、まったくの無名だった新人作家の作品がこれほど支持されるのはめずらしい。さらに、今秋からアップルTV+でブリー・ラーソン主演のドラマの配信がはじまり、その人気はとどまるところを知らない。本書はなぜそんなにも愛されているのだろうか。

一九五〇年代後半のカリフォルニア。エリザベス・ゾットは大手の科学研究所でただひとりの女性研究者だが、割り当てられる業務は自分より仕事のできない同僚研究者の補助ばかり。なぜならエリザベスは女性で、博士号を持っていないから（そもそも博士号を取れなかったのは、指導教授に性的暴行を受けたうえに、加害者をかばう大学に追い出されたからだ）。そんな職場でエリザベスは変人の天才化学者キャルヴィン・エヴァンズと出会った。ふたりは恋に落ちるが、エリザベスが自分の名前でキャリアを積みたいと望んだため、結婚しないまま一緒に暮らしはじめる。ところが幸せは長続きしなかった。突然の不幸な事故によってエリザベスはシングルマザーとして生きていかねばならなくなり、さらにちょっとした偶然がきっかけで、不本意にも地元テレビ局の料理番組に出演することになる。はからずも番組は大ヒットし、エリザベスは国民的スターになるのだが……。

主人公のエリザベスのおかれた状況はかなりヘヴィだ。似非説教師の父親と自分勝手な母親によるネグレクト、唯一の味方だった兄との悲しい別れを経験した子ども時代にはじまり、アカデミアも職場も男性優位で実力を評価してもらえないばかりか、指導教授も上司もミソジニーと家父長制を体現した連中である。そして文字どおりのソウルメイトと出会った矢先の喪失。

そんなエリザベスを救うのは、化学への情熱と料理への真摯な思いだ。エリザベスは言う。「料理は立派な科学《サイエンス》だもの。まさに化学《ケミストリー》よ」

食塩を塩化ナトリウム、食酢を濃度四パーセントの酢酸と呼び、実験器具を使って七面倒臭いやり方でコーヒーを淹れるエリザベスは、かなりエキセントリックな人物だ。他人の目を気にせず、忖度せず、決して愛想笑いをしない。言い換えれば、裏表がなく正直なのである。そのせいでますます職場で浮いてしまい、排除されてしまうが、同時にその性質は彼女の強みでもあり、彼女を守ってもいる。

研究所で自由に動けなかったエリザベスは、テレビ局のスタジオでは気弱なプロデューサーの制止を振り切ってわが道を突き進む。局長やスポンサーの思惑など完全に無視し、化学の専門用語を駆使してボリューム満点、おいしくて栄養のある食事の作り方を説明し、野菜を刻む合間に社会の通念を鋭く斬っていくエリザベスに、まず主婦たちが熱狂し、ノートとペンを手に、真剣に化学を学びはじめる。やがて、彼女たちは押しつけられた規範から解放され、自分の生き方を再考するようになる。エリザベスの娘マッドのベビーシッターも、彼女に感化されてほんとうにやりたかったことに気づく。本人にそんなつもりはまったくなかったのに、エリザベスは触媒となり、女性たちに変化を起こしたのだ。変わったのは作中の女性たちだけではない。著者ガルマスのもとには、本書を読んで仕事を辞めて大学で学び直している、離婚してやりたいことをはじめた、というメッセージが届いているそうだ。

エリザベスの魅力もさることながら、本書のリーダビリティを支えているのは悪役の存在だ。大学の教授も研究所の上司もテレビ局の局長も一点の曇りもないクソ野郎だからこそ、エリザベスがどう立ち向かっていくのかが気になってどんどん読み進めてしまうし、後半の展開の爽快さが一層際立つ。エリザベスの時代と変わらず〝妻であること、母親であること、女性であることにともなう義務や犠牲の価値をわかっていない人が多すぎ〟る現実を生きている女性たちが、正しい勧善懲悪の物語である本書にカタルシスを得て、「おもしろかった！」と周囲に勧めた結果が、六百万部という数字なのだ。

もう一点つけくわえるならば、シックス＝サーティという変わった名前の犬と、ディケンズを読むが空気はあえて読まない五歳児マッドの組み合わせがほほえましく、成長したマッドを主人公にした物語が読みたい。ミズ・ガルマス、続編を書いていただけませんか？

ビターとスウィートの匙加減が絶妙な作品を書きあげた著者、ボニー・ガルマスは一九五七年にカリフォルニア州リヴァーサイドで生まれ、シアトルで長年コピーライターとして働いていたが、化学者の夫の転勤でロンドンに引っ越したのをきっかけに、小説の書き方を学びはじめた。百回近く出版を断られながらも、ブラッシュアップを重ねてついに刊行されたのが本書である。化学に関する記述をリアルなものにするため、ガルマスは一九五〇年代の教科書で勉強したそうだ。ちなみに、エリザベスがキャルヴィンの墓石に刻んだ構造式は、愛情ホルモンとして知られるオキシトシンである。また、ガルマス自身も漕手で、ストレス解消法はローイングマシンを漕ぐことらしい。

ガルマスは本書の執筆にあたり、妊娠して看護師を辞めた母親が念頭にあったと述べている。わたしも訳しながら、公務員としてフルタイムで働いていた母を思った。半世紀前、母は九州のある市で育休取得者第一号となった。先輩の女性たち（その多くは独身か子どものいない女性だった）に「後輩たちがあとにつづくためにもあなたが前例になりなさい」と励まされ、思い切って制度を利用したそうだ。エリザベスが化学を通して女性たちに贈りものをしたように、わたしたちも上の世代の女性たちからさまざまなものを受け取ってきたのだと思う。次の世代がいまよりもっと、ひとりひとり自分らしく生きられるように、わたしたちはなにを渡すことができるだろうか。

最後は、エリザベスが毎回番組の最後に真顔で放つ決め台詞で締めたい。ひと息つく時間はだれにでも必要だけれど、家庭で、職場で、ケア労働を担っている人こそ、自分だけのための時間を持てますように。

「子どもたち、テーブルの用意をしてください。お母さんにちょっとひと息つかせてあげましょう」

二〇二四年一月

化学《かがく》の授業《じゅぎょう》をはじめます。

2024年1月15日　第1刷発行
2024年4月5日　第2刷発行

著　者　ボニー・ガルマス
訳　者　鈴木美朋《すずきみほう》
装　画　赤
装　幀　大久保明子
発行者　大沼貴之
発行所　株式会社　文藝春秋
東京都千代田区紀尾井町3-23（〒102-8008）
電話　03-3265-1211（代）
印刷所　精興社
製本所　加藤製本

ISBN 978-4-16-391797-9　Printed in Japan